히트
아일랜드

HEAT ISLAND by KAKINE Ryosuke

Copyright © 2001 by KAKINE Ryosuke All rights reserved.
First original Japanese edition published by Bungei Shunju Ltd.,Japan 2001.
Korean translation rights in Korea reserved by it Book Publishing Co.
under the license granted by KAKINE Ryosuke arranged with Bungei Shunju Ltd.,Japan
through Gaon Agency, Korea

이 책의 한국어판 저작권은 가온 에이전시를 통한 Bungei Shunju Ltd.,Japan와의 독점계약으로 도서출판 잇북에 있습니다. 신 저작권법에 의해 한국 내에서 보호를 받는 저작물이므로 무단전재와 무단복제를 금합니다.

이 도서의 국립중앙도서관 출판시도서목록(CIP)은
e-CIP 홈페이지(http://www.nl.go.kr/ecip)에서 이용하실 수 있습니다.
(CIP제어번호: CIP2010001866)

히트
아일랜드

가키네 료스케
·
김대환 옮김

차 례

프롤로그 6
I 더블스틸 13
II 삼중살 241
에필로그 459

프롤로그

비는 한밤중에 그쳤다.

한조몬 선 지하철을 시부야 역에서 내려 계단을 올라 지상으로 나왔다. Q FRONT 앞 신호등이 파란색으로 바뀌어 스크램블 교차점을 건너기 시작했다.

아직 습기를 머금고 있는 8월의 밤바람에 무수한 구둣발소리와 경적소리가 섞여 있다.

그의 등 뒤로 하얀 도큐도요코 건물의 디지털시계가 오후 9시 30분을 나타내고 있다.

앞에서 오는 한 무리의 사람들이 슬금슬금 그를 피해 지나간다. 닳아 해진 청바지에 워커 부츠. 티셔츠 위에 검은 가죽조끼를 걸치고, 드러난 두 팔에는 밧줄을 움켜쥔 듯 근육이 팽팽하게 솟아 있다. 이목구비가 뚜렷한 얼굴은 날카로운 턱으로 좁아진다. 무표정한 눈동자가 전방을 향하고 있다. 가슴엔 가는 쇠사슬에 매달린 초승달 모양의 펜던트가 흔들리고 있다.

그는 인파 속을 걸어갔다. 고개를 숙인 채 묵묵히 걸어가는 섈

러리맨과 무기력하게 광고용 휴지를 나눠주는 아르바이트생들. 덕지덕지 화장으로 떡칠한 소녀들과 그 휴대전화에서 흘러나오는 끊임없는 수다.

침묵을 두려워하고, 고독을 혐오하는 거리. 무의미했던 어제와 찰나의 오늘은 서로 뒤얽히면서 다가오는 내일로 이어진다.

비 갠 뒤의 길바닥에 네온사인이 원색의 빛을 떨어뜨리고 있었다. 그는 이노카시라를 향해 포장도로 위를 걸어갔다.

도큐핸즈를 오른쪽으로 돌아갔다. 완만히 올라가는 언덕길에 일고여덟 명의 젊은 애들이 무리를 짓고 있는 뒷모습이 보였다. 하나같이 머리에 파란 두건을 쓰고 있다. '파란 갱'을 자처하는 스트리트 키드. 요즘 이 거리에서는 드물지 않은 풍경이다.

아이들 틈새로 길가 쪽에 짙은 초록색 재규어가 정차해 있는 것이 보였다. 어찌된 일인지 그들은 그 재규어를 향해 심한 욕설을 퍼붓고 있다.

그중 한 명이 손바닥으로 펜더를 힘껏 두드렸다. 바로 이어서 다른 놈들이 타이어와 범퍼를 발로 차기 시작했다.

그는 걸음을 멈추고 무리로부터 조금 떨어진 곳에서 말보로에 불을 붙였다.

난동은 멈출 줄 몰랐다. 이번에는 몇 명이 앞뒤 펜더를 잡고 차체를 아래위로 흔들기 시작했다. 점점 심하게 흔들리는 차체. 더 이상 참지 못하고 운전석에서 남자가 튀어나온다. 하얀 셔츠에 연지색 넥타이, 제모를 쓴 중년남자는 고용 운전사일 것이다. 난동을 부리는 애들을 향해 뭐라 항의하기 시작한다.

그들 중 한 명이 느닷없이 운전사의 제모를 후려쳤다. 반사적으로 몸을 뒤로 뺀 운전사의 머리에서 제모가 날아갔다. 재규어의 지붕을 지나 차도로 굴러간다. 운전사는 먹살을 잡힌 채 우악스럽게 끌려갔다.

곧바로 재규어의 뒷좌석 문이 열리고 여자가 차에서 내렸다. 핀스트라이프 슈트로 몸을 감은 40대 중반은 되어 보이는 여성이다. 살짝 탈색한 짧은 머리는 옆머리를 싹 밀어버렸다. 입매가 야무져 보인다.

"작작 좀 해."

무테안경 속에서 젊은 애들을 쏘아보는 눈동자가 매섭다.

"파킹미터 앞에 모여 있으면 경적을 울리는 게 당연하잖아! 생트집을 잡아도 이만저만해야지."

그러나 그 기세에도 젊은 애들은 어디서 개가 짖느냐는 투다.

"그래서 어쩌라고."

"아줌씨 지금 우리한테 설교하는 거야?"

여유 만만한 말투로 오히려 실실 웃으면서 다가간다.

그는 담배를 손에 든 채 가만히 지켜보고 있었다.

여자는 뒷걸음질 치면서 주위 행인들에게 도움을 청하는 눈빛을 보내지만 쓸데없는 짓. 이내 구경꾼들로부터 아무 도움도 받을 수 없다는 걸 깨달은 그녀는 들고 있던 끈 달린 핸드백을 그들을 향해 휘둘렀다.

"가까이 오지 마."

작지만 묵직해 보이는 핸드백이었다. 젊은 애들은 입가에 미소를 지은 채 개의치 않고 다가간다. 그녀는 다시 한 번 핸드백을 휘둘렀다.

운 나쁘게 무리에서 맨 앞에 서 있던 놈의 머리에 핸드백의 쇠장식 모서리가 맞았다.

"으악!"

놈은 비명을 지르면서 이마를 잡고 그 자리에 주저앉았다.

여자는 순간 당황하는 모습이었다. 분명 그럴 생각은 아니었을 텐데, 이미 물은 엎질러져버렸다.

젊은 애들이 일제히 분노를 터뜨렸다.

"조져."

"저년 죽여버려!"

주먹을 치켜들고 저마다 욕설을 퍼부으면서 소리를 질렀다.

배후에 있던 키 큰 놈 하나가 여자에게 다가갔다. 저항할 틈도 주지 않고 재규어에 여자를 밀어붙이고 두 번, 세 번 따귀를 갈겼다. 두 번째에 여자의 안경대가 구부러지고, 세 번째에 땅바닥으로 떨어졌다. 운전사도 비슷한 상황에서 젊은 애들 몇 명에게 발과 주먹으로 폭행을 당하고 있다.

그는 초조함을 느꼈다. 알 바 아니다. 어차피 남의 일이다. 남 참견할 성격도 아니다.

그러나 불쾌한 광경이었다. 더구나 여기는 그가 돈벌이를 하는 구역이기도 하다. 이런 소동이 벌어지면 나중에 일하는 데 어려움이 따른다는 것도 안다.

한숨을 내쉬고 말보로를 땅바닥에 내던졌다.

"이제 그 정도면 됐잖아?"

큰 소리는 아니었지만 젊은 애들의 귀에는 확실하게 전달된 듯하다. 여자를 더 때리려던 키 큰 놈이 손을 멈췄다. 처음엔 그 꺽다리가, 이어서 다른 놈들도 그를 돌아보았다. 흥분이 가라앉지 않은 살기등등한 시선이 그에게 집중되었다.

"짭새도 곧 올 거야. 적당히 하고 얼른 튀지?"

꺽다리는 여자의 멱살을 잡았던 손을 풀고 터벅터벅 그에게 걸어왔다.

"지금 뭐라고 씨부렸어, 엉?"

그렇게 말하고 곰보투성이 말상을 내민다. 스스로 문젯거리를 도맡는 전형적인 꼴통. "멍청한 새끼." 그는 쓴웃음을 짓고 말을 이었다. "대가리까지 말 대가리인가."

격분한 상대가 덤벼들기 직전에 오른쪽 어깨가 약간 내려가는 것이 보였다. 고도의 훈련이 되지 않은 사람이라면 몸 어딘가에 반드시 공격의 전조가 나타난다. 역시 오른 주먹이 날아왔다. 자신의 얼굴로 다가오는 오른팔을 교차하면서 상대의 왼쪽 상반신으로 한 걸음 다가서는 것과 동시에 체중을 충분히 실은 주먹을 지근거리에서 관자놀이에 꽂았다.

쩍, 광대뼈가 주저앉는 소리를 남기고 꺽다리는 소리도 없이 아스팔트에 나자빠졌다. 그러곤 정신을 잃었다.

다른 동료들은 넋이 나간 표정으로 리더급인 듯한 꺽다리를 내려다보고 있었다.

"이 새끼 데리고 어서 꺼져!"

껵다리의 등을 툭 차고 조용히 놈들을 노려보았다.
"원한다면 네놈들도 한 놈 한 놈 눕혀줄까?"
젊은 애들은 그의 기세에 눌리면서도 증오의 시선을 던졌다. 그러나 바로 몇 명이 껵다리를 부축해 일으키더니 욕지거리를 해대면서 사라졌다.

여자는 재규어에 등을 기댄 채 혼자 남은 젊은이를 보고 있었다. 자신들을 구해준 젊은이는 포장도로에 떨어져 있던 그녀의 안경을 주워들었다.
운전사가 비틀거리며 뛰어왔다.
"사장님, 괜찮으세요?"
"난 괜찮아."
젊은이가 다가오더니 그녀에게 안경을 건넸다.
"파킹미터는 다른 곳에도 있어요." 그가 말했다. "일부러 놈들이 앉아 있는 곳을 찾아서 올 건 없잖아요."
"급해서 그랬어요." 여자는 안경을 쓰면서 말했다. "그나마 비어 있는 곳이 여기밖에 없기도 하고."
젊은이는 가볍게 어깨를 으쓱해 보였다.
"그래서 시간이 절약됐나요?"
그녀는 엉겁결에 웃었다. 꼴에 그래도 말은 잘한다. 그것이 왠지 모르게 우스웠다.
"그렇군요." 그녀는 고개를 끄덕였다. "앞으로는 조심하죠."
젊은이는 고개를 끄덕이더니 바로 뒤돌아 걷기 시작했다. 사례를 받을 생각도 없이, 그렇다고 남을 도왔다는 자기 만족감에 빠진 것처럼 보이지도 않는다. 정신을 차리고 보니 젊은이의 등에 대고 말을 걸고 있었다.

"이름이 뭐죠?"

젊은이는 순간 멈춰 서서 주저했다. 그러나,

"……아키."

어깨 너머로 한 마디 툭 던지고 다시 걸음을 떼며 어두운 밤거리로 사라져갔다.

I
더블 스틸

1

 도겐자카를 올라가 오른쪽 절반이 마루야마마치에 가까워지자 길가에 늘어선 빌딩숲의 질감이 서서히 떨어지기 시작한다. 아키는 대로에서 벗어나 호텔 거리로 이어지는 짧은 언덕길을 올라간다.
 길은 바로 평지로 이어진다. 어슴푸레한 골목길에 아직 인적은 드물다. 길 양쪽으로 등롱 같은 러브호텔 간판이 이어져 있다. 그 빛이 그의 발끝을 비추어 그림자를 사방으로 흩뜨린다. 오후 7시. 연인들이 이 근방을 오가기는 아직 이른 시간대다.
 길모퉁이를 몇 번 돌자 길 가운데쯤에 호객하는 윤락녀가 서성이고 있었다. 주위를 흐릿하게 밝히는 러브호텔의 네온사인 빛도 그녀의 주위에는 닿지 않는다. 가까이 다가감에 따라 그녀의 윤곽이 점점 또렷해진다. 중년을 넘긴, 피로한 기색이 역력한 여자였다. 윤기를 잃은 머리카락, 무겁게 늘어진 눈꺼풀에는 아이섀도가 두껍게 칠해져 있고, 새빨간 입술은 여기저기 립스틱이 번져 있다. 여자는 분명 자기 손님이 아닌 줄 알면서도 아키에게 어색한 미소를 지으려고 한다.

아키는 무표정하게 그 옆을 지나간다. 여자는 다시 호텔 그늘로 돌아간다.

그대로 길을 가로질러 T자로로 나온다.

눈앞에 이 근방에는 도무지 어울릴 것 같지 않은 10층짜리 오피스 빌딩이 우뚝 서 있다. 외관은 아직 새것이지만 초저녁인데도 불빛이 새어나오는 층이 별로 없다. 각 층의 창에 임대를 알리는 광고가 눈에 띈다. 거품경제 말기에 지어진 전 시대의 유물. 역에서 떨어져 수익성이 나쁜 것도 고려하지 않고 주먹구구식으로 지은 결과다. 이제 곧 유령건물이 되기 일보직전인 것이 실상이었다.

그 빌딩의 1층 입구 오른쪽에 지하로 이어지는 계단의 폭이 꽤 넓다.

어슴푸레한 계단을 내려가자 입구의 두터운 철문에 걸린 표지에 '금일 전세'라고 쓰여 있다. 문 위에는 'Café Bar, Red Cross'라는 네온사인이 티딕티딕 전자음을 내고 있다. 무거운 문을 열고 안으로 들어갔다.

아직 불을 밝히지 않았지만 가게의 넓이는 대략 70평 정도. 천장에는 드러난 철제 빔에 무수한 백열등이 매달려 있다. 콘크리트 바닥. 어수선하게 널려 있는 테이블과 의자가 비상등의 녹색 불빛을 받아 희미하게 빛나고 있다.

문 바로 옆에 바 카운터가 있다. 바 카운터 건너편에 앉아 있던 남자가 등받이 없는 의자와 함께 몸을 회전시켜 아키를 돌아보았다.

빨간색의 화려한 알로하셔츠를 입은 털보는 이 가게의 주인이다.

"오늘 밤 손님은 얼마나 돼?"

"오늘 아침 신청한 게 단 줄 아는데." 아키는 턱으로 가게 안쪽을 가리켰다. "가오루에게 물어봐요."

가게 안쪽의 가장 깊숙한 곳에 가설무대가 설치되어 있고, 스포트라이트가 약간의 공간을 비추고 있다. 무대 바로 옆 테이블에 비쩍 마른 작은 몸집의 젊은이가 앉아 있었다. 파란 서프숍 티셔츠에 네이비 카고 바지를 입고, 노란색 두건을 쓴 그는 노트북 화면을 응시한 채 키보드를 두드리고 있다. 컴퓨터와 휴대전화기에 메일로 온 예약을 집계하고 있는 것이다. 아키와 마찬가지로 목에 초승달 모양의 펜던트가 매달려 있다.

"내가 일곱 시 전에 왔을 때부터 계속 저러고 있어." 털보는 한숨을 내쉬었다. "뭘 물어봐도, 으응, 네, 하고 건성으로 대답할 뿐이야."

"늘 그렇잖아요."

털보가 얼굴을 찡그렸다.

"얼음장 같은 놈들."

카운터 안에 있는 바텐더가 묵묵히 컵을 닦고 있다. 아키가 털보에게 묻는다.

"오늘 가게 종업원은 몇 명이에요?"

"다섯 명."

아키는 고개를 가로저었다.

"백 명이 넘으면 힘들겠군요."

"넘을 것 같아?"

"오늘 아침엔 여든 명이 좀 안 됐어요. 그 후로 신청하고 들어오는 손님을 합하면 넘을지도 모르죠."

"너희들 멤버는 늘 같지?"

"올 거예요."

"그럼 우리 가게 애들을 합해 열한 명이군. 그럭저럭 되겠네."

아키는 가볍게 웃었다.

"소동이 일어나지 않으면 그렇겠죠."

털보는 입을 빼물었다.

"좀 봐줘. 그걸 진압하는 게 너희 '미야비'의 역할 아냐?"

"비품 값 보증은 못해요."

상대가 불만스럽다는 듯 코를 킁킁거리는 걸 무시하고 아키는 안으로 발걸음을 옮겼다. 테이블 사이를 지나 여전히 컴퓨터 화면을 응시하고 있는 젊은이의 옆 테이블에 앉았다.

가오루라 불린 그는 아키를 슬쩍 한 번 보더니 다시 화면 위로 시선을 옮겼다.

"30초만 기다려." 가오루가 말했다. "그럼 다 끝나."

아키는 잠자코 고개를 끄덕이고 말보로에 불을 붙였다. 천천히 연기를 내뿜는 동안에도 가오루의 양손은 키보드 위를 정신없이 움직인다. 티셔츠 밑으로 보이는 팔은 가늘고 여리다. 열아홉이나 된 사내의 목덜미에 귀밑머리가 나 있다. 마지막에 그 손가락이 엔터키를 누르고 가오루는 아키 쪽으로 돌아앉았다.

"오래 기다렸지? 결과 나왔어."

그러고는 생긋 웃는다. 악의라곤 전혀 느껴지지 않는 어린아이의 표정과 흡사하다. 적어도 보기에는 그렇다는 것이지만.

"어때?"

"토털 백 하고 여덟 명." 가오루가 대답했다. "여섯 시 반까지 기다렸다가 확인해봤어. 여기서 플러스마이너스 두세 명일 거야. 그리고 그걸 토대로 간단한 수익 검토서도 만들어봤어."

그러고는 득의양양하게 화면을 아키 쪽으로 돌린다.

"한 번 봐, 엑셀로 짜봤어. 입장료가 단가 5,000엔이고, 이게 수입이니까 54만 엔."

손가락 끝이 화면의 표 윗부분을 가리키고 있다.

"상금 20만 엔과 멤버한테 지불하는 단가 3만 엔의 아르바이트비가 네 명이니까 12만 엔. 토털 32만 엔. 이게 지출란에 들어가. 그리고 그 하단이 공제 잔액이야. 즉 오늘 밤 우리한테 실제로 들어오는 돈은 22만 엔이야."

"'미야비'의 실수입이야." 아키는 가오루의 말을 정정하면서도 화면 맨 아랫단의 공란에 주목했다. "이 마지막 란은?"

"그걸 물어보고 싶었어." 가오루가 오히려 묻는다. "너, 옵션 수익은 얼마로 보는 거야?"

아키는 잠깐 생각하고 나서 대답했다.

"두 시간 한정 쇼타임이야. 한 명당 평균 술 석 잔과 안주가 두 접시. 단가 3,000엔 정도면 적당하지."

"그럼 3,000엔이 백여덟 명이니까, 32만 4,000엔. 마진 10퍼센트를 곱하면 3만 2,000엔…… 얼마 안 되는군."

아키는 웃었다.

"그래도 다 합하면 25만 엔 정도는 돼. 그게 한 달에 세 번이야. 원정 수입도 있고. 불만은 없어."

가오루도 웃으며 컴퓨터를 껐다.

"그건 그래."

7시 15분이 지났다. 가게 종업원들이 출근하기 시작했고, '미야비'의 다른 멤버들도 모습을 나타내기 시작했다.

조명이 서서히 밝아지고, 업템포의 리듬앤블루스가 가게 안에 흐르기 시작한다. 금전출납기에 잔돈이 들어가고, 맥주 박스가 이동할 때마다 달그락달그락 소리를 낸다. 빨간 셔츠의 털보가 카운터에 앉은 채 종업원들에게 지시를 하고 있다.

미야비 멤버들은 가게 안을 어슬렁거리다가 하나하나 아키와 가오루 곁으로 모여든다. 저마다 근처 의자를 끌어당겨 두 사람 앞에 앉았다.

금발, 드레드헤어, 스킨헤드, 긴 머리 위에 걸친 선글라스. 두 팔에 문신을 새기고 있는 놈이 있는가 하면 귓불에 귀고리를 다섯 개나 달고 있는 놈도 있다.

멤버들은 슬쩍슬쩍 아키와 가오루의 동향을 살피면서도 수다를 멈추지 않는다.

"전에 그 여자 있잖아, 중간에 나왔으면 먹어버렸다고. 그랬다면 쉽게 끝났지."

"야야, 그때 못한 건 네가 조루였기 때문 아냐?"

"전에 그년, 엘카미노 클럽에서였나, 화장실에 데리고 들어가 함 뭉개줬지."

"헤헤, 네가 당한 게 아니고?"

"이게 누굴 핫바지로 보나. 지갑 꺼내더니 이걸로 봐주세요, 한 번만요."

여자와 싸움과 돈 이야기. 각자가 제멋대로 떠들고, 재미있다며 낄낄거리고 웃는다. 아키는 그런 네 사람을 잠자코 보고 있다. 원래는 각자가 이 시부야에 뿌리를 내린 스트리트 그룹의 짱이었던 애들이다. 휴대전화기 번호와 퍼스트네임이 관계의 전부. 그 희박한 관계도 이 거리에 얼굴을 내밀지 않으면 금방 사라진다. 서로를 묶어주고 있는 것은 아키와 가오루가 가져오는 돈과 힘이다.

먼저 안을 낸 것은 당시에는 서로 안 지 얼마 안 된 가오루였다. 거기에 구체적으로 살을 붙이고 실행한 것이 아키다.

시부야의 스트리트 갱 중에서도 특히 실력이 있는 싸움꾼들을 픽업했다. 그리고 완력만을 자랑하는 그들을 한 명, 또 한 명 부하로 끌어들였다.

인연을 만드는 것은 간단했다. 혼자 있을 때를 노렸다. 그냥 무턱대고 난동을 부리고 싶어서 좀이 쑤시던 그들은 아키와 가오루가 가만히 쳐다보는 것만으로도 싸움을 거는 것으로 보고 공격해온다. 아키의 역할은 이때부터 시작된다. 상대도 힘의 신봉자인 이상 어영부영하게 대처하는 일은 없었다. 사람들 눈이 닿지 않는 뒷골목으로 유인한 뒤 철저하게 때리고, 차고, 치명상을 입기 직전까지 밟아버렸다. 상대가 울부짖으며 살려달라고 애원해도 실신 일보직전까지 공격을 멈추지 않았다.

확연한 힘의 차이를 보여주고, 복수할 마음조차 갖지 못할 정도로 공포심을 심어준다. 잠시 시간을 두었다가 가오루가 상대를 부축해 일으킨다. 은근한 목소리로 천천히 상대의 관심을 자기들에게 돌린다.

"아키를 상대하려면 넌 멀었어." 가오루의 다정한 말은 이어진다. "그 힘, 한 푼도 되지 않는 싸움에만 낭비하는 것은 좀 아깝지 않아?"

아키에 대한 공포심은 그대로 두고 뭉개질 대로 뭉개진 상대의 자존심이 도망갈 장소를 제시해준다.

"우리, 좀 있으면 재미있는 일을 시작할 거야. 돈도 되고. 어때, 한 자리 끼워줄까?"

겁을 집어먹고 있던 두 눈에 마침내 사고가 돌아오고 의심이 소용돌이친다.

"너희들, 야쿠자 똘마니들이야?"

"우린 스컹크가 아냐." 가오루는 웃었다. "너희들과 다르지 않아."

힘의 아키와 입의 가오루. 지혜는 늘 서로 짜낸다.

그런 리쿠르팅이 일주일 동안 계속되었고, 네 명의 멤버를 모았다. 그것이 2년 전 일이다.

7시 20분. 그때까지 가만히 멤버들의 수다를 지켜보던 아키가 일어섰다.

"시간 됐다."

그 한마디로 멤버들의 수다가 딱 멈췄다.
"그럼 설명한다."
자신을 주목하고 있는 멤버 한 명 한 명을 둘러보면서 말을 잇는다.
"파티 참가는 백여덟 명. 엔트리 희망은 늘 하던 대로 선착순 여덟 명으로 끊었다. 1회전이 네 경기, 2회전이 두 경기, 결승이 한 경기, 합계 일곱 경기. 토너먼트 대진표는 평소처럼 제비뽑기로 정한다. 상금은 20만 엔. 이것도 다른 때와 같다."
말을 마친 아키는 가오루를 향해 고개를 끄덕여 보인다. 가오루는 컴퓨터 화면을 멤버들 쪽으로 돌렸다.
"여기에 내객 명부와 엔트리에 뽑힌 자들의 리스트가 작성되어 있어. 엔트리에서 빠진 희망자 리스트는 그 하단에 표시되어 있고. 여기 한 번 봐, 엔트리에서 빠진 놈들 중에 그 불만으로 파티 도중에 난동을 부릴 것 같은 놈이 있을까?"
네 멤버가 화면 속 리스트를 뚫어져라 본다. 스킨헤드 사토루가 고개를 갸웃했다.
"이 사이토 히데오란 놈, 분명 히데라 불리는 놈이야. 센터가이 センター街에서 요즘 자주 보여. 늘 열 명 정도 애들을 끌고 다녔어. 피 터지게 싸우는 것도 몇 번인가 봤어."
"완전 꼴통 아니야?"
사토루가 피식 웃었다.
"짭새들 눈이 시퍼런 곳인데, 지가 바보란 걸 광고하고 다니는군."
금발의 다케시가 바로 혜살을 놓는다.

"시끄러. 어딜 끼어들고 지랄이야."

순간 주위 사람들이 웃음을 터뜨렸다.

웃음이 멎길 기다렸다가 아키가 지시를 내린다.

"좋아. 그럼 사토루. 넌 파티를 하는 동안 그놈을 계속 감시해. 일 칠 것 같으면 바로 제압하고. 너 혼자 힘들어 보이면 나도 다른 멤버도 도우러 갈 거다."

"알았어."

컴퓨터를 닫고 가오루가 말했다.

"아마 열 시쯤 끝날 거야. 손님들이 가고 나서 모두에게 오늘 몫과 지난 주 원정 몫을 지불한다. 오늘 몫이 3만 엔. 원정 몫이 3만 엔. 1인당 합계 6만 엔이다. 술값이나 해."

환성이 오르고, 또다시 왁자하니 웃음이 퍼진다. 가오루는 긴 머리 사내를 향해 다시 말을 잇는다.

"유이치. 네 몫은 물론 파이트머니도 추가야. 15만 엔이니까 제일 많아."

긴 머리의 얼굴이 확 펴진다. 다른 세 멤버가 유이치를 보면서 떠들어대기 시작한다.

"지난 일주일 동안 너 20만 엔이나 벌었네. 맞지?"

"단 30분의 경기로 15만 엔이면, 시급 30만 엔이군."

선망과 야유의 말이 오가는 중에 유이치는 거만하게 주위를 향해 으르렁거렸다.

"몸 쓴 놈이 받는 당연한 보수야." 그렇게 말하고 이마의 상처를 이것 보라는 듯 두드려 보인다. "부러우면 너희들도 봉 하나 물어와. 어쨌든 우선권은 물어온 놈한테 있으니까."

 지난주에 오미야로 원정 갔던 걸 말하고 있었다. 정보를 물어온 것은 유이치였다. 주말 야반을 넘겨 오미야 역 서쪽 출구에서 멀지 않은 곳에 쉰 명 규모의 스트리트 갱이 늘 모여 있다고 했다. 그리고 정보를 더 자세하게 알아보고, 주말에 자동차 두 대에 나눠 타고 그곳으로 갔다. 그들은 역 앞 대로에서 골목으로 조금 들어간, 횅뎅그렁한 주차장에 있었다. 차고를 최대한 낮춘 임팔라와 어큐라 어코드 주위에 모여 있었다. 모두가 머리에 빨간 두건을 쓰고 있다. 오미야의 '빨간 갱'이라는 건가. 하이에스 뒤쪽에서 큰 소리로 흘러나오고 있는 랩 소리에 의미도 없이 떠들어대고 있다. 원정에 사용한 두 대의 차는 오미야 인터체인지를 빠져나오자마자 위조 번호판으로 바꿔 붙였다. 아키의 좀 지저분한 미쓰비시 지프와 금발 다케시의 검정색 쉐비 밴이다.

 늘 그렇듯 말주변이 좋은 가오루가 교섭에 나섰다. 빨간 갱들을 도발하고 꾀며 스트리트 파이트의 내기에 대해 말했다.

 "내깃돈은 30만 엔이야. 어때?" 가오루는 이야기를 정리했다. "너희가 전부 쉰 명쯤 되니까, 머릿수대로 나누면 6,000엔쯤 되겠네."

 파이트에 응한 것은 그들의 리더인 듯한 190센티미터는 족히 되는 거구의 사내였다. 사내는 두 배로 불려주겠다는 말로 패거리들에게 자금을 모으고 모자란 것은 자기 지갑에서 충당했다. 가오루는 건네받은 30만 엔을 자기들 돈 30만 엔과 합쳐 합계 60만 엔의 지폐 뭉치를 마침 두 집단의 중간에 세워져 있는 임팔라의 와이퍼에 아무렇게나 끼웠다. 거구는 목뼈를 좌우로 비틀어 뚝뚝

소리를 내면서 무리에서 한 걸음 앞으로 나왔다. 그 모습을 가만히 지켜보고 있던 아키가 옆에 있는 유이치에게 속삭였다.

"덩치도 좋지만 실전 경험도 좀 있는 것 같다."

정면을 향한 채 입으로만 주의를 주었다.

"유이치, 지면 다 네 부담이야."

자기들이 낸 내깃돈을 말하는 것이다.

"알아." 유이치도 상대를 관찰하고 있다. "하지만 이기는 건 나야."

각 파이터의 몸을 상대 쪽에서 체크하고 준비가 끝났다. 거구와 유이치, 서로 잔뜩 노려보고 있는 두 사람을 앞에 두고 가오루가 시작을 알렸다.

"자, 시작!"

말이 채 끝나기도 전에 예고도 없이 거구의 공격이 시작되었다. 몸을 뒤로 젖히지도 않고 갑작스럽게 유이치에게 박치기를 했다. 유이치는 반사적으로 그 공격을 피하려고 고개를 돌렸지만, 이미 한 박자가 늦은 뒤였다. 유이치의 오른쪽 이마에 박치기가 명중했다. 뼈와 뼈가 격돌하는 둔탁한 소리가 울리고 유이치가 잠깐 뒤로 주춤했다. 빨간 갱은 일제히 환호성을 질렀고, 아키는 속으로 혀를 찼고, 가오루는 피식 웃었다.

거구는 기회를 놓치지 않고 연속해서 공격을 퍼부었다. 옆구리, 어깨, 목덜미…… 주먹과 발로 유이치의 상반신 곳곳을 가격한다. 일찌감치 승리를 확신한 빨간 갱들은 휘파람을 불며 신이 나서 떠들어댄다. 그와는 대조적으로 초조한 미야비 멤버들은 유이치를 다그친다.

"뭐 하는 거야, 유이치!"

"반격해, 반격!"

하지만 냉정하게 관찰하면 두 사람이 서 있는 위치는 생각보다 별로 움직이지 않았다. 즉 유이치는 상대의 공격을 받으면서도 물러나지 않았던 것이다. 언뜻 보기에 압도적으로 공격을 당하고 있는 듯하지만, 치명상이 되는 머리는 양팔로 확실하게 커버한 채 몸통에 가해지는 공격도 교묘하게 몸을 틀면서 급소를 피하고 있다.

대단하네 하고 가오루가 다시 미소를 지었고, 역시 하고 아키도 고개를 끄덕였다.

힘으로 무자비하게 상대를 굴복시키려는 다케시나 사토루와는 달리 유이치에겐 그런 요령이 있다.

일방적으로 공격당하고 있어도 그 공격을 계속 견딜 수만 있다면 상대방은 결국 제풀에 지치게 된다. 팔과 다리의 근육이 풀리고, 동시에 바짝 긴장되어 있던 집중력이 흐트러진다. 유이치는 그 기회를 놓치지 않았다. 얼굴을 보호하고 있던 오른팔이 수직으로 바뀌고 뾰족해진 팔꿈치가 상대의 얼굴로 곧장 들어갔다. 체중이 실린 타격은 아니었지만, 그래도 상대를 겁에 질리게 하기에는 충분한 일격이었다. 자세가 무너진 남자의 명치에 즉각 힘이 실린 왼 주먹이 꽂힌다. 명치를 강하게 맞으면 어떤 상대든 순간적으로 호흡곤란에 빠진다.

"우욱!" 고통스러운 소리를 내며 상대의 움직임이 멈췄다. 빨간 갱들이 술렁거렸다.

"다케시, 준비는 돼 있지?"

두 사람에게서 눈을 떼지 않은 채 아키는 금발과 드레드헤어에게 지시를 내렸다.

"곧 끝나."

유이치의 주먹이 두 번, 세 번 정확하게 상대의 얼굴을 가격한다. 네 번째 스트레이트가 코를 뭉개고, 이어진 훅이 턱을 날린다. 순식간에 공수가 뒤바뀐 예상외의 전개에 빨간 갱들은 당혹스러움과 초조함을 감추지 못한다. 유이치는 공격의 기세를 전혀 늦추지 않았다. 안면에 연타를 퍼부으면서 옆구리를 차 몸통을 작살낸다. 어느새 금발 다케시는 뒤쪽에 있던 지프 짐받이에 올라갔다.

마무리는 오른쪽 관자놀이 공격이었다. 유이치는 비틀거리는 상대에게 혼신의 힘을 실어 오른 주먹을 뻗었다. 주먹은 매끄러운 궤적을 그리며 상대의 관자놀이에 꽂혔다. 둔탁한 소리와 함께 상대는 무릎부터 천천히 무너져 내렸다.

"준비 다 됐어." 아키의 등에 대고 다케시가 말했다. "어쩌다 뒤처리가 우리 몫이지?"

"부탁해." 아키의 말에 다케시와 나오는 히죽 웃었다.

아스팔트에 누운 거구를 내려다보면서 유이치가 어깨를 들썩이며 크게 숨을 쉬고 있다. 거구에게 다시 일어날 기미는 보이지 않았다. 아키는 가오루에게 고개를 끄덕여 보였다.

가오루가 임팔라로 다가가 와이퍼에 끼워놓은 60만 엔에 손을 뻗자 예상대로 빨간 갱들의 표정이 일제히 일그러진다. 그들은 자신들의 수를 믿고 소리를 지르고, 그중 몇 명이 가오루에게 덤비려고 한 발 앞으로 나왔다. 직후였다.

쐐액. 하늘을 찢는 굉음을 내며 무언가가 임팔라의 타이어에 박혔다. 검고 가는 쇠꼬챙이가 부르르 떨면서 마른 소리를 내며 타이어의 공기를 빼내기 시작한다.

놀란 빨간 갱들이 뒤돌아본 곳에 보건[bow gun](석궁의 하나-옮긴이)을 양손에 든 다케시와 나오가 서 있었다.

"까불지 마, 이 새끼들아." 선천적으로 다혈질인 다케시가 주위에 대고 소리를 질렀다. "약속을 깨는 놈이 있으면 그놈부터 조질 거야, 알았어?"

"안심해. 그렇다고 죽이지는 않으니까." 이어서 나오가 차가운 목소리로 말한다. "단, 다리나 팔에 이놈을 박아주지. 일명 역화살촉이라고, 억지로 빼내려고 했다간 힘줄이 너덜너덜해질걸. 병원에 도착할 때까지는 지옥과 같은 고통을 맛볼 거다."

바로 다케시가 그 뒤를 잇는다.

"그래, 어떤 놈이야. 맨 먼저 이놈을 받을 시팔 놈이, 엉?"

그 다짐으로 끝이었다. 보건 앞에 빨간 갱을 묶어둔 채 아키 일행은 60만 엔을 갖고 유유히 철수했다.

60만 엔 중 내깃돈 30만 엔은 가오루에게 돌려주고, 나머지 30만 엔 중 절반을 파이트머니로 유이치가 갖는다. 그리고 남은 15만 엔을 다른 다섯이 등분한다. 단, 졌을 경우에는 내깃돈 전액을 파이트에 나선 사람이 부담한다. 부담할 돈은 다른 원정이나 오늘 밤과 같은 파티의 지급분에서 전액이 될 때까지 공제한다.

7시 30분이 되었다. 가게 안의 조명이 최대로 밝아지고, 미야비 멤버는 각자의 위치로 갔다. 그로부터 몇 분 사이에 크고 작은 틴에이지 그룹이 줄줄이 모습을 나타내기 시작했다. 그중에는 당연히 오늘 밤 파이트에 참가하는 사람들도 있다. 다케시와 유이치가 입구에서 입장료를 받고, 컴퓨터의 내객 명부와 맞춰가며 체크한다. 무대 위에서 격투를 벌이는 손님에게는 7시 45분까지 내점하라고 미리 통지해놓았다. 그때까지 오지 않을 경우에는 기권으로 간주하고 엔트리 리스트의 보결로 대기하고 있는 희망자가 내객 명부에 입장한 순서대로 올라가게 된다.

 들어오는 손님을 사토루와 나오가 무대에 가까운 자리부터 안내한다. 두 사람은 시합 중에 폭동이 일어날 조짐이 보이면 그것을 진압하는 역할을 맡았다. 종종 엔트리에서 탈락한 희망자가 난동을 부리는 경우도 있다. 그것을 감시하는 것이 주된 일이다.

 7시 50분. 테이블석은 거의 꽉 찼다. 주문을 받으러 바쁘게 움직이는 웨이터. 가게 안에는 거리낌 없는 웃음소리와 교성이 소용돌이치고 있다. 그중 태반이 시부야 일대의 스트리트 갱들이다. 십대로 보이는 여자애들도 회를 거듭할수록 많아져서 최근에는 그 수가 상당하다. 흔히 보는 세일러복에 뭉크의 그림 같은 화장을 한 여자아이도 있다. 어디에서 정보를 들었는지 여자끼리 오는 경우도 있는가 하면, 남자들 꽁무니에 붙어 따라오는 여자애도 있다. 남자나 여자나 마찬가지였다. 모두들 판에 박은 듯이 검은 얼굴을 조명 아래 내놓고 곧 시작될 쇼에 대한 기대와 잔인한 호기심을 드러내고 있다.

경기에 참가할 손님 그룹은 무대와 가까운 자리로 안내되었다. 가오루가 엔트리로 확정된 여덟 명을 소집했다. 각자 테이블에서 일어나 가오루가 서 있는 곳으로 모인다. 참전자의 시합 전 행동은 늘 비슷하다. 어깨를 비틀고, 목과 손가락뼈로 소리를 내고, 무의식적으로 두 팔의 근육을 두드러져 보이게 한다. 자신의 힘을 앞으로의 대전 상대에게 과시하려는 속셈이다. 관객의 면전에서 펼치는 격투로 자신의 이름을 알리는 만큼, 스스로의 체격이나 완력에도 상당한 자신감을 갖고 있다. 폭력에 굶주려 있고, 자신이 강하다는 걸 증명하고, 운이 따르면 상금 20만 엔을 손에 넣으려고 이 토너먼트에 모여든다. 최종적인 승자가 되면 친구들 사이에서도 인기를 한몸에 모은다. 관객 중에 몸가짐이 헤픈 여자가 접근해오는 경우도 있다. 보니 오늘 밤 참가자 중에도 이전 시합에서 최종 승자였던 자가 두 명 섞여 있었다. 달콤한 기분을 다시 한 번 맛보기 위해 참가한 놈들이다.

누구나 자기 과시와 즉물적인 욕망에 사로잡혀 자신이 지는 경우는 꿈에서도 생각해보지 않는다.

가오루가 집합한 여덟 명에게 가위 바위 보를 시켜 토너먼트 대진표를 짰다. 무대 안쪽에 있는 보드로 걸어가서 결정된 대진표를 적어 넣는다. 아키는 손목시계를 보았다. 8시 5분. 보드에 이름을 다 기입한 가오루가 가게 구석에 서 있는 아키에게 시선을 보냈다. 테이블에 앉아 있는 관객들은 이제나저제나 쇼가 시작되기만을 기다리고 있다.

아키는 살짝 고개를 끄덕이고 세 손가락을 세워 보였다. 앞으로

3분 후에 시작하라는 신호였다. 이어서 객석으로 얼굴을 돌렸다. 사토루와 눈이 마주치자 입구 쪽을 눈으로 가리켰다. 사토루가 테이블 사이를 빠져나와 다케시와 유이치가 있는 접수처 쪽으로 간다. 그들과 두세 마디 주고받고 사토루는 그 자리를 떠나 테이블석을 우회하여 아키 곁으로 와서 귓속말을 한다.

"접수는 완료되었어. 최종적으로 백두 명. 감원분은 참가 그룹에서 각각의 자연감소."

"미납금은?"

"없어. 지금 금액을 총 입장객 수와 맞춰보고 있어."

"누가 맞춰보고 있어?"

"다케시."

아키는 뭔가 생각하는 듯 잠깐 뜸을 들였다.

"좋아, 입구를 닫아. 유이치에게는 너희들과 함께 바로 관객들을 감시하라고 하고, 다케시에게는 대조가 끝나면 내가 있는 곳으로 오라고 말해줘."

"알았어."

아키는 다시 시계를 보았다.

"앞으로 1분 안에 쇼가 시작된다. 서둘러."

사토루는 빠른 걸음으로 입구로 돌아갔다. 입구 옆에 있는 카운터에는 웨이터가 몇 명 모여 양손을 앞으로 모은 채 가게 안의 상황을 보고 있다. 각 테이블에서 주문을 받은 음료나 음식을 다 내가고 한숨 돌리고 있는 모습이다.

가오루가 무선 마이크를 한 손에 들고 무대 위에 모습을 나타냈다. 어수선하던 관객들의 주의가 단상으로 쏠리기 시작하면서 가게 안이 조용해졌다.

테이블석의 얼굴 태반이 자신을 향하고 있는 모습에 가오루는 가볍게 미소를 지어 보이고 마이크를 입가로 가져갔다.

"오늘도 많이 덥죠?"

청중을 향해 가볍게 말을 건네자 이에 호응하는 환호성이 일제히 터져 나왔다.

"이럴 땐 누구나 시원한 청량제를 원합니다. 그렇다면 앞으로 두 시간 동안 목이 터져라 소리를 지르고, 신나게 즐겨봅시다!"

교성과 박수와 테이블을 두드리는 소리가 가게 전체에 소용돌이치고 단상의 가오루는 컴퓨터를 노려볼 때의 찌푸린 표정에서 거짓말처럼 흥분에 가득 찬 표정으로 바뀌어 있다.

"오늘 역시 멋진 경기가 마련되어 있습니다. 엔트리 파이터는 여덟 명. 1회전 네 경기, 2회전 두 경기, 그리고 결승입니다. 승자에겐 20만 엔의 상금. 운이 좋으면 따라 붙는 여자는 덤." 거기까지 말하고 하하 웃는다. "그러면 오늘 밤 또 한 번 전투를 벌여야겠죠."

노골적인 농담에 남자들이 와 하고 들끓는다. 좌중을 휘어잡는 타이밍과 적시적소에 쓸 말을 모두 알고 있다. 싸움질만 빼면 뭘 해도 잘하는 사내. 가오루는 미소를 머금은 채 말을 잇는다.

"룰은 1라운드 무제한. 입식 타격과 그라운드 타격 모두 오케이. 눈 찌르기와 국부 타격 외에는 무엇이든 가능합니다. 상대가 실신, 또는 항복한 시점에서 그 시합은 종료됩니다. 더 이상 힘들겠다고 판단되면 내가 스톱시킵니다. 알겠습니까?"

관객들이 저마다 대답한다.

"그럼 지금부터 쇼타임입니다!"

가오루가 제1시합에 뛸 두 사람에게 눈으로 신호를 보내 단상으로 불렀다. 단상을 보고 있던 아키의 시계視界 한쪽에 금발의 다케시가 들어왔다. 다케시는 옆 의자에 앉았다.

"돈은 51만 엔, 딱 맞아. 카운터 뒤 금고 안에 넣어두었어."

"문은?"

"사토루가 닫았어."

단상에서는 대결에 나설 두 사람이 천천히 상의를 벗기 시작했다.

"넌 가오루 좀 도와줘. 바로 단상으로 가서 몸수색해."

"알았어."

다케시가 무대로 올라가 윗옷을 벗은 두 사람의 바지를 더듬기 시작한다. 주머니와 정강이 쪽에 흉기를 숨기고 있지 않은 것을 확인하고 가오루에게 고개를 끄덕여 보인다. 가오루도 고개를 끄덕여 보이고, 객석을 향해 가볍게 미소를 지었다.

"그럼 제1시합 시작하겠습니다."

다시 들끓어 오르는 환호성을 신호로 단상의 두 사람은 파이팅 포즈를 취했다. 그 포즈만 보고도 아키는 승패의 향방이 어찌 될 것인지를 알 수 있었다. 몸집이 작은 쪽이 이긴다. 상대인 장신의 남자는 기합이 너무 들어간 탓인지 어깨나 목덜미가 필요 이상으로 굳어 있는 것이 느껴진다. 그렇다면 균형 잡힌 힘을 싣지 못하는 어색한 자세가 된다. 그에 비해 몸집이 작은 남자는 주먹을 가녑게 쥐고 있을 뿐 부자연스럽게 힘이 들어가 있는 곳이 전혀 없다. 재빨리 행동에 들어갈 수 있도록 근육을 모으고 있다. 실전 경험이 풍부한지 상당히 편안하다. 일반 사람들 수준의 싸움인 경우 승패를 가르는 것은 반드시 완력의 차이만은 아니다. 물론 힘이 좋으면 더할 나위 없겠지만 얼마나 정확하게 때리고 차는지, 그 타격에 얼마나 체중을 실을 수 있는지에 따라 승패가 대부분 결정된다.

몸집이 작은 남자가 가볍게 페인트를 넣자 거의 반사적으로 키다리가 공격을 개시했다. 페인트는 미끼였다. 공격해 들어온 키다리의 어깨를 스치면서 낮은 중심에서 미끄러지듯 훅을 날려 상대의 몸통에 꽂았다. 크헉, 비명 소리가 키다리의 입에서 새어 나왔다. 여기저기서 고함과 야유가 터져 나오고, 가게 안 전체가 단숨에 달아오른다.

몸집이 작은 남자는 지체 없이 상대의 몸에 연타를 퍼붓는다. 턱, 관자놀이, 하복부. 가드가 느슨해진 곳을 정확하게 가격한다. 단순히 실전 경험이 풍부할 뿐만 아니라 공격을 어떤 순서로 해야 하는지도 아는 듯하다. 페인트를 쓰고 마치 장기의 고수처럼 상대의 반응을 예측하여 공격한다. 당연히 주먹이 신나게 적중한다.

키다리가 비틀거리는 순간 남자가 그 안면을 향해 주먹을 휘둘렀다. 코뼈가 부러지는 소리가 나고 키다리는 엉겁결에 몸을 뒤로 젖혔다. 다시 복부를 몇 차례 공격하고 느닷없이 다리 후리기를 한다. 키다리는 맥없이 쓰러졌다. 엉덩방아를 찧고 코피를 흘리면서 멍하니 상대를 올려다보고 있다. 객석의 젊은이들은 흥분한 나머지 테이블을 두드리고 발을 굴렀다.

　몸집이 작은 남자는 오른손 손등을 아래로 한 채 손가락 두 개를 폈다. 빨리 일어나, 그렇게 야유하듯 그 손가락이 앞뒤로 까딱까딱 움직인다. 가만히 미소를 지으며 상대를 내려다보고 있다.

　아키는 그 모습에 불쾌감을 느꼈다. 상대를 가지고 놀고 있다. 이미 힘의 차이는 분명해졌는데 상대를 희롱하며 즐기려고 한다.

　키다리가 어떻게든 일어서려고 앞으로 고꾸라질 듯 상반신을 일으킨 순간이었다. 양손을 바닥에 짚고 무방비로 드러난 얼굴에 체중이 실린 남자의 발이 날아들었다. 발등이 키다리의 아래턱을 차고 멋진 곡선을 그렸다. 키다리는 뒤쪽으로 날아갔다. 무대 안쪽 벽에 부딪혀서 그대로 주르르 무너져 내렸다.

　다케시가 황급히 키다리에게 달려간다.

　단순히 정신을 잃은 것이라고 생각했다. 아니나 다를까 다케시가 볼을 몇 번 잡아당기자 키다리는 눈을 떴다.

　제2시합이 시작되었다. 무대로 올라간 두 사람의 동작을 살펴보니 도토리 키 재기라는 걸 금방 알 수 있었다. 누가 이긴다 해도 앞선 시합의 몸집이 작은 사내에게 2회전 이후의 시합에서 반드시 무릎을 꿇을 것이다. 아키의 관심은 급속하게 단상에서 멀어졌다.

　제2시합과 제3시합의 막간이었다. 갑자기 객석 뒤쪽에서 비명이 터졌다. 돌아보니 테이블석 가운데에서 장신의 두 남자가 서로 노려보며 서 있었다. 스킨헤드 사토루와 맞서고 있는 것은 G쟌 조끼를 입은 남자다. 아키는 혀를 차면서 재빨리 테이블을 떠났다.

G쟌 남자는 사토루를 향해 무슨 말을 하는 것 같더니 느닷없이 달려들었다. 예상외의 싸움에 주변에 있던 관객들은 소동이 일어났다.

"해치워버려, 히데!"

G쟌의 일행인 듯 입가에 작은 점이 있는 소녀가 새된 소리를 질렀다. 용수철이 튀듯 G쟌은 두 번, 세 번 주먹을 휘두른다. 그 중 한 방을 가슴에 맞고 잠깐 얼굴을 찡그렸지만 사토루는 발차기로 응수했다. 발차기가 복부에 명중하여 ㄱ자로 꺾인 G쟌의 얼굴을 연이어 몇 차례 더 때렸다. 마지막 훅으로 G쟌은 옆으로 날아가 근처 테이블석에 머리부터 처박혔다. 날벼락을 피하려고 황급히 자리에서 몸을 빼는 무리들. 테이블이 뒤집히고, 그 위에 있던 컵과 접시, 맥주병 들이 G쟌 남자와 함께 와르르 떨어져 요란한 소리를 내며 깨졌다. 사토루는 거친 숨을 내쉬면서도 옆에 있는 아키에게 사과했다.

"미안해, 아키. 미리 막지 못해서."

"이놈이 아까 말한 그놈이야?"

사토루는 고개를 끄덕였다.

"두 번째 시합 중간부터 난동을 부리기 시작했어. 이런 엉터리 시합, 웃긴다나."

아키는 자기도 모르게 웃었다. 제2시합에 관한 한 맞는 말이었다. 그러나 사토루는 그런 아키의 표정은 눈치 채지 못하고, 흥분을 가라앉히지 못한 채 말을 잇는다.

"심한 욕설을 퍼부었어. 심지어 옆 테이블에 수작을 부리기 시작하더군. 내가 주의를 줬더니, 이 꼴이 됐지."

말이 끝났을 때 G쟌 남자가 상반신을 벌떡 일으켰다. 얼굴은 부어올라 일그러지고 입가에는 피가 맺혀 있다. 굴욕과 증오가 뒤섞인 눈으로 아키와 사토루를 노려보았다. 그리고 옆에서 깨진 맥주병을 집어 들더니 벌떡 일어나 두 사람에게 미친 듯이 달려들었다. 날카롭게 깨진 맥주병 끝을 거침없이 휘두르며 달려온다. 주변 테이블에서 비명이 울린다. 아키는 공격을 피하면서 병을 가진 오른팔이 펴진 순간에 재빨리 상대의 품으로 미끄러져 들어갔다. 그리고 그와 동시에 놈의 오른손 손목을 잡고 상대의 힘을 이용하여 균형을 무너뜨리고 상반신을 왼쪽으로 비틀면서 등 뒤에 있는 상대의 얼굴을 향해 주먹을 날렸다. 뼈까지 도달한 확실한 느낌이 왼쪽 팔꿈치에 전해오고, 상대의 오른손에서 맥주병이 떨어졌다. 남자는 그대로 아키의 등에 기대듯 다시 바닥에 쓰러졌다.

플로어에 큰대 자로 뻗은 남자는 꼼짝도 하지 않는다. 완전히 정신을 잃은 남자에게 동료들이 달려간다. 옆에 쭈그려 앉은 한 젊은이가 머뭇머뭇 남자의 얼굴을 쿡쿡 찔렀다. 그 얼굴이 스르르 비스름하게 기울고, 반쯤 벌어진 입가에서는 게거품이 흘러나왔다. 그리고 동시에 양팔이 부들부들 떨리기 시작한다.

"경련을 일으켰어."

젊은이는 중얼거리더니 원망하는 듯한 눈빛으로 아키를 올려다보았다.

"꼭 이렇게까지 해야 했어?"

아키는 무표정하게 대답했다.

"흉기를 들었으니까." 적당히 조절해서 반격할 힘을 남겨뒀다면 돌이킬 수 없는 상처를 입었을지도 모른다. "안 그랬으면 내가 당했어."

그 말에 상대 쪽 젊은이는 입을 다물었다. 하지만 옆에 쪼그려 앉은 소녀는 얼굴을 바짝 치켜들었다. 입가의 작은 점. 눈동자에서 흘러나온 눈물로 마스카라가 번졌다. 좀 전에 사토루와 시비가 붙었을 때 교성을 지른 여자였다.

"이런 짓을 해놓고 그냥 넘어가려고?" 남자의 머리를 끌어안은 채 여자는 아키에게 대들었다. "신고하고 말 테야!"

대답하려고 막 입을 연 아키 옆에서 킥 하고 웃는 소리가 들렸다. 어느새 가오루가 옆에 서 있었다.

"실컷 행패를 부려놓고, 신고를 하시겠다?" 어처구니가 없다는 듯 가오루는 말을 이었다. "맥주병으로 먼저 공격한 것은 그쪽이지 아마? 게다가 비무장인 우리들을 말이야, 누가 봐도 정당방위일걸. 안 그래?"

마지막 한마디는 주위 관객들에게 던진 말이었다.

그래, 맞아! 하고 고함치는 소리가 테이블석에서 터져 나왔다.

소녀와 그 친구는 함께 입술을 깨문다. 가오루는 가만히 웃었다. 주위 분위기를 읽고 바로 그것을 아군으로 만든다.

"신고할 테면 신고해봐, 우린 아무 상관 안 할 거니까. 잘못은 너희들한테 있어. 법원에서 싸워봤자 양쪽 다 처벌받을 뿐이야. 노력과 시간을 들여서 오늘 밤 여기에 있던 사람들의 웃음거리나 되겠지. 게다가 이 시부야에서는 두 번 다시 쪽팔려서 얼굴도 들고 다니지 못할 거고."

 그렇게 말하고 입구 쪽에 있는 사토루에게 턱을 치켜들어 보였다. 사토루는 즉각 문을 열어젖혔다.

 "자, 이러쿵저러쿵 말할 시간 있으면 저 녀석이나 얼른 병원에 데리고 가."

 젊은이들은 잠깐 가오루를 노려본 후 G쟌 남자를 메고 일어나서 나갔다. 그것을 말없이 배웅하는 가오루의 등을 향해 테이블석에서 박수와 환호성이 터졌다.

 가오루는 관객들을 향해 미소를 지었다.

 "자, 갑작스런 불청객이 사라졌으니 이어서 제3시합을 시작하겠습니다."

 교묘히 분위기를 바꾸면서 아무 일도 없었다는 듯 무대로 돌아갔다. 그 뒷모습을 보면서 아키는 카운터로 향했다.

 흉기를 든 상대 때문에 긴장을 좀 한 탓인지 목이 말랐다.

 "물 좀 줘."

 아키와 동년배로 보이는 바텐더가 고개를 끄덕이고 냉장고에서 페트병을 꺼내 유리컵에 물을 따른 뒤 아키 앞에 놓았다.

 물을 막 마시려는 순간 아키의 등 뒤에서 말소리가 들렸다.

 "너, 꽤 하던데?"

 뒤돌아보니 제1시합에서 이긴 몸집이 작은 남자가 유리컵을 든 채 입가에 미소를 머금고 있었다. 그는 아키에게 다가와 옆 의자에 앉았다.

 "보통 쇠붙이 같은 걸 상대하게 되면 자기도 모르게 몸이 움츠러들게 마련이지." 그는 득의양양하게 말을 이었다. "그런데 움츠러들기는커녕 오히려 품으로 파고 들어가 주먹 한 방으로 상대를 눕혀버렸어."

"……."

말없는 아키에게 그는 다시 미소를 지어 보였다.

"네가 이 파티를 기획한 거야?"

아키는 여전히 잠자코 한 모금 두 모금 컵에 있는 물만 마셨다. 폭력에 둘러싸인 녹록치 않은 생활을 하고 있지만 아키는 그것을 재미있다고 생각한 적이 한 번도 없었다. 단지 벌이가 높은 일로서 먹고살기 위해 하고 있을 뿐이다. 먹고살기 위해 몸을 단련하고 있다. 좋지도 싫지도 않다. 그뿐이다.

상대를 쓰러뜨린 직후에 보인 이 사내의 잔인한 미소. 실력 차가 명백한 상대를 농락하며 가학적인 유희를 즐겼다.

누굴 훈계할 입장이 아니란 건 스스로도 알고 있다. 하지만 그런 놈에게 싸움을 잘한다는 이유만으로 친근감을 갖게 했다는 것이 싫었다.

대꾸를 하지 않는 아키에게 바텐더가 힐끗 시선을 던진다. 무시당하는 것 같은 상황에 남자는 좀 날카로워졌다.

"너, 귀 없어?"

"귀야 있지." 아키는 말하고 가게 안쪽의 무대를 바라보았다. 관객들의 성원을 받으면서 단상에서 파이트가 계속되고 있다. 제2시합과 마찬가지로 낮은 수준의 싸움이었다. "하지만 너하곤 이야기할 생각이 없어."

순간적으로 폭력의 기운이 팽배해지면서 그는 아키에게 찌르는 듯한 일별을 던졌다. 아키는 그 시선을 침착하게 받아냈다. 잠깐 동안 눈싸움이 지속되었지만 먼저 눈을 피한 것은 남자 쪽이었다. 그는 분연히 자리에서 일어났다.

"그런가. 방해해서 미안하군."

한마디 내뱉고는 난폭하게 발소리를 내면서 테이블석으로 돌아간다.

아키가 왼손에 들고 있는 유리컵은 비어 있었다. 바텐더가 비로소 입을 열었다.

"아키, 한 잔 더 마실래?"

"아니, 됐어." 아키는 의자에서 내려왔다. "미안해."

바텐더는 웃으며 고개를 흔들었다.

"가게도 너희들 덕을 보는데 뭐."

아키는 애매한 미소를 짓고는 카운터를 떠났다. 무대에서는 제4시합이 시작되었다. 테이블석을 빠져나가는데 사토루가 다가와 어깻죽지에서 속삭였다.

"……아깐 미안했어." 사토루는 눈을 맞추지 못하고 말했다. "번거롭게 해서."

G쟌 남자가 맥주병을 들었을 때 사토루가 순간 얼어붙은 것을 아키는 알고 있었다. 한심한 그때의 모습을 부끄러워하고 있다. 그리고 그 사실을 아키가 어떻게 생각하는지 걱정하고 있다.

"괜찮아." 그렇게 말하고 사토루의 입장을 세워주었다. "내가 더 가까웠어. 그래서 대응했을 뿐이야."

사토루는 안심한 듯 고개를 끄덕이고 아키에게서 멀어졌다.

무대 옆 테이블에 앉은 아키는 단상에서 벌어지고 있는 시합을 구경했다. 서로가 열심히 치고받고는 있지만 하나같이 허점투성이다. 맨 앞줄 자리에서는 각각의 파이터를 응원하는 사람들이 주먹을 치켜 올리고 몸을 들썩이고 입에 거품을 물어가면서 소란을 떨고 있다. 그 관객들 너머로 좀 전에 만났던 몸집이 작은 남자를 보았다. 팔짱을 끼고 가소롭다는 듯한 미소를 떠올린 채 단상의 싸움을 지켜보고 있다.

시합 중에 가오루가 무대 옆에서 아키의 테이블로 왔다.

"저 자식, 꽤 세던데?" 아키의 시선 끝을 가리키며 가오루가 말했다. "오늘은 저 자식이 될 것 같아."

"아마도." 아키는 고개를 끄덕였다. "하지만 기분 나쁜 놈이야."

가오루는 빙긋이 웃었다.

"그래도 구경꾼들은 센 걸 좋아하지."

양쪽 다 녹초가 되어 싸우다가 한쪽 주먹이 다른 쪽 턱을 갈기자 얻어맞은 자가 바닥에 나뒹군다. 가오루가 다시 단상으로 가서 쓰러진 자에게 속행 여부를 묻는다. 그가 고개를 흔들고, 1회전 마지막 시합이 끝났다.

2회전 제1시합. 1회전 제1시합과 제2시합의 승자가 단상으로 올라갔다. 결론부터 말하면 승부랄 것도 없었다. 몸집이 작은 남자는 전 시합과 달리 갑작스럽게 공격에 나섰다. 상대에게 숨 쉴 틈도 주지 않고 세 번째 공격으로 관자놀이에 결정타를 날리고 시합 개시 10초도 안 돼 상대를 무대에 눕혔다. 1회전과는 판이하게 다른 속공으로 관객들도 숨을 죽였다.

제2시합. 지루하게 이어진 공방 끝에 마지막까지 버틴 한쪽이 승리를 줍다시피 했다.

2회전이 끝난 후 15분간 휴식시간을 가졌다. 다시 가오루가 아키에게 왔다.

"집계는 끝났지?"

그 물음에 아키는 고개를 끄덕였다.

"카운터 안쪽 금고에 있어." 아키가 말했다. "결승전 전에 상금은 꺼내놔야지."

"그게 낫겠네." 객석에서 볼 수 없게 가리고 두 파이널리스트를 비교해보면서 가오루도 고개를 끄덕였다. "저 작은 놈의 상대에겐 미안한 말이지만 순식간에 끝나 버릴 테니까."

웨이터가 테이블 사이를 분주하게 움직이고 있다. 파티가 시작되면 무대 위로 시선이 집중되는 탓에 대부분의 관객들은 음료수나 음식을 주문할 여유가 없다. 그래서 매회 휴식시간마다 추가 주문이 쇄도한다.

옆에 앉아 있는 가오루가 크게 하품을 하고 손목시계를 본다.

"지금, 아홉 시 반이야. 열 시 전에는 시작해야지." 아키에게 말한다. "그 후엔 어쩔 거야? 오랜만에 애들 데리고 술이나 마실까?"

"넌 어떡하고 싶은데?"

가오루는 가볍게 한쪽 눈썹을 치켜 올렸다.

"딱히 뭐……. 그냥 너한테 맡길게."

아키는 조금 생각하는 듯하더니 대답했다.

"오늘 밤엔 그냥 가자."

"그럼 집에 가서 야채 볶음이나 해 먹을까?"

아키는 얼굴을 찡그렸다.

"또 그거야?"

"만들지도 않을 거면서 툴툴대지 마." 가오루는 입을 삐죽 내밀었다. "식이섬유는 몸에 좋아."

휴식시간도 반쯤 지났다. 아직 더 할 말이 있는 것 같은 가오루를 남겨두고 아키는 자리에서 일어났다. 테이블석을 지나 카운터로 가서 바텐더에게 부탁해 안쪽에서 금고를 꺼냈다. 카운터 뒤쪽으로 돌아 들어간다. 그곳에 작은 창고 겸 사무실이 있다. 내부는 다다미 넉 장 반의 정방형 공간으로 작은 테이블과 의자가 몇 개 있고, 주위 벽에는 맥주 상자와 과자, 간단한 식자재 상자가 쌓여 있다.

금고를 한쪽 손에 들고 문을 열자 작은 테이블 너머에 빨간 알로하 털보가 앉아 있었다. 한쪽 팔꿈치를 괸 채 멍하니 담배를 피우고 있다.

"종업원 애들 안 봐줘도 돼요?" 테이블 위에 금고를 놓으면서 아키가 물었다. "곧 결승이에요."

"필요 없을걸." 연기를 내뿜으면서 털보가 대답했다. "휴식 전에 주문 준비는 해줬어. 그다음엔 애들이 다 알아서 해."

"그렇군요."

"피곤해 정말."

"네?"

"사람이 맞아서 실려 갔어. 그걸 보고 애들이 앵앵대."

이발소에서 가지런하게 다듬은 머리카락에 희끗희끗 흰머리가 보인다. 아키가 묻는다.

"사장님, 몇 살이죠?"

털보는 쓴웃음을 지었다.

"말해줬는데."

테이블에 앉아 금고 문을 열었다. 지폐가 종류별로 열 장씩 고무줄로 묶여 있다. 멤버들도 겨우 돈을 정리하는 것에 신경을 쓰게 되었다. 이제까지는 가오루가 입에 신물이 나도록 몇 번이나 주의를 주었다.

지폐를 종류별로 다시 세어보고 그것의 합계를 냈다. 다케시가 말한 대로 정확히 51만 엔이었다. 그중에서 우선 상금인 20만 엔을 빼내고, 잔액에서 다시 멤버들의 아르바이트비로 12만 엔을 뺐다. 최종 잔액 19만 엔을 오른쪽 뒷주머니에 쑤셔 넣는다. 이것이 오늘의 기본 수입.

"오늘 밤 리베이트는 필요 없어요." 아키가 주인에게 말했다. "아까 깨뜨린 그릇들 값과 테이블 수리비로 써요."

G쟌과 싸웠을 때 뒤집힌 테이블을 말하는 것이다. 털보는 고개를 끄덕였다.

"너랑 가오루, 이 일 하면서 한 달에 얼마나 버는 거야?"

"대략 70만 엔에서 80만 엔 사이에요."

"다른 멤버들은?"

"파이트머니로 한 달에 10만 엔 좀 못 벌죠."

"그래도 불만 없어?"

"걔들도 따로 평균 20만 엔쯤은 벌고 있어요." 원정 일을 말하는 것이다. 격투에 나서서 이겼을 경우 15만 엔의 파이트머니. 원정에 동행한 수고비로 1회에 약 3만 엔. 그런 원정이 한 달에 서너 번. 아키와 가오루는 원정 때의 파이트에는 참가하지 않는다. 즉 멤버들은 평균 한 달에 한 번꼴로 파이터가 된다.

"그걸 더하면 한 달에 약 30만 엔. 1주일에 많게는 두 번 동행하는 것만으로도 그만큼의 수입이 들어오죠."

"괜찮군."

"나와 가오루는 그 수입까지 합하면 한 달에 90만 엔에서 110만 엔 사이, 즉 1인당 50만 엔쯤 벌어요. 하지만 그건 손님을 모으기 위한 통신비, 채산성 검토, 이익이 나지 않았을 때의 뒤처리. 모두 둘이서 준비하기 때문이죠. 위험하기도 하고, 시간도 들고. 한편 쟤들은 그냥 여기에 와서 도와주는 것만으로도 그 아르바이트비를 받을 수 있죠."

"그러니까 그 수고와 책임을 생각하면 너희 둘과 멤버 애들이 받는 20만 엔의 수입 차는 당연하다는 거야?"

"그런 뜻은 아니에요." 아키는 되풀이해서 말한다. "단지 내가 애들이라면 불만을 느낄 만한 대우가 아니라는 거죠."

사실 그대로였다. 설립 당시에 멤버들은 단지 아키의 완력이 두려워 따라 다녔을 뿐이다. 1년쯤 전에 유이치와 나오가 상해 사건을 일으켰을 때 아키와 가오루는 피해자에게 합의금을 주는 대신 두 사람을 미야비에서 추방하려고 했다. 앞뒤를 생각하지 않고 불필요하게 조직을 위험에 빠뜨린 두 사람에게 진절머리가 났기 때문이다.

유이치와 나오는 아키에게 울며 매달렸다. 이제 와서 우리한테 시급 800엔짜리 아르바이트나 찾아보라는 말이냐고. 당근과 채찍의 채찍을 칠 시기는 지나고, 멤버들에겐 당근의 달콤함을 놓칠 수 없는 시기가 된 것이었다. 리더를 중심으로 똘똘 뭉친 바위 같은 조직. 굳이 힘을 보여주지 않아도 아키와 가오루가 정한 방침은 절대적인 권위를 갖고 있었다.

사장은 아키를 똑바로 쳐다보면서 다시 입을 열었다.

"장래가 걱정되는 악동들이군."

"미야비가?"

"아니." 사장은 고개를 저었다. "너와 가오루 말이야."

아키는 코웃음을 쳤다.

"제대로 된 일 해서 살 수 있는 세상인가요?"

벽 건너편에서 들려오는 관객들의 성원이 한층 더 커졌다.

금고 바닥에 있던 봉투를 꺼내 상금과 멤버들에게 나눠줄 돈을 각각 넣었다. 봉투를 들고 플로어에 나가 보니 결승전이 이미 시작되고 있었다.

단상에서 두 젊은 애가 싸우고 있었다. 충분히 여력을 남기고 이기고 올라온 자와 박빙의 승부를 벌이다 어찌어찌 승리를 주워 온 자의 싸움. 결승전에 오르기까지의 과정의 차이가 바로 실력의 차이이다. 싸움이라기보다 일방적인 희롱에 가깝다. 허공을 가르는 상대의 주먹. 그 허점을 노려 몸집이 작은 남자의 손과 발이 정확하게 상대의 급소를 가격한다. 테이블석에 앉으면서도 아키의 시선은 단상에서 떨어지지 않았다. 그리고 문득 한 가지 사실을 깨달았다. 이 시합에서 몸집이 작은 남자는 상대의 얼굴이 무방비 상태여도 그곳을 공격할 생각을 하지 않는 것이었다. 한 방에 끝낼 수 있는 얼굴은 노리지 않고, 굳이 몸통만을 공격하고 있다. 결승전 뒤에 남은 시합은 없다. 즉 체력을 아끼기 위해 서둘러 이길 필요는 없다. 허벅지에 로킥을 날리고, 옆구리를 오른 주먹이 후비고, 명치에 팔꿈치를 찍는다. 급소를 쳐도 상대가 쓰러질 정도로 체중을 싣지 않는다. 조금씩 상대를 약화시켜가며 승패의 순간을 미루면서 그 과정을 즐기고 있다.

그 얼굴에 얼핏 떠올랐다 사라지는 잔인한 미소. 아키는 말보로에 불을 붙이고 긴 연기를 내뿜었다. 놈은 여전히 단발적인 공격으로 일관한다. 이윽고, 결국 더 이상 견딜 수 없었는지 상대는 한쪽 무릎을 꿇었다.

끝났군, 하고 아키가 생각한 것과 몸집이 작은 남자의 발차기가 상대의 얼굴에 날아든 것은 거의 동시였다. 1시합 때와 같은 마무리 방법이었다. 온힘을 실은 발차기가 관자놀이를 강타했다. 대전 상대의 목은 충격으로 비틀리고, 몸 전체가 옆으로 날아갔다. 그걸로 끝이었다. 울려 퍼지는 환호와 고함. 다케시가 바닥에 뻗은 사내의 양팔을 잡고 윙으로 끌고 간다.

단상에서 내려온 남자는 같은 테이블의 일행들로부터 축하를 받고 있다.

아키는 일어서서 무대 윙에 서 있는 가오루에게 상금이 든 봉투를 건넸다.

"결승전은 나도 주의해서 보았어."

봉투를 받으면서 가오루는 아키에게 미소를 짓는다.

"확실히 재수 없는 놈이야."

그렇게 말하고 단상 중앙까지 걸어가 마이크를 잡았다. 몸집이 작은 남자를 다시 단상으로 불러 상금을 건넸다. 박수와 환호성이 터지고 막이 내려갔다.

"자 여러분, 다음 시합 개최 예정일은 다음 주 목요일입니다." 가오루가 말했다. "예약은 늘 하던 대로 메일로 받을 테니 잘 부탁드립니다."

다시 한 번 박수가 터지고 손님들이 자리에서 일어나 줄줄이 출구 쪽으로 간다. 걸으면서 아직 흥분이 가라앉지 않은 표정으로 저마다 오늘의 시합 내용을 이야기하며 되새기고 있다.

손님이 다 나가기를 기다렸다가 가오루가 가벼운 걸음으로 단상에서 내려왔다.

"아홉 시 오십 분이야." 가오루가 시계를 보고 말했다. "비교적 빨리 끝났네."

아키가 고개를 끄덕였다.

"어서 정산이나 하자."

"알았어."

가오루는 아키 옆에 앉아 테이블 밑에서 컴퓨터가 들어 있는 가방을 꺼냈다. 가방을 열고 옆 주머니에서 봉투를 넉 장 꺼냈다. 현금이 들어 있다. 그중 하나만 좀 두툼하다. 지난 주 원정분 지금금이다. 테이블 위에 놓인 넉 장의 봉투 위에 이번엔 아키가 오늘 지급할 돈이 담긴 봉투를 올려놓는다.

"장사 잘되는군."

얼굴을 들어 보니 오늘 우승한 몸집이 작은 남자가 일행들을 이끌고 두 사람 앞에 서 있었다. 입가를 일그러뜨리고 웃으면서 아키를 똑바로 내려다보고 있다.

가오루가 즉각 붙임성 있게 대응한다.

"뭐 그럭저럭." 그렇게 말하고 웃었다. "오늘 수고 많았어."

"마지막 시합, 괜찮았지?" 남자는 가오루는 아랑곳 않고 계속 말을 잇는다. "너무 빨리 끝내버리면 재미없어 할 것 같아서 나 나름대로 신경 좀 썼거든."

하지만 아키는 말없이 고무줄로 1인분씩 봉투를 묶고 겹쳐놓는다. 그것이 끝나자 가오루에게 말했다.

"애들 불러와."

명백한 무시였다. 가오루는 쓴웃음을 지었고, 남자 일행은 격분했다.

"야, 이 새끼야, 류이치의 말에 대답해."

가오루가 가볍게 아키의 어깨를 치고 자리에서 일어났다.

"그럼 불러올게."

"부탁해."

그렇게 대답하고 아키는 남자 일행을 돌아보았다.

"파티는 끝났어. 너희들과 싸우고 싶지도 않지만, 알고 지내고 싶지도 않아. 그러니까 돌아가."

뭐라 말하려는 일행을 류이치가 손으로 제지했다.

"알았다." 류이치는 조용히 말했다. "그러니까 아무래도 나랑은 얘기하고 싶지 않다는 것이군."

"할 필요가 없지."

류이치는 싸늘한 시선을 던진 채 또다시 입가를 일그러뜨렸다.

"날 싫어하나 봐?"

그 태도에 문득 든 의문이 아키의 입을 통해 흘러나왔다.

"너야말로 왜 그렇게 나한테 신경 쓰지?"

"때가 되면 알아."

그렇게 말하더니 동료들에게 턱으로 지시하고 출구로 향했다. 중간에 가오루가 데리고 온 미야비 멤버들과 엇갈린다. 두 패거리 사이에 순간 긴장이 감돌았지만 이내 사라졌다.

미야비 멤버 다섯 명이 아키가 앉아 있는 테이블로 왔다. 가오루가 출구에서 나가는 류이치 일행을 보며 입을 열었다.

"너한테 미련이 많은가 본데?"

"나한텐 그럴 이유 없어."

아키는 네 쌍의 봉투를 각자에게 건넸다.

"아키 오랜만에 술이나 한잔하러 갈까?" 스킨헤드 사토루가 조심스럽게 유혹한다. "오늘은 내가 한 턱 낼 수도 있고."

아직 아까 있었던 일을 신경 쓰고 있는 것 같다. 그렇게 생각했지만 아키는 웃으며 고개를 흔들었다.

"다케시에게나 한 턱 내." 미야비 모임 외의 장소에서는 이 두 사람이 자주 같이 다닌다는 걸 알고 있었다. "다케시가 무대 일을 하지 않았다면 나도 그 소동을 몰랐을 거야."

다케시가 웃으며 사토루의 어깨를 툭 쳤다.

"그런 거야, 인마."

먼저 다케시와 사토루가, 이어서 유이치와 나오가 가볍게 손을 들어 인사하고 가게를 나갔다.

음악이 멈추고, 조명이 환한 텅 빈 가게에 아키와 가오루가 남았다. 웨이터들이 테이블 정리로 바쁘게 돌아다니고 있다.

가오루가 크게 하품을 했다. 아키는 바지 뒷주머니에 있던 지폐를 테이블 위에 꺼냈다.

"19만 엔이야." 아키가 말했다. "리베이트는 깨진 그릇 값과 테이블 수리비로 쓰라고 했어."

가오루는 돈을 가방에 넣었다. 그리고 천장을 올려다보며 손가락을 꺾기 시작했다.

"콩나물과 돼지고기 유통기한이 분명 오늘까지였어. 완두콩도 간당간당한데."

"그래서 야채 볶음은 싫다고 했잖아."

두 사람은 테이블 사이를 빠져나와 가게 밖으로 사라졌다.

2

어떤 상황에서든 조심해서 나쁠 게 없다. 그것이 세 사람의 공통된 생각이었다.

1박에 7만 엔짜리 스위트룸은 이날을 위해 예약해두었다. 창 커튼을 모두 내리고 문에는 자물쇠를 걸고 체인까지 채웠다. 테이블을 사이에 둔 거실 소파에 세 남자가 앉아 있었다.

테이블 위에는 빈 맥주병과 마시고 난 술잔이 세 개. 방금 전에 셋이서 조촐한 축배를 들었다.

"자."

먼저 말을 꺼낸 것은 30대 중반의 눈매가 매서운 남자였다. 넓은 이마에서 내려오는 긴 얼굴은 깊은 눈, 높은 콧마루, 야무진 입매로 이어진다. 마른 체형이지만 반소매 셔츠 아래로 드러난 긴 팔에는 잘 단련된 근육이 솟아 있다.

"슬슬 시작해볼까."

테이블 반대쪽에 앉아 있던 두 남자는 말없이 고개를 끄덕였다. 한 명은 먼저 말을 꺼낸 남자와 거의 같은 연배로 덩치가 큰 남자였다. 그냥 덩치만 큰 것이 아니라 서머 재킷을 걸치고 있어도 골격과 근육이 좋다는 것을 충분히 짐작할 수 있다. 굵은 눈썹에 잘 생기고 큰 코가 정면을 향하고 있다.

또 다른 한 명은 약간 피곤해 보이는 쉰 가량의 반백의 머리였다. 미간에도 나이에 걸맞은 주름이 패어 있고, 새벽 3시가 지났다는 것을 감안하더라도 육체적인 피로만으로는 보이지 않는 양눈 밑 다크서클이 짙다.

맥주병과 술잔을 정리하고 테이블 위를 원래 상태로 되돌렸다.

덩치 큰 남자가 가만히 입을 다셨다.

이 순간을 위해 세 남자는 6개월 전부터 계획을 세우고 짬을 내서 몇 번이나 손님을 가장해 사전조사를 하며 준비해왔다.

마른 남자가 옆에 놓여 있던 묵직해 보이는 보스턴백을 테이블 위에 올렸다. 한가운데에 흔한 영문자 로고가 들어간 어디에서나 팔 법한 가방이다.

남자는 지퍼를 끝까지 다 열고 천천히 양손으로 가방 밑을 잡고 거꾸로 들어올렸다. 가방에서 대량의 지폐다발이 소리를 내며 쏟아졌다. 고무줄로 아무렇게나 묶여 있는 것도 있고, 끈으로 깔끔하게 묶여 있는 지폐다발도 있다.

결코 도난신고가 들어갈 리 없는 산더미 같은 지폐다발.

당연히 이 돈의 행방을 놓고 경찰 수사가 시작될 염려도 없다.

오사카 남쪽에 본거지를 둔 전국구 폭력단 '마쓰타니구미'가 경영하는 불법 카지노 바가 롯폰기 6가의 아만도 근처 잡거빌딩 지하에 있다.

전부터 간토^{關東} 진출을 노리고 있던 '마쓰타니구미'는 5년 전 이 지역의 도박계 조직폭력단 '마후사쿠라바카이'를 접수하고 6가에 카지노를 열었다. 평일 운영은 음식 수입이 주고, 딜러도 형식적으로만 있을 뿐이다. 시간을 정하고 가게에서 준비한 경품과 칩을 바꾸는 여흥의 범위 내에서 하고 있지만, 금요일 밤만은 '당일회원전용'이라는 간판 아래 완전한 불법 영업으로 전환된다. 평일 영업 때 특히 돈이 될 것 같은 고객을 눈여겨 봐뒀다가 금요일 모임을 은밀히 제안하는 식으로 고객을 모은다.

그들 세 명은 그 점에 주목했다.

우선 반백의 머리가 평일에 몇 번 가서 테이블에 돈을 뿌렸다. 아니나 다를까 세 번째 갔을 때 종업원이 귀엣말을 해왔다. 매주 금요일 밤에 특별한 모임이 있다고. 당일엔 입구에 있는 종업원이 예약 유무를 확인한다.

"일주일 전에 부킹했어."라는 암호를 대면 입실할 수 있다.

사정을 모르고 예약하지 않았다고 대답한 사람은 그대로 돌려보내진다.

첫 금요일은 반백 머리와 마른 남자가, 한 달 후 두 번째 금요일에는 마른 남자와 덩치 큰 남자가 쌍으로, 세 번째 이후에는 각자 한 명씩, 한 달 간격으로 내부 사전조사 겸 훈련을 했다. 5개월 동안 각자 두 번만 얼굴을 내밀려는 계산이었다. 그것도 상당한 시간을 두고. 금요일 종업원이 되도록 얼굴을 기억하지 못하도록 하기 위해서다.

그리고 어젯밤 오후 9시. 이 방에 모인 그들은 도면을 펼치고 마지막으로 역할 분담을 확인한 후, 준비를 마치고 호텔에서 나왔다. 새벽 1시 30분에 덩치 큰 남자가 운전하는 임프레자를 카지노 바에서 조금 떨어진 파킹미터에 주차했다.

건물 뒤쪽으로 돌아간 세 사람은 먼저 외벽에서 지하로 공기를 보내는 공조 설비의 배관 내부에 작업을 개시했다. 가져온 가방 안에는 타이머 키트가 달린 무색무취의 수류탄형 최면 가스가 들어 있었다.

가스를 구해온 것은 마른 남자였다. 대략적인 계획이 정해진 3개월 전에 홋카이도 오타루에서 러시안 마피아에게 부탁해 구 소련군이 빼돌린 물건을 120만 엔에 샀다. 그것에 수제 타이머와 모터를 달아 배관 내부에 장치한 것은 반백 머리였다. 원래 전기 통신과 공조 관련 시공업자인 그는 장치를 건물 흡기 배관의 어디에 붙이면 가장 효과적인지 숙지하고 있었다. 공조 팬을 뜯어내고 배관 내부를 들여다본다. 그러고 나서 정확히 한 시간 후에 모터가 돌기 시작해 수류탄 핀이 떨어지도록 타이머를 맞추고, 다른 두 사람에게 고개를 끄덕여 보였다. 반백 머리는 타이머를 온^{ON}으로 했다. 그리고 그와 동시에 세 사람은 각자 차고 있는 손목시계의 스톱워치를 눌렀다. 반백 머리는 수류탄을 주변 장치와 함께 배관 내부에 설치하고 나서 다시 재빨리 공조 팬을 달기 시작한다. 공조 팬을 오래 떼어놓으면 지하에 있는 에어컨이 이상을 일으키기 때문이다.

몇 분 후 마른 남자와 덩치 큰 남자가 잡거빌딩의 계단을 내려가 지하에 있는 카지노 바의 입구에 섰다. 철문 앞에 있던 경비원이 두 사람에게 예약 여부를 묻는다. 그들은 암호로 대답하고 윗옷에서 발목까지 몸수색을 받았다. 하지만 주위가 어두운 탓도 있고, 경비원은 두 남자의 신발 바닥이 조금 두툼해져 있는 것까지는 눈치 채지 못했다.

덩치 큰 남자는 맨손이었다. 마른 남자의 보조가방이 조사를 받았다. 안에는 300만 엔이 들어 있었다. 그들에게 보여주기 위한 일종의 미끼인 셈이다. 경비원은 말없이 고개를 끄덕이고 문 옆에 붙어 있는 전자자물쇠의 번호를 눌렀다. 경비원의 넓은 등 때문에 그의 손가락 끝은 보이지 않았다. 늘 그랬다. 철컹 하고 마른 소리가 나면서 두꺼운 철문이 열렸다.

주말이라 그런지 카지노 안은 손님으로 북적였다. 카운터 바가 있고, 룰렛, 바카라, 블랙잭 테이블과 함께 대략 60평쯤 되는 공간에 서른 명 이상의 손님이 웅성대고 있었다. 대부분이 개인사업자나 회사 임원 등이지만 연예인도 띄엄띄엄 보인다. 드라마에서 자주 보는 젊은 배우와 연이어 밀리언셀러를 기록하고 있는 록 가수가 테이블 위에서 펼쳐지고 있는 게임에 정신을 못 차리고 빠져 있었다. 도都 내에서도 이만큼 상류층 고객을 모을 수 있는 불법 카지노는 없다. 게다가 오늘 밤은 예상 이상으로 많은 손님이 들었다. 두 사람은 시선을 맞추고 서로 빙긋이 웃었다.

카운터에서 100만 엔만 칩으로 바꿔 둘이 나눠 갖고 각자 바카라와 룰렛 테이블에 앉았다. 게임에 참가하면서 다시 한 번 가게 안의 종업원 배치를 머릿속에 새겨 넣었다. 경비원 두 명이 방 안쪽 양 구석에 서 있다. 두 대의 룰렛 딜러 두 명과 바카라와 블랙잭 지배인이 두 명. 바텐더가 두 명. 그리고 플로어 매니저와 환전·금전출납 담당까지 합쳐 총 열 명이었다.

손목시계의 스톱워치가 시작되고 나서 45분이 지났다.

우선 마른 남자가 출구 옆에 있는 남성용 화장실에 들어갔다. 두 개가 나란히 있는 서양식 화장실의 안쪽 화장실에 들어가 문을 닫았다. 아무도 들어오지 않는 것을 귀로 확인하고 나서 변기 뚜껑을 내리고 위로 올라가 천장 구석에 있는 점검구 뚜껑을 밀어 올려 옆으로 비켜놓았다. 구멍 안으로 손을 집어넣어 미리 숨겨놓았던 물건을 꺼낸다. 이어서 재빨리 뚜껑을 닫고 변기 위에 앉았다. 남자의 손바닥에는 지름 2센티미터, 길이 10센티미터 정도의 가는 막대기 모양의 관이 두 개 놓여 있다. 간이식 에어 프로텍터. 연속 사용 시간은 약 15분. 그 관 중앙에는 입에 물 수 있도록 마우스피스 같은 돌기물이 있다. 관 양 끝의 구멍을 통해 빨려 들어온 최면 가스는 도중에 이온 필터를 통과하며 그 성분이 여과·중화되는 구조로 되어 있었다. 이것도 러시아인으로부터 최면 가스와 함께 구입한 것이다. 하나에 20만 엔. 바닥이 두툼한 신발의 깔창 속에 넣어 지난번 사전조사 때 가지고 들어왔다.

48분. 덩치 큰 남자가 화장실에 들어왔다.

"가키자와."

덩치 큰 남자는 자신 외에 아무도 없는 것을 확인하고 나서 안쪽에 대고 작은 소리로 묻는다.

"그건 괜찮아?"

가키자와라 불린 마른 남자는 대답 대신 안쪽에서 문을 두 번 노크했다. 덩치 큰 남자도 그 옆 화장실에 들어가 문을 닫았다.

두 남자가 각자 화장실 안에서 신발 바닥을 벗겨내기 시작했다. 거의 동시에 오른쪽 신발 바닥에서 마치 미니어처 같은 작은 권총을 꺼낸다. 손바닥에 쏙 들어갈 정도로 작고 땅딸막한 권총, 레밍턴 더블 데린저. 해머코크를 위로 올리고 짧은 총신을 총목부터 거꾸로 잡고 배럴을 꺾어 연다. 왼쪽 신발 바닥에서 마찬가지로 콩알 같은 총알을 꺼내 위아래 구멍에 한 발씩 장전하고 배럴을 닫은 뒤 다시 안전장치를 건다. 노리쇠를 통해서가 아니라 총신에 직접 총알을 장전하는 것이 이 총의 특징이다. 총목이 너무 작아 다른 총처럼 탄창을 만들 수 없기 때문이다. 신발 바닥에서 꺼낸 나머지 총알 두 발은 예비로 주머니에 숨긴다.

1분 후 각자 총을 주머니에 넣은 두 사람은 신발 바닥을 다시 붙이고 서로 끝났다는 신호의 노크를 보냈다. 두 사람은 동시에 화장실에서 나와 얼굴을 마주 보았다.

"51분 경과." 덩치 큰 남자는 손목시계를 보며 가볍게 웃었다. "여기까지는 계획대로야."

가키자와는 잠자코 에어 프로텍터 하나를 상대방에게 건넸다.

두 사람 다 방으로 돌아왔다. 안쪽 벽에 걸린 시계가 새벽 2시 40분을 가리키고 있다. 카지노는 3시에 문을 닫는다. 이 시간대부터 입점하는 손님이 없다는 것은 현장에서 이미 조사를 끝낸 상태였다. 더더군다나 20분을 남겨놓고 나가는 손님도 없다. 모두가 문을 닫을 때까지 죽치고 앉아 있을 것이다. 안쪽 벽에 걸린 시계 옆의 대형 에어컨에서는 여전히 대량의 냉기가 쏟아져 나오고 있다. 바로 옆에 있는 바카라 테이블의 카드가 날아가지 않도록 바람은 곧장 아래로 나오고 있었다. 두 경비원은 그 에어컨 바로 아래에 서 있다. 덩치 큰 남자는 태연한 표정으로 손목시계를 보았다. 타이머 온에서 55분 경과. 앞으로 5분이 지나면 무색무취의 가스가 배관을 통해 흘러들어온다. 가스를 처음 마시는 것은 에어컨 아래의 경비원들일 터. 만일의 사고에 대비해 감시의 눈을 번뜩이고 있는 그들이 가장 먼저 쓰러질 것이다. 그것도 계산에 있었다.

손목시계가 56분을 가리켰다. 가키자와는 바 카운터에 가서 만들어놓은 미즈와리水割リ(술에 물을 타서 묽게 만들어 마시는 것-옮긴이)를 두 잔 집어 들고 덩치 큰 남자를 불러 에어컨이 있는 안쪽 벽과는 반대쪽인 출입구 옆에 있는 소파에 앉았다.

가스 분출에 맞춰 이 자리를 선택한 데는 두 가지 이유가 있었다. 우선 첫 번째는 가스를 마시는 시간을 매장 안에 있는 그 누구보다도 늦출 수 있다. 결국 프로텍터를 꺼내 무는 시간을 최대한 벌 수 있고, 가스를 마시고 쓰러지기 전의 인간들에게 관을 문 자신들의 기이한 모습을 보여줄 가능성이 그만큼 줄어든다. 설령 경찰에 신고하지 않는다 해도 목격 증언은 가급적 막고 싶었다.

두 번째는 가스의 효과가 예상보다 약했을 때의 대응이었다. 경비원과 테이블의 손님이 차례차례 쓰러지기 시작하면 아직 정신이 있는 종업원이 구급차를 부르거나 외부에 연락을 취하려고 할 것이다. 외부에 혼자 남아 있는 반백 머리가 가스가 분출된 직후에 전신 케이블을 절단하기로 되어 있다. 카지노의 전화는 불통이 되고, 이 밀폐된 지하공간에서는 휴대전화도 터지지 않는다. 당연히 종업원은 밖으로 나가 지상에서 어떻게든 연락을 취하려고 할 것이다. 외부로부터는 전자식인 입구의 문도 안에서는 손잡이만 돌리면 쉽게 열리게 되어 있었다. 그걸 저지하기 위해 두 사람은 주머니에 총을 숨기고 입구 쪽에 진을 친 것이다.

59분 30초. 프로텍터를 꺼내려고 주머니에 손을 넣은 덩치 큰 남자의 팔을 가키자와가 가만히 눌렀다.

"아직이야."

낮은 목소리로 속삭인다.

59분 45초. 고객들은 모두 문 닫기 직전의 승부에 정신이 팔려 출구에 있는 두 사람에게 신경 쓰는 사람은 없다.

59분 50초, 55초……

덩치 큰 남자는 초조해하면서 다시 한 번 가키자와를 보았다. 그는 재차 고개를 흔들었다.

60분. 지금이다.

예정대로라면 가스가 이 방의 에어컨을 향해 배관 안쪽으로 흐르기 시작했을 것이다.

3초 경과, 5초 경과. 가스가 분출되어도 그들에게는 볼 방법이 없다.

10초가 지났다. 그때까지 가만히 시간을 재고 있던 가키자와가 비로소 덩치 큰 남자에게 고개를 끄덕여 보였다. 거의 동시에 두 사람은 프로텍터를 입에 물었다.

직후였다. 에어컨 밑에 있던 경비원 한 명이 비틀거리는가 싶더니 다음 순간 소리도 없이 바닥에 쓰러졌다. 이어서 다른 한 명도 목을 푹 꺾으면서 몸을 가누지 못하고 바닥에 뻗었다. 그 광경을 본 손님 하나가 테이블에서 일어서려다 말고 의자 위로 힘이 빠진 듯 무너져 내렸다. 그것이 마치 신호라도 된 듯 안쪽 테이블부터 손님들이 도미노처럼 쓰러지기 시작했다. 지배인이 떨어뜨린 카드가 테이블 위로 흩어지고, 바텐더의 손에서 미끄러진 유리컵이 바닥에 떨어져 시끄러운 소리를 내며 깨진다.

심상치 않은 이변에 재빠르게 반응한 것은 금전출납기 옆에 있던 아직 30대 초반으로 보이는 플로어 매니저였다. 황급히 수화기를 들더니 신속하게 버튼을 누르기 시작했지만 도중에 전화가 끊겼다는 것을 알고 당황해하며 주위를 둘러보았다. 순간 가키자와 일행에 시선이 멈췄다. 그러나 거기까지였다. 옆에 있던 회계 담당자와 거의 동시에 카운터 위에 상반신이 고꾸라지더니 그대로 주르륵 카운터 안쪽으로 가라앉았다.

30초 경과. 카지노 안은 기분 나쁠 정도로 적막에 싸였다. 가스 분출을 끝낸 공조 소리만이 조용히 울리고 있을 뿐이었다. 바닥에는 완전히 의식을 잃은 사람들이 널브러져 있다. 시체의 산 같았다.

줄곧 지켜보고 있던 두 사람은 각자 얇은 고무장갑을 꺼내 재빠르게 행동에 들어갔다. 가키자와는 한 손을 짚고 카운터를 뛰어넘어 그 안쪽에 뻗어 있던 회계 담당을 밀어내고 금전출납기의 바로 밑 선반을 더듬는다. 맨 아래에 큰 휴대용 금고가 놓여 있었다.

그는 사전조사를 할 때 회계 담당이 금전출납기가 가득 찰 때마다 지폐다발을 꺼내 카운터 안쪽 어딘가로 옮겨 넣는 모습을 확인해두었다. 옮기는 시간이 너무 짧아 필시 이런 간이식 금고일 것이라는 것도 예상했다.

그는 카운터에서 고개를 들고 입구에 꼼짝 않고 있는 동료에게 고개를 끄덕여 보였다. 동료도 행동에 들어갔다. 숨을 멈추고 프로텍터를 벗으면서 문손잡이에 가만히 손을 대고 열린 문 틈새로 재빠르게 미끄러져 들어갔다. 문 바깥쪽에는 경비원이 그에게 등을 보인 채 지상으로 이어지는 계단을 보고 있었다. 거리에서 들려오는 소음으로 등 뒤의 문이 조용히 열린 것은 눈치 채지 못했다. 소리를 내지 않으려고 문 틈새에 프로텍터를 끼우고 나서 일부러 헛기침을 했다. 놀란 경비원이 자신을 돌아본 순간 그는 손에 들고 있던 총목으로 그의 관자놀이를 냅다 후려갈겼다. 경비원은 소리도 내지 못하고 바닥에 쓰러졌다. 그는 중간까지 계단을 올라가 지상을 향해 낮게 소리쳤다.

"영감님?"

곧바로 반백 머리가 계단 위에 모습을 나타낸다. 손에는 검은 보스턴백과 공구상자를 들고 있다. 그는 재빨리 그것들을 받아 들고 문에 끼워놓았던 프로텍터를 다시 물고 지하실로 돌아갔다.

실내에서는 가키자와가 큰 금고를 선반에서 빼내 카운터 위에 막 올려놓는 참이었다. 그 모습을 보니 꽤 무거운 듯했다. 자연스럽게 그는 싱글벙글한다. 공구상자에서 굵직한 마이너스 드라이버와 몰리브덴제 대형 플라이어를 꺼내 가키자와에게 건넨다. 가키자와는 금고의 뚜껑과 상자의 미세한 틈새에 마이너스 드라이버를 억지로 밀어 넣고 손잡이를 비틀었다. 벌어진 틈새 가운데로 뚜껑의 경첩이 보인다. 가키자와는 플라이어로 경첩 양쪽을 물고 손잡이를 잡은 양팔에 혼신의 힘을 넣었다.

뚝, 쇠가 끊어지는 소리가 나고 금고 뚜껑이 맥없이 열렸다.

한 주 동안 모인, 게다가 문 닫기 직전의 돈이다. 예상대로 금고 안에는 지폐다발이 가득 들어 있었다. 두 사람은 프로텍터를 문 채 서로 눈으로 웃었다.

건물 외벽에서는 반백 머리가 다시 공조 팬을 떼고, 배관 내부를 들여다보며 분출이 끝난 최면 가스를 철거하기 시작했다. 분출구에 휴지를 올려놓고 가스가 완전히 멎었다는 것을 확인한 후 주변 장치와 함께 밖으로 빼낸다.

최면 가스 때문에 단서가 잡히리라고는 생각하지 않았지만 그래도 현장에 남을 특수한 증거물은 어떤 것이든 철저하게 없애는 게 만일을 위해서도 좋다. 그것이 이번 일을 꾸민 가키자와의 생각이었다. 그는 그 생각을 충실히 이행했다. 키트와 함께 옆에 있는 가방 안에 넣고, 실외기를 배관 흡입구에 설치한다. 익숙한 손놀림으로 팬의 네 귀퉁이에 있는 볼트를 외벽의 나사구멍에 돌려 넣는다.

채 1분도 안 걸려 원래 상태로 되돌려놓은 그는 실외기의 외벽을 젖은 걸레로 꼼꼼히 닦았다. 지문을 없애기 위해서다.

걸레를 주머니에 넣고 다시 손목시계를 들여다보았다.

1시간 4분 45초. 가스 분출로부터 약 5분 경과. 예정대로라면 지하 작업도 완료되었을 시간이다.

지하에서는 가키자와가 금고에 있던 지폐다발을 가방에 옮기고 있었다. 덩치 큰 남자는 바닥에 누운 손님과 카지노 직원, 특히 경비원들을 늘 시야에 넣고 확인하면서 자신과 가키자와가 들었던 컵이나 만졌다고 생각되는 테이블 가장자리를 걸레로 꼼꼼히 닦았다.

금고에 있던 지폐다발을 모두 옮긴 가키자와는 마지막으로 금전출납기의 버튼을 눌러 열었다. 그곳에 수납되어 있던 나머지 지폐도 가방 안에 넣고 지퍼를 닫았다.

1시간 6분 경과. 각자의 작업을 완료한 두 사람은 재빨리 지하실을 나왔다. 문을 열고, 아직 정신을 잃고 있는 경비원을 뒤로하고 지상으로 이어지는 계단을 뛰어 올라갔다.

 노상에서 대기하고 있던 반백 머리와 합류하여 50미터쯤 앞에 세워둔 임프레자를 타고 현장을 떠났다.

 눈앞의 지폐다발을 바라보면서 가키자와가 무표정하게 말했다.
 "세어보자."
 셋이서 나눠 먼저 지폐다발의 개수를 세기 시작했다. 테이블 위에 100만 엔 다발을 열 개씩 쌓았다. 1,000만 엔 지폐 뭉치가 여덟 개, 우수리 지폐다발이 일곱 개 나왔다. 이어서 가키자와는 금전출납기 안에 있던 낱장 지폐를 모아 세기 시작한다. 한 번 다 세고 나서 다시 한 번 세고 두 사람을 올려다보았다.
 "이건 236만 엔이야."
 반백 머리가 바로 합산한다.
 "그럼 전부 8,936만 엔이군."
 이어서 세 사람은 각자의 속주머니에서 호치키스로 묶은 영수증과 메모지를 꺼냈다.
 "1만 엔 이하의 우수리는 반올림하자고." 가키자와가 말했다. "내가 쓴 돈은 오타루까지의 왕복 교통비, 숙박비가 3회분하고 가스와 프로텍터 구입비, 여기 1박 값. 모두 178만 9,000엔. 179만 엔이군. 모모이 너는?"
 모모이라 불린 덩치 큰 남자는 자신의 메모를 읽기 시작했다.

"난 총 사는 데 35만 엔. 실탄 두 박스 요금도 합해서야. 괌에 다녀온 여비가 16만 8,000엔. 모두 52만 엔이네." 그렇게 말하고 반백 머리를 돌아보았다.

"오리타 영감님은?"

"난 그렇게 많지 않아." 오리타라 불린 반백 머리가 대답한다. "너희들이 쓴 고무장갑에 타이머 장치를 만드는 데 쓴 시계와 핀, 모터, 멈춤쇠 같은 것들이 다야. 1만 엔만 줘도 감지덕지야."

"그럼 경비로 쓴 게 다 해서 232만 엔이군." 가키자와가 말했다. "우선 낱장 지폐에서 이 몫을 빼자."

세 사람은 각자 쓴 경비를 나눠 가졌다. 낱장 지폐가 테이블 위에 넉 장 남았다. 그 넉 장과 87개의 지폐다발을 비교해보고 모모이가 입을 열었다.

"공제하고 8,704만 엔 번 건가?"

가키자와가 고개를 끄덕였다.

"이걸 평소 나누던 대로 나누자. 먼저 기획료로 10퍼센트를 내가 갖고, 나머지 90퍼센트는 3등분."

모모이가 담배를 문 채 계산기를 두드린다.

"그럼 네 몫이 3,481만 엔하고 6,000엔. 나와 영감 몫이 각각 2,611만 엔하고 2,000……." 하고 중얼거린 뒤 고개를 갸웃했다. "잔돈 땜에 영 정리가 안 되는군."

가키자와는 잠깐 생각해보더니 낱장으로 남은 4만 엔을 오리타 쪽에 내밀었다.

"받아둬요."

"내가?"

"영감님이 아까 말한 경비에 타이머를 조립한 공임은 포함되어 있지 않았잖아요. 그리고 이렇게 하는 게 만 단위로 딱 떨어져요." 그렇게 말하고 모모이를 보았다. "어때?"

모모이는 다시 계산기를 두드렸다.

"딱 떨어졌어. 네가 3,480만 엔, 나와 영감이 2,610만 엔이야."

그대로 지폐다발을 나누고 세 사람은 각자 돈을 넣었다. 가키자와는 은색 007가방에, 모모이는 천으로 된 소형 여행용 가방에, 그리고 오리타는 돈을 가지고 온 보스턴백에 다시 돈을 넣었다.

모모이가 가키자와에게 얼굴을 돌렸다.

"그럼, 이제 끝난 건가?"

"그렇지."

모모이는 만족스러운 듯 여행 가방을 두드렸다.

"세금이 붙지 않는 돈은 좋아. 이게 다 내 돈이잖아."

그렇게 말하고 오리타를 돌아본다.

"영감님, 영감님도 지금까지 번 돈을 합하면 꽤 되겠네요? 돈을 그렇게 흥청망청 쓰는 스타일도 아니고."

오리타는 녹초가 된 얼굴로 애매한 미소를 지었다.

"그럭저럭." 그렇게 대답하고 정면에 앉아 있는 가키자와를 보았다. "앞으로 10년만 있으면 감사하게도 연금이 나와. 이런 나한테도 말이야. 사람 한 명 죽을 때까지 쓰기에는 충분한 돈이지."

가키자와는 그 말투에서 뭔가 불안한 기운을 느꼈다.

"이거 왠지 졸라 꿀꿀하게 들리는걸."

"그랬어?" 오리타는 다시 모모이에게 시선을 돌리고 피곤한 듯 웃었다. "너도 내 나이가 되면 알 거야."

그리고 주저주저 헛기침을 한다.

"……실은 말이야, 너희들과 상의할 게 있어."

"상의?" 모모이가 가볍게 대꾸한다. "무슨 말이에요?"

오리타는 잠시 어떻게 말을 꺼내야 할지 생각하는 듯하더니 이윽고 결심한 듯 입을 열었다.

"이번을 마지막으로 난 이 일에서 손을 씻고 싶어……."

가키자와와 모모이는 엉겁결에 얼굴을 마주보았다. 두 사람에게는 실로 청천벽력과 같은 소리였다. 그렇지만 둘 다 아무 말 없이 오리타의 다음 말을 기다렸다. 오리타는 카펫을 응시한 채 천천히 속내를 털어놓았다.

"나도 올해로 쉰다섯이야. 솔직히 말해서 이 일을 계속하기에는 한계에 이르렀어. 너희들한테 내가 어떻게 보이는지는 모르지만, 내 상태는 내가 제일 잘 알아. 이번에도 새삼 느꼈지만 기력도 집중력도 2년 전 일할 때와는 달라도 너무 달라. 다음 일이 반년 후, 1년 후, 언제일지는 모르지만, 그때의 내 상태는 지금보다도 훨씬 나빠져 있을 거야."

"……."

"그런 상태에서는 설령 앞으로 이 일을 계속한다 해도 언젠가 어처구니없는 실수를 저질러서 거추장스런 존재가 되지 않는다는 보장도 없고. 아까도 말했듯이 노후 자금도 충분히 모았어. 전파상에서 잔돈푼이지만 수입도 있고. 젊었을 때와 달리 여자도 그리 필요하지 않으니 계집질하러 다닐 일도 이젠 없어. 새롭게 목돈이 들어갈 일도 없을 거야."

거기서 잠시 말을 멈추고 다시 두 사람을 올려다보았다.

"어떤 일이든 때가 있어. 이제 이쯤에서 끝내고 싶어."

그 말을 끝으로 오리타는 입을 다물었다.

너무나도 갑작스런 오리타의 은퇴 선언에 잠시 세 사람 사이를 침묵이 지배했다.

모모이는 어떻게 말해야 할지 몰라 머리만 벅벅 긁고 있다. 그러나 마음 같아서는 어떻게든 주저앉히고 싶었다. 그래서 어렵게 무거운 입을 열었다.

"근데 말이야, 영감님. 우리 세 사람은 줄곧 한 팀으로 일해왔어요. 벌써 만 5년입니다. 계획을 세울 때는 늘 무의식중에 세 사람의 역할분담을 생각하는 관계까지 되었다구요. 맞죠? 그런데 갑자기 그런 말을 하면……. 나랑 가키자와 둘이서는 할 수 있는 일의 규모도 한정된단 말이에요."

오리타는 괴로운 듯, 하지만 딱 잘라 말했다.

"물론 그것도 충분히 알고 부탁하는 거야."

모모이는 망연자실한 표정으로 고개를 흔들었다.

가키자와는 테이블 위를 본 채 가만히 팔짱을 끼고 있다.

"이봐, 가키자와. 뭐라 말 좀 해봐."

모모이가 재촉하자 그는 얼굴을 들고 오리타를 보았다.

"무슨 말인지 알겠어." 그는 조용히 말했다. "아쉽지만, 뭐."

"야야, 가키자와."

당황하며 자리에서 일어선 모모이를 가키자와는 눈으로 제지했다.

"마음이 그렇다면 그만둬야지. 애초에 이 팀을 꾸릴 때부터 약속이 그랬으니까."

딱 잘라 하는 말에 모모이는 자기도 모르게 말문이 막혔다.

마음이 놓인 듯 오리타는 고개를 숙였다.

"미안해."

"미안해할 필요 없어요." 가키자와는 가만히 웃었다. "젊었을 때 영감님한텐 참 많은 도움을 받았어요. 그런 영감님이 고민 끝에 그만두고 싶다는 건데 뭐."

그러고 나서 문득 생각났다는 듯 007가방에서 지폐다발 세 개를 꺼내 테이블 위에 놓았다.

"오랫동안 수고 많았어요."

그걸 보던 모모이도 가방에서 300만 엔을 꺼내 말없이 오리타 앞에 놓았다.

전별금으로 내민 합계 600만 엔의 지폐다발을 오리타는 가만히 응시했다.

"미안해, 두 사람 다."

다시 한 번 그는 미안하다는 말을 했다. 모모이는 그 말끝이 가볍게 떨린 것을 알아챘다.

5분 후, 오리타는 조용히 방을 뒤로했다. 문 앞에서 두 사람을 돌아보며 가볍게 목례를 한 뒤 살며시 문손잡이를 돌려 밖으로 나갔다.

 5년 동안의 동업. 깔끔한 이별이었다. 안쪽 소파에는 두 사람이 남겨졌다. 라이팅 테이블 위의 빈 유리컵 세 개가 이상하게 허무하다.

 "……괜찮은 거야?" 모모이가 확인했다. "정말 이대로 보낼 거야?"
 "기력이 떨어졌다면 이 일은 끝이야."
 가키자와는 께느른한 표정으로 대답했다.
 "언젠가 반드시, 만회할 길 없는 포커를 칠 텐데 같은 팀을 꾸리고 있는 이상 나나 너나 그것에 말려들게 돼. 영감이 거추장스런 존재가 된다고 말한 것은 그런 의미야."
 "……."
 "지금 붙잡아봤자 언젠간 끝장나게 돼 있어. 그것도 최악으로 말이야. 이 일을 하는 이상 그것만은 용납할 수 없어."
 두 사람은 다시 침묵했다. 벽에 걸린 시계의 소리가 더욱 크게 들린다. 3시 30분이었다. 카지노를 습격하고 나서 아직 한 시간도 채 지나지 않았는데 모모이에겐 그것이 마치 아주 먼 옛날 일처럼 느껴졌다.

3

 인기척이 없는, 불 꺼진 대리석풍 로비를 지나 오리타는 호텔 현관을 나왔다. 썰렁한 공기와 잠에 빠진 빌딩숲. 눈앞을 달리는 아스팔트 대로를 가로등 불빛이 희뿌여니 비추고 있다. 날이 밝으려면 아직 시간이 조금 있다.

입구 옆에 손님을 기다리는 택시 한 대가 덜렁 서 있다. 빨갛고 칙칙한 미등. 부르르 떨리는 머플러에서 길바닥으로 물방울이 떨어진다.

오리타는 갑자기 묘한 기분을 느꼈다. 어둠이 짙게 내려앉은 밤의 끝에 자신과 같은 장소에서 조용히 숨을 쉬고 있는 사람이 한 명 또 있다.

택시에 올라 미타카 시에 있는 자신의 집 주소를 불러주었다. 운전사는 말없이 칼럼 시프트를 올렸다. 택시가 로터리를 나갈 때 그는 호텔을 올려다보았다.

최상층에 단 한 곳, 아직 불이 켜져 있는 방이 있었다. 조금 전까지 그가 있던 방이다.

거사를 치르는 날 밤에는 늘 호텔 방, 그것도 스위트급 방을 예약하는 것이 관례가 되었다. 가깝지도 멀지도 않은, 만에 하나 경찰 수사가 시작될 경우를 대비해 습격 장소와 같은 관할에 있는 호텔은 피했다. 예를 들어 이번처럼 롯폰기 6가, 즉 아자부 경찰서의 관내에서 일하면 인접한 미타 경찰서 관내의 호텔을 골라 그곳에서 사전 협의 사항을 재확인하고 그것이 뇌리에 선명하게 남아 있을 때 현장에 간다. 일이 끝나면 즉시 호텔로 돌아와 돈을 분배하고 각자 집으로 돌아간다. 그런 방법으로 일해왔다.

그는 지난번 일부터 호텔과 집을 오갈 때면 반드시 택시를 이용했는데, 그럴 만한 이유가 있었다. 3년 전 밤샘 일을 마치고 집으로 돌아올 때였다. 평소와 다름없이 호텔에서 돈을 나눈 후 그는 집에 가기 위해 당시 타고 다니던 크라운을 몰았다.

12월의 새벽 5시였다. 주위는 아직 캄캄하고 바깥 공기는 얼음장 같았지만 히터를 틀어놓은 차 안은 아늑했다. 밤새 계속된 극도의 긴장감에서 해방되어 그때까지 곤두서 있던 신경이 이완됨과 동시에 졸음이 거침없이 밀려오기 시작했다. 앞에서 달리는 차의 미등을 보고 있던 그의 의식이 잠깐 끊겼다. 퍼뜩 정신이 들었을 때는 이미 신호대기 중이던 앞차의 미등이 눈앞에 와 있었다. 황급히 브레이크를 밟아 간신히 접촉 사고만은 피했지만, 그는 간담이 서늘했다. 조수석에는 현금이 든 가방이 있었다. 만약 이대로 앞차를 추돌했다면, 혹은 건물이나 전봇대를 들이받아 의식불명 상태에서 경찰이나 구급차가 왔다면……. 당연히 그들은 신원을 확인하기 위해 그의 소지품을 조사할 것이다. 그 생각만으로도 오싹했다.

그는 그 일에 대해서는 다른 두 사람에게 말하지 않았다. 늙은이로 여겨지는 게 싫었다.

하지만 사실 그는 늙어가고 있었다. 40대까지는 설령 아무리 힘든 철야 작업을 해도 집 차고에 차를 주차하기 전까지는 의식에 티끌만 한 흔들림도 없었다.

게다가 그로부터 1년 후에 조직폭력단의 검은돈을 훔쳤을 때도 그는 냉혹한 현실에 부딪혀야 했다. 머릿속에 완벽하게 입력되어 있어야 할 배관 내부의 구조가 실제로 잠입해 들어가 보니 자신의 기억과는 미묘하게 달랐던 것이다. 다행히 계획에 차질을 줄 정도로 차이가 난 것은 아니었기에 무사히 일을 마칠 수 있었지만, 일을 마치고 돌아와서 다시 도면을 펼쳐 보니 분명히 그의 기억이 잘못된 것이었다.

막연하게 은퇴를 생각하기 시작한 것은 그때부터였다.

택시 내부를 차례차례 비추며 지나가는 가로등 불빛을 보면서 그는 가벼운 한숨을 쉬었다.

'그래, 잘했어.' 그는 생각했다. 확실히 이번에도 그 두 사람과 계속 일을 하고 싶다는 미련은 있었다. 하지만 한편으로는 늙기 시작했다는 사실이 그의 기력과 자신감을 확실히 먹어가고 있었다. 그런 어정쩡한 상태에서 일을 계속한다면 언젠가 어처구니없는 실수를 저질러 다른 두 사람까지 돌이킬 수 없는 지경에 빠지게 할 것이다. 20년 이상 이 일을 해온 그의 자존심이 그것만은 허락하지 않았다.

택시는 미나미아자부의 니노하시 교차점에서 뒷길을 짧게 꺾어 일본 적십자 병원 아래에서 가이엔니시 도로를 북상하여 니시아자부 교차점으로 나왔다. 동서로 롯폰기 도로가 달리고 있다.

니시아자부 교차점에서 동쪽으로 1킬로미터만 가면 오늘 밤 현장이 엎어지면 코 닿을 데 있었지만, 택시는 서쪽으로 진로를 잡고 롯폰기 도로를 달렸다. 오리타는 택시 운전사가 시부야를 경유하는 이노카시라 도로를 북상하여 미타카까지 갈 생각인 것을 알았다.

니시아자부 4가를 지나 미나미아오야마로 들어서서 잠시 후에 신호에 걸렸다.

교차점에서 서성거리는 젊은이의 모습이 드문드문 눈에 띈다. 그는 시계를 보았다. 앞으로 한 시간만 지나면 첫 전철이 다니기 시작한다.

신호등 끝, 택시에서 비스듬하게 앞쪽으로 짙은 파란색 네온이 눈에 들어왔다.

'Bar Sinister', 그 영문자는 읽을 수 있었다. 흐릿하게 번져 보이는 네온에 왠지 모르게 상쾌한 기분을 느꼈다. 불현듯 그곳에 들어가고 싶어졌다.

집에 돌아가 봤자 이야기할 사람도 없다. 아내도 5년 전에 죽고, 두 딸도 각자 시집가서 잘 살고 있다. 혼자 있는 게 나름 편할 때도 있었지만, 오늘 밤만은 텅 빈 집에 들어서는 순간 밀려드는 외로움을 견딜 수 없을 것 같았다.

보스턴백에 들어 있는 돈 때문에 잠깐 주저했지만 이내 그는 택시 운전사에게 말했다.

"미안하지만 저 네온 앞에서 내려주게."

신호가 파란색으로 바뀌고 운전사는 말없이 차를 길가에 댔다. 요금은 1,460엔이었다. 그는 운전사에게 5,000엔짜리 지폐를 건넸다.

"잔돈은 됐네. 중간에 내린 값이야."

젊은 운전사는 모자 아래에서 빙긋이 웃고 지폐를 받았다.

"⋯⋯조심하시는 게 좋아요." 운전사가 나직이 중얼거렸다. "이 시간엔 이상한 놈들이 많으니까요."

그는 고개를 끄덕이고 차에서 내렸다.

택시가 가고 그는 인적이 없는 길 위에 남겨졌다.

건물 사이의 좁은 골목을 조금 들어간 곳에 'Bar Sinister'의 입간판이 보인다. 그는 보스턴백을 한 손에 들고 천천히 간판으로 다가갔다. 그 건물 지하로 이어지는 계단이 바의 입구였다. 갑자기 가키자와 모모이의 얼굴이 떠올랐다. 잠깐 망설였지만 한 잔만 하자고 스스로에게 말하고, 바로 이어지는 계단을 내려가기 시작했다.

고독으로부터는 벗어나지 못하겠지만, 될 수 있다면 조용한 상념에 빠져 잠깐의 치유만이라도 맛보고 싶었다.

문을 열자 바 내부는 세로로 긴 구조로 되어 있었다. 부드러운 간접조명이 비춘 바 내부는 한쪽 벽에 카운터가 있고, 그곳에 손님이 세 명, 한 쌍의 젊은이와 직장 여성으로 보이는 여자가 한 명. 테이블석에는 아무도 없다. 천장 귀퉁이에 있는 BOSE 스피커에서 귀에 거슬리지 않는 볼륨으로 블루스가 흘러나오고 있다. 나쁘지 않다고 생각하면서 앞에 있는 의자에 앉아 진토닉을 주문했다. 블랙스톤 체리를 꺼내 불을 붙였다. 한 모금 빨아들이는 순간 핑 돈다. 어제 자정부터 담배를 한 대도 피우지 않았다. 10년쯤 전부터 사전조사 때조차 작업 현장에는 담배를 가지고 가지 않았다. 필터에 묻은 침에서 DNA를 추출할 수 있는 시대다. 그런 것을 연관 지어서 회상하고 있는 자신이 그는 우스웠다. 이제는 필요 없는 기억을 떠올린다. 미련이었다. 앞에 나온 진토닉 잔이 어느새 땀을 흘리기 시작하고 있었다. 그것을 들고 아무 생각 없이 마셨다.

잔에 들어 있는 내용물이 절반으로 줄었을 때 갑자기 바 안에 요란한 웃음소리가 울렸다. 직장 여성이 앉아 있는 카운터 너머에 머리를 금색으로 염색한 젊은이와 머리를 빡빡 민 젊은이가 있다. 그 거침없는 웃음소리는 금발의 젊은이가 낸 것이었다.

갑자기 신경이 거슬렸다. 금발의 야비한 웃음소리는 아직도 계속되고 있다. 소매를 걷어 올린 두 팔에서 유치찬란한 문신이 보인다. 그는 속으로 혀를 찼다. 원래 그는 그 나이 대의, 특히 그들처럼 무례해 보이는 젊은이들을 무척 싫어했다. 부끄러움을 모르고, 예의를 모르고, 물정을 모른다. 스스로를 믿는 구석이라곤 아무것도 없다. 그리고 그것을 아무렇지도 않게 생각한다. 텔레비전에서 인터뷰를 받는 젊은이들을 볼 때마다 그는 늘 가벼운 현기증을 느꼈다. 물론 세상에 그런 젊은이들만 있는 것이 아니라는 건 안다. 문제는 그런 바보가 마치 시민권을 얻은 양 활개를 치고 다닌다는 것이었다. 자기가 그 세대를 대표하고 있는 듯 자신만만한 표정으로 으스대고, 매스컴도 그것을 부추기며 코흘리개들에게 박차를 가한다. 머리에 피도 안 마른 것들을 한껏 우쭐대게 만든다. 그런 걸 보면서 그는 생각한다.

언제부터 이런 시대가 되었을까, 하고.

두 젊은이의 웃음소리가 띄엄띄엄 들려온다. 시끄럽게 떠드는 두 사람의 말투가 종종 수상쩍다. 꽤 오래 전부터 마시고 있는 듯하다.

금발이 가끔 이쪽을 힐끔거린다. 그러나 얼마 안 가 술로 빨개진 그 눈이 자신이 아니라 사이에 있는 직장인으로 보이는 여성의 옆얼굴을 보고 있다는 것을 알았다. 여자는 스물네댓 살쯤 되었을까. 딱히 남의 이목을 끌 만한 용모는 아니었지만, 그 옆얼굴에는 어딘지 모르게 남자들이 좋아하는 분위기가 흐르고 있었다.

이윽고 금발이 비틀비틀 일어나더니 웃음을 머금은 채 여자에게 다가갔다.

"혼자 외롭지 않아?" 금발은 여자의 등에 대고 말한다. "괜찮으면 우리랑 한잔할래?"

술 냄새가 그가 있는 곳까지 나는 것 같았다. 여자는 쥐고 있는 잔을 기울였다. 금발의 말에는 대꾸가 없었다.

"……."

금발은 조바심이 나는지 여자의 어깨에 손을 댔다. 순간 여자는 고양이처럼 재빠르게 금발의 손을 뿌리치고 몸을 젖혔다.

"손대지 마!"

여자는 찌를 듯이 금발을 올려다보았다.

"아까부터 주위는 아랑곳 않고 시끄럽게 떠들기나 하고. 난 말이야, 당신들의 그 천박한 웃음소리만으로도 충분히 피곤하다구."

그 험악한 기세에 순간 금발은 흠칫했다. 그러나,

"그럼, 얼른 나가면 되겠네." 지지 않고 받아친다. "어차피 남자하나 물려고 이런 데 혼자 있는 거 아니었어?"

"미안하게 됐네요." 여자는 코웃음을 쳤다. "난 말이지, 첫 전철을 기다리느라 어쩔 수 없이 여기에 있는 거야. 당신들 같은 애송이한텐 관심없다구."

금발은 말이 막혔다. 그러나 다음 순간 "잘난 척하지 마, 이 갈

보 같은 년아." 하고 욕지거리를 퍼부으면서 여자의 멱살을 거칠게 잡고 의자에서 끌어올리려고 했다. 여자의 눈이 살짝 겁을 먹었다.

"적당히 좀 해두지." 말한 후에 오리타는 자신의 목소리였다는 것을 알았다.

여자의 멱살을 잡은 채 금발은 그에게 시선을 돌렸다. 참을 수 없는 분노로 눈이 번득이고 있다. 치켜든 주먹이 날아갈 곳에 스스로 얼굴을 들이민 것 같았다.

그러나 일단 내뱉은 말은 주워 담을 수 없다.

"여자가 싫다잖아. 부끄러운 줄 알아."

"뭐야? 이……."

여자를 내동댕이치고 금발이 다가온다. "영감탱이가 겁대가리를 짱 박았나."

그는 자기도 모르게 한숨을 쉬었다. 상대를 보니 덩치도 있고 근육도 잘 발달되어 있다. 나름 싸움은 좀 하는 것 같다. 하지만 어디까지나 초보자 수준의 이야기다.

"그만둬." 오리타는 못을 박았다. "너만 다칠 뿐이야."

그 말은 오히려 금발을 더 자극했다. 땅을 박차고 뛰어올라 오리타를 공격한다. 그는 순간적으로 몸을 비틀면서 상대의 품에 뛰어들었다. 판에 박힌 공격으로도 충분했다. 갈피를 못 잡는 상대의 오른손 손목을 반대로 꺾어 비틀어 올리는 것과 동시에 그 손목을 되밀고, 부자연스러운 각도로 꺾인 오른팔 팔꿈치를 손바닥으로 내리눌렀다. 그대로 있으면 팔의 힘줄은 근육의 구조상 결국 갈기갈기 찢어진다.

"아악!"

외마디 비명을 지르면서 금발은 더 이상 참지 못하고 격통으로부터 도망치려고 스스로 상반신을 뒤집어 등부터 바닥으로 떨어졌다. 오리타는 곧장 그 얼굴을 신발 바닥으로 짓밟았다. 금발의 뒤통수가 바닥에 부딪히며 둔탁한 소리를 낸다. 순간 정신을 잃은 듯했지만 금발은 간신히 몸을 일으키기 시작했다. 오리타는 쐐기를 박았다. 금발의 옆머리를 힘껏 걷어찼다. 다시 둔탁한 소리가 울리며 금발의 몸은 허리를 중심으로 한 바퀴 돌더니 멈췄다. 그러나 멈췄을 때는 이미 기절해 있었다.

그 가혹한 공격에 일행인 스킨헤드는 멍하니 오리타를 바라보고 있었다. 피곤에 절은 중년 남자를 상대로 이렇게 순식간에 나가떨어질 줄은 상상도 못했다.

"사정 봐가면서 했어." 스킨헤드를 본 채 오리타는 조용히 말했다. "정신을 잃었을 뿐이야."

오리타의 말에 튕겨 오르듯 스킨헤드가 일어났다. 초조한 듯 주머니에서 1만 엔 지폐를 꺼내 카운터 위에 던지고 빠른 걸음으로 금발에게 뛰어갔다. 쭈그려 앉아 금발이 확실히 숨을 쉬고 있는 것을 확인하고 축 늘어진 그를 가볍게 어깨에 메고 일어났다. 그 근력을 보니 이놈도 금발과 마찬가지로 거리에서는 충분히 날리는 놈일 거라고 오리타는 생각했다.

스킨헤드는 금발을 멘 채 방향을 바꿔 오리타에게 날카로운 일별을 던졌다. 하지만 입은 열지 않고 말없이 문을 열고 나갔다.

여자가 다가와 주뼛주뼛 감사를 표한다. 그의 얼굴을 똑바로 쳐다보지도 못하고, 금발의 젊은이에게 보였던 좀 전의 위세도 온데간데없다.

무리도 아니지, 하고 오리타는 느꼈다. 작은 몸집의 어디에서나 볼 수 있는 중년 남자. 그런 변변치 못한 아저씨가 근육질의 젊은이를 무자비할 정도로 순식간에 때려눕혔다. 그런 상황을 목격한 인간, 특히 여자라면 감사하기 전에 불안함을 느끼는 것이 일반적이리라.

정신을 차리고 보니 바텐더가 카운터를 사이에 두고 눈앞에 우두커니 서 있었다.

"저희도 감사드립니다." 머뭇머뭇 젊은 바텐더는 입을 열었다. 그리고 잔이 빈 것을 확인하고 묻는다. "위스키 괜찮으세요?"

"으응." 오리타는 고개를 끄덕였다.

원래 있던 자리로 돌아간 바텐더에게 여자가 무어라 속삭인다. 그 말을 들은 바텐더는 업소용 냉장고에서 몇 종류의 식재료를 꺼냈다.

잠시 후 오리타 앞에 큐브 모양의 호박색 잔이 놓였다. 눈앞에 있을 뿐인데도 뭐라 형언할 수 없을 정도로 좋은 냄새가 코끝을 찔렀다.

"발렌타인 30년산입니다." 바텐더가 말했다. 그리고 수줍게 웃었다. "물론 제가 드리는 술입니다. 그리고 이건."

작은 접시에 검은 알맹이가 수북한 샐러드를 내밀며 말을 이었다.

"저쪽 아가씨가 드리는 겁니다."

양상추와 치즈, 아보카도 위에 수북이 쌓인 것은 캐비아였다. 문득 자신이 공복인 것을 깨달았다. 생각해보니 어젯밤 저녁부터 아무것도 먹지 않았다. 그는 그녀에게 가볍게 인사했다. 그녀는 어색한 미소를 지으며 인사에 답했다.

발렌타인으로 입맛을 달래면서 중간중간 캐비아를 먹었다.

바텐더와 여자는 서서히 각자의 세계로 돌아갔다.

바텐더는 두 젊은이가 남기고 간 잔을 조용히 닦고 있다. 여자는 첫 전철이 오려면 아직 멀었는지 가방에서 잡지를 꺼내 한 손에 펜을 들고 십자말풀이를 하기 시작했다. 여자에겐 잠을 쫓기 위해 늘 하는 일 같았다.

그런 두 사람의 모습을 아무 생각 없이 보고 있는 사이에 곤두서 있던 신경이 조금씩 풀어지기 시작했다.

가키자와와 모모이의 얼굴을 떠올린다. 조금 전까지 느껴지던 쓸쓸함은 어디론가 가버렸다.

잔과 접시가 바닥을 보일 무렵 마음이 정리되었다. 바텐더에게 첫 잔의 계산을 부탁했다. 하지만 그는 고개를 저었다.

"계산은 저 여자 분께서 하셨습니다."

그는 여자 쪽을 보았다. 여자는 웃으며 잔을 조금 들어 보였다. 그도 미소를 지어 보이고 보스턴백을 한 손에 들고 문을 열고 지상으로 이어지는 계단을 올려다보았다. 출구가 뿌옇게 밝아온다. 날이 새고 있는 것이다.

혼자 의미도 없이 미소를 짓고 나서 천천히 계단을 오르기 시작했다. 3분의 2쯤 올라갔을 때 바깥 세계에서 들려오는 참새의 지저귐을 들었다.

지상으로 나오자마자 그는 하늘을 올려다보았다.

아름다운 새벽이었다. 건물 사이로 보이는 연푸른 하늘에 새벽빛을 받은 구름이 흘러가고 있었다.

그때였다. 느닷없이 뒤통수에서 둔탁한 소리가 나고 그의 시야가 심하게 흔들렸다. 그리고 그와 동시에 목덜미에 불에 덴 듯한 통증을 느꼈다. 구름이, 건물 사이의 하늘이, 비스듬하게 사라져가고, 그는 아스팔트에 공중제비를 돌며 쓰러졌다.

"꼴좋다."

온몸이 마비된 듯 움직이지 않는다. 목소리가 들려오는 방향으로 어찌어찌 얼굴만이라도 돌릴 수 있었다. 출구 바로 옆에서 쇠파이프를 든 금발이 기고만장한 표정으로 그를 내려다보고 있다. 옆에는 팔짱을 낀 스킨헤드. 금발이 큰 걸음으로 다가와 발길질을 한다. 무거운 워커부츠로 배를 몇 번이나 걷어찼다. 잠깐 공격이 멈췄다. 고통을 참기 힘들어 몸을 비틀려고 했다. 금발의 시선이 교차한다.

"죽여라."

금발은 웃었다. 그리고 바로 다음 순간 그의 옆머리에 해머로 내려치는 듯한 충격이 느껴졌다. 오른쪽 눈에서 왼쪽 눈으로 불기둥이 내달렸고, 부츠로 관자놀이를 차였다고 생각했을 때는 이미 시야가 캄캄해져 있었다.

몽롱한 의식 속에서 품으로 손이 들어오는 감촉, 지갑을 꺼내 간다.

"야, 그만둬." 멀리서 말리는 소리가 들렸다. "아키가 알면 좆되."

"어떻게 알겠어?" 그 말에 대답하는 목소리가 바로 옆에서 들린다. "짠돌이 영감탱이군. 2만 엔밖에 없잖아."

털썩, 무언가가 떨어졌다. 지갑. 혀를 차는 소리와 함께 발길을 돌리는 소리가 났다.

"이 가방은 뭐야?"

가방의 나일론 천이 아스팔트에 끌리는 소리가 났다. 그때였다.

"당신들 뭐 하는 거야!"

찢어질 듯한 여자의 목소리가 울렸다. 어수선한 신발 소리.

아까 그 여자. 가방. 그 생각을 끝으로 그의 의식은 어둠 속으로 떨어졌다.

4

어찌 된 일인지 늘 알람이 울리기 전에 잠에서 깬다.

아키는 눈을 뜨고 침대 옆에 있는 시계를 보았다. 5시 57분. 손을 뻗어 6시에 맞춰놓은 알람을 끈다.

어젯밤 잠자리에 든 것은 12시 전이었다. 여섯 시간은 잤다. 침대 위에 일어나 앉았다.

다다미 열여섯 장짜리 원룸 아파트. 아키의 침대는 창가 구석에 있다. 반대쪽 창가에 컴퓨터 책상이 있고, 바이오 노트북과 캐논 프린터, 책상 양옆에 티악 스피커가 설치되어 있다.

넓은 방 안, AV 기기라 할 수 있는 것은 대략 그 정도였다. 컴퓨터 한 대가 텔레비전과 라디오, CD 플레이어까지 겸하고 있다. 그 주인은 방 대각선 쪽에 있는 벽장 근처의 또 다른 침대 위에서 자고 있었다.

조용히 일어나 방을 가로질러 복도로 나왔다. 양옆에 주방과 욕실, 화장실이 있다. 설거지통에는 어제 가오루가 만든 요리의 식기가 그대로 쌓여 있다. 맨 안쪽에 있는 세면실에 들어가 가오루가 깨지 않도록 문을 살짝 닫았다. 칫솔에 치약을 묻혀 이를 닦기 시작했다.

아키가 가오루를 만난 것은 2년 전 여름이었다. 아직 초저녁일 때 이모아라이자카에서 몇몇 불량배들에게 둘러싸여 괴롭힘을 당하고 있던 가오루를 아키가 도와준 것이다. 불량배들을 쫓아버리고 그냥 가려던 아키를 가오루가 쫓아왔다.

"싸움 잘하네요." 부어오른 얼굴로 가오루는 웃었다. "뭣 땜에 날 도와줬어요?"

아키는 걸음을 멈췄다.

"이유가 필요한가?"

"말해주면 고맙죠."

아키는 가볍게 어깨를 으쓱했다.

"아마도 내 인간성이 좋아서겠지."

가오루는 다시 한 번 빙긋이 웃었다. 그것이 시작이었다.

이를 다 닦고 세수를 하고 마지막으로 수건으로 얼굴을 닦고 있을 때 덜그럭 소리가 났다. 현관 우편함에서 무언가를 꺼내는 소리. 세면실을 나와 거실로 돌아가 보니 가오루가 침대에 앉아 신문을 펼치고 있었다.

"일어났어?"

"아니, 그냥 잠이 깼어."

〈닛케이 신문〉과 〈아사히 신문〉. 무엇 때문인지 가오루는 매일 아침 꼭 이 두 신문을 읽는다. 전에 그 이유를 물었을 때 가오루는 웃으며 대답했다. 이유는 없어, 어렸을 때부터 습관이었어, 하고. 아키도 더 깊이 캐묻지는 않았다.

반바지로 갈아입는 아키를 보고 가오루가 담배에 불을 붙였다.

"조깅?"

"한 시간 정도면 돌아와."

가오루는 한 호흡 쉬었다가 연기를 내뿜었다.

"건강한 습관이야."

아키는 눈으로만 웃었다. 2년 동안 함께 살고 있지만 가오루가 운동으로 땀을 내는 일은 한 번도 본 적이 없다.

"가끔은 너도 같이해."

나이키 운동화를 신고 4층부터 1층까지 계단을 뛰어 내려와 밖으로 나왔다. 도미가야 주택가를 가로지르며 조금씩 페이스를 올리면서 요요기 공원으로 향한다.

이른 아침의 한산한 거리에 멀리서 기차 레일이 삐걱거리는 소리가 들려왔다. 일직선으로 뻗은 차도의 신호는 모두 파란색. 찌그러진 빈 깡통이 굴러다니는 인도에도 아직 열기는 없다.

아키는 이 시간대가 가장 마음에 들었다.

건물마다 끊임없이 쏟아내는 냉각기의 열기. 차도에 넘쳐나는 차의 배기가스. 그런 한낮의 묵은 때를 밤사이의 대기가 씻어낸다. 아침이 움직이기 전의 썰렁하고 적막한 공간이 있을 뿐이다.

요요기 공원의 바깥 둘레로 들어가 그대로 일정한 속도를 유지하며 달린다. 한 바퀴, 그리고 두 바퀴를 돌고 나서 서서히 속도를 줄여 공원 부지 내로 들어간다. 숲 앞에 푸른 잔디가 완만하게 펼쳐져 있는 곳이 있다. 그곳에 도착할 무렵이면 완전히 걷는 상태에 들어가 있다.

잠시 호흡을 가다듬고 가볍게 체조를 한다. 몸은 충분히 따뜻해졌다. 그 후 잔디밭 위에 엎드려 천천히 팔굽혀펴기를 한다. 그냥 무턱대고 하는 것이 아니라 한 번 한 번, 근육에 충분한 부하를 주면서 한다. 그것을 100번. 이어서 복근을 마찬가지로 100번. 배근을 50번.

한 세트가 끝날 무렵에는 한겨울에도 콧등에서 땀이 굴러 떨어진다. 이런 여름이면 말할 필요도 없다. 손등에까지 구슬땀이 배어나오고, 티셔츠는 물벼락이라도 맞은 듯 흠뻑 젖는다. 그것을 항상 두 세트 반복한다.

초등학생 때까지는 흔히 볼 수 있는 평범한 아이였다. 아버지는 전자 회사의 엔지니어이고, 어머니는 결혼하고 나서 줄곧 전업주부였다.

아키가 여덟 살 때 부모님은 우라와 시 변두리에 25년 장기 대출을 받아 집을 샀다. 좀처럼 감정을 드러내지 않는 아버지가 그

때는 잠깐 득의만면한 표정을 지었던 것을 기억한다. 어머니도 행복해 보였다. 거품경제의 전성기로 부동산 가격이 절정에 이르렀을 때였다. 부동산 회사의 영업자가 말했다.

"살다가 마음에 들지 않으면 몇 년 후에 전매해도 절대 손해 볼 일은 없습니다."

부모님은 아무 의심도 없이 그 말을 믿었다.

열한 살이 되었을 때부터 조금씩 이상해지기 시작했다. 학교에서 돌아온 아키는 가계부를 펼쳐놓은 채 한숨을 쉬는 어머니의 모습을 자주 보게 되었다. 그 이유를 다섯 살 위인 형에게 물었다.

"아빠 회사 사정이 안 좋은가 봐."

고등학교 1학년인 형은 대답했다. 엄마에게는 말하지 말라고도 덧붙였다.

승진은커녕 해마다 월급이 줄고 보너스마저 큰 폭으로 삭감되던 시절. 거품경제기 때 빌린 연리 8퍼센트의 대출금은 가계에 무거운 짐이 되어버렸다. 싼 금리로 갈아타려고 해도 담보 물건의 가격이 큰 폭으로 떨어져 그마저도 불가능했다. 판다고 해도 거액의 빚만 남을 뿐이어서 옴짝달싹못했다. 아키는 자신의 얼마 안 되는 용돈으로 학용품을 사고 급식비를 냈다. 아이가 집을 위해 할 수 있는 일은 그 정도였다.

어머니는 시급 800엔의 아르바이트를 나가기 시작했다. 그래도 전에는 5년마다 신형으로 바꾸던 차가 6년이 되고, 7년이 지나더니 결국 차고에서 없어졌다.

아키가 중학교 2학년 때였다. 아버지가 다니던 회사가 두 번째

부도를 내고 도산했다. 거품경제기의 과도한 설비투자로 인해 은행에서 돈을 빌렸고, 매출이 줄자 그 대출금을 갚지 못하게 되었다. 전에는 그렇게 잘 빌려주던 은행에서 더 이상 추가 융자는 없었다.

두 세트가 끝났다. 아키도 이제는 정말 힘든지 잔디밭 위에 주저앉아 어깨를 들썩이며 숨을 쉬고 있었다.

다행히 엔지니어인 아버지는 다시 취직자리를 구했다. 가족이 길에 나앉는 최악의 결과는 피할 수 있었지만 상황은 호전되지 않았다. 전보다 낮아진 급여에 대출금은 더 부담스러워졌다. 새 직장의 사택에 빈 방이 났다. 집세는 거저나 다름없었다. 부모님은 상의 끝에 집을 팔기로 결정했다. 6년 가까이 대출금을 갚았는데도 원금은 10분의 1밖에 줄지 않았고, 앞으로 20년 가까이나 같은 금액을 매달 갚아 나가는 것도 곤란했던 것이다. 자산 가치가 떨어진 집은 부동산 회사에 헐값에 팔렸다. 대출금 잔액을 매각대금으로 충당하고도 2,000만 엔이나 빚이 남았다. 그 빚을 다시 정년까지인 15년 대출로 갚았다. 그러한 일련의 흐름을 도립대생이 된 형이 알기 쉽게 설명해주었다.

왜 이렇게 됐지? 아키는 생각했다. 다른 부모와 비교해보아도 자신의 부모님이 꾸준히 성실하게 살아온 것은 아키 자신이 가장 잘 알고 있었다. 그런 부모님이 결과적으로 집 한 채조차 없이, 게다가 앞으로 15년 동안 형체가 없는 것에 2,000만 엔이나 되는 대출금을 갚아나가야 한다. 다 갚았을 때는 아버지가 정년퇴직. 사택에서 나가야 하기 때문에 쓸쓸한 노후를 보내게 된다.

그런 상황을 잠자코 손가락이나 빨며 보고 있을 수밖에 없는 자신이 한심했다. 빨리 제대로 돈을 버는 어른이 되고 싶었다.

중학교 3학년 여름이었다. 불량채권을 회수하지 못하게 되어 파산 직전에 이른 은행에 관한 뉴스가 텔레비전에서 나왔다. 그것을 보던 아버지가 중얼거렸다.

"전에 다니던 회사의 주거래 은행이었는데."

주저앉아서 멍하니 길 건너편을 보고 있던 아키의 눈에 아침 일찍 나온 샐러리맨을 실은 오다큐 선 전철이 지나가는 것이 보였다.

미래가 확실히 보장되어 있다면 얼마간의 불편을 참아가며 사는 것도 하나의 방법일 것이다. 좋아하는 일이라면 더할 나위 없다.

그렇지만 그런 보장도 없이, 자신의 행동에 의미를 찾지도 못하고 타성으로 일하다가 맞는 종착역은 사양이었다.

중학교 3학년 여름부터 겨울까지 아키는 아버지가 다 읽은 신문을 글자 하나 빼놓지 않고 꼼꼼히 읽었다. 텔레비전의 정치나 경제 뉴스를 집어 삼킬 듯이 시청했다. 이윽고 어렴풋하지만 무언가 알게 되었다.

당시 아키는 어떤 이유를 설명할 정도의 어휘력은 없었다. 그러나 자세한 이유를 설명할 수는 없어도 감각적으로 이해할 수는 있었다.

결국은 시스템을 과신한 것이 원인이라고 생각했다. 망한 회사의 사장도, 파산 직전의 은행장도, 연금이나 공공사업에 국채를 남발하는 정치가도, 그리고 주택담보대출을 받은 아키의 부모님도, 사람들 대부분이 제2차 세계대전 후 수십 년 동안 이어져온 상승 일변도의 사회를 믿고 있었다. 거품 전야에는 특히 파탄 직전이었던 그 시스템에 아무 의심도 없이 올라타 있었다.

그 자체가 죄라고 생각했다. 몰랐으니 어쩔 수 없다고 말하는 사람도 있다. 그러나 몰랐다는 것이 죄다. 그런 의미에서는 자신들도 포함해 국민 대다수가 완전히 무능했던 것이다. 무능한 인간들이 옹기종기 모여 이 나라를 움직이고 있다.

그렇게 느꼈다.

결과적으로 지금 부모님에겐 고뇌만 남았다. 그것이 안타까웠다.

중학교 3학년의 해가 저물었다. 아버지가 그만둔 회사의 주거래 은행을 구제하기 위해 세금이 투입되었다. 그때 아키는 처음으로 분노를 느꼈다. 아버지가 지금 받는 급여에서도 세금은 자동으로 빠져나간다. 근무하는 회사에서도 법인세를 내고 있다. 그 법인세에는 아버지가 공헌한 몫도 들어 있다. 그런데 아버지가 전에 다니던 회사는 아무 구제도 받지 못하고 망했다. 부모님은 지금도 형체도 없는 것에 쎄가 빠지게 돈을 처박고 있다. 그런 곳에는 아무 구제의 손길이 뻗치지 않는다. 너무 불공평한 처사가 아닐 수 없다.

고등학교 1학년 가을에는 겨우 들어간 학교를 중퇴했다. 무너지기 시작한 시스템에 오르기 위한 코스 따위는 아무 의미가 없다고 생각했다.

그러나 세상이 여전히 새로운 가치관을 갖지 못한 채 짜작짜작 졸아드는 것과 마찬가지로 아키 자신도 그것을 대신할 무언가를 찾은 것은 아니었다. 정신을 차리고 보니 이 거리에서 되는 대로 세월을 보내고 있는 자신을 어떻게 하지도 못하고 있을 뿐이었다. 하고 싶은 것도, 할 만한 것도 무엇 하나 찾지 못하고, 가오루와 만나 당분간 돈을 벌 방법을 생각해낸 것이 고작이다.

아키는 자리에서 일어나 천천히 페이스를 올리면서 요요기 공원을 나왔다. 왔을 때와 마찬가지로 바깥 둘레를 두 바퀴 돌고 다시 같은 길을 되돌아가기 시작했다.

도미가야의 임대 아파트에 도착해 땀을 흘리면서 단숨에 4층까지 계단을 뛰어오른다. 6시 58분. 지금쯤이면 가오루가 토스트를 굽기 시작할 시간이다. 가오루는 바지런히 요리를 한다. 동거인이 요리를 좋아한다는 것은 편리한 일이다.

복도를 지나 4층의 맨 안쪽 손잡이를 잡았다.

문을 연 순간 방 안 공기가 하얗게 흐려져 있었다. 토스트 탄내가 코를 찌른다. 등줄기에 긴장이 달린다. 무슨 일이 없으면 모든 일에 꼼꼼한 가오루가 이런 실수를 할 리가 없었다. 몇 번에 걸쳐 충분히 검토한 후에 신중하게 운영하고 있는 '미야비'에도 외적이 절대 없는 것은 아니다. 이권이 걸렸다 싶으면 목을 노리고 들어오는 지역 야쿠자, 시부야의 풍기 단속에 눈을 번뜩이고 있는 경찰. 그런 놈들이 주둥이를 들이미는 것을 한시도 쉬지 않고 경계해왔다. 파티 통보를 개인 메일로 한정한 것도, 격투 시합에 내기를 금지한 것도 만약을 위한 예방책이었다.

현관에 널브러져 있는 신발을 확인하고 엉겁결에 신발도 벗지 않고 들어서려는 순간,

"이런 멍청한 놈들!"

안쪽 거실에서 가오루의 분노에 찬 목소리가 들려왔다. 가오루가 소리를 지르는 것 자체가 드문 일이었지만 그래도 아키는 마음이 놓였다. 가오루에게 무슨 일이 생긴 것은 아니었기 때문이다.

신발을 벗고 다른 때와 마찬가지로 땀에 푹 전 셔츠를 빨래 바구니에 던져 넣고, 웃통을 벗은 채 거실로 걸음을 옮겼다.

"네놈들이 무슨 짓을 했는지 알아?"

등을 돌린 채 가오루는 다시 욕설을 퍼붓고 있었다. 두 손 다 주먹을 꼭 쥔 채 침대 위에 앉은 두 사람을 노려보고 있다. 그때까지 고개를 숙이고 있던 다케시와 사토루가 들어온 아키를 깜짝 놀라 올려다보았다.

"무슨 일이야?"

아키가 묻자 가오루가 아키 쪽으로 돌아섰다. 얼굴에 홍조를 띠고 표정이 굳어 있다.

"무슨 일이냐고?"

다시 한 번 물었다. 가오루는 너무 화가 난 나머지 상황을 설명하지 못하는 모습이었다. 몇 번 말을 하려다가 포기하고 옆에 아무렇게나 팽개쳐져 있는 보스턴백을 가리켰다.

전혀 색다를 것 없는 검정색 보스턴백. 한가운데의 지퍼가 열려 있다.

안을 들여다보고 내용물을 확인한 순간 어지간히 강심장인 아키도 눈이 동그래졌다. 가방엔 지폐다발이 잔뜩 들어 있었다. 자기도 모르게 옆에 서 있는 가오루를 올려다보았다.

"이게 뭐야?"

"3,200만 엔쯤 되는 것 같아." 가오루가 내뱉듯이 말했다. "이 자식들이 사고치고, 이 돈을 갖고 도망쳐왔어."

가오루가 짧게 경위를 말하는 동안에도 다케시의 시선은 아래로 향한 채 불안한 듯 흔들리고 있었다.

"영감 하날 뒤에서 까고 소지품을 뒤지고 있을 때 바에서 나온 여자가 소리를 질렀대. 당황한 이놈들이 들고 있던 가방을 그대로 갖고 뛴 거지. 그렇게 된 거야."

귀를 기울여 들으면서도 아키는 다케시와 사토루의 얼굴을 번갈아가며 보았다. 평생 만져보지도 못한 큰돈을 앞에 놓고 이 두 사람이 어떤 생각을 했는지는 쉽게 상상할 수 있었다.

이 돈이 만약 얼마 안 되는 잔돈푼이었다면 두 사람은 결코 아키와 가오루에게는 보고하지 않았을 것이다. 이게 웬 떡이야 하고 술값으로 다 써버렸을 게 틀림없다. 생각지도 못한 대량의 지폐다발을 보고 두 사람은 겁을 먹었다. 분명히 철창신세를 지게 될 거라고 느꼈을 것이다. 강도 상해. 뉴스에 나고, 수배가 떨어진다. 그렇게 생각하니 어찌 해야 할지 몰라 이리로 들고 왔다. 자기들이 사고를 치고 나서 아키와 가오루라면 어떻게 해주겠지 하고 문대러 왔다.

잘 생각해보지도 않고 행동하고, 자신이 초래한 결과로부터는 도망치는 등신 같은 놈들. 시스템 위에 떡 버티고 앉아 으스대기나 하는 영감탱이들과 다를 게 하나도 없다. 그 덕에 뒤처리를 떠맡게 된 사람이 얼마나 고생하는지는 모르는 척 시침을 뗀다.

뱃속이 천천히 식어간다. 어느 쪽이 문제를 일으켰는지는 이야기의 정황상 알고 있었다.

"쓸데없이 사고를 치면 안 된다고 분명히 말했을 텐데." 아키는 다케시 앞에 쭈그려 앉아 눈을 보았다. "무슨 생각으로 규칙을 깼어?"

다케시의 눈동자가 겁을 먹고 떨렸다. 막 벌어지려는 입가를 느닷없이 후려갈겼다. 다케시의 상반신이 떠올랐다가 등 뒤의 벽에 옆머리부터 부딪힌다.

"뭣 때문에 조직을 만들었다고 생각해?" 아키는 벽을 타고 무너져 내린 다케시의 먹살을 잡고 들어올렸다. "용돈 욕심에 분별없이 공갈을 치고, 아무한테나 행패를 부리고. 그런 놈들과 다를 게 뭐야. 네놈들이 우리 팀에 들어오기 전까지 하던 짓이야. 머잖아 쇠고랑을 찬다고. 아무 쓸모없는 쓰레기 꼴 난단 말이야. 그래서 나와 가오루가 어디에서도 피해 신고가 들어가지 않을 일을 생각해낸 거야. 규칙을 만들었다고!"

단숨에 쏟아내고 같은 곳을 다시 한 번 후려갈겼다. 고개가 심하게 흔들리고, 입 안에 고여 있던 피가 벽에 튀었다.

"그런데 네가 그걸 깼어." 아키가 내뱉었다. "결국 네놈들이 싼 똥이나 치우란 말인데, 이런 좆같은 경우가 어딨어, 엉?"

다시 먹살을 잡아당기고 상대를 무섭게 노려보았다.

"미안." 피투성이가 된 입가를 떨면서 다케시가 마침내 입을 열었다. "미안해, 용서해줘."

"……."

아키는 멱살을 잡고 있던 손을 풀고 일어섰다. 다케시가 힘없이 고개를 숙였다.

사토루가 하얗게 질린 얼굴로 자신을 올려다보고 있다는 것을 알았다.

"냉장고 안에 얼음주머니가 있을 거다." 사토루를 향해 중얼거리듯 말했다. "가져다 줘."

사토루는 튕겨 오르듯 일어서서 구석에 있는 냉장고 쪽으로 황급히 뛰어갔다. 그와 엇갈려 가오루가 주방에서 걸레를 빨아 가져왔다. 다케시 옆으로 해서 침대 위로 올라가 벽에 묻은 핏자국을 정성스럽게 닦는다. 사토루가 돌아와 다케시에게 말없이 얼음주머니를 내민다. 다케시는 고개를 숙인 채 그것을 받아 입가에 댔다.

벽을 다 닦은 가오루가 한숨을 내쉬더니 아키를 돌아보았다.

"그래, 돈은 어쩔 거야?"

아키는 잠시 말없이 있다가 오히려 되물었다.

"넌 어떻게 생각해?"

"다른 때 같으면 경찰에 갖다 주는 게 낫겠지. 신고가 들어갔는지도 불분명하고."

아키는 말없이 가오루를 보고 있다. 무언으로 다음 말을 재촉하는 것이다.

"돈만 무사히 돌려받으면 경찰도 더 이상 수사하려고 하지는 않을 거야."

가오루는 말을 이었다.

"단 그 영감이 신고를 했다고 가정했을 때의 얘기지만."

그 말을 듣고 사토루는 의아한 표정을 지으며 조심스럽게 입을 열었다.

"당연히 신고하지 않았을까? 2,3만 엔이라면 몰라도 3,200만 엔이나 털렸는데."

"액수의 많고 적음은 문제가 아니야." 가오루는 사토루를 날카롭게 쏘아보았다. "문제는 어떤 돈이냐는 거야."

아키는 가볍게 고개를 끄덕였다. 다케시가 당혹스러운 듯 가오루를 올려다보았다. 옆에서 다시 사토루가 입을 연다.

"무슨 말이야?"

"모르겠어? 진정하고 잘 생각해봐." 가오루가 말했다. "새벽 네 시에 옮겨야 하는 돈, 더구나 3,200만 엔이나 되는 거금을 이런 보스턴백에 넣어서. 돈 주인은 무방비 상태로 혼자 롯폰기 거리를 서성거리고 있었다."

"……"

"게다가 그놈은 마지막에는 당했다고 해도 다케시를 순식간에 때려눕힌 놈이야. 그런 남자가 그 새벽에 갖고 있는 돈이 과연 정상적인 돈일까?"

"……그럼, 검은돈?"

"아마도." 가오루는 그렇게 말하고 아키를 보았다. "언제부터 알고 있었어?"

"너한테 돈을 어떻게 할지 질문을 받았을 때." 아키는 대답했다. "생각해보니 상황이 심상치 않아."

다케시와 사토루의 가슴에서 초승달 모양의 펜던트가 나타났다 사라졌다 한다. 시부야에서 거리 사정에 조금이라도 밝은 사람이라면 그것이 팀 마크라는 것을 알고 있다.

"그 펜던트, 그때도 당연히 걸고 있었겠지?" 아키가 말했다. "단서 같은 걸 남기진 않았어?"

두 사람은 얼굴을 마주 보았다. 다케시가 주뼛주뼛 대답한다.

"……뭐라 말할 수 없어."

"그 남자를 공격했을 때 무슨 말 하지 않았어?"

다케시가 고개를 숙이고 사토루가 망설이듯 얼굴을 들었다.

아키는 곤혹스러워하는 사토루에게 턱짓을 했다.

"얘가 지갑을 빼냈을 때." 사토루가 마침내 무거운 입을 열었다. "내가 아키가 알면 좆된다고 했어……."

가오루가 크게 한숨을 쉰다. 아키는 다시 한 번 물었다.

"그걸 들은 것 같아?"

"몰라." 사토루가 대답했다. "그때 그놈은 쓰러져서 의식이 몽롱한 것 같았어."

"그럼 반반인가."

잠시 네 사람은 침묵에 잠겼다. 답답한 분위기가 흘렀다.

가오루가 손톱을 물어뜯으면서 생각하다가 침묵을 깼다.

"그럼 아키 이렇게 해보자." 하고 제안한다. "만약 그 남자가 신고를 했다면 조만간 언론사에 알려질 거야. 오늘자 조간은 무리이겠지만 석간이나 오후 이후의 뉴스에서는 사건 보도로 나오겠지. 늦어도 내일 조간에는 실릴 확률이 높아. 그때까지 정보를 모으자. 정보를 모아서 본격적인 수사가 시작되기 전에 이 돈을 돌려주러 가는 거야. 그렇게 하면 짭새들이 진지하게 수사에 임하지도 않을 거고 만에 하나 체포되어도 폭행죄, 재수 없어봤자 상해죄 정도로 마무리되겠지. 두 사람 다 전과가 없는 미성년자이고, 현금도 돌려주러 갔으니 정상참작도 되겠고. 가정재판소로 넘어가 보호관찰 처분 정도로 끝날 거야."

거기서 한 번 말을 끊었다.

"단, 문제는 신고가 들어가지 않았을 때야. 이런 거금을 잃고도 신고를 하지 않았다면 필시 검은돈이야. 그 남자는 독자적으로 돈을 찾겠지. 조직폭력배나 비합법조직을 등에 업고 있을 가능성도 있고. 상대가 만약 펜던트를 알아보고, 이 녀석들이 한 말을 기억한다면 정말 일이 복잡해져. 어쨌든 우리를 알고 있는 사람은 파티에 모인 사람들을 비롯해, 이 거리에 지천으로 널렸거든."

아키는 고개를 끄덕였다. 그렇다고 상대의 정체를 아는 것도 아니다. 그 현금을 어디로 돌려주어야 할지도 짐작할 수 없다. 어찌어찌 상대의 정체를 알아내서 돈을 돌려주었다고 해도 그가 곱게 자기들을 보내줄지도 의문이다. 어떤 사람인지에 따라서 달라지겠지만, 최악의 경우에는 돈의 존재를 안 그들의 입을 막으려고 극단의 조치를 취할지도 모른다.

그렇다고 이대로 가만히 있다가 그에게 발각되었을 때도 문제인 것은 마찬가지다.

"만약 그리 된다면 죽지 않는 게 다행이겠지."
가오루도 고개를 끄덕였다.
"운이 좋으면."
오전 7시 30분. 창밖에서는 일찌감치 가로수에 자리를 잡은 매미가 울기 시작했다.

5

한 나절이나 지났는데도 여전히 오른손 손등이 아프다.
뒤처리가 끝난 후 가게에 들이닥친 규마에게 당했다.

누군가 거칠게 흔들어 잠에서 깼을 때는 이미 폭풍이 휩쓸고 간 뒤였다.
"지배인님, 지배인님!"
그 목소리가 머릿속까지 쩌렁쩌렁 울렸다. 눈꺼풀을 들어올리자 눈앞에 경비원의 검푸른 얼굴이 있었다. 온몸이 마비된 듯 무거웠다. 가스를 마신 탓이었다. 비틀거리면서 간신히 카운터 뒤에서 일어섰다.
순간 시야에 들어온 광경에 그는 소름이 확 돋았다. 둔통이 내달린다.
플로어에는 아직 절반가량의 손님이 잠에 빠져 뒹굴고 있고, 정신이 들어 상반신을 일으키고 있는 손님들도 여기저기서 구토와

두통을 호소하고 있었다.

시계를 보았다. 오전 6시 30분. 정신을 잃고 나서 약 네 시간이 지났다.

황급히 옆에 있는 금고를 돌아보았다. 금전출납기의 서랍이 열려 있고 안이 텅텅 비어 있었다. 게다가 그 옆 카운터 위에는 안쪽에 있어야 할 금고가 뚜껑을 활짝 열고 있었다.

순식간에 그것들이 의미하는 사실을 이해했다. 마쓰타니구미의 간토 지부 대행인 규마의 얼굴이 뇌리를 스쳤다.

이구사의 양 다리는 부들부들 떨리기 시작했다.

"어떻게 이런 일이." 저도 모르게 탄식이 튀어나오고 말았다. "어떻게 이런 일이."

하지만 망연히 정신을 놓고 있을 상황이 아니었다. 그전에 해야 할 일이 있었다.

우선 아직 정신을 차리지 못한 경비원과 직원들을 모두 흔들어 깨워서 한 자리에 모은 뒤 고객들의 피해 상황을 확인하라고 지시했다. 이구사가 지켜보는 가운데 직원들이 고객들을 도와 일으키면서 지갑의 유무를 묻는다. 다행히 고객들의 지갑까지는 손대지 않은 것 같다.

이어서 고객들을 일일이 쓰러지기 전에 앉았던 자리에 앉히고, 가스가 새어나오기 직전에 가지고 있던 칩의 액수 확인을 서둘렀다. 그리고 확인된 금액을 고객의 이름과 함께 메모지에 적고, 나중에 그 금액만큼 정산해주기로 약속했다. 앞으로의 영업을 생각하면 고객들에게 금전적인 면에서 불만을 남겨 경찰에 신고하는 일만은 피해야 했기 때문이다.

그러고 나서 다시 한 번 강도를 당한 사실을 설명하고 몇 번을 거듭해서 사죄한 후 고객들을 보냈다.

마지막으로 가게의 피해 상황을 확인했다. 회계 담당에 의하면 어젯밤 매출은 2시에 집계했을 때 9,000만 엔 가까이 되었다고 한다. 고객들에게서 집계한 칩의 미정산액이 약 1,500만 엔.

합계 1억여 엔의 피해였다.

그 엄청난 금액에 이구사는 정신이 아득해지는 것을 느꼈다.

상부에 연락할 일이 남아 있었다. 떨리는 손으로 수화기를 들고, 잠시 후 전화선이 끊어졌다는 것을 깨닫고 다시 수화기를 내려놓는다. 아직도 마음이 진정되지 않았다. 일단 지상으로 나가 휴대전화로 규마의 집에 전화했다.

한 시간 후, 규마가 부하를 몇 명 데리고 가게로 뛰어 들어왔다.

오사카 남부에 본부를 둔 광역 조직폭력단 '마쓰타니구미'가 간토 지방에 본격적으로 진출한 것은 5년 전 일이다.

롯폰기 도로를 따라 미나미아오야마 7가부터 롯폰기 6가까지를 나와바리로 하는 '마후사쿠라바카이'라는, 원래는 도박으로 출발한 군소 조직폭력단이 있었다. 제2차 세계대전 전부터 이어져온 이 명문 조직폭력단은 인접하는 시부야의 두 신흥 조직폭력단—시부야 이남을 나와바리로 하는 '마카와구미'와 반대로 이북을 근거지로 하는 '전간토청룡회'의 존재에 전부터 골머리를 앓고 있었다. '마카와구미'와 '전간토청룡회'가 시부야의 한가운데를 사이에 두고 서로 견제하고 있는 이상 조직 확대를 꾀하는 그들이 세력을 넓힐 수 있는 곳으로는 미나토 구港區 방면밖에 없었다.

 전부터 간토 진출을 꾀하던 '마쓰타니구미'는 그 점에 주목했다. 나와바리의 이권은 그대로 온존시켜준다는 조건으로 협상을 마치고 '마후사쿠라바카이'를 산하로 끌어들였다. '마후사쿠라바카이'로서는 상납금을 바치지 않고도 간사이關西의 거대 조직 '마쓰타니구미'를 후원자로 삼을 수 있다는, 늘 바라던 조건이었다. 단 '마쓰타니구미'도 단순한 후원자로만 머물지는 않았다. 상납금을 면제해주는 대신 '마후사쿠라바카이'의 나와바리 내에서 '마쓰타니구미'가 직영하는 점포를 열 수 있도록 허락받았다. 오사카에서 풍부한 자본이 흘러들어와 몇 년 사이에 유흥업소와 음식점들이 10여 점포나 문을 열었다. 그 핵심이라 할 수 있는 것이 이 카지노 바였다.

 '마쓰타니구미'는 간토 진출의 핵심 거점인 이 지역을 본부, 즉 조장 직할 지역으로 삼았다. 이번에 그 조장 대행으로 온 사람이 '마쓰타니구미'의 간부인 규마였다.

 등 뒤에 부하들을 달고 온 규마는 가게 안으로 들어와 눈알을 번뜩이며 이구사를 힐끔 쳐다보았다. 나이는 마흔 전후. 중키에 다부진 체격이다. 볼이 홀쭉하고 강렬한 빛을 발하는 두 눈에 이구사는 늘 맹금류가 떠오르곤 했다. 그 눈과 마주치는 것만으로도 소심한 그는 온몸이 후들거렸다.

 이구사는 4년 전까지 마카오의 '카지노 호텔에서 일했다. 일본인 관광객의 고객관리가 주요 업무였다. 그 소심한 성격에서 오는 배려와 손님 접대를 잘하는 성격이 도박 여행을 온 마쓰타니구미

간부의 눈에 들어 파격적인 조건으로 스카우트되었다. 실제로 그는 규마에게서 이 일로 매달 200만 엔이라는 엄청난 보수를 받고 있었다.

그런데, 하고 공포에 떨면서 이구사는 생각했다. 그 천국 같은 생활도 이것으로 끝이다.

규마는 한동안 말없이 서 있었다. 플로어 구석에 모여 있는 직원들을 뚫어져라 본다. 직원들은 점점 안정을 잃는다. 침묵을 견디지 못하고 이구사가 막 입을 열려는 순간 다시 규마의 시선이 그에게 돌아왔다.

"그러니까 뭐라꼬? 모두 해서 1억이 넘는다고 했나?" 지독한 간사이 사투리로 으름장을 놓듯 중얼거렸다. "아야, 이구사. 이거이 무신 개뼉다구 같은 소리여?"

"네……." 등줄기에 소름이 끼쳤다. 이구사는 그렇게 대답하는 게 고작이었다. "……진심으로."

"진심으로 머, 어?"

"진심으로 면목 없습니다."

그렇게 말하고 양손을 카운터 위에 놓은 채 깊숙이 고개를 숙였다. 그 순간에는 그것밖에 생각나지 않았다.

고개를 든 순간 어느새 규마가 눈앞에 와 있었다. 그의 입가가 일그러지는가 싶더니 전광석화와 같은 속도로 옆에 있던 얼음송곳을 이구사의 오른손에 꽂았다. 얼음송곳은 손등을 뚫고 카운터의 코트지 나뭇결에 깊숙이 박혔다. 불에 타는 듯한 격통이 온몸을 휘감았다.

"윽."

너무나 큰 충격에 신음소리조차 나오지 않았다. 얼음송곳 주변으로 피가 흘러나오기 시작했다.

"으, 으."

볼이 실룩실룩 경련을 일으키고 이마에서는 식은땀이 솟아나왔다. 바들바들 떨고 있는 이구사의 아래턱을 규마가 손가락 끝으로 들어올렸다.

"아프나?" 고통으로 일그러진 이구사의 얼굴을 보면서 규마는 잔인한 미소를 지었다. "그래도 소리를 지르지 않으니 기특하구마. 그런데 말이다."

직원들이 새파랗게 질린 얼굴로 자신을 보고 있는 것이 느껴졌다. 규마가 데리고 온 부하들도 마른침을 삼키며 상황을 지켜보고 있다.

"매달 두 장이나 주는 건 보안 관리도 하란 말인디." 갑자기 본성을 드러낸다. "이 꼴이 대체 뭐냐고, 이 씨불놈아!"

고함을 지르며 이구사의 뒤통수를 움켜쥐고 카운터에 얼굴을 내리 찍었다. 이마가 빠개질 듯 아팠다. 눈에서는 불꽃이 튀었다. 오른손에 박혀 있는 얼음송곳이 다시 격통과 함께 뽑혀 나가는 감촉이 있었다. 뒷머리를 잡힌 채 얼굴이 들어올려졌고, 그 송곳이 이번에는 볼에 와 닿았다.

"말해보거라이." 툭툭 송곳 끝으로 볼을 두드리면서 규마가 말했다. "그 썩을 놈들 상판대기 말이다."

"두, 두 놈 다 키는 180센티미터 정도였습니다. 나이는 서른 중반, 한 명은 좀 말랐고, 다른 한 명은 단단한 레슬러 체형. 눈은 마른 놈이 쌍꺼풀 없이 찢어졌고, 단단한 놈이 또렷한 쌍꺼풀이었습니다. 입이나 턱 모양은 둘 다 프로텍터를 물고 있어서 뭐라 말씀드릴 수 없습니다. 손에는 총을, 장난감 같은 작은 총을 들고 있었습니다."

"가지처럼 생겼드나?"

"네, 똥똥한 것이었습니다."

"데린저이겠네." 규마는 혀를 차고 벽 쪽에 서 있던 경비원 중 한 명을 쏘아보았다. "아야, 사카키. 이리 온나."

입구에서 몸수색을 담당하는 경비원이 머뭇거리며 한 걸음 앞으로 나왔다. 규마가 일갈했다.

"뭘 꾸물거리노! 퍼뜩 안 오고!"

경비원이 용수철이 튀어 오르듯 의자에 반쯤 걸터앉아 있는 규마 앞으로 뛰어왔다. 사카키의 새파랗게 질린 얼굴을 아래에서 쏘아보던 규마가 마침내 입을 열었다.

"우째 몸수색을 받은 근마들이 총이나 프로텍터 같은 것들을 가지고 들어왔노?"

"그, 그건."

"우쨌다고!"

"아, 아마도 어딘가에 몰래 숨겨 갖고 들어온 것 같습니다."

"몰래?" 말이 끝나기가 무섭게 규마는 경비원의 턱을 사정없이 후려갈겼다. "몸수색을 개판으로 한 거 아이가! 이 문디 자슥아."

사카키는 몸을 ㄱ자로 꺾고 고통스러운 신음을 토해냈다. 분노에 찬 규마의 공격은 좀 더 이어졌다. 있는 힘껏 복부를 걷어차고, 늑골이 부러질 정도로 몇 번을 계속해서 옆구리에 주먹을 날리고, 마지막으로는 술병을 거꾸로 들고 얼굴을 냅다 갈겼다. 요란한 소리를 내며 술병이 깨지면서 위스키가 사방으로 뿌려졌다. 얼마나 지독하게 맞았는지 사카키는 아무 소리도 내지 못하고 그대로 고꾸라졌다.

한 시간 후 이구사와 사카키는 남아 있던 직원들에 의해 병원으로 실려갔다.

진단 결과 이구사가 오른손 열상(裂傷)으로 전치 1개월. 사카키는 더 심했다. 오른쪽 광대뼈 함몰과 중증의 경추 염좌. 흉골에 금이 갔고, 늑골 두 곳이 골절, 전치 2개월이라는 진단을 받았다. 치료를 끝낸 이구사는 몸을 움직일 수 없는 사카키를 남겨두고 병원을 나왔다. 우울한 기분을 안고 택시에 올라 니시마후 1가에 있는 사무실로 돌아갔다.

롯폰기 대로 가에 있는 '마후사쿠라바카이' 소유의 '사쿠라바 빌딩' 최상층에 마쓰타니구미 간토 지부의 사무실이 있다.

현재 '마쓰타니구미'의 후원을 받는 '마후사쿠라바카이'는 서쪽의 '마카와구미', '전간토청룡회'와 그런대로 균형을 이루고 있다. 적어도 표면적으로는 지역의 경계를 사이에 두고 우호관계를 맺고 있었다. 최상층 사무실은 마쓰타니구미가 후원하게 된 잔을 나눈 것에 대한 답례로 사쿠라바카이에서 무상으로 임대해준 것이었다. 아래층인 3층과 2층에는 사쿠라바카이의 사무실이 있고, 그 층의 상하가 다시 말해서 이 세계의 힘 관계를 나타내고 있다.

이구사가 사무실로 들어가자 젊은 조직원 하나가 그의 오른손을 보고 안쓰럽다는 듯 보고했다.

"대행님이 사장실에서 기다리고 계십니다."

이구사는 속으로 한숨을 쉬면서 고개를 끄덕였다. 방을 가로질러 가서 사장실 문을 노크한다.

안에서 대답하는 소리를 들은 후 문을 열고 안으로 들어갔다. 규마는 창을 등지고 사장용 책상에 걸터앉아 양손을 턱 밑에서 낀 채 멍하니 담배를 피우고 있었다.

"대행님." 책상 앞으로 다가가 이구사는 다시 한 번 사죄의 말을 했다. "이번 일, 저의 불찰이 분명합니다. 진심으로 사죄드립니다."

"응?"

이구사를 올려다보는 나른한 시선에서 좀 전까지의 광기어린 빛은 찾아볼 수 없었다.

많은 사람들이 보는 앞에서 줄곧 보이던 짐승 같은 모습은 이미 어디론가 사라지고, 대신 일개 비즈니스맨으로서의 우울함이 얼굴을 덮고 있었다. 생각해보면 조장 직속의 대행으로서 간토에 올 정도면 폭력만 휘두를 줄 아는 단세포적인 인간은 아닐 것이다.

붕대를 감은 이구사의 오른손에 시선을 고정시키고 규마가 말했다.

"이구사, 니 쫌 알겠나? 와 그 꼴이 됐는지?"

"네." 그는 기어들어가는 목소리로 대답했다. "충분히 알고 있습니다."

규마를 만난 지도 햇수로 4년이 넘었다.

그동안 그는 규마라는 인물의 사고방식과 감각을 어느 정도는 이해할 수 있게 되었다. 그가 좀 전에 그렇게 분노를 드러낸 것은 1억이라는 거금을 강탈당한 것에 화가 난 것이 아니다. 그 사실에 부수적으로 따라붙는 여러 상황을 감안해보고 격노했던 것이다.

현재 규마가 운영하고 있는 간토 지부는 미묘한 시기에 처해 있다. 사쿠라바카이와의 관계도 안정기에 들어가고, 미나미아오야마 7가에서 롯폰기 6가에 이르는 나와바리는 거의 접수했다. 아오야마에 촉수를 뻗고 있던 시부야의 2대 세력도 일단 마쓰타니구미라는 거대 조직이 두려워 바짝 엎드려 있다. 규마의 계획은 앞으로 3년 동안 롯폰기 3가 이북부터 아카사카까지의 군소 조직폭력단을 사쿠라바카이에 했던 방법으로 세력하에 두는 것이었다. 이미 그 물밑작업도 개시했다.

그런데 이런 시기에 카지노 바가 털렸다는 소문이 난다. 지금으로서는 범인 색출을 위한 유력한 정보는 전무한 것이나 다름없다. 그렇더라도 범인을 잡는 것에 실패한다면 밑으로 들어갈지 말지 고민하는 주변의 조직폭력단은 마쓰타니구미를 우습게 보기 시작할 것이다. 힘 관계를 등에 업은 교섭을 유리하게 끌고 가기 힘들 우려가 있다. 최악의 경우 간토 지부를 깔본 시부야 세력이 다시 공세로 나올 가능성조차 있었다. 미나토 구 전체를 세력하에 두려고 진출한 마쓰타니구미의 입장에서는 절대로 용납할 수 없는 전개였다.

"그라믄 내 목은 학실히 날아가지 않겠나." 규마가 이구사의 눈을 응시한 채 중얼거리듯 말했다. "그때는 니가 우째 될지 알겠재?"

 말하지 않아도 충분히 알고 있었다. 오사카의 총본가가 그런 실수를 절대로 용납할 리 없었다.

 이구사는 꾸벅 고개를 끄덕였다.

 규마가 담배를 재떨이에 비벼 껐다.

 "쪼매 전에 사쿠라바카이의 회장이 왔었다."

 "그렇습니까."

 "이 간토 지부가 웃음거리가 되믄 사쿠라바카이도 운명을 같이한다 카더라. 어젯밤부터 오늘 아침까지, 이 일대의 정보는 아무리 사소한 거라도 싸그리 긁어모아서 보고하거라. 젊은 아들 몇 명 지원해주꾸마."

 "알겠습니다."

 "내도 따로 근방에 있는 아들한테 지시를 내릴 기다. 어제 바 근처에 수상한 놈들이나 차를 본 사람을 찾으라꼬. 우쨌든 이번 사건은 바로 소문이 나지 않겠나. 그라믄 그걸 역으로 이용해서 우리가 먼저 움직이는 기다. 현상금 걸고 요란하게 소문내는 기야."

 "네."

 "먼 일이 있어도 그 도둑괭이 같은 놈들을 잡아 찢어 직여야 속이 안 시원하겠나." 뿌득뿌득 이를 갈며 규마는 단언했다. "본때를 보여줘야재."

6

 사정을 하고 나면 모래를 씹은 듯한 허무함이 몰려온다. 정도의 차이야 있겠지만 어떤 여자와 사랑을 나누어도 그 허무함은 해가 갈수록 심해지고 있다.

 모모이는 침대에 멍하니 누워 담배 연기를 천장으로 내뿜었다. 행위가 끝나고 나서도 목덜미에서 배어 나오는 땀이 불쾌감을 조장한다. 옆에서 매니큐어를 빈틈없이 칠한 하얀 손이 뻗어온다. 모모이의 벌거벗은 가슴을 만지작거리면서 여자는 시트 위로 상반신을 일으켰다.

 "왜 그렇게 멍 때리고 있어요?"

 여자가 치켜뜬 눈으로 모모이의 얼굴을 들여다본다. 모모이는 억지로 미소를 지어 보였다.

 "아니, 뭘."

 그렇게 중얼거리고 얼버무렸다. 이 여자와 만나는 것은 오늘 밤이 다섯 번째였다. 만날 때마다 사후 대응이 귀찮아진다.

 여자는 모모이의 등에 손을 감아 안기더니 어깨를 살짝 깨물었다. 순간 소름이 쫙 끼쳤지만 그냥 참고 넘어갔다. 롯폰기에 있는 바에서 만난 게 두 달 전. 멀리서 봐도 몸매가 죽이는 여자였다. 얼굴과 옷 입는 센스도 딱 모모이의 스타일이었다. 살살 꼬드겨 그날 밤 호텔로 데리고 갔다. 행위가 끝난 뒤 조금 후회했다. 여자가 갑자기 친근감을 표시하며 천박한 이야기를 하기 시작했기 때문이다. 단지 몸을 섞었다고 해서 아무 거리낌 없는 태도로 돌변

한 것이다.

두 번, 세 번 만나는 동안 개인적인 질문을 받게 되었다.

여자는 대개 상대방에게 익숙해지면 자신을 열어 보이는 것이 당연하다고 생각한다. 그리고 그 대가로 상대의 마음속도 들여다보려고 한다. 들어와선 안 될 부분도 있다는 것을 모르고 성큼성큼 들어오려고 한다. 모모이는 자신이 그걸 경계한다는 것을 깨달았다.

하지만 1,2주가 지나면 또 하고 싶어져서 전화를 건다. 내심 그런 자신이 어처구니가 없다.

모모이는 베갯맡의 시계를 보았다. 침대 패널에 매립된 시계는 새벽 1시를 조금 지나 있었다.

"먼저 샤워해."

"네? 벌써 가게요?"

여자는 의외라는 듯 목소리를 높였다. 모모이는 웃으며 변명했다.

"나도 나이가 있어서 하룻밤에 두 번은 무리야."

여자도 웃으면서 교태 섞인 표정으로 머리를 쓸어 올렸다. 히로오에 있는 미용실 스태프라고 했다. 옷맵시와 화장하는 센스가 좋은 이유가 거기에 있었다. 스물다섯 살이라고 한다.

모모이는 속으로 쓴웃음을 지었다. 냉정하게 생각해보면 열 살 가까이나 나이가 어린 여자와 자는 것 자체가 범죄에 가깝다. 1980년대까지라면 모를까, 요즘 세상에 열 살이라는 나이 차는 결정적이었다. 감성이 막 형성되는 10대부터 20대 초반, 그 기간에 본 사회의 양상이, 시스템이, 완전히 달라져버렸다. 내적 감각을 공유할 수 있는 토대 따위는 있을 리도 없다. 그것을 깨닫지 못할 만큼 여자는 젊고, 깨닫고 나서도 육체적 관계만을 갖는 모모이는 한마디로 인간 말종이다.

30분 후 모모이와 여자는 니시신주쿠의 호텔을 나왔다. 지하 주차장에 있는 임프레자를 타고 신주쿠 램프에서 수도고속 4호선을 탔다.

다카이도 램프에서 내려 도리야마에 있는 그녀의 집까지 데려다주었다. 비슷비슷한 연립주택 단지가 헤드라이트를 받아 무수히 떠오른다.

그중 하나, 그녀의 집이 있는 단지 앞에서 모모이는 차를 세웠다.

"그럼 또 봐요."

차에서 내린 여자가 창문으로 모모이를 들여다보며 웃는다. 모모이도 빙긋이 미소로 답한다. 여자는 고개를 갸웃했다.

"다음엔 언제 만나죠?"

"조만간 또 봐야지."

어려서부터 붙임성이 좋았다.

집에 돌아오다가 목이 말라서 편의점으로 갔다.

자판기 앞에 있는 주차장으로 들어가니 옆에 검정색 쿠페가 세워져 있었다. 도요타의 80 수프라. 18인치 휠에 후방에는 120파이의 머플러가 튀어나와 있다. 보닛 위에는 에어덕트. 보닛의 광택도 펜더와는 약간 다르다. 카본 소재인 듯하다. 앞 유리 상부에 'J-SPEED'라 쓰여 있는 스티커가 붙어 있다. 그 가게의 이름은 모모이도 알고 있었다. 튜닝 업계에서는 꽤 유명한 곳이다. 그곳에선 이렇게 외관부터 손을 댄다. 자세히 살펴보니 엔진 본체의 체인도 500마력 밑으로는 내려가지 않을 것 같다.

자판기에서 립톤을 꺼내고 있는데 티셔츠에 청바지 차림의 젊은 남자가 편의점에서 나왔다. 키를 들고 있는 것을 보니 차 주인인 것 같다. 문득 모모이는 우스운 생각이 들었다. 그 후줄근한 옷차림으로 볼 때 버는 돈 대부분을 차에 쏟아 붓고, 아무 걱정 없이 사는 타입이다. 10년 전의 자신.

젊은이는 모모이의 임프레자를 보고 순간 의아한 표정을 짓더니 다시 한 번 찬찬히 차를 살핀다. 그러고 나서 모모이를 돌아보았다. 모모이는 그 얼굴에 아무 생각 없이 미소로 대답했다.

"이거 STi 버전이네요?" 젊은이는 직접적으로 질문을 던졌다. "왜 이렇게 평범하게 놔뒀어요?"

"주문이지."

눈에 띄지 않게 하려는. 모모이는 뒷말을 삼키고 차에 올랐다.

젊은이가 말없이 배웅하는 동안 후진으로 천천히 주차장에서 빠져나와 국도로 나왔다. 다시 다카이도 램프로 수도고속 4호 신주쿠 선에 올라 속도를 높였다. 쭉쭉 치고 올라가더니 5초도 되지 않아 속도계는 160킬로미터를 가리킨다. 그래도 최고속도 320킬로미터의 절반이었다.

스바루 임프레자 WRX/STi Ver.Ⅳ. 이것이 모모이가 타고 있는 차의 정식명칭이었다. 세계 각국의 일반 포장도로와 숲길을 달리고 있다. WRC(세계랠리선수권)라는 자동차 경주가 있다. 좀 거친 표현 같지만 F1(포뮬러 원)의 일반도로 버전이라 하면 이해하기 쉬울지도 모르겠다. 이 차는 스바루가 그 경주에 출전하기 위해 개발한 차였다. 표준 임프레자를 베이스로 완벽하게 튜닝해서 WRC의 규정을 충족시키기 위해 일반인에게도 극히 소수에게만 시판되었다. 2리터, 5넘버 사이즈의 콤팩트한 세단이지만 시판 상태 그대로도 280마력의 출력을 자랑한다. 미쓰비시의 랜서 에볼루션과 함께 요즘에도 WRC에서 종합우승을 다투고 있다.

  모모이는 이 기본 차를 구입한 후 다시 손보았다. 터빈을 상당히 큰 것으로 교환하고, 부스트업에 맞춰 개스킷, 피스톤, 밸브, 크랭크샤프트 등을 특별 주문한 것으로 모두 바꿔 달았다. 실린더 내부의 연마에 의한 프리쿠션의 경감. 가조립한 후 몇 차례에 걸쳐 밸런스를 잡았고, 당연히 엔진 본체에 맞춰 각 부품도 바꿨다. 엔진 본체에 알맞은 흡배기계의 어레인지, 그 파워를 견딜 수 있는 구동계, 유연하고 강도가 있는 몸체의 강성과 밀착력이 좋은 타이어. 정신이 아득해질 정도의 작업을 거쳐 최종적으로는 600마력의 괴물이 완성되었다. 만에 하나 교통기동대의 GT-R이 쫓아와도 그와 대등하게 경주할 수 있을 정도로 만들었다. 그런데 거기서 끝이 아니었다. 작업 현장에서의 목격 정보를 애매하게 하기 위한 외부 위장도 게을리 하지 않았다. 지극히 평범한 세단으로 보이기 위해 STi 버전 사양의 엠블럼과 윙, 그릴 따위는 모두 떼어내고, 염가판 임프레자의 것으로 바꿨다.

  그러나, 하고 모모이는 생각한다. 이렇게까지 돈과 시간을 투자했건만, 자신이 이 차 자체를 정말로 마음에 들어 하는 것도 아니었다. 단순히 기능으로서, 일에 필요한 도구로서 좋아할 뿐이다.

임프레자 STi라는 차를 튜닝의 기본 차로 고른 것도 동네를 돌아다니는 데 좋은 5넘버 사이즈이기 때문이다. 또 관심이 없는 일반인이 보면 언뜻 수수한 차로 보이기 쉽다는 것과 전천후형 4륜구동이라는 것, 그리고 긴급 상황일 때 세 명이 한 번에 탈 수 있는 4도어 세단이기 때문이다. 그 외에 이유는 없었다.

그 자신이 10년 전에 그랬던 것처럼, 아까 그 젊은이가 지금도 그러는 것처럼 차에 대한 광적인 열정은 그에겐 더 이상 없다.

그리고 여전히 그 상실감에 연연하고 있는 자신에게 스스로도 우습다고 생각하면서도 일종의 안타까움을 느끼고 있었다.

5년 전 여름, 그는 그 열정을 포기하면서 악마와 거래를 했던 것이니까.

그리고 그 판단을 내린 시점에서 그는 그때까지의 자신을 지탱해온 열정의 기둥이 우지끈 소리를 내며 무너지는 것을 느꼈다.

말 그대로 완전히 무너져버렸다.

어렸을 때부터 차를 너무 좋아해서 거의 광적으로 매달렸다.

부모님께 졸라 사달라는 장난감은 늘 자동차 프라모델이었고, 틈만 나면 2층 창에서 간파치 대로를 달리는 차를 내다보았다. 초등학교 고학년 때 수퍼카 붐이 일어났다. 람보르기니, 드 토마소, 애스턴마틴, 마세라티……. 이때 받은 인상이 그의 장래를 결정지었다. 무슨 일이 있어도 이런 차를 주무르는 직업을 갖기로 했다. 중학교를 졸업하고 아무 망설임 없이 공업계 고등학교 기계과에 진학했다. 그러나 그곳에서는 최종 학년이 되어도 내연기관의 기초적인 것밖에 배울 수 없다는 것을 깨달았다. 그런 기초지

식은 중학생 때 이미 여러 잡지와 전문지를 통해 거의 알고 있었다. 시시했다. 3개월 만에 중퇴했다. 몸으로 부딪쳐보는 수밖에 없다고 생각했다. 중도 채용 공고가 난 잡지를 보고 근처에 있는 자동차 수리공장에 취직했다. 오일 교환부터 타펫 조정, 벨트 교환, 할 일은 넘쳐났다. 처음에는 실제로 차를 다루는 것이 마냥 좋아서 정신없이 일했다.

그러나 그런 일에도 익숙해지고 나니 이 일이 자신의 일이 아니라는 것을 깨달았다. 공장에 들어오는 것은 정기검사 차량이나 사고 차 수리뿐이었다. 당연히 일은 차량 관리나 사고에 따른 부품 교환, 그리고 알선이 전부였다. 차의 상태를 유지하기 위한 정비와 원래 상태로 되돌리기 위한 작업만 하면 되었다. 기본적인 기술과 지식만 있으면 누구나 할 수 있는 일이다. 거기에 독자적으로 갖춘 기술력이나 장인정신이 비집고 들어갈 여지는 없었다. 단순한 작업이다. 작업을 일이라고는 말하지 않는다. 젊었을 때 설령 정확한 표현은 아닐지라도 그는 막연히 그렇게 느끼고 있었다.

2년이 지나 공장 사장에게 불쑥 그런 비슷한 이야기를 털어놓았다. 사장이라 해도 이런 동네 공장에서 흔히 볼 수 있는, 밑바닥에서부터 올라온 영감태기였다. 영감태기는 화가 나서 얼굴이 새파래졌다. 그렇게 화가 난 사장의 얼굴은 그때까지 한 번도 본 적이 없었다. 그 얼굴을 보고 비로소 이 공장에서 일하는 동료들에게 엄청난 실례를 했다는 것을 깨달았다. 모모이에겐 그렇게 노골적이고, 우둔한 면이 있었다.

당황하며 변명을 하려던 모모이에게 사장은 서글픈 표정을 지으며 뜻밖의 말을 했다.

"그래, 여기서 하는 일이 작업인가……. 예를 들어 나는 나사 하나를 조이는 데도 정성스럽게 힘을 넣어 조인다. 난 말이야 그 마음이 있느냐 없느냐가 작업과 일을 나누는 경계라고 생각하는데, 넌 생각이 다른가 보군……."

모모이는 할 말이 없었다.

다음 날 공장에 출근하자 사장이 불렀다. 사장은 모모이에게 봉투 한 통을 건넸다.

"대목장이라고 아느냐?"

모모이가 고개를 흔들자 사장은 웃으며 말했다.

"그래, 모르겠지. 대목장이라는 건 궁궐이나 절을 짓는 기술자를 말한다. 필시 너는 그런 특별한 기술자가 되고 싶은 거겠지."

그리고 다시 한 번 봉투를 가리켰다.

"오늘 넌 오전만 일해도 된다. 오후에 그걸 갖고 시나가와에 있는 '팩토리 아마모리'에 다녀와."

그 회사의 이름은 자동차 잡지 등에서 종종 봐온 터라 모모이도 잘 알고 있었다. 규모와 질 모두 간토에서는 최고라 할 수 있는 튜닝 숍이었다. ROM 키트, 머플러, 서스펜션 등 자사에서 개발한 부품도 상당수가 있고, 숍이라기보다 튜닝 기업에 가깝다.

"어제 저녁에 그쪽 사장에게 이야기는 해두었다. 옛날부터 알던 사람이야. 너는 아직 2년밖에 근무하지 않았다. 퇴직금도 거의 없어. 그러니까 그 소개장이 퇴직금 대신이야."

문득 봉투의 글자가 서글퍼 보였다. 눈물이 나올 것 같았다. 모모이는 아직 열일곱 살이었다.

"고맙습니다."

간신히 그렇게 대답하는 게 고작이었다.

면접은 합격이었다.

"아직 운전면허도 없는 튜닝공은 듣도 보도 못했어."

새 사장은 웃었지만 그래도 다음 달부터 출근하게 되었다. 달이 바뀌어 첫 출근을 하자 직장의 다른 튜닝공들도 반갑게 맞아주었다. 아니 그보다 사회적으로는 아직 어린아이인 모모이를 잘 보살펴주었다. 전에 다니던 직장보다 더 열심히 일했다. 동시에 튜닝 세계가 꽤 깊다는 것도 알기 시작했다.

예를 들어 두 튜닝공이 같은 엔진에 같은 터빈을 달고, 같은 양식으로 흡배기계를 배치했다고 해도, 완성된 엔진의 성능은 응답성, 토크감, 고회전까지의 회전 상태 등, 모든 면에서 미묘하게 차이가 난다. 전체적으로 보면 전혀 다른 느낌의 엔진이 된다. 신뢰성에 관해서도 마찬가지라고 할 수 있다. 어떤 사람이 만든 엔진은 빈번하게 문제를 일으키고, 어떤 사람이 만든 엔진은 같은 하이 튠 사양이라도 1년 가깝게 아무 문제 없이 평온하게 굴러간다.

엔진에, 차에 튜닝공의 개성이 여실히 드러난다. 경험과 센스, 일에 대한 폭이 배어 나온다. 그것이 모모이에겐 재미있었다.

곧장 그 세계로 들어가 열심히 일했다. 자면서도 차, 깨어서도 차만 생각했다. 여자아이와 만날 때보다 차를 만지고 있는 게 좋았다.

열여덟 살이 되었다. 기다리고 기다리던 생일이었다. 속공으로 면허를 따러 갔다. 살 차는 전부터 정해놓고 있었다. 블루메탈릭의 마즈다 RX-7(FD). 직장 동료가 기념으로 T-78 터빈을 선물해주었다. 정열의 불꽃에 다시 대량의 기름이 부어졌다. 낮에는 가게 일을 보고 일이 끝나고 나면 공장 한쪽 구석을 빌려 매일 밤늦게까지 자신의 차를 튠업했다. 주말 밤에는 수도고속도로, 해안도로, 조반常磐의 각 고속도로를 달렸다. 자는 시간도 아까웠다. 무조건 차를 만지고 타고 싶었다. 270, 290부터 시속 300킬로미터가 넘는 세계로. 미친 듯이 무대에 올라가 세상을 바꿨다.

4년이 지나 독립을 생각하게 되었다. 약관 스물두 살이라고는 해도 열여섯 살 때부터 6년 동안 다른 튜닝공보다 두 배는 더 일했다. 그 능력은 어느새 직장 베테랑으로부터도 인정받기에 이르렀다.

'센스가 좋은 엔진을 조립하는 튜닝공'이라는 평판이 나서 고객으로부터의 개인적인 문의도 끊이지 않았다. 그 실력을 혼자서 시험해보고 싶었다.

저금을 전부 찾고, 개업자금의 부족분은 사장을 통해 은행에서 빌렸다. 거품경제 말기로 어느 은행이나 돈을 빌려주려고 혈안이 되어 있었다. 쉽게 융자 허가가 났다.

네리마 구의 오이즈미 JC 근처에 코딱지만 한 공장을 지었다. 직원을 둘 생각은 없었다. 고객으로부터 의뢰받은 차는 전부 혼자서 맡을 각오였다. 책임감을 갖고 일을 하나하나 처리해 나가면 직원을 둘 필요는 없다고 생각했다.

성실하게 일을 처리해 나가는 동안 감각을 키울 수 있었다. 처음 몇 년은 고객의 발길이 순조롭게 늘어갔다.

그런데 그것도 1990년대 전반까지였다. 이런 틈새 업계도 가격 경쟁의 파고를 피할 수가 없었다. 'J-SPEED'나 '팩토리 아마모리' 같은 기업형 튜닝 숍은 그 파고에 순응해갔다. 전과 같이 차 한 대를 온전히 한 명의 튜닝공이 보는 것이 아니라 엔진은 엔진 담당, 서스는 서스 담당의 식으로 각 메인 담당을 정하고 그 파트에서 일이 끝나고 나서 다음 담당 튜닝공에게 차를 넘긴다. 소위 공장제 수공업 방법을 채용한 것이다. 이러한 방법으로 공정을 크게 앞당겨서 인건비 절감을 꾀한다. 마무리 점검도 전의 양심적인 숍이라면 한 번은 실제로 주행하여 세세한 부분을 확인하고 나서 고객에게 넘기던 것을 새시 다이나모로 한 번 측정하고 나서 끝낸다.

모모이도 그 편이 훨씬 효율적이라는 것은 충분히 알고 있었다. 그러나 그에게 그것은 튠업이라는 이름의 단순한 작업이었다. 작업으로서의 일은 전체적인 책임을 지지 않는다. 그런 일은 언젠가 반드시 실수를 낳는다는 것을 실제 레이서로서 체감하여 알고 있었다. 상식을 벗어난 차를 만들고 있는 이상, 그리고 그 차에 고객이 목숨을 걸고 달리는 이상 그 짓만은 할 수 없었다. 안전을 담보로 돈을 벌면서까지 장사를 할 생각은 추호도 없었다. 무엇보다도 그는 차라는 쇳덩어리를 너무 사랑하고 있었다.

혼자서 우직하게 맡은 차를 완성하고 가조립을 끝내고 나면, 오이즈미 인터체인지로 외곽순환도로 혹은 수도고속도로에 차를 올려 실제로 몇 번이나 주행 점검을 하며 납득할 수 있을 때까지 조정하고 나서 고객에게 차를 넘긴다. 그런 방식을 고집스럽게 고수했다.

확실히 한 대 한 대 완성도 높게 마무리되기는 한다. 그러나 한 대당 들어가는 비용과 시간은 타사에 비해 월등히 높아진다. 그것은 당연히 고객에게 건네는 청구서에 반영된다. 비싼 돈을 지불하면서 그만큼의 완성도를 원하는 고객은 시대를 불문하고 극소수에 불과하다. 1990년대 중반부터 서서히 고객의 발길이 줄어들기 시작했다.

그러던 어느 날이었다.

그의 공장에 한 남자가 불쑥 찾아왔다. 모모이는 인기척을 느끼고 엔진룸에서 고개를 들었다.

서른 살 전후, 장신의 체격이 다부진 남자였다.

"신규로 튜닝하는 게 아닙니다."

밑도 끝도 없이 남자는 그렇게 말했다.

"전체적으로 조정해주면 될 것 같은데."

모모이는 스패너를 한 손에 든 채 되물었다.

"어떤 조정 말이죠?"

"정지 상태에서 급가속했을 때 차체가 흔들려요. 반대로 급브레이크를 잡았을 때도 마찬가지죠. 타이어 쪽의 기본적인 보강은 했지만 전체적인 밸런스가 나빠요. 엔진 본체의 파워에, 프레임도 따라가지 못하고."

"그 외에는요?"

"레드 존까지 엔진을 회전시키면 4000RPM과 6000RPM일 때 플랫 스폿 flat spot (가속이 느려 가속 여부를 알 수 없는 속도 구간—옮긴이)

이 있어요. 최대 출력 자체에는 문제가 없지만 좀 더 부드럽게 마력이 올라가게 하고 싶어요. 그런 의미에서는 순간적으로 부스트가 떨어진 후에 파워가 붙는 것도 나쁘고."

"평면적인 특성이라는 것이군요."

"그래요."

"역시."

모모이는 대답하면서 상대의 눈매가 날카롭고, 별로 깜박이지도 않는다는 것을 알았다. 프로 격투기 선수나 레이서가 종종 이런 눈을 하고 있다. 순간의 깜박임으로 상황이 일변하는 일에 종사하는 사람 특유의 눈빛이었다.

"……그럼, 손님 차 좀 보여주시죠."

남자는 고개를 끄덕이고 발길을 돌려 공장을 나갔다. 모모이도 그 뒤를 따라갔다.

"이겁니다."

남자는 공장 옆에 세워져 있는 차를 가리키며 모모이를 돌아보았다.

"흐음."

그 차를 보자마자 모모이는 가볍게 신음소리를 냈다. 남자의 말대로라면 필시 GT-R이나 NSX 같은 럭셔리 스포츠카가 있을 거라 생각했지만, 그 예상은 보기 좋게 빗나갔다. 부지 옆에 주차되어 있는 차는 5넘버 사이즈의 일반 세단이었다. 진녹색의 유노스500 20GT-i. 겉으로 봐서는 특이한 구석이 하나도 없는 평범한 세단이었다.

하지만 모모이는 이 차가 비교적 마음에 들었다. 언뜻 보기에는 수수하고 별 특색 없는 차이지만 자세히 보니 정말 유려한 라인의 곡면이 전체를 구성하고 있다. CD치 0.30이라는 뛰어난 공기 저항에, KF-ZE 형식의 2리터 V6엔진은 상한 회전수까지 부드럽게 올라간다. 플레임도 좋다. 콤팩트 사이즈이면서 몸체의 강성이 3넘버 사이즈의 스포츠카를 능가한다. 이 차를 베이스로 튜닝하면 어떨까 하는 생각은 한 번도 해보지 않았다. 실제로 구미 투어링카 선수권 등에서는 BMW나 메르세데스와 함께 유럽 각국을 누비는 차이기도 했다. 그 베이스 차로 개발된 것이 이 20GT-i라는 등급이었다.

"좋은 차네요." 모모이가 자기도 모르게 말했다. "일반적인 평판은 그리 좋지 않지만."

그 의미를 깨닫고 남자도 가만히 웃었다. 당시 유노스의 모회사인 마츠다는 늘 마케팅에 실패했다. 이 차도 그랬다. 아무리 잘 만든 차라도 5넘버 세단에 차량 가격만으로 260만 엔이나 지불할 사람은 그리 많지 않다. 허세가 심한 일본인이라도 마찬가지다. 그 돈이면 그럭저럭 3넘버나 괜찮은 스포츠카를 얼마든지 살 수 있다. 그래도 당시까지 마츠다는 좋은 것만 만들면 팔 수 있다고 고집스럽게 믿는 면이 있었다. 세토나이카이에 있는 지방 기업의 그런 풋내가 모모이는 싫지 않았다.

"그런데 이 차의 새시라면 약간의 튜닝으로는 별 소용이 없겠는데요." 모모이가 말했다. "도대체 몇 마력이나 되죠?"

"400마력 전후입니다."

모모이는 가볍게 휘파람을 불었다. 전륜만으로 그만한 마력을 내는 것은 상식을 벗어난 것이다.

"트윈 터보인가요?"

남자는 고개를 흔들었다.

"가렛사의 TA45S. 빅 터빈의 싱글 사양입니다."

"부스트가 떨어졌을 때 파워가 붙지 않는 것은 기본적으로 거기에 원인이 있습니다." 모모이가 지적했다. "확실히 최대 출력은 나오지만 그만큼 반응이 거칠고, 또 시간차가 나기 쉽죠."

"그렇군."

"몸체 보강은 어떻게 되어 있죠?"

"브레이크와 구동계 외에는 특별히."

남자가 돌아본다.

"원래 차체의 강성이 높고, 이 버전에는 기본사양으로 앞뒤 모두 강화 서스에 타워바가 들어가 있으니까."

"그래요?" 하고 모모이는 고개를 갸웃했다. "엔진 본체를 손보고 나서 얼마나 달렸죠?"

"7,000킬로미터."

"하지만 그 정도 파워를 냈다면 몸체는 이미 맛이 갔을 겁니다. 흔들리는 원인은 거기에 있습니다."

남자는 모모이를 돌아보았다.

"당신이라면 어떻게 고치겠소?"

"엔진과 몸체 다요?"

"그래요."

"비용과 시간에 따라 다르죠." 모모이가 대답했다. "그 두 가지에 여유가 있다면 베이스부터 고칠 수 있습니다."

"베이스라면?"

"먼저 엔진을 3기통씩 한 단계 작은 터빈의 트윈 터보로 변경하면 기본적인 반응이 좋아지죠. 그리고 이 사양으로 해서 평면적인 특성도 기초부터 바꿀 수 있죠."

"하지만 최대 출력이 떨어지지 않을까요?"

"그건 제 기술로 커버할 수 있습니다."

"몸체는?"

"차량 전체에 보강재를 넣는 방법도 있지만 그렇게 하면 무거워지죠. 대신 프레임에 스폿을 잘 넣으면 차량 중량을 늘리지 않고 강성을 높일 수 있을 겁니다. 원래 강성도 좋고 강화 서스와 타워바도 들어가 있고, 400마력이라면 스폿 추가만으로도 충분할 겁니다. 좀 귀찮긴 하겠지만."

"알았어요." 남자는 중얼거리더니 새삼스럽다는 눈으로 모모이를 보았다. "판단이 빠르군요."

"이걸로 먹고사는걸요."

남자는 가볍게 미소를 지었다.

"얼마나 들 것 같아요?"

"부품 값이 약 70만 엔은 나올 겁니다." 모모이는 생각하고 있던 가격을 말했다. "그와는 별도로 공임이 대략 120만 엔, 합계 190만 엔이죠."

"기간은?"

"2주일은 주셔야 합니다."

"꼬박 매달려서 2주일인가요?"

"꼬박 매달려서 2주일입니다." 모모이는 같은 말을 반복했다. "부품이 갖춰진 상태에서 엔진 하나만 조립해 바로 손님께 넘기는 것이라면 하룻밤 만에 할 수 있죠. 하지만 그때부터가 진짜 일입니다. 실제로 주행을 해보면서 흡배기계를 포함한 밸런스 잡기를 몇 번 하고, 가장 효율이 좋은 상태로 만들죠. 몸체도 그에 맞춰서 마무리 지을 필요가 있습니다."

그 말에 남자는 납득한 표정이었다. 차 문을 열고 두툼한 봉투를 꺼냈다. 재킷 안주머니에서 펜을 꺼내 그 위에 쓱쓱 무언가를 썼다.

"여기 100만 엔이 있어요. 선금으로 받아둬요."

받아서 보니 겉에 휴대전화 번호가 적혀 있었다.

"납기나 금액에 변경이 있으면 전화해요."

나중에 수주 리스트를 적고 있을 때 모모이는 남자가 마지막까지 이름을 말하지 않았다는 것을 알았다. 대시보드를 찾아보았지만 차량등록증도 없었다. 고객란 성명은 공란으로 놔두었다.

발주해둔 부품이 와서 엔진 가조립을 하고, 새시 다이나모로 400마력이 나올 때까지 프리쿠션 경감에 힘썼다. 다음으로 실제 주행으로 옮겨 반응, 터보의 상태 등을 확인하면서 밸런스를 잡아갔다.

2주일이 지났다. 약속한 12시에 남자가 차를 찾으러 왔다.

공장 옆에 정차한 택시에서 내린 남자에게 모모이가 말했다.

"다 됐습니다."

남자는 그 말에 가볍게 고개를 끄덕이고 차 앞에 멈춰 서서 말했다.

"차고가 좀 낮아졌나?"

"2센티미터요." 내심 그 관찰력에 혀를 차면서 모모이가 대답했다. "실제 주행하면서 이것저것 시험해보았지만, 그 정도 밸런스가 가장 좋은 것 같습니다."

남자는 가만히 미소를 지었다.

"얼마요?"

"잔액은 83만 9,000엔입니다."

모모이는 청구서를 건넸다.

"부품 값이 약간 내려갔어요."

남자는 안주머니에서 꺼낸 봉투에서 지폐를 여섯 장 빼고 모모이에게 건넸다.

"영수증은?"

"필요 없어요."

잔돈 1,000엔을 건네려고 하자 남자는 고개를 저었다.

"얼마 안 되지만 담뱃값이라도 해요."

그 말을 남기고 차에 올라 공장에서 나갔다. 이때도 모모이는 남자의 이름을 묻지 못했다.

그런데 남자는 그로부터 석 달 후에 다시 모모이의 공장을 찾아왔다.

점검을 받으러 온 것이다.

"통상적인 점검이라면 근처 공장에서 나 혼자서도 할 수 있죠. 밸브 상태, 엔진의 마운트나 클러치판의 마모 등도 포함한 정밀 점검을 받고 싶어요."

그 말로 이 남자가 자신의 실력을 믿고 있다는 것을 알았다. 그렇지 않다면 정밀 점검 같은 걸 맡길 리가 없다. 남자는 그 뒤로도 석 달에 한 번 꼴로 그의 공장을 찾아왔다.

그동안에도 공장의 경영 상황은 점점 생각지도 못한 쪽으로 기울어갔다. 원인은 알고 있었지만 모모이는 굳이 그 방법을 바꾸려고 하지 않았다. 그렇게 한다는 것은 자신의 일에 대한 모독이었다. 그리고 2년이 흘렀다.

그날 오후 모모이는 공장 앞에 쭈그려 앉아 멍하니 담배를 피우고 있었다. 공장 안에는 며칠 전에 점검을 받으러 들어온 500의 20GT-i가 덜렁 한 대 있을 뿐이었다. 그는 책상 옆에 있는 작은 냉장고에서 캔맥주를 꺼내 뚜껑을 땄다. 스스로 근무시간으로 정한 9시에서 6시까지 맥주 캔을 따는 건 처음이었지만, 이제 별로 신경 쓰이지도 않았다.

정각 3시에 길 저편에서 택시가 다가왔다. 택시는 콘크리트 바닥에 쭈그려 앉은 모모이와 얼마 떨어지지 않은 곳에서 섰고, 안에서 그 남자가 내렸다.

남자는 옆에 놓인 캔맥주를 흘끗 쳐다보았지만 아무 말도 하지 않았다.

갑자기 우습다는 생각이 들었다. 모모이는 이 무뚝뚝한 남자가 비교적 마음에 들었다. 상대도 자신의 일하는 태도에 호감을 갖고 있는 듯하다.

만 2년을 알고 지낸 사람인데 고작 휴대전화 번호밖에 모른다. 그런데도 그것 자체에 아무 문제가 없다고 생각한다. 자신의 능력을 알아주는 사람이라면 설령 그가 무지렁이 촌뜨기라도 상관없다는 것이 자신의 생각이다. 그것이 우스웠다.

"차는 다 봤어요." 일어서면서 모모이는 남자에게 웃어 보였다. "다음부터는 다른 델 찾아보세요."

"무슨 일 있어요?"

"가게 문 닫습니다." 모모이는 솔직하게 말했다. "이 상태로는 공장을 팔아도 대출금 갚고 나면 없어요. 문 닫을 때가 된 거죠."

남자는 모모이의 얼굴을 똑바로 쳐다보았다.

"당신 그래도 만족하겠어요?"

"뜻을 거스르면서까지 하는 것보단 낫죠."

남자는 가볍게 웃었다.

"그렇겠죠." 하고 고개를 끄덕였다. "당신 같은 사람한텐 살기 힘든 세상이죠."

그 말이 마음속 어딘가에 걸렸다. 모모이는 되물었다.

"나 같은 사람?"

"효율보다도 일의 완성도를 따지는 인종을 말하죠." 남자가 말했다. "차가 나오는 걸 보면 알 수 있어요. 완성도와 그에 드는 수고와 시간을 안배해서 적당히 타협할 줄을 모르죠. 자신의 능력을 믿고, 실제로 능력도 있기 때문에 기술료를 내리지도 않고. 당연히 비용은 올라가겠죠?"

"당신은?" 모모이가 불쑥 물었다. "당신도 제 청구가 비싸다고 생각하는 말투네요?"

남자는 고개를 저었다.

"가격이 적당한지 어떤지는 어디까지나 그 내용에 따라 달라집니다. 5를 청구해도 3의 내용밖에 없으면 그건 잘못된 거죠. 하지만 10을 청구해도 12의 내용이라면 그건 비싼 게 아닙니다."

모모이는 잠자코 남자를 보고 있었다.

"최근엔 그런 간단한 것조차 이해 못하는 사람들이 많아요. 하지만 나는 당신의 공임이 비싸다고 생각한 적이 한 번도 없어요. 일이란 그런 것이죠."

문득 눈시울이 촉촉해지는 것을 느꼈다. 그 감정을 숨기려고 모모이는 황급히 웃음을 지어 보였다.

어색한 미소를 지은 채 청구서를 건넸다.

"마지막으로 그런 말을 들은 것만으로도 저는 행복한 사람이네요."

남자는 금액을 확인하고 안주머니에서 지갑을 꺼냈다. 지갑에서 지폐를 꺼내 세기 시작한다.

"그래, 앞으로는 어떻게 할 겁니까?"

"글쎄요." 툭 던지듯 모모이는 대답했다. "나중 일은 공장을 처분하고 나서 생각할 겁니다."

"또 차와 관계된 일?"

"아뇨." 모모이는 내심 아쉬운 마음이면서도 단언했다. "그건 아닐 겁니다."

"흠."

남자는 지폐를 한 번 다 세었지만, 사이를 두었다가 다시 한 번 세기 시작했다. 하지만 그것에 집중하고 있는 것으로는 보이지 않고 무언가 할 말을 고르기 위해 시간을 벌고 있는 것처럼 느껴졌다.

두 번째 세는 것이 끝나자 남자는 모모이에게 돈을 건넸다. 그리고 묘한 말을 했다.

"당신, 운전은 잘해요?"

모모이는 잠시 생각해보고 나서 공장 옆에 세워둔 자신의 FD(세븐)를 가리켰다.

"이 차 해안도로에서 시속 320킬로미터는 나와요."

"그러니까 그 정도는 다룰 수 있다는 건가?"

"뭐, 그렇죠."

"역시."

남자는 다시 한 번 고개를 끄덕였다. 그리고 잠시 침묵하다 입을 열었다.

"석 달 안에 만약 할 일이 정해지지 않는다면 나한테 전화해요."

"당신한테?"

남자는 고개를 끄덕였다.

"좋은 일거리를 소개해줄 수 있을지도 몰라요." 그리고 덧붙였다. "당신의 튜닝 기술과 운전 실력을 살릴 수 있는 일입니다. 보수도 보장합니다."

이름을 말하지 않은 남자. 검증을 하지 않은 차, 그리고 일의 보수……. 어쩐지 불길한 예감이 들었다.

"그 일이라는 게 합법적인 겁니까?"

"법망은 벗어나지 않는 일이오." 그의 시선이 모모이에게 고정된 채 움직이지 않는다. "그러니까 법에 비춰 범죄자가 될 일은 아니지. 경찰에 쫓길 일도 없어요."

"······."

"덧붙여서 말하면 양심의 가책도 별로 느낄 일이 없어요."

"다시 말해 약자를 괴롭히는 일도 아니라는 겁니까?"

남자는 히쭉 웃었다.

"뉘앙스는 좀 다르지만, 그렇게 받아들여도 되겠지."

자기도 모르게 지폐다발을 꽉 움켜쥐었다. 자존심을 버려가면서까지 이 일을 계속할 마음은 없었다. 그러나 한편으로 자신에게 차를 빼놓고는 아무것도 남지 않는다는 것도 알고 있었다.

"석 달 후라 했죠?"

짧은 침묵 후에 모모이가 말했다.

남자는 고개를 끄덕이고 유노스 500의 문을 열었다.

"거절 전화라면 할 필요 없어요." 운전석에 앉으면서 남자는 말했다. "그때는 내 전화번호도 버리고 오늘 한 얘기도 잊어버려요."

그대로 문을 닫으려고 하는 남자에게 모모이는 황급히 물었다.

"이름이 뭐죠?"

순간 당혹하는 기색이 보였지만 남자는 이름을 말했다. 문을 닫고 시동을 걸더니 모모이에게 가볍게 한 손을 올려 인사를 하고 나서 공장을 나갔다.

그것이 5년 전 일이었다.

4호 신주쿠 선의 첫 램프를 지난 곳에서 갑자기 현실로 돌아왔다. 에어컨 통풍구에 단 다용도 주머니 속에서 휴대전화가 울리고 있었다. 대시보드의 시계를 흘끗 보면서 휴대전화에 손을 뻗었다. 새벽 2시 30분. 평범한 전화는 아닌 듯 싶다. 가볍게 한숨을 내쉬면서 한 손으로 핸들을 잡은 채 버튼을 눌러 전화를 받았다.

"네, 모모이입니다."

낯익은 목소리가 전화기 너머에서 들려왔다.

"뭐야, 영감님이슈?" 짧게 이어지는 커브를 돌면서 허물없이 대답했다. "무슨 일입니까, 이 시간에."

두 번, 세 번 전화기 너머의 목소리가 같은 말을 반복한다.

"네?" 모모이의 웃는 얼굴이 흐려졌다. "자, 잠깐, 다시 한 번 말해봐요."

전화기 너머에서 다시 같은 말을 반복한 순간 모모이는 핸들을 놓쳐 하마터면 벽에 부딪힐 뻔했다.

"뭐라구요!"

7

해마다 몇 번씩 꾸는 꿈이 있다. 매번 판에 박힌 듯 같은 내용이다.

꿈속에서 아키는 늘 같은 대지 위에 서 있다.

끝없이 펼쳐져 있는 붉은 대지. 지표도, 그 지표 위에 듬성듬성나 있는 풀도 지평선 저편에서 불어오는 바람에 굶주려 있다. 짙은 군청색 하늘에는 이글거리는 태양이 떠 있다.

아키는 주위를 둘러본다. 어디를 가도, 걸어도, 뛰어도 된다. 물론 가만히 서 있어도 된다. 하지만 가만히 서 있다가는 목이 말라 죽을 뿐이라는 것은 알고 있었다.

어디로 향하든 평탄한 대지가 시야가 닿는 곳 끝까지 펼쳐져 있다.

무지막지한 공간의 넓이에 문득 현기증을 느낀다. 자신은 아무 것도 갖고 있지 않다. 뭘 하면 좋을까, 어떤 걸 목표로 삼으면 될까. 답을 구할 상대도 없다.

그림자가 발밑에 웅크리고 있다. 그림자는 한쪽 발끝에 약간 비스듬하게 걸려 있고, 그 반대 발꿈치 쪽에서 바람이 불어온다. 그것으로 나름대로 방향을 파악한다. 왠지 모르게 바람이 불어오는 쪽으로 가야 하는 것은 아닐까 하는 생각에 뒤를 돌아본다.

그 방향으로 돌아 터벅터벅 걷기 시작한다. 그저 걸을 뿐이다. 아무리 걸어가도 경치는 전혀 바뀌지 않는다. 하지만 걷는 것 외엔 달리 할 게 없다.

꿈속에서는 대지 위를 걸어가는 아키와 하늘의 아키 두 명이 있다. 신의 시점에 있는 그는 대지의 모든 조작을 안다.

전혀 흔들릴 기미가 보이지 않는 지표의 세계는 암반 한 장을 사이에 두고 지하공간이라는 어둠의 세계와 표리일체가 되어 있다. 그 경계가 되는 지각을 받치고 있는 것은 거대한 어둠의 지하공간에 둘러쳐진 무수한 지주柱다. 그 지주가 서 있는 어둠의 밑

바닥은 너무 깊어서 보이지 않는다. 깊고도 깊은 심연에서 뿔뿔이 위로 위로 비스듬하게 뻗은 무수한 지주는 제각기 갈 곳을 잃고 결국에는 지각 밑에 철썩 유착하여 그대로 굳어버린다. 결과적으로 그것이 암반을 받치고 있을 뿐이다.

흔들릴 기미가 보이지 않는 지표의 세계는 실은 사상누각과도 같다.

위험하다, 고 하늘의 그는 생각한다. 대지 위의 자신에게 어서 전해야겠다고 생각하지만 아무리 소리쳐도 지상의 그에게 목소리가 전달되지 않는다.

대지를 걸어가는 그는 그런 하늘의 그의 존재 따위 티끌만큼도 모른다. 그저 오로지 바람이 불어오는 방향으로 걸음을 옮길 뿐이다. 쨍쨍 내리쬐는 태양 아래, 등에서 배어나오는 땀과 심장의 박동이 그가 느끼는 것의 전부다. 얼마나 그렇게 걸어왔을까, 지평선 너머에서 아주 살짝 떠 있는 공간 끝에 반짝 하고 빛나는 것이 잠깐 보였다.

신기루일까. 그는 생각했다. 사실 가는 곳마다 아지랑이가 흔들거리고 있었다. 그렇게 생각해서 그런지 속도가 빨라졌다. 설령 그것이 환각일지라도 목표로 삼아야 할 것도 아무것도 없는 공간을 그냥 걸어가는 것보다는 훨씬 나았다.

다시 같은 곳에서 무언가가 반짝였다. 여전히 정체를 알 수 없었지만, 광원과 같은 것이 분명 존재하는 것 같았다. 가슴이 심하게 뛰는 것이 느껴졌다. 자신이 걸어온 방향이 틀리지 않다고 생각했다. 그리고 그곳에 도착하면 새로운 세계가 열릴 것이다. 오늘

과는 다른 내일이 시작될 것이다. 그렇게 느꼈다.
 그때였다. 지표가 순간 기우뚱하니 흔들렸다. 그리고 그와 동시에 그의 바로 앞 대지가 굉음과 함께 융기하여 흙과 자갈, 말라비틀어진 풀뿌리를 흩뿌리면서 땅 속에서 거대한 돌담이 나타나기 시작했다. 돌담은 지축을 울리며 그의 눈앞을 정점으로 해서 좌우로 솟아오르더니 결국에는 긴 성벽처럼 압도적인 높이의 벽이 되어 덮쳐눌렀다. 태양과 하늘의 세계를 완전히 가로막으며…….

 아키는 잠에서 깼다. 그 꿈을 꾼 후에는 늘 땀에 흠뻑 젖는다.
 오전 6시 27분. 어제와 마찬가지로 알람시계가 울리기 3분 전.
 아키는 손을 뻗어 알람을 끄고 침대에서 일어났다. 사이드 테이블 위에 있는 담배를 집어 불을 붙였다. 이따금 그 꿈의 원인을 생각해보곤 하지만 도무지 알 수 없다. 무언가에 쫓기듯 절망적인 기분이 늘 따라다닌다.
 6시 30분이 조금 지났다. 방 반대쪽 침대까지 가서 가오루를 내려다보았다. 베개를 안고 두 눈을 반쯤 뜬 채 편안한 숨소리를 내고 있다. 아키는 문득 우스워졌다. 늘 무언가에 쫓기듯 깨어 있는 놈이 있는가 하면 그런 일이 있은 다음 날에도 편안하게 잠을 잘 수 있는 놈도 있다.
 아키는 가오루의 몸을 흔들었다. 두 번째 흔들었을 때 잠에 취한 눈의 가오루가 아키의 얼굴을 올려다보았다.
 "일어나."
 아키가 말했다.

"일곱 시엔 녀석들이 올 거야."

"……으응."

아키가 세수를 하고 방으로 돌아오자 어느새 가오루는 신문을 보고 있었다. 닛케이와 아사히, 두 신문의 사회면과 지역면을 훑어보고 아키를 올려다보았다.

"역시 기사는 안 났어……."

그렇게 중얼거린 가오루의 발밑에 어제의 석간신문들과 타블로이드지가 흩어져 있다. 다케시와 사토루가 역 매점과 근처 신문판매점에서 사온 것이었다. 그것들 중 어느 것에도 어제 이른 아침의 사건은 실려 있지 않았다. 텔레비전도 마찬가지였다. 어제 낮부터 자정 12시까지 NHK와 민방 각사의 뉴스를 보았지만 어디에서도 그런 뉴스는 다루지 않았다. 새벽 1시가 되도록 커버하기 어려운 민방 권역의 시청을 부탁해놓은 유이치와 나오로부터도 아무 연락이 없었다.

역시 신고가 들어가지 않은 것 같아, 하고 가오루가 말하자 아키도 고개를 끄덕였다.

새벽 2시에 다음 행동에 들어갔다. 아키는 다케시에게서 들은 바의 이름과 대략적인 주소를 생각해내고 104번으로 전화를 걸었다. 전화번호를 알아내고 수화기를 놓았다.

"바 시니스타의 번호를 알아냈어." 가오루를 보고 확인했다. "경찰에 신고하지 않은 것은 거의 확실해. 현장에 가볼 생각인데, 괜찮겠지?"

다케시가 가한 폭행 정도로 볼 때 상대는 병원에 간 것이 틀림없다. 구급차를 불렀을 가능성도 있다. 그것을 단서로 상대의 거주지와 정체를 알아낼 생각이었다.

물론 현장에 가서 직접 물어보는 게 가장 효과적이긴 하다. 그러나 경찰에 통보가 되었다면 경찰이, 통보되지 않았다 해도 상대 패거리들이 안테나를 세우고 있을 가능성이 있었다.

가오루가 고개를 끄덕이는 것을 보고 수화기를 들어 번호를 눌렀다.

바 시니스타입니다. 젊은 남자가 받았다. 바텐더가 젊다는 것은 사토루에게 들어 알고 있었다.

"어젯밤 있던 바텐더입니까?"

아키는 다짜고짜 물었다. 수화기 너머의 상대는 바로 직감한 듯했다.

"그렇습니다…… 누구시죠?"

"어젯밤 거기서 소동을 일으킨 애들 친구입니다. 대신 전화를 걸었습니다." 상대에게 말할 틈을 주지 않으려는 듯 아키는 빠르게 말했다. "피해를 입은 분께 사과를 드리고 싶습니다. 그래서 그분이 가신 병원이나 이름, 주소 같은 걸 알고 싶은데 가르쳐주시겠습니까?"

"미안합니다만." 반감이 여실히 느껴지는 목소리로 상대는 대답했다. "그분은 저희들의 도움을 받으신 후 택시를 불러달라고 했을 뿐, 아무것도 모릅니다."

"……."

"어떻게든 혼자 병원에 가겠다고 하셨습니다. 경찰을 부를까도 여쭤봤지만 그분이 말렸습니다. 그렇게 대단한 물건을 잃어버린 것도 아니라면서요. 경찰을 부르지 않은 것이 감사할 뿐이죠."

거기까지 말한 바텐더는 새삼 화가 치미는지,

"당신 친구들이 잘못하고서도 오히려 보복을 하다니, 조금만 늦었어도 죽을 뻔했다구요! 그 생양아치 같은 친구들한테 전해줘요. 다시는 우리 가게에 얼씬도 하지 말라고!"

고함 소리와 함께 쾅 하는 소리가 아키의 고막을 찌르며 전화가 끊겼다.

7시 조금 전에 그 생양아치 같은 2인조가 모습을 나타냈다. 다케시와 사토루는 마이니치, 요미우리, 산케이, 도쿄 등의 조간신문을 옆구리에 끼고 있었다.

"어때?" 아키가 물었다. "실렸어?"

두 사람은 동시에 고개를 흔들었다. 평소 신문은 거들떠보지도 않는 그들에게 다시 확인해보았다.

"사회면과 지역면이야."

다시 한 번 두 사람은 고개를 흔들었다.

오전에, 그것도 이렇게 이른 시간에 소집한 것은 처음이었다. 그러나 사정이 사정이니만큼 7시가 되자 유이치와 나오도 모습을 나타내 전원이 모였다.

"기사는 어디에도 나지 않았어." 거두절미하고 아키가 말했다. 그러고 나서 다케시와 사토루를 보았다. "그 가게에 전화해서 바텐더에게 확인했어. 상대는 그 자리에서는 짭새를 부르지 않았어.

바텐더의 말에 따르면 심하게 다쳤다는데, 구급차도 부르지 않고 혼자 병원에 갔대."

다케시와 사토루가 아키의 시선에 고개를 숙였다. 유이치와 나오는 잠자코 다음 말을 기다리고 있었다.

"그렇게까지 해가며 사건이 공개되길 꺼린 거야. 이것으로 이제 어떤 돈인지 확실해졌어." 아키는 네 사람을 둘러보았다. "빼앗긴 돈은 거금이다. 다케시와 싸운 그 남자는 울며 겨자 먹기로 가만히 있지는 않을 거야. 어떤 수를 써서라도 반드시 회수하려고 들겠지. 게다가 우릴 찾을 단서도 갖고 있어. 그런데 우리에겐 여전히 상대에 대한 정보는 전무한 상태야."

즉 정체불명의 상대로부터 불시에 공격받을 가능성이 좀 더 커졌다는 말이었다. 그 의미를 각자 이해한 네 명의 표정이 굳어지기 시작했다.

아키는 가오루를 보았다. 가오루가 뒤를 이었다.

"그래서 아키와 내가 대책을 세웠어. 펜던트는 눈에 띄었을 가능성이 있어. 그러니 지금 다 벗어놔."

모두가 그 말에 따랐다.

"됐어, 그럼 다음이야. 상대가 만약 우리에 대해 사람들에게 물어 찾아올 경우, 뭐라 말할까. 금발과 스킨헤드 2인조. 초승달 모양의 펜던트. 아키라는 이름도 들었을지 몰라. 시부야에 조금이라도 정보가 밝은 팀이라면 그게 우리라는 걸 아는 애들은 많아. 그래서 통지를 하려고 해."

그렇게 말하고 제일 처음 다케시를 보았다.

"네 조직은 지금 몇 명이나 되지?"

"스물서너 명은 될 거야."

"사토루 너는?"

"비슷해."

"유이치?"

"정확히 스무 명."

"나오는?"

"스물셋."

전부 아흔 명 정도였다. 이번엔 가오루가 아키에게 고개를 끄덕여 보였다. 아키가 입을 열었다.

"멤버들에게 지금 말한 단서로 우리들에 대해 묻는 사람이 있다면 바로 알려달라고 말해줘. 물론 너희들에게 말이야. 한 번 알려줄 때마다 5만 엔씩 준다고 해. 단 그때는 충분히 신중해야 해. 위험한 상대야. 잘못 건드렸다간 거꾸로 당할 수도 있어. 잡혀서 우리들 정보를 주저리주저리 떠든다면 말이야. 그리고 멤버들에겐 이 수색의 진짜 이유는 절대로 말하지 마. 우리에게 원한을 품고 노리는 놈이 있다는 정도로만 얘기해둬."

네 명 모두 고개를 끄덕였다.

"안테나는 되도록 넓게 펴는 게 좋아. 너희 팀에서 친분이 있는 다른 팀에도 정보를 흘려."

"그런데 말이야." 유이치가 말했다. "그 사람이 사는 곳을 알게 되면 그 이후엔 어떻게 할 건데?"

"상대가 어떤 사람이냐에 따라 달라. 위험도에 따라 무조건 그 사람한테 돈을 돌려줄 수도 있어. 물론 우리가 돌려주었다는 것은 모르게 해야지. 그렇게 하면 목적을 달성한 상대는 분한 마음이야 있겠지만 더 이상 찾으려고 하지 않을 거야. 우리의 정체가 발각되지 않는 이상은."

유이치가 다시 물었다.

"그런데 만약 우리가 그 사람을 찾기 전에 그가 우리의 근거지를 알고 공격해온다면 어떻게 하지?"

아키는 유이치를 보며 말했다.

"그렇게 되면 우리와 그들의 전면전이 되겠지. 어떤 상대인지는 모르지만 만에 하나 연장이라도 들고 나오면 최악의 경우 죽는 사람이 생길지도 몰라."

"차라리 경찰에 그냥 갖다 주면 어때?" 나오가 제안한다. "우리에게 없으니 어쩔 수 없잖아? 그걸 알면 그들도 포기할지 모르고."

"안 돼." 아키는 부정했다. "공격받는 게 두려워서 일부러 경찰에 갖다 주었다는 걸 알면, 우리가 그들이라도 화가 폭발할 거야. 가령 전쟁이 벌어졌을 때 마지막 교섭의 여지를 남겨두기 위해서라도 현금은 우리가 쥐고 있을 수밖에 없어. 그리고 무엇보다 지금으로선 우리가 경찰에 갖다 주었다는 걸 상대에게 알릴 방법이 없어."

가오루가 크게 한숨을 쉬었다.

"결국엔 상대가 어떤 종류의 인간인지, 먼저 그 정보부터 빨리 알아봐야 해." 아키는 결론을 내렸다. "그러고 나서 지금 말한 방법을 포함해 다시 한 번 검토해보자구."

8

 면회 개시 시간인 10시 정각에 모모이는 오리타에게서 연락받은 종합병원에 도착했다. 차 문을 잠그는 것도 잊고 빠른 걸음으로 현관 앞 로터리를 가로질러 접수처에 필요 사항을 기입했다. 병실 번호를 들은 후 엘리베이터를 타고 5층에서 내렸다. 리놀륨이 깔린 무기적인 복도를 지나 병동의 가장 안쪽에 있는 1인실로 향했다.

 문 옆에 있는 명패를 확인하고 노크도 없이 손잡이를 돌렸다. 병실 안쪽에 있는 침대에 오리타가 누워 있었다. 머리에 붕대를 감고 목에는 깁스를 하고 있다.

 "영감님."

 자기도 모르게 목소리를 높이며 모모이가 다가가자 오리타는 살짝 찡그렸다.

 "소리 크게 내지 마." 오리타는 천장을 올려다본 채 작은 목소리로 중얼거렸다. "머리가 울려."

 모모이는 옆에 있는 파이프 의자를 침대 옆까지 끌어와 등받이를 앞으로 해서 앉았다. 그리고 다시 한 번 오리타의 모습을 찬찬히 들여다보았다. 적어도 눈에 띄는 외상은 없는 것 같았다.

 "목을 못 돌려요?"

 "으응." 오리타는 입을 여는 것도 힘들어 보였다. "조금이라도 몸을 틀려고 하면 숨골부터 허리까지 등골이 찌르르 아파."

 중증의 편타성 손상이었다. 하룻밤 지나고 나자 통증이 더 심해졌다. 의사로부터 며칠 동안 절대안정을 취하라는 엄명을 들었다. 낮에는 환자와 간호사가 정신없이 오간다. 병동이 잠에 빠져 고요해지기를 기다렸다가 격통을 참으면서 천천히 몸을 일으켰다. 오리타는 휴대전화를 무척 싫어했다. 전철 안에서도, 혼잡한 군중들 사이에서도 쉴 새 없이 울려대는 그 묘한 전자음을 참을 수 없어 휴대전화 없이 오늘에 이르렀지만, 이때만큼 자신의 어리석음을 증오한 적은 없었다. 복도 안쪽에 있는 공중전화까지 통증을 참아가며 조금씩 걸음을 옮겨 마침내 수화기를 든 것이 오늘 새벽 2시 30분이었다.

사태가 이런데도 모모이는 그 광경을 상상하고 자기도 모르게 웃음을 터뜨렸다.

"정말 고생 많았겠네."

"웃을 일이 아니야." 오리타는 가냘픈 목소리로 항의했다. "지금 이렇게 말할 때도 등골이 울린다구. 지옥 같은 고통이야."

"그런데 말이죠." 모모이는 웃음을 삼키고 진지한 표정으로 돌아왔다. "정말로 경찰에는 신고하지 않을 겁니까?"

"우선은 괜찮아." 오리타가 대답했다. "날 부축해서 일으켜준 여자한테도 말했어. 몸도, 가방 내용물도 대단치 않다고."

"대단치 않다……."

오리타는 궁색해 보이는 보스턴백을 떠올렸다. 필시 아무도 그 안에 설마 3,200만 엔이나 되는 현찰이 들어 있으리라고는 생각도 못할 것이다. 하지만.

그렇게 모모이가 고개를 갸웃거리려는 순간이었다. 병실 문을 거칠게 열고 가키자와가 모습을 나타냈다. 그리고 등 뒤의 문을 닫자마자 성큼성큼 모모이와 오리타에게 다가왔다. 그 일련의 동작은 분명히 화를 참고 있었다. 어깨를 쫙 펴고 침대 위의 오리타를 보는 시선이 송곳처럼 날카롭다.

"이봐 가키자와."

당황해서 입을 연 모모이에게 눈길도 주지 않고 차가운 표정으로 침대 옆에 서서 오리타를 뚫어져라 내려다보았다.

좀 있다가 가키자와가 입을 열었다.

"말해봐, 영감!" 화를 억누른 목소리로 한 마디 한 마디 툭툭 끊듯 내뱉었다. "어쩌다 이런 꼴이 된 거요?"

창백한 눈을 깜빡이지도 않고 여전히 그를 내려다보고 있다.

오리타는 눈을 감고 약하게 한숨을 쉬었다.

현금을 든 채 바에 들어갔다. 가키자와는 그 의지박약을 탓하고 있다. 그뿐인가 하필이면 남의 일에 참견하고 말았다. 현금을 빼앗긴 사실보다 그런 암묵적인 규칙을 깬 오리타의 해이함에 화를 내고 있다.

오리타는 치욕으로 표정이 일그러졌다.

"경솔했어. 정말로 미안해."

나약한 대답에 모모이는 가키자와의 반응을 살폈다.

그의 등에서 천천히 힘이 빠져나가는 것이 보였다. 가키자와는 숨을 크게 내쉬고 사이드 테이블에 기대놓은 파이프 의자를 펴서 화가 치민다는 듯 앉았다.

그대로 한동안 가만히 리놀륨 바닥만 쳐다보고 있다가 이윽고 얼굴을 들어 오리타를 보았다.

"얘기만 들으면 놈들은 만에 하나도 경찰에 신고하지 않았어." 느닷없이 결론을 지었다. "이게 웬 떡이야 하고 물 쓰듯 돈을 뿌리고 다닐 거야. 그렇다면 서두를 건 없어."

모모이는 생각했다. 다시 말해 오리타에게 돈을 회수할 마음이 있다면 그렇다는 것이다.

퇴직금이 포함된 보수를 강탈당한 것이다. 그러나 오리타에게 그럴 마음이 있어도 몸을 움직일 수 없다. 당연히 그 역할은 자신과 가키자와에게 돌아온다.

그리고 가키자와의 생각대로 가령 상대가 어떤 패거리에 속한 놈들이라면 이런 경솔함이 빚은 사태의 뒤치다꺼리를 무보수로는 절대로 하지 않는다.

"사업적으로 생각해줘." 가키자와다운 구분법이었다. "회수해 오면 얼마를 내놓을 겁니까?"

잠시 생각하고 나서 오리타가 대답했다.

"1,000만 엔, 어때?"

그 말에 가키자와는 모모이를 보았다. 모모이는 가볍게 어깨를 으쓱해 보였다.

"한 명에 500만." 품이 얼마나 들지 모르지만 모모이에게 그 이상 내놓으라는 것은 가혹하다는 생각이 들었다. "난 불만 없어."

가키자와는 고개를 끄덕이고 다시 오리타를 보았다.

"하기로 한 이상 헛걸음은 하고 싶지 않아. 회수하지 못하면 나와 모모이는 공짜로 일해준 게 되고, 당연히 영감님한테 돌아갈 돈은 없어요." 가키자와는 쿨하게 이야기를 진행한다. "덩치가 큰 금발과 스킨헤드 2인조. 이건 새벽에 전화로 들었고, 그 외의 특징은?"

그건 모모이도 전화로 들었다. 최근 유행하는 스트리트 갱을 흉내 낸 놈들일 거라고는 생각하고 있었다. 그러나 가키자와의 말대로 그 정도 정보로는 헛수고로 끝날 가능성이 높다. 만약 찾아낸다고 해도 그 시간과 수고가 훨씬 많이 들 것이라 생각했다.

오리타는 허공을 바라본 채 가만히 생각에 잠겨 있다.

"없어요?" 재촉하듯 다시 한 번 가키자와가 물었다.

"……펜던트." 오리타가 중얼거렸다. 그 후 갑자기 말이 빨라졌다. "그래, 그 두 놈 다 같은 펜던트를 목에 걸고 있었어. 가는 은색 쇠사슬에 상앗빛의 작은 초승달 모양 펜던트야."

"확실해요?" 가키자와가 확인했다.

"틀림없어." 오리타가 말했다. "그리고 또 하나. 놈들이 내 지갑을 빼냈을 때야. 한 놈이 다른 놈한테 '아키'라고 말한 것 같아."

"아키?"

중얼거린 모모이에게 오리타가 시선으로 끄덕였다.

"상대를 부른 건 아니야. '아키가 알면 좆돼.' 하고 말한 것 같았어."

가키자와는 고개를 조금 갸웃했다.

"그러니까 한 놈은 그걸 말리려고 했다는 거죠?"

"응. 그리고 그 말을 들은 상대가 대답했어."

"뭐라고?"

"'어떻게 알겠어?' 하고."

모모이는 쓴웃음을 지었다. 깡패 놈들이나 쓸 법한 말이었다. 가키자와는 모모이를 흘끗 보았지만 아무 말도 하지 않았다.

가해자 두 사람은 필시 그 근방의 스트리트 갱일 것이다. 그리고 아키라는 놈이 리더격이다. 남의 지갑을 빼앗는 짓 같은 걸 싫어하는 놈으로, 그것이 법률이라는 외적 요인에서 오든, 모럴이라는 내적 요인에서 오든 그런 의미에서는 건전한 놈일지도 모른다. 두 사람이 그를 신경 쓰고 있는 것을 보면 멤버에게도 규율을 강요하고 있다는 것을 알 수 있다. 그러나.

"영감님." 모모이가 물었다. "그놈들 싸움은 좀 하던가요?"

"아마도." 그러고 나서 갑자기 표정이 일그러졌다. "내 머리를 걷어찰 때 주저하는 모습이 전혀 없었어."

"싸움을 잘하는 것 같았어요?"

"취하지만 않았으면 꽤 잘했을 타입이야."

"역시."

거기서 모모이는 의문을 느꼈다. 그런 험악한 놈들을 거느리고 규율을 강요하는 집단이 거리에서 흔히 볼 수 있는, 단순히 사이가 좋은 패거리들이 모여 만든 스트리트 팀이라고는 생각되지 않았다.

다시 가키자와와 눈이 마주쳤다.

"좀 골치 아픈 놈들일지도 몰라."

가키자와도 같은 느낌을 받았는지 말없이 고개를 끄덕였다. 모모이는 말을 계속했다.

"하지만 아무래도 깡패들 패거리인 것 같긴 해."

"음, 그렇겠지." 가키자와도 가만히 웃었다. "어서 찾아서 돈을 쓰기 전에 목덜미를 눌러놓자고. 복수도 좀 해줘야지."

9

섭씨 33도. 멤버들을 보낸 이른 아침까지는 그나마 견딜 수 있었던 바깥 기온도 9시, 10시가 됨에 따라 하늘 높은 줄 모르고 올라가더니 11시가 지날 무렵에는 체온에 가까운 온도까지 육박했다.

침대 위에 벌렁 누워 있는 아키는 온몸에 땀이 촉촉이 맺혀 있다. 한편 컴퓨터 앞에 앉아 일사불란하게 키보드를 두드리고 있는 가오루는 목덜미에서 땀을 비 오듯 흘리고 있다.

에어컨은 틀지 않았다. 창문이 활짝 열려 있고, 방바닥에선 선풍기가 털털털 돌아가고 있다.

멍청히 천장을 올려다보고 있는 아키의 귀에 주택지 건물을 몇 채나 사이에 둔 저편에서 경적소리와 전철소리가 들려온다.

실내에서는 여전히 탁탁 키보드를 두드리는 소리가 울리고 있다. 가끔 그 소리가 멎었다 싶으면 여지없이 가오루의 큰 한숨소리가 들려온다.

아키는 천장을 올려다본 채 혼자 웃었다. 더워서 죽을 지경일 것이다. 상반신을 벌떡 일으켜 강아지처럼 입으로 숨을 쉬고 있는 가오루를 보았다.

"그런 한숨을 쉴 거면 에어컨을 트는 게 낫잖아?"

"싫다니까." 컴퓨터 모니터를 응시한 채 짜증이 나 있는 가오루는 성질을 부렸다. "전에도 말했잖아."

가오루는 전부터 냉방이 몸을 나른하게 한다고 말해왔다. 또 장딴지와 어깨도 붓는다고. 여자 같은 소리를 하는 놈이었다.

정기적으로 많은 땀을 흘리는 사람과 그렇지 않은 사람은 당연히 더위에 대한 땀샘의 기능도 다르다. 거의 매일 운동을 빼놓지 않는 아키와 달리 가오루는 운동을 아주 싫어했다.

"뭐, 맘대로 하셔." 아키는 짓궂게 말했다. "녹초가 되는 건 너니까."

"안 그래도 그러고 있어."

"그래, 다 됐어?"

가오루는 머리를 두세 번 긁적였다.

"아직 멀었어."

아키는 일어서서 가오루 옆으로 와 컴퓨터 모니터를 들여다보았다. 컴퓨터에는 파이트 파티 개최 통지용 메일 주소가 이미 300건 이상 저장되어 있었다. 그 수신자 주변 사람까지 포함하면 필시 1,000명 정도에게 보내는 효과가 있을 것이라는 게 가오루의 생각이었다.

파티를 주최할 때마다 참가한 손님들의 주소를 모아 그것을 고객 데이터로 축적해왔다. 네 명에게 맡긴 구전口傳의 인해전술과는 별도로 이번엔 그것을 포위망으로 활용할 생각이었다.

"어떻게 써야 할지 정말 모르겠어." 가오루가 한숨을 쉰다. "대부분 휴대전화 문자메시지인데, 너무 문장이 길어도 보기 어렵고, 우선 그 파티에 오는 애들이 그런 긴 문장을 끝까지 읽을 거라고도 볼 수 없어. 귀찮아하며 삭제해버리겠지."

"그렇겠네."

"게다가 상대에 대해 아무것도 몰라. 그걸 어떻게 쓸지가 고민인데, 아까부터 계속 고쳐 쓰기만 해."

그렇게 투덜대며 탁탁 키보드에 추가 문장을 쳐 넣고, 모니터를 아키에게 돌렸다.

"이 정도면 될까?"

아키는 다시 모니터를 들여다보았다.

☆ 사람 찾음. 정보제공료 5만 엔 ☆
단 인상과 나이는 불명. 상대도 마찬가지로 우리 '미야비'를 찾고 있음.
상대가 '미야비'를 단서로 묻는 내용은 아래 세 가지.
(스킨헤드와 금발의 2인조. 초승달 펜던트를 하고 있다. 아키라는 이름.)
이 세 가지를 묻는 자가 있다면 연락 要.

아키는 속으로 실소를 터뜨렸다. 인력회사의 구인 광고를 보고 있는 것 같았다.

"더구나 허접한 구인 정보야." 아키가 말했다. "간략하게 쓰고 싶은 건 알겠지만, 너무 딱딱해. 파티에 오는 애들이 이 '要' 자를 읽기나 하겠어?"

가오루는 바로 '要' 자를 '바람'이라 바꿨다.

"너무 무시하는 거 아냐?" 가오루가 되받아쳤다. "모두 이 정도는 이해할 거야."

"미행했을 경우의 보상금은 쓰지 않았어?"

"미행할 때의 유의점도 써야 할걸? 상대가 위험인물이라는 설명도 해야 하고. 그러면 엄청 길어져. 우선은 이 정도만 보내."

"어중간해."

"아무것도 하지 않는 것보다는 낫지."

"말이나 못하면."

가오루는 얼굴을 찌푸렸다.

"그럼 네가 써봐."

"싫어." 아키는 싱글거리며 대답했다. "사양하겠어."

"그럼 옆에서 이래라저래라 참견 좀 하지 마."

가오루는 난폭하게 보내기를 클릭했다. 300명분의 주소로 메일이 전송되기 시작했다.

어느새 12시가 지나 있었다. 가오루는 책상에서 일어나 방을 가로질러 냉장고 문을 열었다.

"점심 뭐 먹을래? 하긴 어제부터 정신없이 일이 터지는 바람에 장 보러 갈 틈도 없어서 음식 재료가 없긴 하다."

"그럼 가까운 패밀리레스토랑이나 햄버거는 어때?"

"일찍 죽고 싶으면 그렇게 하던가." 냉장고 안에 머리를 처박고 가오루가 대답했다. "그런 첨가물과 콜레스테롤로 범벅이 된 것을 자꾸 먹으러 가자고 하는데, 넌 걱정도 안 되냐?"

외식 이야기만 하면 가오루는 좋은 표정을 지을 때가 없다. 지난 2년 동안 미야비 멤버로 회식한 경우를 제외하면 가오루와 밖에서 점심을 먹은 게 세 번이 될까 말까다. 그때마다 위생 면에서 걱정되는 가공품은 맛이 없다는 둥 시골 아줌마나 할 소리를 한다.

"그럼, 간단하게 국수나 해 먹자."

아키의 대답도 기다리지 않고 가오루는 양쪽으로 손잡이가 달린 냄비에 물을 끓이기 시작하더니 능숙한 솜씨로 파와 양하를 썬다. 이어서 생강을 갈고, 참깨를 준비하고, 물이 끓자 오크라를 살짝 데쳐 이 역시 재빨리 썬다.

"고명은 다섯 가지면 충분하지?"

"응."

가오루가 냄비 속에 면을 넣는다.

가오루가 과거에 대해 아무 말도 하지 않는 이상 아키도 굳이 캐물으려고 하지는 않았지만, 음식에 대해서만은 매우 엄격한 집안에서 자라지 않았나 하고 느끼고는 있었다. 이 방도 아키가 굴러들어오기 전까지는 가오루 혼자 살던 곳이다. 미야비로부터의 정기 수입이 없던 시절에는 어디서 집세를 마련하는지 항상 궁금했다.

벽에 작은 접이식 테이블이 세워져 있다. 아키는 그 다리를 펴서 방 가운데에 놓았다. 식사 준비를 하는 데 아키가 도와주는 거라곤 고작 이게 다였다. 가오루가 곧 면과 고명을 가져온다.

"텔레비전 켜도 돼?"

대답도 기다리지 않고 가오루는 컴퓨터를 켰다. 채널을 돌려 프로그램을 고른다. 14인치 화면에 방사선 모양의 의사당 내부가 나온다. 순간 아키는 얼굴을 찡그렸다.

"또 국회 중계야?"

가오루는 웃었다.

"수준 낮은 버라이어티나 불륜 드라마보다는 훨씬 낫잖아?"

실제로 가오루와 함께 텔레비전을 보게 된 후로 아키도 그렇게 생각한다. 뿐만 아니라 가오루의 추임새를 들으면서 보는 중계는 꽤 재미가 있었다.

가오루의 말은 거침없다.

"저 새끼, 지가 무슨 말을 하는지도 모르나 봐."

"부끄러운 줄을 몰라."

"멍청한 새끼, 또 문제를 뒤로 미루네."

온갖 욕설을 퍼부으면서 "저거 아무래도 하수인인데. 의사 발언 전부터 시나리오가 다 짜여 있는 거야." 하고 의기양양한 얼굴로 말한다.

그리고 마지막으로 한숨과 함께 내뱉는 말은 늘 똑같다.

"똥구멍이나 핥아라. 정말로 갈 데까지 갔군."

중계는 길다. 이럭저럭하다가 오후가 다 간다. 재미있기는 하지만 거침없이 쏟아 붓는 가오루의 독설에 때론 피곤해진다.

어느 날 지겹기도 해서 가오루에게 물어보았다.

"네가 욕을 퍼붓는 것은 이해하지만, 그럼 저들이 어떻게 해야 되는데?"

"간단하지." 가오루가 대답했다. "생각하는 것에 책임을 지는 거야. 이해관계를 따지지 않고 곰곰이 생각해보면 어느 정도 전망이 보이게 돼. 상상력의 문제야. 정확히 앞날을 읽고 무언가를 결정한다. 그리고 실행한다. 그뿐이야."

뜻밖의 진지한 대답에 잠자코 있자 가오루는 다시 말을 잇는다.

"그런 정상적인 어른이 거의 없는 것이 요즘 세상이야. 자신의 행동에 책임을 지지 않지. 다른 사람은 어찌 되든 상관하지 않아. 요즘 만원 전철만 타봐도 누구나 알 수 있을 거야." 그렇게 말하고 화면을 가리켰다. "이 새끼들도 같은 부류야. 콩나물시루 같은 전철 안에서 다리를 쫙 벌리고 스포츠 신문을 읽는 놈들과 다를 게 하나도 없어. 그러니까 이런 좆같은 나라가 된 거지."

그런 말에 아키는 무의식중에 가오루가 자란 환경에 대해 이리저리 생각한 적이 있다.

아키는 오후 6시가 지나 아파트를 나섰다.

주위는 온통 노을빛으로 물들어 있었다. 입구에서 노상으로 나왔을 때 문득 대기의 파동과 같은 것을 느꼈다.

멀리서 울리는 천둥소리였다. 하늘을 올려다보니 동쪽 방향, 정확히 시부야 센터가이 상공에 거대한 적란운이 피어오르고 있었다. 순백의 꼭대기에서 아래로 불룩하게 늘어진 검은 복부를 드러낸 먹구름은 석양을 받아 사방으로 탁한 주홍빛을 흩뿌리면서 크고 작은 빌딩숲 위에 무겁게 걸려 있었다.

최근, 저녁이 되면 갑자기 양동이를 뒤집어놓은 듯 한바탕 호우가 쏟아진다.

소나기처럼 일반적인 것도 아니다. 그것은 항상 오늘처럼 무덥고 화창한 날 저녁에 온다. 굵은 빗방울은 도로를 뒤덮고, 폭포처럼 언덕을 내려가고, 전철을 세우고, 육교 밑 구덩이에 연못을 만든다.

뭐지? 하고 생각한다. 생각하면서도 센터가이로 가는 발걸음이 자연스럽게 빨라졌다.

15분쯤 걸어서 비가 쏟아지기 전에 목적지에 도착했다. 다 쓰러져가는 건물의 지하로 이어지는 계단을 내려가 '준비 중'이라는 간판을 무시하고 'Café Bar, Red Cross'의 철문을 열었다. 텅 빈 카페 안에는 아직 아르바이트 웨이터도 보이지 않는다. 가게 문을 여는 7시까지는 아직 시간이 있다. 아무도 없는 테이블석 안쪽에 털보 사장이 앉아 있었다. 노란색 알로하셔츠를 입고 안쪽 테이블에 앉아 전표를 보고 있다. 아키가 다가가자 그 기척에 얼굴을 들었다.

"오늘은 파티 날도 아니잖아."

사장의 말을 흘려듣고 아키는 테이블 반대쪽 의자에 앉았다.

"시간 좀 있어요?"

사장은 잠깐 생각하는 듯하더니 결국 테이블 위에 펜을 놓았다.

"그래, 무슨 용건이야?"

"작년 겨울 일, 기억해요?"

사장에겐 헤어진 여자와의 사이에 아들이 하나 있었다. 아내가 데리고 살고 있다. 나이는 아키보다도 두 살 아래다. 그 아들이 어느 스트리트 팀에서 탈퇴할 때 도와준 일이 있었다.

"그때 진 빚을 약간의 정보로 갚았으면 좋겠는데."

"무슨 정보?"

잠깐 생각하고 나서 아키는 말을 이었다. 여기저기 떠들고 다닐 필요가 있었다.

"며칠 전에 수천만 엔 단위의 현금을 강도당한 사건이 있었어요. 필시 이 시부야 부근인데."

사장은 놀라는 표정이다.

"금시초문인데."

"짭새가 출동하지 않았으니까요. 아무래도 강도를 당한 쪽이 신고를 하지 않은 것 같아요."

"같다고?"

"피해자의 정체를 몰라요. 당연히 정상적인 돈이 아닐 텐데, 피해자가 어떤 인간인지, 그 정보를 알고 싶은 거예요."

"어떤 인간?"

"예를 들면 야쿠자 말이에요. 그럴 가능성도 있다는 거죠. 물론 그렇지 않을 수도 있죠. 그렇지 않다면 그 사건이 조직폭력단과 관련이 없다는 것만이라도 알고 싶어요."

사장은 고개를 약간 갸웃했다.

"넌 그 사건과 어떤 관련이 있는데?"

"그건 말할 수 없고, 모르는 게 사장님한테도 좋아요. 사장님이라면 옛날 연줄을 더듬어 뭔가 알아낼 수 있을 것 같은데."

사장은 얼굴을 찡그렸다.

"누구한테 들었어?"

"아들한테요." 아키는 대답했다. "사장님 옛날에 마카와구미 조직원이었다면서요?"

마카와구미란 에비스에서 야마노테 선을 따라 시부야의 분카무라 대로 이남까지를 나와바리로 하는 지역의 중견 조직폭력단이었다. 아키도 가끔 시내에서 배회하는 야쿠자를 본 적이 있었다. 그리고 레드 크로스는 그 나와바리 안에 있었다.

입을 꾹 다물고 있는 사장을 보며 그 후의 일들은 상상의 날개를 폈다.

"그래서 아마 지금도 그 관계는 이어지고 있다. 수익금에서 매달 보호비를 마카와구미, 혹은 그 산하조직에 지불하고 있다. 물수건이나 마른안주, 말린꽃 대금이라는 명목으로. 아닌가요?"

핵심을 찌른 듯했다.

"직접 물어볼 필요도 없어요. 수금하러 오는 똘마니를 잡아서 넌지시 물어보면 되니까. 이 세계도 좁잖아요? 그런 사건이 일어났는데 소문이 나지 않았겠어요? 그렇다면 그 횡적인 관계를 이용해서 돈을 회수하려고 혈안이 되어 있다는 것도 생각할 수 있죠."

잘라 말하고 아키는 입을 다물었다. 상대를 뚫어져라 쳐다보았다.

사장은 한숨을 쉬고, 시계의 날짜를 들여다보았다.

"정보는 빠를수록 좋겠지?"

아키는 고개를 끄덕였다.

사장은 옆에 놓인 금고를 열어 잔금을 확인하고 나서 무선전화기를 들었다. 버튼을 누르고 아키의 얼굴에 시선을 고정시킨 채 상대가 전화를 받기를 기다린다.

"네, 레드 크로스의 아이카와입니다. 늘 신세만 지네요. 네, 그게 사정이 좀 있어서 8월분을 오늘 좀 받으러 왔으면 좋겠는데, 괜찮을까요? 좀 이른 감은 있지만, 가능하면. 네, 오늘도 되도록 가게 문 닫기 전이 좋은데…… 아, 네. 그럼 잘 부탁드리겠습니다."

전화를 끊고 다시 아키를 보았다.

"15분 후에 고에이 상사라는 조직에서 똘마니가 하나 올 거야. 옆 사무실에서 넌지시 물어볼 테니까 넌 안쪽 사무실에 숨어 있어. 사무실 벽이 얇아서 대화 소리는 잘 들릴 거야."

"알았어요."

아키가 고개를 끄덕이자 사장은 아키를 응시했다.

"지난 주 파티 때 우승한 놈 있지?"

생각났다. 분명 류이치라고 했다. 왠지 기분 나쁜 놈이었다.

"왜요?"

"아마도 이곳에 올 놈이 그놈일 거야."

아키는 좀 놀랐다.

"그 자식, 조직원이었어요?"

"들어간 지 얼마 안 됐어. 아직 똘마니야."

"그때 왜 가르쳐주지 않았어요?"

"너도 아들놈한테 들은 걸 여태 숨기고 있었잖아." 사장이 말했다. "말할 필요가 없는 건 말하지 않아. 피차일반이야."

아키는 할 말이 없었다.

"그런데 그런 놈이 파티에 선수로 참가한 건가?"

사장은 코웃음을 쳤다.

"야쿠자 똘마니들이 결국엔 그런 놈들이지."

"그런 놈들이요?"

"그러니까 중간 보스급이 되기 전까지는 웬만큼 똑똑하지 않는 한 생활비조차 자유롭지 못해. 욕실도 없는 단칸방에 조그만 자전거를 타고 다니지. 그래도 생활을 할 수 없어. 궁여지책으로 자기 여자를 유흥업소에서 일하게 하고 그걸로 먹고살지. 사람들 앞에서는 어깨에 힘 팍 주고 온갖 똥폼을 다 잡지만, 실상은 그렇게 비참해. 거기에 있던 내가 이런 말을 하는 것도 좀 뭣하지만."

"……."

"아마 그 류이치라는 놈도 그럴 거야. 수금하러 오면서 여기에서 파티가 열린다는 걸 알고, 유흥비가 아니라 생활비로 20만 엔이 필요해서 참가한 거지. 또 상대를 때려눕히면서 조직 안에서 개 같은 취급을 받는 자신을 어떻게든 잊어보려고도 했을 거야."

아키는 사장을 보았다.

"사장님도 그랬나요?"

대답은 한 박자 늦게 나왔다.

"그랬지." 그는 무표정하게 말했다. "애 낳은 지 얼마 되지도 않은 아내를 술집에 또 내보내고, 그 돈으로 옷을 사고 차를 타고 다녔어. 울부짖는 핏덩어리는 바로 처가댁에 보냈지. 그러고도 아무렇지 않았어. 오히려 편하기까지 하더라고. 당연히 아내는 도망갔지."

사장은 전표 위에 굴러다니고 있던 수화기를 탁상 홀더에 꽂았다.

"썩은 세상의 공기를 마시다 보면 신경이 닳아 없어져서 감각이 완전히 마비된 인간이 생기지. 그게 야쿠자란 거야. 무슨 사정이 있는 것 같아 굳이 묻지는 않겠지만, 만약 야쿠자가 관계된 일이라면 손 떼. 좋은 꼴 못 봐. 알았어?"

아키는 몸을 꿈틀 움직였다. 하지만 잠자코 있었다.

그 모습에 사장은 한숨을 쉬고 다시 한 번 시계를 보았다.

"이제 곧 올 시간이네. 어서 몸을 숨겨."

몇 분이 지났다. 안쪽 사무실에 숨은 아키의 귀에 문을 닫는 금속음이 들렸다. 류이치가 온 것이다.

"비 오나 봐?"

사장의 놀란 목소리가 들렸다.

"홀딱 젖었네."

"갑자기 퍼붓네요." 류이치로 여겨지는 젊은 남자의 목소리가 대답한다.

"미안해. 하필 비 올 때 오라 해서."

"괜찮아요."

서로 말을 주고받으면서 발소리가 다가온다. 아키는 숨을 죽였다. 사무실 문을 여는 소리에 이어 발소리가 얇은 벽 하나를 사이에 두고 안으로 들어왔다.

두 사람 사이에 돈을 주고받고, 대화 내용으로 그것이 끝났음을 알았다.

"휴, 이걸로 이번 달치도 무사히 치렀네." 사장의 말투가 바뀌었다. "밖에 아직 비가 오는 것 같은데, 좀 쉬었다 가지 그래. 일부러 오라고 했으니 음료수라도 대접하게."

"네."

냉장고를 여는 소리가 들린다. 음료 캔 같은 것을 테이블에 놓는 금속음이 이어진다.

"요즘엔 어때? 나와바리에 별일 없어?"

"무슨 말이죠?"

"요즘 들어 개나 소나 말썽을 일으켜서 말이야." 밑밥을 던졌다. "아무렇지도 않게 강도짓을 하고. 이 근처뿐만 아니라 그런 새끼들이 득시글거리니 원. 감독하는 것도 꽤 힘들겠어."

스껑, 깡통 따는 소리가 울린다.

"정말, 힘들죠." 상대가 전 야쿠자라는 것을 알고 있는지, 류이치는 꼬박꼬박 존댓말을 쓴다. "그걸 막기 위해 보호비도 걷는 거죠."

사장은 바로 마음을 떠본다.

"잘못 알고 야쿠자를 털었다는 소리도 들리던데."

"어떻게 아셨어요?" 류이치가 놀란 목소리로 묻는다.

"어젯밤 손님한테 언뜻 들었어." 사장은 자연스럽게 받아 넘긴다. "그래 어떻게 된 일이야?"

"잘못 안 건지 아닌지는 모르지만 그런 일이 있었어요." 한 호흡 멈춘 뒤 류이치의 목소리가 이어진다. "간사이 자본의 마쓰타니구미는 아시죠?"

"소문은 들었어."

"롯폰기 교차점, 아만도 근처에서 카지노 바를 하고 있는 것 같은데, 그곳이 얼마 전에 강도한테 당한 것 같아요."

벽에 귀를 갖다 댄 채 아키는 더욱 숨을 죽였다.

"그래?" 사장의 목소리가 조금 날카로워졌다. "얼마나 털렸는데?"

"확실한 건 그놈들도 입에 자물쇠를 채우고 있어서 모르지만 아마도 1억 가까이 될 거라고 저희 형님이 그러더군요. 워낙 잘되던 곳이고, 금요일 심야에 당했다니까."

"금요일이면 지난 주?"

"네."

"그럼 바로 이틀 전 일이네?"

아키는 자신의 심장 박동이 들리는 것을 느꼈다. 그 두 사람이 문제를 일으킨 것도 금요일 밤에서 토요일 아침 사이였다.

"허 참, 그런 델 다 노리는 놈이 있군." 사장은 어이없다는 듯 말했다. "경계도 삼엄하고, 가게엔 덩치들도 장난 아니게 있을 텐데."

"그러게요."

"한바탕 총격전이 벌어졌겠지?"

"저도 처음에 들었을 땐 그렇게 생각했는데, 어떻게 된 게 그렇지 않은 것 같아요. 죽은 사람은커녕 다친 사람도 한 명 나오지 않았대요."

"어떻게 그럴 수 있지?"

이어지는 류이치의 이야기는 이랬다. 카지노 지배인에 의하면 문 닫을 시간을 앞두고 플로어에 있던 사람들이 갑자기 하나둘 쓰러지기 시작했다고 한다. 어떻게 된 건지 영문을 몰랐지만 갑작스럽게 벌어진 사태에 바로 수화기를 들고 근처 조직사무실에 연락하려고 했다. 그런데 신호음이 잡히지 않았다. 당황해서 출구를 돌아본 지배인은 출구 바로 옆에 기묘한 모습을 하고 앉아 있는 두 사람을 보았다. 순간적인 일이었지만 두 사람 모두 나이는 30대 중반으로 보였다. 둘 다 검은 관 같은 것을 입에 물고 한 손에 권총을 들고 자기 쪽을 보고 있었다고 한다. 그러나 확인할 수 있는 것도 거기까지였다. 지배인도 다른 손님과 마찬가지로 갑자기 쏟아지는 잠에 취해 순식간에 정신을 잃었다.

"최면 가스인가?" 거기까지 듣고 사장이 말참견을 했다. "그럼 그 관 같은 것은 가스를 막는 프로텍터이겠군."

"어쩌면 그럴지도 모르죠."

지배인이 의식을 되찾은 것은 아침이 되고 나서였다. 경비원이 흔들어 깨워서 의식을 찾은 지배인은 맨 처음 금고와 금전출납기를 확인했다. 양쪽 다 안이 텅 비어 있었다. 단, 각 개인의 지갑에는 전혀 손을 대지 않았다고 한다. 달려온 조직원과 카지노 직원들은 필사적으로 범인의 흔적을 찾았다. 플로어에 단서가 될 만한 것이 없는 것은 당연하다 해도 최면 가스를 흘려보냈을 것으로 보이는 배관 내부에도 아무것도 남아 있지 않았다. 범인들이 만졌을 거라 짐작되는 유리컵에도 지문이 깨끗이 지워져 있었다. 단서는 아무것도 없었다. 범인을 확인한 실질적인 목격자도 지배인 한 사람뿐. 그것도 순간적인 일이었다. 완벽한 프로의 솜씨였다.

감탄한 듯한 사장의 신음소리가 벽 너머로 들려왔다. 류이치의 말이 그 뒤를 쫓는다.

"범인들이 카지노에 들어온 것은 새벽 두 시 조금 전이었어요.

그리고 돈을 훔쳐 달아난 것이 세 시 전후. 그러니까 약 한 시간 동안, 그 근처에 분명히 차가 대기하고 있었을 거라고. 그 시간대에 근처 파킹미터나 유료 주차장에 세워져 있던 차량 정보를 하나하나 모으고 있는 것 같아요. 유력한 목격 정보를 제공하는 사람에겐 마쓰타니구미가 사례를 한다고 합니다."

"유력한 정보란?"

"저도 잘은 모르지만, 1억 가까이 되는 돈을 실제로 운반하려면 부피가 상당히 나가고 무거울 거예요. 가령 보스턴백이나 007가방에 넣어 운반한다 해도 한밤중의 롯폰기에서 그렇게 크고 무거워 보이는 걸 들고 가는 사람은 흔치 않을 거라고. 게다가 새벽 세 시 전후의 카지노 주변으로 한정하면."

"그렇겠군."

"그러니까 그런 사람이 탄 차의 차종 정보에 100만 엔을 준다는 겁니다. 그리고 만약 차량 번호를 조금이라도 기억하면 지역 구분에 플러스 100만 엔, 번호판 글자에 플러스 50만 엔, 번호 하나당 10만 엔을 준다는 것 같습니다."

"우와." 사장의 목소리가 들린다. "이거, 진수성찬이구먼. 거짓 정보와 어떻게 구별하지?"

류이치의 희미한 웃음소리가 들린다.

"야쿠자에게 거짓 정보를 제공할 멍청이는 없죠. 나중에 발각되면 어떤 꼴이 될지 뻔하니까요."

몇 분 후, 류이치는 카페를 나갔다. 아키는 사장이 남아 있는 사무실에 들어갔다.

"네가 말한 것이 이 건이야?"

"아니요. 류이치가 말한 금액과는 상당한 차이가 있어요." 사실이었다. 그리고 덧붙였다. "아닌 건 맞지만 관계가 있을지도 몰라요."

내심, 다케시와 사토루가 빼앗은 돈이 그 카지노에서 강탈당한 돈의 일부라는 것을 거의 확신하고 있었다.

그 둘이 소동을 일으킨 바의 주소는 미나미아오야마 7가였다. 롯폰기 교차점과는 1킬로미터 정도밖에 떨어져 있지 않은, 엎어지면 코 닿을 만한 거리였다. 게다가 그 두 지점은 주요 간선도로인 롯폰기 도로로 바로 연결된다.

또 시간 관계. 바에서 사건이 일어난 것은 카지노 사건의 약 한 시간 후다.

이것이 우연이라고는 생각하기 어려웠다. 게다가 공개적으로 드러낼 수 없는 돈이라는 설명도 추가된다.

카지노 내부에 있던 30대 남자 두 명과 다케시가 돈을 빼앗은 쉰가량의 남자, 공범이 세 명 이상은 되는 셈이다. 카지노에서 감쪽같이 돈을 빼돌리고 다른 곳에서 나눠 가진 후 각자 흩어진 공범 중 한 명을 아무것도 모르는 두 사람이 때려눕혔다. 사건이 대충 그렇게 흘러갔으리라고 생각했다.

사건 추측으로 생각에 잠겨 있는 아키를 사장은 가만히 보고 있었다. 그리고 충고했다.

"글쎄, 어떤 사정인지 모르지만 조심하는 게 좋아. 야쿠자에다 프로 강도까지 얽혀 있어. 가능하면 사건에 휘말리지 않도록 해."

아키는 무의식중에 입가를 찡그렸다. 휘말리지 않기는커녕 벌써 목까지 깊숙이 담그고 있다. 이제 와서 되돌릴 수도 없다.

그런 아키의 표정을 사장은 불손하다고 오해했다.

"아직까지도 그런 놈들이 있어."

"그런 놈들이요?"

"자기 실력을 과신하다 결국 살해당하는 놈들 말이야." 그가 말했다. "허튼짓했다간 콘크리트 덩어리가 되어 도쿄만의 해저행이야. 알아?"

"알아요, 충분히." 대답하고 아키는 자리에서 일어났다. "오늘은 이만 가볼게요. 고맙습니다."

다시 뭐라 덧붙이려는 사장을 남겨두고 사무실을 나왔다. 카페를 가로질러 카운터 옆에 있는 문을 민다. 밖으로 나오자 도로의 아스팔트가 온통 물을 뒤집어쓴 듯 흠뻑 젖어 있었다. 날은 저물고, 그 표면에 간판의 네온 불빛이 반짝반짝 반사되고 있다. 바로 얼마 전에도 이런 풍경을 본 기억이 있었다. 언제쯤일까, 하고 걸으면서 생각했다.

기억의 정체가 밝혀진 것은 호텔 거리를 빠져나오고 나서였다. 그 재규어 여자를 도와줬을 때다.

확실히 사고뭉치들은 이 거리에도 넘쳐난다.

혼자 미소를 지으면서 신호 대기로 서 있는 차 사이를 지나 대로를 건넜다.

10

시내 중심부에는 지금도 3,40평쯤 되는 공터가 군데군데 남아 있다. 토지를 매입한 부동산 회사가 도산하여 다른 회사로 넘어간 부지, 토지를 매수하는 와중에 경기가 나빠져서 그대로 방치된 땅이다. 그런 어중간한 토지의 상당 부분이 100엔 주차장으로 탈바꿈하고 있다. 고작 두 대에서 세 대를 주차할 수 있는 공간이라 하루 실수입이 토지 매입 당시의 금리에도 못 미치지만 그냥 놀리는 것보단 낫다는 생각일 것이다.

시부야 경찰서에서 가까운, 그런 주차장에 모모이는 임프레자를 주차했다.

차에서 내린 모모이는 트렁크에 기대 세븐스타에 불을 붙였다. 약속 시간보다 5분 정도 일찍 왔다.

만나기로 한 시간인 5시가 다 되어서 가키자와가 나타났다. 모모이의 예상을 깨고 차를 타고 오지는 않았다. 메이지 도로에서 모모이가 주차한 주차장의 뒷길로 한 대의 중량급 오토바이가 들어왔다. 야마하의 V-VMX(Max)1200.

뱃속까지 울리는 무거운 배기음을 뿌리면서 천천히 속력을 늦추며 갓길로 올라와 모모이 앞에 섰다.

가키자와가 엔진을 끄기를 기다렸다가 모모이가 말했다.

"그런 오토바이를 자주 타네?"

북미 사양의 초기 모델로 오버터의 엔진에서 145마력을 낸다. 순수 시판용 모델의 성능이 그 정도다. 액셀러레이터를 가볍게 당기는 것만으로도 아스팔트 위에 굵은 뒷바퀴 자국을 남기면서 미친 듯이 가속하기 시작하고, 400미터를 10초 안팎에 주파한다. 야마하도 엄청난 오토바이를 만드는구나 하고 모모이는 시판 당시에 상당히 놀랐던 기억이 있다.

"인간이 다룰 수 있는 파워를 넘어섰어."

헬멧 실드를 열고 가키자와가 빙긋이 웃었다.

"그 파워가 만약의 경우에는 보험이 되기도 해." 가키자와가 말했다. "네 임프레자와 비슷한 거지."

모모이는 쓴웃음을 지었다.

"야, 야. 네 바퀴와 두 바퀴는 위험도에서 전혀 달라."

"하지만 시내를 돌아다니기엔 이놈이 훨씬 빠르지." 가키자와는 뒷자리에 묶어놓은 헬멧을 턱으로 가리켰다. "타."

"남자 둘이 꼴사납게."

그렇게 말하면서도 헬멧을 집어 든다. 확실히 오토바이가 돌아다니기엔 좋다. 세우고 싶으면 아무 데나 세울 수 있고, 막히는 길도 상관없다.

"달려볼까."

뒷자리에 앉으면서 모모이가 말하자 가키자와는 코웃음을 쳤다.

"도쿄 시내에 그럴 곳이 있어?"

골목에서 바로 메이지 도로로 나왔다. 두 사람은 오리타가 당한 가게에서 탐문하는 것부터 시작할 생각이었다. 꽤 먼 전방부터 신호등이 파란색인데도 차들이 줄지어 늘어서 있다. 가키자와는 그 사이를 요리조리 빠지면서 목적지로 오토바이를 몰았다. 인도에서 신호를 기다리며 잔뜩 몰려 있는 인간 군상들. 한결같이 피곤에 찌든 표정이 실드 너머 모모이의 눈에 날아 들어온다. 그런 광경을 볼 때마다 모모이는 가벼운 현기증 같은 것을 느낀다.

도로 가에 있는 'Bar Sinister' 간판은 바로 눈에 띄었다. 처음에 가키자와가 발견하고, 뒤늦게 모모이도 알아보았다.

분리대를 우회하여 반대 차선으로 들어갔다. 간판이 튀어나온 골목에 오토바이를 올리고 20미터 정도 더 가 그 가게 앞에 세웠다. 지하로 이어지는 가게를 내려가 준비 중이라는 안내판을 무시하고 문을 연다.

캐비닛 안의 컵들을 정리하고 있던 바텐더가 돌아보았다. 나이는 스물일고여덟쯤. 아직 젊다. 준비 중이라는 안내판을 보고도 멋대로 들어온 낯선 두 사람에게 의아한 표정을 짓는다.

"자네가 오시타 군인가?"

모모이가 다가가면서 오리타에게 들은 이름을 말했다. 경계의 빛을 더욱 역력하게 띠면서 바텐더는 고개를 끄덕였다.

"지난 주 금요일 밤에 중년 남자가 여기에 왔었지?"

모모이의 한마디에 바텐더는 무언가를 느낀 듯했다.

"그게 무슨?"

모모이는 가볍게 웃어 보였다. 품에는 미리 돈 봉투를 준비했다. 연기를 할 때였다.

"실은 말이야, 자네가 보살펴준 남자가 우리들에게 큰 은혜를 베푼 분이네." 아주 거짓말은 아니었다. 몸짓으로 자신과 가키자와를 가리키면서 모모이는 말을 이었다. "그래서 사례도 할 겸 들렸어."

 말이 끝남과 동시에 카운터 너머로 돈 봉투를 내밀었다. 잠깐 머뭇거리는 듯했지만 바텐더는 바로 봉투를 받았다.

 받고 나서 새삼 그것이 사례라는 것을 깨달은 것 같다.

 "이거 정말, 감사히 받겠습니다." 젊은 바텐더는 황급히 인사를 했다. "하지만 그분도 화를 당한 거죠. 남을 돕다가 그렇게 되셨으니."

 모모이도 맞장구를 친다.

 "요즘엔 위험한 놈들이 많으니까."

 "스트리트 팀의 멤버들이에요. 이 근처에서도 흔히 볼 수 있게 되었죠."

 모모이는 즉각 파고들었다.

 "누군지 알아?"

 바텐더는 고개를 흔들었다.

 "어렴풋이요. 여기에 몇 번 온 적이 있지만, 오면 그제야 왔구나 하고 알아보는 관계죠. 평소엔 시부야에 있을 거예요."

 "시부야에 있을 거란 건 어떻게 알지?"

 "사건이 벌어졌던 날에도 녀석들이 센터가이라든가 도겐자카에 대해 얘기하는 걸 들었어요."

 바텐더가 그 2인조에 대해 좋은 감정이 아닌 것은 확실했다.

 모모이는 모른 체하고 그 점을 이용했다.

 "그 아저씨는 전기설비공인데, 하필이면 그때 빼앗긴 가방 안에 일에 필요한 도면이 있었던 것 같아. 나중에야 생각난 거지. 그래서 말인데, 뭔가 단서가 될 만한 게 없을까 해서 이렇게 와본 거야."

"그렇습니까……."

바텐더는 모모이의 말을 곧이곧대로 받아들인 것 같았다. 그제야 문득 생각난 듯 모모이를 보았다.

"그러고 보니 어젯밤 늦게 그놈들 친구라는 놈한테서 전화가 왔었어요."

모모이는 흘끗 가키자와를 보았다. 말없이 팔짱을 끼고 있던 가키자와는 눈빛만으로 끄덕여 보였다.

"어떤 전화였어?" 모모이가 물었다.

"다치게 해서 사과하고 싶다고 했어요." 바텐더가 대답했다. "그러니 그 사람의 이름이나 주소를 알면 가르쳐주지 않겠냐고."

"흠."

"그런데 생각해보니 무례하더라구요. 당사자도 아니고 그 패거리가 대신 전화를 하고. 게다가 비통지 전화(전화번호가 안 보이게 설정하는 것-옮긴이)였어요. 우리도 여러 가지로 피해를 봤다, 전화로 할 얘기가 아니라 직접 와야 하지 않냐, 라고 했죠."

"그게 맞지." 모모이는 맞장구를 쳤다. "그 친구도 예의를 모르는군."

슬슬 물러날 때였다. 너무 시시콜콜 물으면 오히려 상대가 경계하게 된다.

"여러 가지로 고마웠네. 문도 열기 전에 실례가 많았어."

그렇게 말하고 일어나서 가키자와와 함께 가게를 나왔다.

계단을 올라가 지상으로 나왔다. 가키자와가 오토바이에서 헬멧을 풀기 시작한다.

모모이가 말했다.

"수사망을 시부야로 좁혀도 될 것 같아."

"그래."

"넌 아까 전화 이야기 어떻게 생각해?"

"찾고 있어." 모모이에게 헬멧 하나를 건네면서 가키자와는 단언했다. "적어도 우리한테 사과하려고 전화한 것은 아니야. 그 새끼들은 가방 내용물을 보고 어렴풋이 느꼈던 거야. 영감이 평범한 사람은 아닐 거라고. 그리고 그렇게 판단을 내린 것은 그 친구라고 한 놈이야. 그러니까 당사자가 아니라 그 새끼가 전화를 한 거지."

"아키라는 놈인가?"

"아마도." 가키자와가 대답했다. 그리고 비웃듯 입술을 일그러뜨렸다. "조심성이 많은 놈들이야."

"응?"

"보통 자세한 정보를 얻으려면 반드시 와서 얘기를 들으려고 할 텐데, 놈은 비통지 전화 한 통으로 어떻게든 해보려고 했어."

"……그래서?"

"즉, 우리가 온다는 걸 예상하고 있었다는 말이야." 가키자와는 먼 곳을 보는 눈빛으로 말했다. "바텐더와 얼굴을 마주 보고 이야기하면 그놈의 특징이 언젠가 우리한테 알려지겠지. 우리가 여기까지 손을 뻗쳤다는 것조차 알고 있을 거야."

"그렇군."

가키자와는 헬멧을 쓰고 갑자기 생각났다는 듯 실드를 올렸다.

"얼마 넣었어?"

"3만 엔."

가키자와가 눈으로만 웃었다.

"입을 열게 하기 위해서야. 많은 돈은 아니지."

"맞아." 가키자와가 대답했다. "경비에 올려놔."

빌딩 사이로 보이는 동쪽 하늘에 먹구름이 잔뜩 끼어 있었다. 석양을 받아 여기저기 오렌지 빛을 반사하고 있다.

"소나기가 올 것 같아." 가키자와가 중얼거렸다. "좀 이른 감은 있지만 배나 채워두자고. 그동안 비도 피하고."

모모이는 헬멧을 쓰면서 물었다.

"어디서 먹을 건데?"

"마크 시티의 엑셀 도큐."

오토바이에 올라타며 모모이를 재촉한다.

"거기 25층이면 사람이 많지 않을 거야. 느긋하게 식사할 수 있어."

그리고 다른 사람에게 들려주고 싶지 않은 얘기도 할 수 있지. 모모이는 그렇게 생각했다. 둘이서 밥을 먹을 때 가키자와는 늘 그런 장소를 고른다.

오토바이에 시동이 걸리고 천천히 미끄러지기 시작했다.

11

욕실도 없는 단칸방에 공동화장실. 밤이 되도 후텁지근한 목욕탕처럼 열기로 가득 찬 방 안에서 털털털 선풍기가 헛되이 돌아가고 있다. 물러날 기미가 보이지 않는 더위다. 류이치는 온몸에 흥건하게 땀을 흘리면서 아무 생각 없이 천장을 올려다보고 있었다. 지붕에서 샌 빗물이 천장 여기저기에 검은 얼룩을 남겨놓았다. 기름때로 지저분한 좁은 주방에는 바퀴벌레가 돌아다니고, 하루 종일 퀴퀴한 냄새를 풍기고 있다. 시부야 구에서 월세 1만 6,000엔이 호화롭다고는 할 수 없지만, 이런 집에서는 쪽 팔려서 여자를 데리고 올 수도 없다.

 가방 끈도 형편없이 짧은 자신이 밑바닥에서 성공하기 위해서는 야쿠자 세계밖에 없다고 용기를 내어 뛰어들었지만 현실은 이런 것이었다. 매일매일 심부름과 수금으로 정신없이 돌아다니고, 변덕스러운 형님의 비서 노릇을 해야 한다. 조직에서 지급받는 수당이라고 해봐야 쥐꼬리만큼도 안 된다. 그래도 언젠가 간부가 되면 마음껏 사치를 부릴 수 있다. 외제차를 타고, 예쁜 여자도 얼마든지 취할 수 있다. 그런 생각으로 지난 반년을 참아왔다.

 그런데 요즘 들어 이상하게 초조해지는 자신을 제어할 수가 없었다. 그런 상태가 지난 몇 주일 동안 지속되었다. 친구들에게 마구 화풀이를 하고 혼자 집에 돌아와도 때때로 맹렬한 폭력의 충동이 일어 의미도 없이 방 벽과 기둥에 주먹을 날린다. 지금의 그런 자신이 비참하게 느껴진다.

 시팔! 곰팡내가 나는 다다미에 누워 저도 모르게 양 주먹으로 바닥을 내리쳤다.

 원인은 알고 있었다. 류이치는 그 두 사람 때문이라고 생각했다. 그 둘을 거리에서 우연히 보았을 때부터였다.

한 달쯤 전이었다. 드물게 대기가 건조한 오후였고, 그날은 비번이었다. 류이치는 늘 함께 다니는 애들과 도겐자카를 천천히 걷고 있었다. 걸으면서 조금은 과장을 섞어가며 조직 내 에피소드를 이야기했고, 애들은 그 이야기를 감탄하며 듣고 있었다.

그때였다. 천천히 도로를 내려오는 차량들 틈에서 카키색 지프차 한 대가 눈에 들어왔다.

미쓰비시제 J62형의 두툼한 휠과 타이어를 장착한, 투박한 개조형 지프였다. 차체에서 덮개를 다 벗기고 앞 유리는 보닛 위에 누워 있다. 차 안에 있는 두 젊은이는 기분 좋게 7월의 바람을 쐬고 있었다.

둥근 알의 선글라스를 쓴 몸집이 큰 젊은이가 운전을 하고 있었다. 운전대를 잡은 반소매의 두 팔은 근육으로 울퉁불퉁하다. 그 옆에는 대시보드 위에 양발을 뻗은 채 웃으면서 운전사에게 이야기하고 있는 마른 몸의 젊은이가 있었다. 머리에 화려한 두건을 쓰고, 양팔을 헤드레스트 뒤에서 편안하게 끼고 있다. 서로 하얀 이를 드러내며 즐거운 듯 이야기를 한다. 물론 류이치에게 두 사람의 대화는 들리지 않았다.

가로수가 흔들리고, 밝은 원색의 햇빛이 그 두 사람 위로 쏟아지고 있다. 카스테레오에서 희미하게 들려오는 레게리듬.

아무 걱정 없는 그 모습이 눈부시게 느껴졌다.

거리를 흘러온 지프는 똑바로 류이치 일행의 앞을 지나 109 코너를 좌회전하여 시야에서 사라졌다. 그때까지 그의 이야기에 빠져 있던 아이들은 대화 중인 것도 잊고 먼눈으로 지프의 뒷모습을 배웅했다.

"저놈이 미야비의 짱이야."

패거리 중 한 명이 선망하는 듯한 표정으로 중얼거렸다. 류이치는 자신의 자랑이 갑자기 퇴색되어가는 것을 느꼈다.

처음 아키와 가오루를 본 순간이었다.

그때까지도 가끔 소문으로만 듣고 동네 싸움패쯤으로 치부해버렸다. 야쿠자에 비하면 정말이지 애들 장난이라고. 하지만 자신의 이야기도 건성으로 듣고 두 사람을 배웅하는 애들을 바로 앞에서 보았을 때 류이치는 자신 안에서 말로는 표현할 수 없는 거무칙칙한 감정이 솟구쳐 오르는 것을 느꼈다.

그때부터 조금씩 미야비에 관한 정보를 모으기 시작했다. 이런 저런 소문을 모으는 동안 의외의 사실을 알게 되었다. 처음에 놀란 것은 이 스트리트 갱의 규모였다. 하부조직까지 합하면 100명 가까운 멤버를 거느리고 있었다. 게다가 그 중심이 되는 여섯 명의 멤버는 영리 목적의 이벤트를 벌이고 있다. 마루야마마치에서 개최되는 파이트 파티가 한 달에 서너 번. 참가인원과 입장료, 그리고 파이트머니를 제외한 금액으로 대강의 수입은 알았다. 학생 파티의 연장과 같은 것이라고 하면 경찰의 눈도 피할 수 있다. 그리고 토너먼트 형식의 파이트도 파티의 여흥이라고 하면 그만이다. 잘 기획된 교묘한 방법이었다.

게다가 매달 수차례의 원정이라 부르는 일을 하고 있다. 이케부쿠로, 가와사키, 후나바시…… 장소를 가리지 않고 나타나 평균

30만 엔의 내깃돈을 걸고 스트리트 파이트를 한다. 소문으로는 약 80번을 싸워 무패를 기록하고 있었다. 필시 약간의 과장은 있겠지만, 싸움을 걸기 전에 주도면밀하게 상대의 뒷조사를 하여 이길 수 있다는 판단이 서면 싸움을 하는 것이리라고 류이치는 생각했다. 그렇지 않다면 아무리 강해도 그런 소문이 날 리 없었다.

다시 말해 원정도 그들에게는 단순한 스트리트 갱들의 유희가 아니라 어엿한 사업이었다.

이 두 사업이 벌어들이는 돈을 대강 계산해보았다. 월 평균 200만 엔 가까운 수입. 놀랍게도 미야비는 1년에 2,400만 엔이나 되는 돈을 끌어 모으고 있다는 계산이 나왔다. 설립되고 나서 겨우 2년 만에 4,000만 엔 이상의 돈을 번 것이다. 야쿠자는 댈 것도 아닌 돈벌이 수단이었다.

그 사실을 알았을 때 류이치는 아연했다.

제기랄! 천장의 얼룩을 응시한 채 다시 한 번 주먹으로 힘껏 눅눅한 다다미를 내리쳤다.

그놈들도 원래는 나와 같은 놈들이었다. 류이치는 생각한다. 고등학교에서조차 쫓겨나 갈 곳도 없이 거리를 방황하던 놈들이다. 그런데 자신은 아직도 이런 단칸방에서 땀을 줄줄 흘리고 있고, 놈들은 멋진 옷을 차려 입고 햇빛 아래에서 한껏 돈 지랄을 한 차를 몰고 다니고 있다.

질투와 함께 자신에 대한 초조함이었다.

파티장은 의외로 수금하러 자주 찾아가는 가게였다. 친구와 함께 마루야마마치의 파이트 파티에 가보았다.

어떤 파티를 개최하는지 호기심도 있었고, 간 김에 파이트에 참가해 상금 20만 엔도 탈 생각이었다. 어렸을 때부터 싸움에는 자신이 있었다. 아니 그것밖에 잘하는 게 없었다. 싸움을 할 때만 지금 자신이 처한 상황을 잊을 수 있었다. 싸움은 자신이 강하다고 착각하게 해주었다. 폭력을 행사할 때의 흥분에 희열조차 느꼈다. 그래서 파이트에도 신청했다.

그 시점에서는 아직 류이치에게 미야비를 어떻게 하겠다는 생각이 없었다. 단순히 선망 섞인 호기심이 있을 뿐이었다.

생각이 바뀐 것은 말을 걸었을 때 상대의 태도를 보고 나서였다. 그때 놈의 태도를 생각하면 아직도 부아가 치민다.

청소부의 무관심에 썩어 문드러진 음식물 쓰레기를 이 거리에선 종종 볼 수 있다. 비닐에서 새어나온 액체가 주변에 악취를 풍기고 있다. 방치된 채 썩어가는 내용물. 미야비의 짱이란 놈은 바로 그런 오물을 보는 듯한 시선으로 그를 보았다. 그리고 말을 섞는 것조차 싫다고 내뱉듯이 말했다.

똥물을 뒤집어쓴 듯한 굴욕감이었다. 주체할 수 없는 분노에 손가락이 덜덜 떨렸다. 그곳을 벗어나면서 그들에 대한 적개심이 팽배해졌다.

테이블에 돌아와 코로나 맥주를 한 모금 마셨다. 다음 시합까지 아직 생각할 시간은 충분했다. 두 모금, 세 모금 맥주를 들이키는 동안 뜨거워진 마음이 천천히 식어갔고, 대신 잔인한 복수심이 머리를 쳐들었다. 무대 위에서는 1회전 제3시합이 진행되고 있었다. 보는 것조차 짜증나는 수준 낮은 싸움이었다. 야유를 퍼붓고 주먹을 휘두르는 테이블석의 젊은이들.

그런 광경을 맨 정신으로 보고 있는 동안 문득 한 가지 계략이 떠올랐다. 그 계략을 마음속에서 이리저리 굴려보았더니 썩 괜찮았다. 빙그레 웃었다. 이 방법이면 미야비의 짱이라는 놈을 엿 먹일 수 있을 뿐만 아니라 자신의 공적도 된다. 그런 생각이었다.

2회전과 결승전을 여유 있게 이기고 상금을 갖고 돌아갈 때 다시 아키에게 말을 걸었다. 당연히 상대는 이번에도 자신을 무시했지만, 류이치는 화도 나지 않았다.

싫어할 수 있을 때 마음껏 싫어해라. 속으로 웃었다. 그것도 얼마 못 갈 것이다.

아이들과 헤어지고 나서 그길로 도겐자카 2가의 뒷길에 있는 조직사무실로 돌아왔다.

그가 소속되어 있는 '고에이 상사'의 자금 기반은 이 2가에서 마루야마마치에 이르는 지역의 술집, 러브호텔에서 걷는 보호비와 그 일대에 있는 룸살롱, 단란주점 같은 유흥업소 경영으로 이루어져 있다.

시부야에서 에비스에 이르는 선로를 따라 주로 음식점 관련 이권을 쥐고 있는 도 내에서는 중견급 조직폭력단 '마카와구미'. 고에이 상사는 그 마카와구미의 중간 보스 구로키가 맡고 있는 법인조직이었다.

류이치는 허름한 잡거빌딩의 계단을 올라가 4층에 있는 사무실 문을 열었다. 오후 11시 조금 전. 저녁부터 이 시간대까지 사무실

엔 거의 조직원이 없다. 운영하는 룸살롱 등을 돌아보거나 보호해주고 있는 술집 등을 관리하고 있다. 사무실 안에서는 깍두기 머리의 작은형님이 덜렁 혼자서 전화당번을 하고 있었다.

안쪽 소파에 여자가 몇 명 앉아 있는 것이 보였다. 일본인이 아니다. 금발과 갈색 머리카락의 여자들이 윤곽이 뚜렷한 얼굴로 불안한 듯한 표정을 지은 채 싸구려 비닐 소파에 어깨를 맞대고 앉아 있다.

전부 네 명이었다. 류이치는 스즈키 형님에게 물었다.

"또 사왔습니까?"

"콜롬비아에서." 스즈키가 말했다. "여섯 명. 로스앤젤레스를 경유해서 오늘 오후에 나리타에 도착했어."

"여섯 명?"

스즈키는 헤벌쭉 천박한 미소를 지으며 안쪽 방을 턱으로 가리켰다.

"두 사람은 저기 있어."

"그렇습니까."

새삼 귀를 기울여보니 과연 안쪽 사장실에서 스프링이 삐거덕거리는 소리와 함께 희미하게 분명치 않은 여자의 신음소리가 들려온다.

고에이 상사는 전부터 부업으로 외국인 매춘부를 사오는 일을 하고 있었다. 최근에는 방콕이나 푸젠 성 루트에서 바꿔 중남미, 특히 콜롬비아에서 조달하는 루트가 주력이었다. 코스타리카, 콜롬비아, 칠레 등 중남미의 'C'가 머리글자인 나라는 옛날부터 미인의 산지라는 것이 통설이었다. 특히 인디오의 피가 거의 섞이지 않은 스페인계 인종은 깜짝 놀랄 미녀들이 지천으로 널려 있다. 몸매가 그렇게 늘씬한 편은 아니지만 탄력이 있고, 얼굴도 구미인 특유의 덤덤한 느낌이 아니라 윤곽이 뚜렷하고 각이 깊다. 게다가 혼혈종인 탓인지 튼튼해서 하룻밤에 손님 몇 명을 받아도 거뜬하다.

구로키는 그 점에 주목했다. 수년 전에 콜롬비아의 칼리 인근에 있는 매춘 브로커와 손잡고 일본에서 브로커업에 손대기 시작했다. 한 달에 한 번, 현지 브로커가 나리타로 여자를 보낸다. 현지에서 여자를 사는 비용은 한 명당 평균 200만 엔. 여권을 압수한 후 봉고차로 도쿄까지 데리고 와 한동안 판잣집에 머물게 한다. 사전에 마카와구미 산하의 몇몇 유흥업소에 소개해놓고, 밤이 지나 영업이 끝난 고에이 상사 직영의 룸살롱에 소집한다. 사온 여자들은 무대 위에 죽 세워놓고 경매에 붙인다. 경매 하한가는 300만 엔부터. 상품에 따라서는 400만, 500만 엔의 가격이 매겨지는 경우도 있는데, 그 차액이 고에이 상사의 수입이다. 물론 유흥업소가 지불하는 낙찰가는 모두 그녀들의 빚으로 남는다. 즉 고가에 낙찰될수록 그 빚에서 벗어나기가 어려워지는 셈이다. 덧붙여서 이번처럼 구로키가 출하 전에 상품을 미리 맛보는 경우도 종종 있었다.

류이치는 형님에게 물었다.

"지금 말을 걸었단 큰일 나겠죠?"

"말해 뭣해. 언제 끝날지도 몰라." 스즈키가 말했다. "좋은 얘기면 들으실지도."

류이치는 고개를 끄덕이고 천천히 안쪽 문으로 다가갔다. 거친 여자의 신음소리가 얇은 문 하나를 사이에 두고 방 안에서 들려온다.

"류이치입니다." 문 앞에 서서 목소리를 높였다. "재밌는 얘기가 있어서 그러는데, 잠깐 괜찮으십니까?"

여자의 신음소리와 삐걱거리는 스프링 소리가 순간 멈췄다.

"들어와."

굵은 목소리가 대답했다.

"실례하겠습니다!"

문을 연 순간 숨이 콱 막힐 듯한 암컷의 냄새가 코를 찔렀다. 정면 벽에 큼직하게 달린 감실(신을 모셔 놓은 장-옮긴이)과 '인의예지' 액자 아래에 여자의 옷이 여기저기 흩어져 있고, 안쪽에 있는 가죽 소파 위에서 세 몸뚱이가 얽혀 있다. 하반신을 드러낸 큰 몸집의 남자 위에 브래지어 외에는 실오라기 하나 걸치지 않은 금발의 여자가 말 타는 자세로 앉아 있다. 그 포동포동한 엉덩이를 움켜쥔 채 아래에서 거칠게 밀어 올리는 남자의 모습. 그 움직임에 맞춰 여자의 하얀 피부가 몸부림치고, 신음소리가 올라가고, 머리카락이 휘날린다. 그때마다 나타나는 새빨갛게 짓무른 음부에서 육즙이 배어나온다. 남자는 진주를 박은 울퉁불퉁한 음경을 늘어뜨리고 허벅지까지 젖어 번들번들 빛난다. 금발 옆에서는 갈색 머리카락의 여자가 착 달라붙는 셔츠의 앞가슴이 벌어진 남자의 가슴에 얼굴을 묻고 있었다. 그녀도 전라에 가까운 상태로 남자에게 뒤통수가 잡힌 채 털이 북슬북슬 나 있는 가슴을 핥고 있다.

자기들이 얼마 안 있으면 빚을 더 지게 될 줄도 모르고 노리개로 농락당하는 여자들.

처음 이런 광경을 보았을 때는 너무 끔찍해서 무심코 눈을 돌렸다. 그 순간 테이블 위에서 대리석 재떨이가 날아와 미처 피하지 못한 류이치의 어깨에 정통으로 맞았다.

"고상한 척하지 마, 이 새끼야."

땀으로 범벅이 된 여자의 등 너머에서 번질번질한 얼굴이 비웃고 있었다. 삼백안의 가는 눈이 류이치를 쏘아본다.

일본 경제에 거품이 한창일 때 에비스에서 시부야에 이르는 재개발과 관련하여 두각을 나타내고, 거품 붕괴 후에도 기업 정리사로 이름을 날리고, 범죄와의 전쟁으로 수차례 감옥을 들락거린 전력. 1990년대 말부터는 조직 집행부에서 실적을 인정받아 나와바리 내에서도 가장 수입이 좋은 이 지구를 맡게 되었다. 북쪽과 동쪽으로 경계가 닿는, 청룡회와 사쿠라바카이에 대한 압박이라는 의미도 있었다. 이 남자는 여기에서도 자신의 수완을 마음껏 발휘했다. 직영 유흥업소를 내고, 보호비를 내지 않는 음식점은 가차 없이 폐업으로 몰고 간 다음 조직의 입김이 들어간 새로운 자본을 주입한다. 지금은 이 근방에서 그의 이름을 모르는 사람이 없는 야쿠자의 전형이 구로키였다.

"너도 야쿠자가 되려면 잘 봐둬 새끼야."

그렇게 소리를 지르고 구로키는 류이치에게 행위를 더 보여주었다.

그 후 류이치는 구로키가 어떤 행동을 해도 마음의 동요를 보여 주는 일은 없었다. 그게 야쿠자라고 구로키에게 배웠다. 류이치는 멍청히 그 모습을 보고 있었다. 구로키의 허리가 아래위로 격렬해 짐에 따라 여자의 신음소리도 높아진다. 음부에서 끊임없이 흘러 나오는 점액이 구로키의 고환을 지나 가죽 소파 위로 떨어진다.

얼마 안 있어 구로키는 양손으로 여자의 엉덩이를 움켜쥔 채 신음소리와 함께 깊숙이 찔러 넣었다. 여자의 질 안으로 콸콸 쏟아져 들어간 정액. 허벅지로 구로키의 허리를 감은 금발의 등이 씰룩씰룩 경련을 일으키고 있다. 구로키는 여자를 내팽개치듯 밀어내고 정액과 육즙으로 범벅이 돼 아직도 번들거리며 빳빳이 서 있는 남근을 또 다른 갈색 머리의 여자의 입에 강제로 물렸다. 비틀비틀 일어선 금발이 비로소 류이치 쪽을 정면으로 보았다. 형광등 아래에 드러난 오뚝한 콧날과 매끄럽게 호弧를 그리는 턱 선. 500만 엔대로 가격이 매겨질 미인이었다. 하지만 쑥 들어간 눈동자에서는 표정이라는 것을 전혀 읽을 수 없었다. 여자의 안쪽 허벅지를 따라 하얀 정액이 바닥으로 굴러 떨어진다. 한편 갈색 머리의 여자는 볼을 오므리고 구로키의 남근에 묻은 액즙을 열심히 빨아먹고 있다.

류이치는 그 모든 과정을 무표정하게 바라보고 있었다.

구로키에게 여자는 성욕의 처리대상일 뿐이다. 갈색 머리의 여자가 구로키의 남근에 남은 액즙을 깨끗이 빨아먹자 구로키는 여자의 얼굴도 보지 않고 한 마디 툭 내뱉는다.

"고 어웨이(꺼져)."

금발과 갈색 머리의 여자는 무표정하게 바닥에 떨어진 옷을 주워 들고 허둥지둥 방을 나갔다. 구로키는 느릿느릿 일어나 류이치의 눈앞에서 태연하게 바지를 입고 벨트를 매기 시작했다.

"그럼." 이어서 셔츠의 단추를 채우면서 몸집이 작은 류이치를 내려다보았다. "들어볼까. 그 재밌다는 얘기를."

류이치는 이야기하기 시작했다. 이야기하면서도 4층 창문으로 골목을 사이에 두고 서 있는 비슷한 잡거빌딩을 바라보고 있었다. 유리창에 붙은 고에이 상사의 간판 너머로 같은 층에 있는 이 사무실과 비슷한 살벌한 풍경의 실내가 보인다. 사채업자의 사무실. 손님이 나간 후의 텅 빈 책상에 남자가 혼자 등을 보이고 앉아 있었다. 그것이 이 사무실에서 늘 보이는 세상의 전부였다.

류이치는 10분쯤 걸려 이야기를 끝냈다. 그리고 눈앞에 앉아 있는 남자의 반응을 말없이 기다렸다.

잠시 후 구로키가 빙긋이 웃었다.

"음, 확실히 재밌는 이야기군."

"감사합니다."

구로키는 담배에 불을 붙였다. 잠시 말없이 담배를 피운 후 다시 입을 열었다.

"첫 상대는 내가 하지. 잘되면 거기서 생기는 수입의 절반은 앞으로 너한테 준다."

"만약 잘못될 경우에는요?"

"그때는 될 때까지 해야지. 그리고 너를 그 시스템의 후임자로 앉힐 거야."

"알겠습니다."

"어쨌든 손해 볼 건 없어." 그리고 다시 한 번 싱글벙글 좋아한다. "말라비틀어질 때까지 단물을 쪽쪽 빨아먹는 거야."

구로키와 타협을 본 지 사흘이 지났다. 미야비, 아키의 주소는 여전히 모르지만, 그래도 이번 파티에 가면 확실히 만날 수 있다. 그때 구로키에게 소개해주면 된다. 고에이 상사는 실수입이 더욱 늘어나고 류이치의 주가도 올라간다. 수당도 훨씬 많아진다.

나쁠 건 아무것도 없었다. 좀 더 기뻐한다 해도 이상할 게 전혀 없다.

류이치는 거스러미가 인 다다미 표면을 뚫어져라 보고 있었다. 바싹 마른 바퀴벌레의 사체가 눈에 들어왔다. 이제 곧 이런 방과도 이별할 수 있다. 그런데도 전혀 기쁘지 않았다. 그저 모래를 씹은 듯한 허탈함과 갈 곳 없는 초조함뿐이었다.

12

이야기가 끝났을 때 가오루는 책상에 앉은 채 아키를 올려다보았다. 그리고 크게 한숨을 쉬었다.

"그렇군." 가오루가 말했다. "다시 말해 상대는 신념이 확고한 프로라는 거네."

"그런 셈이지."

가오루는 책상 아래에 있는 보스턴백을 가볍게 발로 찼다. 그 안에는 대량의 지폐다발이 고스란히 들어 있다.

"그래서 어떻게 대처할 생각인데?"

"몰라." 아키는 솔직하게 대답했다. "지금까지 전혀 본 적 없는 인종이야. 어떻게 나올지 도무지 짐작할 수 없어. 내가 아는 건 머지않아 틀림없이 우리를 찾아온다는 것뿐이야."

"총기에 최면 가스에 프로텍터!" 중얼거리면서 가오루는 농담을 던졌다. "꼭 특수부대 같아."

아키도 쓴웃음을 지었다.

"옛날에 학교에서 배운 게 기억 나. 폭격기를 몰고 오는 미군에 죽창을 들고 덤비는 일본군. 우리가 마치 그 일본군 같군."

"하하하."

두 사람의 웃음소리가 힘없이 마루에 울렸다. 그리고 한동안 두 사람은 말이 없었다.

얼마 후 가오루가 입을 열었다.

"다행히 아직 목격 정보는 없어. 한번 잘 생각해보자고." 딱 자르듯 말하고 의자를 빙글 돌렸다. "그런데 그 류이치란 놈이 야쿠자 똘마니라니 놀랐어."

"으응."

"고에이 상사가 어디에 있는지 알아?"

"아니."

"도겐자카에서 내려와 센터 빌딩 옆으로 들어가는 일방통행 길이 있어. 그 왼쪽에 있는 건물의 4층이야. 한 층에 회사 하나밖에 못 들어가는 허름한 잡거빌딩이야."

"언제 그렇게 조사했어?"

"그 층의 창유리에 큼지막하게 페인트로 칠해져 있더군. 그것도 창 하나에 한 글자 한 글자 파란색으로 '고에이 상사'라고. 그 앞을 두세 번 지나가본 적이 있는 놈이라면 다 기억할 거야."

"너도 그래서 알게 된 거야?"

"그렇다고 할 수도 있고, 아니라고 할 수도 있고."

아키는 어이가 없었다.

"무슨 말이 그래?"

그러자 가오루는 기묘한 웃음을 떠올렸다.

"작년 겨울이야. 그 앞을 지나가는데 밴 한 대가 서 있더라고. 문이 열리고 그 안에서 하나둘 백인 여자가 나오는데, 혼혈도 있었던 것 같아. 여자들은 주위를 둘러보며 두리번두리번. 밴 운전사인 남자가 여자들을 건물 입구에 서둘러 세웠어. 그게 뭔지 알아?"

"인신매매?"

가오루는 고개를 끄덕였다.

"그걸 보고 호기심이 생겨서 그 건물을 올려다보았어. 그때 파란 간판이 눈에 들어온 거지. 열린 창에서 두목으로 보이는 덩치 큰 놈이 날 노려보더군."

"그게 누군데?"

"마카와구미의 중간 보스인 구로키야." 가오루가 말했다. "이름 정도는 들은 적 있지?"

아키는 한숨을 쉬었다.

"그 새끼도 독종이야."

게다가 사장의 말로는 류이치를 종처럼 부리고 있는 듯하다. 싸움으로 우울함을 달래려는 마음도 조금은 이해할 수 있었다. 그런 아키의 마음을 꿰뚫어본 듯 "야, 야." 하고 가오루가 놀려댔다. "남 걱정할 때가 아니지. 우리 발등에 떨어진 불부터 꺼야 되지 않아?"

아키도 무심코 쓴웃음을 지었다. 맞는 말이었다. 수화기를 들고 먼저 다케시에게 전화를 걸었다. 저녁에 밝혀진 상대의 정체를 전하기 위해서다.

"우린 다케시와 사토루다." 부재중 녹음기에 대고 아키가 말했다. "유이치와 나오에게도 연락해줘."

가오루도 자신의 핸드폰을 꺼내 연락을 취하기 시작했다.

13

정말 피곤했다.

하루 종일 다리가 뻣뻣해질 정도로 돌아다니는 것이 이렇게 힘든 일이라는 것을 이구사는 새삼 실감했다. 고가다리 밑에 괸 찌는 듯한 열기에 더해, 도로를 오가는 차들의 배기가스에 절어 등에 착 달라붙은 셔츠. 불쾌하기 짝이 없는 느낌이었다. 오른손의 상처도 여전히 욱신욱신 쑤신다.

어제 오전에 규마에게 지시를 받고 나서 만 이틀 동안 탐문했다. 사쿠라바카이의 젊은 조직원들은 롯폰기 도로의 북쪽을, 이구사와 함께 탐문에 나선 일행은 그 남쪽을 담당했다. 롯폰기 3가에서 시작해 5가, 6가까지 가게라는 가게는 이 잡듯 뒤진 것이 어제. 날이 밝아 오늘은 마후 3가에서 4가를 지나 오후 10시가 되자 7가도 한 블록만 남겨두고 있었다. 그다음인 시부야는 '전간토청룡회'와 '마카와구미'가 남북으로 나뉘어 세력을 떨치고 있는 구역이다.

그럼에도 지금으로선 유력한 단서가 전무하다. 초조함이 밀려온다. 오늘도 아무 성과 없이 규마의 얼굴을 볼 생각을 하니 마음이 한없이 무거워진다.

만약 이대로 놈들에 대한 정보를 아무것도 얻지 못해 끝내 그들을 잡지 못한다면 자신에게 어떤 처분이 내려질지 생각하는 것만으로도 공포가 밀려왔다.

그런 생각을 하며 넋 놓고 걸음을 옮기고 있을 때 뒤에서 경적 소리가 울렸다.

깜짝 놀라 뒤를 돌아보니 다크블루의 BMW가 천천히 이구사 일행의 옆으로 미끄러져오고 있었다.

그리고 BMW 750iL의 뒷좌석 문이 천천히 열리고 규마가 내렸다.

"우째 돼가노?" 얇은 핀 스트라이프의 더블 양복을 입은 규마는 이구사를 보자마자 물었다. "머라도 건진 거 있나?"

"네…… 아직은 없습니다."

"흠."

중얼거린 규마는 이구사와 그 일행을 뚫어지게 쳐다보았다. 가로등에 드러난 두 얼굴이 땀으로 범벅되어 있는 것을 보고 한숨을 내쉰다.

"변변치 못한 놈들."

"죄송합니다. 오늘도 종일 돌아다녀봤지만."

"니들 상판만 봐도 안다."

"네."

규마가 서 있는 곳에서 30미터 정도 앞 교차점에 시부야 4가의 신호등이 보였다.

"저기서 우리 나와바리도 끝이군."

그 바로 앞 건물 외벽에 걸린 간판의 파란 네온이 반짝이고 있었다.

"오." 규마가 그 네온을 향해 턱을 치켜 올렸다. "저 가겐 아직이가?"

"네. 저기서 일단 마무리할 생각입니다."

"마지막이니 내도 같이 가자."

파란 네온의 간판에 'Bar Sinister'라 쓰여 있다. 외국에서 오래 산 이구사는 그 영문자의 뜻을 이해하고 무의식중에 쓴웃음을 지었다. 시니스터, 즉 불길한, 또는 재앙이라는 뜻이다. 이대로 가다간 얼마 안 있어 맞게 될 자신의 운명과 딱 맞는 이름이다.

규마에 이어 계단을 내려가 문을 열었다. 입구에서 안으로 좁고 긴 가게는 10평 정도 될까. 카운터가 있고 반대쪽 벽에 테이블이 세 개 정도 있는 자그마하고 아담한 실내였다. 손님은 아직 한 명도 없었다. 이구사와 나머지 두 사람은 바로 앞 테이블에 앉아 젊은 바텐더에게 맥주를 주문했다.

"형씨 대단혀, 여길 혼자서 다 하는가?"

바텐더가 맥주를 가져왔을 때 규마가 거리낌 없이 말을 걸었다.

이구사는 가끔 사투리가 참 편리하다고 생각한다. 규마 같은 인종도 이런 질문을 위화감 없이 할 수 있으니 말이다.

"형씨가 사장이여?"

"설마요." 바텐더가 웃는다. "전 단지 고용 점장일 뿐입니다. 하긴 사장님도 거의 나오지 않으니."

"그럼, 매일 형씨가 가게를 보겠네?"

"일주일에 하루 정기휴일 외에는 거의 나오죠."

"매입 관계 일도?"

"네, 그렇습니다."

"대단혀."

거기서 일단 대화가 중단되고 바텐더는 카운터 안쪽으로 돌아갔다. 하지만 폭이 좁은 가게라 규마 일행과의 거리는 3미터도 되지 않는다.

"우린 말여, 마쓰타니구미 사람들이여." 규마가 다시 입을 열었다. "아나?"

"네, 물론이죠." 바텐더는 조금 놀란 표정으로 규마를 돌아보았다. 사쿠라바카이와 마쓰타니구미가 손잡고 있다는 것을 이 근방에선 모르는 사람이 없다. "사쿠라바카이의 뒤를 봐주고 있다는 게 사실이군요."

"뭐, 상대방 나와바리 내 사정도 알아둘 겸 둘러보고 있지." 규마는 가볍게 웃었다. "인사가 아닌 줄은 알지만, 쪼께 물어볼 게 있는디 괜찮겠는가?"

그렇게 말하고 이구사에게 가만히 고개를 끄덕여 보였다. 이구사는 잽싸게 장단을 맞췄다.

"그제 밤에 뭔 일 없었어?"

어, 하고 흠칫하는 바텐더의 얼굴을 이구사는 놓치지 않았다.

"무슨 일 있었지?" 재빨리 물었다.

"아니, 특별한 건 아니지만, 약간의 소동이 있었습니다."

"어떤?"

"젊은 애들 둘이 이 카운터에 있던 여자 손님한테 수작을 부리다가 그걸 말리려던 50대로 보이는 손님과 시비가 붙었죠. 그 자리에선 그 손님이 젊은 애들을 때려눕혀서 무사히 넘어갔어요."

"그런가……." 걔들이 그 2인조는 아니다. 이구사는 방금 전까지 가졌던 기대가 급속하게 사그라지는 것을 느꼈다. "그래서?"

"그런데 그 손님을 바 출구에서 기다리고 있던 두 놈이 뒤에서 덮쳐 마구 때렸어요. 정말이지 불쌍할 정도로 처참하게 맞았죠."

"안됐군." 꺼져 들어가는 목소리로 겨우 맞장구를 쳤다. "그 사람 참 불쌍하게 됐네."

"그렇다니깐요. 곤죽이 되도록 두들겨 맞고 가방도 빼앗긴 채 길바닥에 널브러져 있었으니까요."

주문한 맥주가 아직 남아 있었다. 규마도 쓴웃음을 떠올린 채 어쩔 수 없이 흘러가기 시작한 이야기의 틈을 메웠다.

"짭새가 와서 귀찮게 했겠군."

"아뇨."

"신고를 안 한겨?"

"네…… 그 손님이 괜찮다고 해서."

"가방 안에 든 게 중요하지 않았나?"

"아뇨." 바텐더가 고개를 흔들었다. "전기설비 계통의 도면인가 뭔가가 들어 있었다고 하더군요."

"그려?" 규마의 목소리가 바뀌었다. "그럼 중요한 거 아녀?"

"그렇겠죠."

"몇 시쯤이었나?"

"네?"

"그니까 그 사건이 일어난 시간 말이여."

"아마…… 새벽 다섯 시쯤 됐을 겁니다."

"가방 크기는?"

"……좀 큰 편이고 검정색 보스턴백이었어요."

"묵직해 보이던가?"

"네, 맞아요."

"흠." 규마의 눈이 흘끗 이구사를 보았다. 그러나 이어지는 말투는 여전히 껄렁했다. "그래서 피해 신고도 안 했나 보군. 기특한 놈이여."

바텐더는 뭣 때문인지 곤혹스런 표정을 지었다.

"내용물이 뭔지 알게 된 건 오늘입니다." 하고 사과했다. "그때는 저도 그저 가방을 빼앗긴 것이라 생각했으니까요."

이구사는 그 말의 의미를 마음속으로 반추했다. 생각해보면 이상한 이야기다. 평범한 전기설비 관계자가 새벽 5시에 불룩한 가방을 들고 롯폰기 변두리를 서성이고 있었다. 게다가 흠씬 두들겨 맞고 중요한 걸 잃어버리고도 신고하지 않았다.

그때 문득 한 가지 떠오르는 게 있었다.

"지금 내용물을 알게 된 게 오늘이라고 했지?" 하고 물었다. "그 내용물 때문에 이틀이나 지나서 그 손님이 일부러 연락한 거야?"

바텐더가 고개를 저었다.

"그 손님을 안다는 남자가 와서 묻더라고요."

"아는 사람이라, 그 손님의 직장 동료인가."

"글쎄요…… 두 사람 다 왠지 개인적인 관계인 것 같던데."

"두 사람?" 이구사가 엉겁결에 황급히 되묻는다. "2인조였어?"

"네." 이구사의 말투에 당황하면서도 바텐더는 말을 이었다. "그 도면을 되찾고 싶어 하는 것 같았어요."

무의식중에 규마와 얼굴을 마주 보았다.

"혹시 두 사람 다 키가 180 정도이고, 마른 사람과 체격이 당당한 사람 아니었어? 그리고 마른 쪽의 눈이 가늘고 외까풀, 당당한 쪽이 큰 눈."

이번에는 바텐더가 놀랐다.

"아는 사람이에요?"

머릿속에서 아드레날린이 급격하게 분비되었다.

틀림없어. 2인조가 카지노 바에 잠입했을 때 망을 보던 자가 그 피해자야. 공조기에 작업을 하고 전신 케이블을 끊었어. 전기설비

계통에 밝은 사람이라면 그 정도는 식은 죽 먹기지. 피해자와 2인조가 팀이었군. 자기 몫을 가지고 헤어진 그 피해자가 이곳에 들렀다가 돈을 강탈당했고, 흠씬 두들겨 맞아 움직일 수 없는 피해자를 대신해서 그 두 놈이 돈을 찾으러 나선 거야. 자신의 생각이 틀림없다고 확신했다.

규마가 오히려 물었다.

"그 두 사람이 또 먼 말을 했노?"

"딱히…… 젊은 놈들 인상을 묻더니 바로 돌아갔어요."

"몇 시에?"

"저녁 다섯 시가 지나서요."

"그놈들 연락처는 없나? 남겨놨을 텐데."

"아뇨, 그냥 갔어요."

질문에 대답하는 바텐더의 목소리가 갑자기 작아졌다. 어쩌면 이구사 일행과 그 2인조가 안면이 있다는 걸 눈치 채고, 쓸데없이 너무 많이 말했다고 후회하고 있는지도 모른다. 그렇다고 대답이 거짓 같지는 않았다.

질문의 방향을 바꿔보기로 했다.

"덮친 놈들의 겉모습은 어땠나?"

바텐더는 싱크대에서 얼굴을 들었다.

"그건 기억나요." 예봉이 바뀐 질문에 활기를 띠며 대답한다. "금발과 스킨헤드 2인조였습니다. 두 사람 다 목에 펜던트를 걸고 있었어요."

"펜던트?"

"하얀 초승달 모양의 펜던트였습니다. 아마도 시부야 패거리가 아닌가 싶은데."

"시부야?"

"센터가이랑 도겐자카 얘기를 했어요. 필시 그 근방 놈들일 겁니다."

계산을 하고 밖으로 나오자마자 규마가 이구사를 돌아보았다.

"틀림없다. 가방 안에 있던 거는 놈들이 나눠가진 현찰이야."

도둑놈들에 대한 단서는 없다. 따라서 우선은 그 젊은 놈들을 쫓는다고 규마가 말했다.

"무조건 놈들보다 먼저 찾아내서 신병을 확보해놔야 된다. 미끼로 쓰는 거여."

"하지만 어떻게 놈들을 찾죠? 시부야 시내에 그런 놈들이 한둘이 아닐 텐데."

"구역이다." 규마가 대답했다. "아까 바텐더가 말한 구역을 이 잡듯 디비는 기다. 하얀 초승달 펜던트를 걸고 다니는 금발과 스킨헤드 2인조. 어딘가 소속된 놈들이었지."

"바로 그쪽으로 가시겠습니까?"

그 순간 규마는 눈살을 찌푸리면서 이구사의 어깨를 세게 때렸다.

"문디 자슥!" 혀를 차면서 소리를 질렀다. "거긴 마카와 애들 구역 아이가. 잘못 들쑤셨다간 전쟁 난다."

"그럼 어떻게?"

"우선 마카와 본가와 접촉해보거라. 산하 조직에서 그 구역 담당자를 알아내 이바굴 해봐. 마쓰타니구미의 간판을 이용해서 놈들한테 정보 수집을 요청하는 기다. 물론 그에 상당하는 사례를 약속해야지. 그 지역 사정도 모르는 우리가 움직이는 것보다 효율적이지 않겠나."

"그래도 놈들 역시 마카와구미의 입김이 닿는 놈들일 텐데, 우리 말을 제대로 들어주겠습니까?"

"그건 그때 가서 해결하면 돼, 내한테도 생각이 있다." 규마는 빙긋이 웃었다. "적당한 시기에 역으로 이용해서 반격하는 기다."

14

다케시 쪽에서 흘린 정보도, 메일로 보낸 고지도 지금으로선 아무 효과가 없었다.

가오루는 어제 종일 방에서 정보가 들어오기만을 기다렸다. 그러나 밤이 되도록 연락이 오지 않아 자정이 되기 전에 일찌감치 잠을 잤다.

오늘 오전에도 여전히 연락을 기다리면서 아키와 멍하니 시간을 보냈다.

그놈들이 돈을 찾을 생각이 없는 걸까, 하는 의문이 고개를 들었지만, 그런 일을 당한 상대가 분노를 삭이고 가만히 있으리라곤 도저히 생각할 수 없었다. 대비만은 해두자고 생각했다. 아키에게 컴퓨터와 전화를 기다리라고 말해놓고, 보조가방에 통장을 넣고 집을 나섰다.

도미가야에서 니시하라 3가까지 걸어가 요요기 우에하라 역 앞의 도쿄 미쓰비시 은행에 들어갔다. 현금인출기 앞에 늘어서 있는 사람들의 맨 끝에 섰다.

정보료로 줄 돈을 준비하기 위해 80만 엔 정도 찾아놓을 생각이었다. 보스턴백에 들어 있는 돈에는 손을 대지 않는 게 낫다고 생각했다. 만에 하나 그들에게 먼저 습격당한다면 돈을 모두 남겨놓는 것이 신변의 안전을 위해서도 좋다.

3분도 되지 않아 차례가 되었다. 예금 인출 버튼을 누르고 카드와 통장을 기계에 넣었다. 화면이 바뀌자 비밀번호를 눌렀다. 0319. 가오루의 생일에 1을 더한 숫자. 열여섯 살 때 어머니가 가오루에게 준 통장이다.

아버지는 가스미가세키로 출퇴근하는 대장성(현 재무성) 주계국(나라 예산의 편성을 주관하는 부서-옮긴이) 관료였다. 지금도 부모님은 그 이웃 도시인 기타자와에서 조상 대대로 살아온 집에 살고 있다. 가오루가 어렸을 때 부모님은 같은 도시 안에 아파트를 세 채나 갖고 있었다. 적어도 금전적으로는 불편함이 없는 소년시절이었다. 어머니는 전업주부였다. 하지만 집안일은 모두 가정부가 했다. 어머니는 거의 매일 다도와 꽃꽂이를 배우러 다니고 그림을 그리며 유한마담과 같이 살았다. 소년시절의 가오루는 부모님과의 추억이 거의 없었다. 아버지는 격무로, 어머니는 바깥 생활로 바빠서 그다지 중요치 않은 둘째아들인 가오루는 방치되는 경우가 많았다. 실제로 어머니 역할을 해준 것은 조부모 대부터 집에 들어와 살림을 도맡아온 도키에라는 가정부였다. 시간이 나면 그림책도 읽어주고, 함께 장난감을 갖고 놀아주기도 했다.

전전戰前에 태어난 도키에 할머니는 어쨌든 옛날 사람이었다. 어린 가오루가 군것질을 하면 한 번도 좋은 표정을 짓지 않았다. 또 가오루 자신도 유소년기에는 위가 나빠 익숙지 않은 것을 먹으면 바로 토했다.

"아가, 그라믄 못 쓴다."

아이즈 태생의 도키에 할머니는 죽을 때까지 사투리만 썼다. 아이즈 사투리로 가오루를 타이르면서 종종 간호해주기도 했다.

아침식사와 점심식사, 3시의 간식. 그리고 저녁식사. 할머니는 요리를 잘했다. 자연스럽게 가오루의 입은 외식에서 멀어졌다.

현금인출기의 화면이 금액란으로 바뀌었다. 80만이라는 숫자를 누르자 기계 안에서 차르르 지폐 세는 소리가 들렸다. 그 소리가 끝나자 화면 옆 뚜껑이 열리고 지폐 뭉치가 나왔다. 가오루는 그것을 준비해온 봉투에 넣고, 기계에서 들려오는 기장 소리를 멍하니 듣고 있었다.

다섯 살 때부터 어머니의 지시로 가정교사에게 공부를 배웠다. 아이우에오, 카키쿠케코(한글의 ㄱㄴㄷㄹ과 같은 일본어의 기본 글자-옮긴이). 1+3은? 5-2는? 신경질적인 중년의 여자였다. 같은 실수를 되풀이하면 화난 표정이 역력했다.

공부가 끝나면 바로 부엌으로 도망갔다. 그곳엔 늘 도키에 할머니가 있었다.

초등학교에 들어갈 때까지 가오루에겐 친구가 없었다. 동네 아이와 사귀어도 가오루의 집 대문만 보면 주눅이 드는 눈치였다. 함께 놀아도 아이들은 모두 가오루만은 부담스러워했다.

형과 같은 사립 초등학교에 들어갔다. 공부는 잘했다. 초등학교 저학년 문제를 다섯 살 때부터 풀었으니 당연했다.

성적표를 받아왔을 때만 아버지와 제대로 얼굴을 마주할 수 있었다. 체육 외에 모두 수를 받은 것을 확인하면 아버지는 늘 같은 말을 했다.

"그래, 이렇게만 계속 해라."

아버지가 한 말 중에서 지금도 기억에 남아 있는 것은 그 말뿐이다. 평소에는 아버지의 말을 듣지 않는 어머니도 그때만은 동조했다. 애정은 없었다. 자기 자식에 대한 관심도 없었다. 체면과 모양뿐인 의무감, 그런 것이 뒤섞인 부부의, 그리고 부모로서의 형식을 갖추는 것에 지나지 않았다.

중학교에 들어가 그런 부모가 싫어졌다. 동시에 자기 자신의 존재에도 허무함을 느꼈다. 서서히 철학서와 심리학책에 빠져들게 되었다. 프로이트, 융의 정통 심리학책을 비롯해 문학서로는 토마스 만, 가르시아 마르케스 등, 제대로 이해하지도 못하면서 열심히 읽어보았다. 하지만 책은 아무것도 가르쳐주지 않았다.

"워매, 고로코롬 어려븐 책은 뭣 땀시 읽는다냐?"

도키에 할머니는 그렇게 말하면서 웃었다.

가오루는 기장이 끝나고 나온 통장을 집어 들고 말미에 찍힌 잔액을 흘낏 보았다.

1,589만 엔. 미야비에서 번 수익은 모두 이 통장에 모은다. 매달 100만 엔 가까이 벌어도 아키와 가오루 둘 다 흥청망청 돈을 쓰는 타입은 아니었다. 식사는 대부분 집에서 해결했고, 취미도 없었다. 가오루는 신문값과 가끔 사는 책값. 책도 다 읽고 나면 헌책방에 가져가 처분한다. 아키는 고작 지프 유지비. 집세와 광열비를 포함해도 매달 30만 엔만 있으면 충분하다. 나머지 70만 엔은 달마다 통장행이었다. 그렇게 해온 지 어언 2년, 어느새 이만큼이나 모았다.

집을 나온 계기가 된 것은 도키에 할머니의 죽음이었다. 중학교 3학년이던 가오루는 예전만큼 할머니에게 의존하지 않게 되었지만, 집 안에서 그가 유일하게 마음 편히 얘기할 수 있는 존재임에는 틀림없었다. 5월 어느 날 아침이었다. 가오루가 부엌에 쓰러져 있는 도키에 할머니를 발견했다. 뇌일혈이었다. 황급히 달려가 보았지만 할머니의 몸은 이미 싸늘하게 식은 뒤였다. 예순다섯 살이었다.

50년 가까이 이 집에서만 산 그녀는 고향인 후쿠시마에 있는 친척들과는 거의 연락이 끊긴 상태였다. 가오루의 집에서 간단한 장례식을 치렀다. 조문객도 없는 쓸쓸한 장례식이었다.

어머니는 절에 부탁해 할머니의 사체를 무연고 유해로 처리했다. 1층 구석의 할머니 방에 있던 가구도 역시 어머니의 지시로 모두 수거업자가 가져갔다. 유품을 정리할 때 할머니의 통장이 나왔다. 오랫동안 일한 것에 비해서는 너무나 적은 100만 엔 정도의 돈이 들어 있었지만, 부모님은 그것에 대해 아무 의문도 없는 것 같았다. 원래 두 사람 다 다른 사람 일에는 관심이 없는 타입이고, 그런 의미에서는 잘 어울리는 부부였다. 어머니는 그 돈을 장례식 비용으로 충당했다.

"정말 성가시네."

도키에 할머니의 죽음에 대해 어머니가 표현한 감상은 그게 다였다. 어머니가 이 집에 시집왔을 때부터 할머니는 살림을 도맡아 했고, 그것이 마음에 들지 않을 때도 분명 있었겠지만, 그 말투는 정말 심했다.

그때 가오루는 어머니를 확실히 증오하게 되었다.

되도록 빨리 집을 나가자고 생각하기 시작한 것도 그 무렵이었다.

문득 도키에 할머니의 말이 생각났다.

"고민 있거들랑 부처님을 찾아가 뵙그라."

정월 초하루에 감기를 더치게 하여 폐렴 직전까지 간 그녀가 그렇게 말하며 가오루를 지긋이 보던 모습이 떠올랐다. 그 애처로워하는 눈빛에는 무언가 함축된 것이 있었다.

부모님이 안 계신 낮에 부처를 모신 어두컴컴한 방에 가서 불단을 뚫어져라 보았다. 위패 뒤에 좌우 여닫이식 문의 괘가 있고, 그 안에 작은 불상이 안치되어 있었다. 위패를 치우고 조심스럽게 괘를 들어올려 다다미 위에 놓고 텅 빈 불단을 들여다보았다. 불단 중앙에 그곳만 먼지가 쌓이지 않은 사각 틀이 만들어져 있었다. 그리고 그 한가운데에 시부사와 도키에라는 이름이 적힌 통장이 놓여 있었다. 얼떨결에 통장을 들고 펴 보려는 순간 그 사이에서 카드가 미끄러져 떨어졌다. 카드에는 메모지가 붙어 있고 0318이라는 번호만 쓰여 있었다. 반신반의하면서 통장을 넘겨 마지막 페이지의 잔액을 확인해보니 1,275만 엔이었다.

순간 그 숫자가 뿌옇게 흐려졌다. 그때 처음 가오루는 다른 사람 때문에 오열했다. 비밀번호만 봐도 결코 많다고는 할 수 없는 월급에서 그녀가 가오루를 위해 모아둔 돈이라는 것은 분명했다.

자신 같은 아이에게 이런 거금을 주는 것이 반드시 도움이 되지만은 않으리라는 것을 그녀는 알고 있었으리라. 그걸 알면서도 굳이 가오루의 앞날을 생각해 이 돈을 남긴 그녀의 심경을 생각하니 눈물이 솟구쳐 참을 수가 없었다.

그녀의 돈을 헛되게 쓰지 않겠다고 다짐했다.

자신의 미래를 생각했다. 사회에 나가 자신이 있을 곳을 찾기 위해 신문을 탐독하게 되었다. 호송선단 방식(대장성 관료들의 지시와 통제에 따라 모든 기업들과 금융기관들이 줄을 맞추어 함께 나누어먹자는 기업 중심의 경제운영 방식-옮긴이)의 붕괴로 대장성이 비난의 한가운데에 있던 시절이다. 아버지가 일하는 조직, 일본에서 가장 우수한 인재가 모여 있다는 관공서조차 이 꼬락서니였다. 무엇이 원인인지 가오루는 나름대로 열심히 생각해보았다. 거기에 앞으로의 자신을 지배할 답이 있을 것 같았다.

마침내 나름대로 결론을 얻었다. 세상에서 말하는 우수의 정의는 단순히 작업을 빨리 하고 요령이 좋다는 것일 뿐이다. 거기에 자신의 머리로 생각하고, 자기 나름의 생각을 갖는다는 요소는 없다. 아무 의심도 없이 정해진 사회 제도에 맞춰 기량을 닦는다.

그런 인간이 우수하다고 불리고 있는 것에 지나지 않는다.

하지만 그런 인생은 자신이 원치 않는다.

그럼 나는 어떻게 해야 할까? 이번엔 그것을 생각했다. 몇 개월 동안 죽어라 머리를 쥐어짜가며 생각해보았지만 결론은 나지 않았다. 하지만 그것을 찾을지도 모르는 방법이라면 한 가지 생각난 것이 있었다. 그것이 생각난 순간부터 컴퓨터로 자료를 모았다.

계획을 꼼꼼히 세우고 행동에 들어갔다. 기간은 약 1년이었다. 필요한 과목의 고등학교 교과서와 참고서를 모두 샀다. 미친 듯이 공부하기 시작했다. 식사와 화장실, 네 시간의 수면 외에는 책상에서 일어나지 않았다. 중학교 3학년 교과 내용은 요점만 이해하고 건너뛰고, 9월 말부터는 고등학교 공부에 들어갔다.

중학교 3학년 말이었다. 그 시점에서는 꼭 성과를 내겠다는 자신감은 없었지만, 아무 소득 없이 본전치기였다.

갑자기 부모님에게 반기를 들었다. 고등학교에는 가지 않겠다고 선언했다. 생각지도 못한 가오루의 발언에 어머니는 당황해서 부산을 떨었고, 아버지는 심하게 화를 냈다. 아무리 어르고 달래도 가오루는 고집을 꺾지 않았다.

"대학도 나오지 않고 요즘 같은 세상 어떻게 살래!"

아버지는 그렇게 소리를 질렀지만, 그 결과가 당신인가요, 하고 가오루는 내심 비웃었다. 결국 부모님은 가오루의 고집에 져서 눈물 작전을 쓰기 시작했다. 체면이 있다, 어떻게든 대학까지는 나와달라, 하고. 가오루는 그 말이 나오길 기다리고 있었다.

"대학엔 가요." 가오루가 말했다. "하지만 대학에 가기 위해 고등학교에 가진 않을 겁니다."

아연해하는 부모님 앞에 대학 입학 검정고시의 모집 요강을 내밀었다.

"전 이 방법으로 갈 겁니다."

부모님은 마지못해 동의했다. 무턱대고 고등학교에 가지 않겠다는 것보다는 훨씬 낫다고 판단한 것이다.

시험과목은 이미 정했다. 필수과목이 국어, 세계사A, 지리A, 현대사회, 수학I, 종합이과와 생물IA, 가정, 선택과목이 고전, 지리B와 영어였다. 이중에서 국어, 고전, 현대사회, 영어, 가정은 거의 공부할 필요가 없었다. 고전은 모두 현대어로 번역된 것을 어렸을 때 아동문학서로 읽어서 기억하고 있었고, 현대국어는 말할 필요도 없었다. 현대사회는 중학교 기초지식에 신문과 뉴스로 보충하면 된다. 영어는 이미 초등학생 때부터 공부했다. 세계사, 지리, 종합이과와 생물은 단순한 암기문제이고, 수학에만 충분한 시간을 할애했다. 6월에 원서를 내고 본 시험인 8월까지 그런 요령으로 거의 1년을 보냈다.

검정고시에 간신히 합격하고 나서 바로 다음 행동에 들어갔다.

앞으로가 진짜 자신이 하고 싶은 일이었다. 대학에는 갈 생각이었지만, 점수만으로 학교를 정하기는 싫었다. 자기가 흥미를 갖고 있는 것을 찾아내 그것을 할 수 있는 대학에 가려고 생각했다. 정말로 좋아하는 것을 찾을 때까지, 스무 살 정도까지는 빈둥빈둥 놀아볼 생각이었다. 그런 면에서는 철저하게 고지식한 성격이었다.

가오루가 초중고 일관교육(초등학교부터 고등학교까지 같은 학교에서 공부하는 것-옮긴이)의 사립학교를 중퇴했을 때부터 부모님과의 관계는 최악이었다.

고독 속에서 배양된 기질이 지금까지 내재돼 있던 울적함과 함께 마침내 분출되기 시작했다. 부모님에게 종종 거칠게 말했다. 말뿐만 아니라 행동도 제멋대로였다.

밤마다 시부야 극장에 가는가 하면 어느 날엔 국회도서관에 가서 다양한 직종의 일을 조사하기도 했다. 부모님에게 말도 하지 않고 1주일이든 2주일이든 집에 들어가지 않았다. 배낭 하나 달랑 메고 완행열차와 버스, 도보. 유스호스텔과 노숙을 반복하면서 여러 지방에 갔다. 어쨌든 지금처럼 시간이 있을 때 다양한 경험을 해두고 싶었다. 시간이 아까웠다.

어느새 용돈이 끊겼다. 가오루도 그것을 요구하지 않았다. 도키에 할머니의 통장에서 필요한 최소한의 돈을 찾아 썼다. 자기한테 투자하는 것이라 생각했다. 그러면 도키에 할머니도 허락해주실 것이라고 스스로를 납득시켰다. 부모님은 이해할 수 없는 동물이라도 보는 듯한 시선으로 가오루를 보았다. 당신들이 뭘 알겠어. 그렇게 마음속으로 빈정거렸다. 한편 여전히 부모님에게 의식주를 의존하고 있는 자신에게 혐오감을 느꼈다. 아직 열다섯 살인 가오루가 혼자 방을 빌리는 것은 불가능했다. 방세야 어떻게든 해결하겠지만 보증인 문제가 있었다.

그러나 우연하게 기회가 찾아왔다. 가오루가 대입검정고시를 통과한 이듬해 봄, 두 살 위 형이 도쿄대 시험에 낙방했다.

형의 불합격 사실을 안 한 달 후, 어머니에게 불려갔다. 뭐든지 형식을 중시하는 어머니는 거실에 단정히 앉아 있었다. 역시 말을 꺼내기가 쉽지 않았는지, 어머니의 말은 모호했다.

"혹시 괜찮다면 잠시 혼자 살아보지 않으련?" 그렇게 말하고 가오루 명의의 통장과 아파트 지도를 내밀었다. "다쓰야가 걱정이다."

어머니의 생각은 바로 알 수 있었다. 멋대로 구는 아들 때문에 앞으로 1년 동안 재수 생활을 해야 하는 장남이 나쁜 영향을 받을까 봐 걱정하는 것이었다. 덧붙여 낮부터 학교에도 가지 않고 빈둥거리는 가오루의 주위 평판도 신경 쓰고 있다는 것을 알고 있었다.

속만 썩이는 자식을 쫓아버릴 수 있는 좋은 상황이었다.

"아버지는?" 아무 기대도 할 수 없다는 것을 알면서도 무심결에 그렇게 묻는 자신이 한심했다. "……아버지도 찬성했어?"

어머니는 무표정한 얼굴로 고개를 끄덕였다.

"집세나 광열비는 우리가 낼 거고, 생활비도 모자라지 않게 매달 넣어줄 거니까 괜찮겠지?"

마치 물건을 이동시키는 듯한 말투였다. 자기를 별로 좋아하지 않는다는 것은 알고 있었다. 하지만 친부모로부터 이런 취급을 받으리라곤 생각지도 못했다.

갑자기 눈물이 날 것 같았다.

새 집 생활은 가끔 찾아오는 외로움을 빼면 의외로 쾌적했다. 매일 거리를 쏘다니면서 많은 것을 보고, 구립 도서관에 가서 다양한 분야의 책을 읽었다. 하지만 마음 한구석엔 여전히 답답한 무언가가 자리 잡고 있었다.

그렇게도 경멸하는 부모님으로부터 아직도 생활비를 받아 살고 있는 자신. 쫓겨난 이상 당연한 권리라고는 생각하면서도 그 상황에 만족하고 있는 자신이 비참했다.

그렇다고 해서 부모님이 보내주는 생활비를 거절하면서까지 도키에 할머니의 예금에 본격적으로 손 댈 마음은 전혀 없었다. 그것은 좀 더 중요할 때 쓸 돈이라고 생각하고 있었다.

뭔가 돈을 벌 만한 일을 찾아야겠다고 생각했다. 아르바이트 정보지를 사서 보기도 했지만 부모님이 보내주는 생활비를 거절하고 이 아파트에서 계속 살기 위해서는 집세를 포함해 최저 월 20만 엔은 필요했다. 열여섯 살 가오루에게 그런 돈을 벌게 해줄 일은 어디에도 없었다. 수개월이 지난 어느 초여름날 밤이었다.

센터가이에서 스트리트 갱끼리 크게 싸움이 벌어졌는데, 그걸 보고 있던 젊은 구경꾼의 말을 우연히 듣게 되었다.

"생방송으로 이렇게 가까운 곳에서 싸움을 보게 됐으니 돈을 내래도 아깝지 않겠어."

순간 머리가 번쩍했다. 일반인이 참가하는 싸움을 쇼로 보여주면 어떨까? 하지만 자기 혼자서 그 기획을 실행하는 것은 무리일 것 같았다.

가오루는 자신의 겉모습을 잘 알고 있었다. 비쩍 말라 어린아이 같은 애송이. 그런 사람이 혼자 할 수 있는 일은 뻔하다. 좀 더 위압적으로 보이는, 다수의 사람과 손잡고 일을 벌여야겠다고 생각했다.

밤마다 번화가로 나가 생각에 맞는 패거리를 찾아다니는 나날이 시작되었다. 하지만 결과는 실망의 연속이었다. 이 거리에서 배회하고 있는 아이들은 대부분 상식이 통할 것 같지 않았다. 우선 사업상대로 끌어들이기에는 너무 개념이 없고, 단편적이었다. 이야기하는 도중에 돌아가려는 놈이 있는가 하면, 오히려 돈을 달라고 두들겨 패는 놈도 있었다.

8월의 그날 밤도 그런 상태였다. 쫓아온 몇몇 불량배들에게 붙잡혀 이모아라이자카에서 맞고, 차이며 린치를 당하고 있었다. 양손으로 얼굴과 배를 감싼 채 길바닥에 웅크리고 있었다.

그런데 갑자기 공격이 멈췄다. 살덩이를 때리는 둔탁한 소리와 노성, 가벼운 비명이 잇달아 들렸다.

사람이 쓰러지는 소리, 주뼛주뼛 고개를 든 가오루의 눈에 길바닥에 나뒹굴고 있는 불량배들이 보이고, 그 앞에 한 덩치 하는 젊은이가 서 있었다. 나이에 어울리지 않게 매우 침착한 눈동자가 가오루를 내려다보고 있었다.

그러나 그것도 잠깐이었다. 덩치 큰 젊은이는 발길을 획 돌리더니 아무 일도 없었다는 듯 가려고 했다.

뭣 때문에 그러는지도 모르고 가오루는 벌떡 일어나 그 뒤를 쫓았다. 대로를 벗어난 곳까지 그를 쫓아가 숨을 고르면서 말을 걸었다.

돌아본 그를 보며 왜 도와줬느냐고 물었다.

그러자 상대는 이상한 표정을 지은 채 가볍게 어깨를 으쓱했다.

이유 같은 건 없어. 아마도 내가 착해서 그랬겠지.

가오루는 그 대답이 마음에 들었다. 적어도 멍청이는 아니라고 생각했다.

이제 어디로 갈 거야? 배 안 고파?

글쎄, 뭐. 하고 성의 없이 대답한다.

아무래도 상관없다는 상대를 반 강제로 늦은 저녁식사에 데리고 갔다.

여전히 외식은 좋아하지 않았지만 이때만큼은 가오루도 예외로 했다. 길가에 늘어서 있는 음식점 중에서 가장 비싸 보이는 일식집을 골랐다. 그 식당 앞에 섰을 때 상대가 당혹스럽다는 듯 중얼거렸다.

"미리 말해두는데 난 돈이 별로 없어."

가오루는 상대가 점점 더 마음에 들었다. 믿을 수 있을 것 같아 지갑에 든 것을 보여주었다. 다행히 1만 엔짜리 지폐가 대여섯 장 들어 있었다.

그것을 보고 상대는 잠깐 놀라는 표정이었지만 이내 가볍게 미소를 지었다.

"그럼 마음껏 신세 좀 져볼까."

천박하지 않은, 담박한 말투였다. 가오루와 비슷한 또래의 아이치고는 드물게 어깨에서 힘을 뺀 모습이었다.

고작 5분 정도밖에 이야기를 나누지 않았는데도, 그의 매력에 푹 빠진 자신을 느낄 수 있었다. 나이를 물었다. 열일곱이라고 한다. 5월생. 열여섯 살인 가오루와 같은 학년의 태생이었다. 그것이 아키와의 첫 만남이었다.

식사가 끝나고 돌아가려는 아키를 설득해 도미가야에 있는 아파트로 데리고 왔다. 다른 사람을 집에 들인 것은 처음이었다. 아키는 실내를 둘러보고 의아한 표정으로 가오루를 보았지만 아무 말도 하지 않았다.

생각하고 있던 계획을 말하고 자신과 같이 일해보지 않겠냐고 아키를 유혹했다. 경찰이나 야쿠자에 대한 대응도 포함한 그 방법을 설명했다. 처음에는 머뭇거리던 아키도 가오루의 끈질긴 유혹에 넘어가 결국엔 한숨을 쉬며 승낙했다.

"단, 이왕 할 거면 반드시 성공시키고 싶어." 아키가 지적했다.

"아이디어는 좋아. 하지만 그 방법엔 좀 위험한 구석이 있어."

"어떤 건데?"

"한 패거리를 통째로 끌어들이는 데는 반대야. 잘됐을 때 놈들한테 가로채기당할 수도 있어."

"그럼 어떻게 할래?"

"패거리의 우두머리만 몇 명 헌팅하는 거야. 그들은 우리가 모으고, 처음에 손님을 모으는 것은 그들의 부하를 이용하면 돼. 궤도에 오르고 나면 아까 네가 말한 방법대로 하고."

이 거리를 배회하는 아이들의 기질에 대해서는 아키가 훨씬 잘 안다. 갈피를 잡을 수 없는 겉모습과는 달리 머리가 좋은 것 같다.

다음 날 아키는 일단 집에 다녀오겠다고 말했다. 부모님에게 한동안 집에 돌아오지 않는다는 허락을 받았다며 조금은 쑥스러운 미소를 떠올렸다. 이벤트 업체의 아르바이트로 고용되었다고 말해놓으면 부모님도 안심할 것이라고.

의외의 모습에 놀랍기도 했지만 그런 아키의 가정이 가오루는 왠지 부러웠다.

도키에 할머니의 통장에서 우선 100만 엔을 인출했다. 부모님으로부터 독립하기 위한 준비금으로 잠깐 빌리는 것이다. 일이 제대로 궤도에 오르면 반드시 갚을 생각이었다.

계획을 실행에 옮기기 위한 사전 단계는 아키가 나가자마자 바로 시작되었다. 직업별 전화번호부에서 젊은 애들이 잘 모일 만한 클럽과 카페 등을 닥치는 대로 선별하여 먼저 전화로 가게의 크기나 손님을 얼마나 모아야 하루 전세 비용을 충당할 수 있는지 물었다. 구체적인 계획을 세우는 것은 자신 있었다. 아키가 다시 왔을 때는 후보지가 다섯 곳으로 압축되었다.

그러고 나서 둘이 실제로 후보지들을 돌아보고 마루야마마치의 레드 크로스라는 가게로 최종 결정을 내렸다. 가게 사장과 교섭하는 동안에는 아키가 어떤 것에 약한지 알게 되었다. 상대방과 친해지기 전까지는 이상하게 입이 무거운 것이다. 일단 얘기를 시작해도 덩치 탓도 있는지 경쾌하게 말할 줄 모른다. 상대와의 대화가 도저히 매끄럽게 넘어가질 않는다. 자연히 교섭 창구는 가오루의 몫이 되었다.

처음에 사장은 정체를 알 수 없는 두 애송이의 말에 난색을 표했지만, 가오루가 보증금을 걸겠다고 말하자 결국엔 승낙했다. 처음 1개월분은 30만 엔으로 결정되었다.

가게를 나왔을 때 아키가 말했다. 난 그런 큰 돈 없어. 가오루가 대답했다. 걱정 마, 돈에 대해서는 나한테 맡겨둬. 아키는 의아한 표정으로 가오루를 보았지만, 그때 역시 아무 말도 하지 않았다.

아키에겐 미안하게 생각하지만 사정을 밝힐 생각은 없었다. 자신의 과거를 돌아보는 것조차 싫었다. 마음 깊은 곳에 남은 상처는 아직도 질금질금 피를 흘리고 있었다.

다음은 멤버 헌팅이었다. 그전에 가오루는 아키를 파르코 백화점 안에 있는 옷가게로 데리고 갔다. 아키의 큰 덩치를 좀 더 강조하기 위해서였다. 보는 것만으로도 불량스러운 가죽조끼와 빈티지 진, 워킹부츠를 사서 아키에게 내밀었다. 그런 겉멋만 든 차림새는 싫다는 아키에게 가오루는 입을 삐죽이며 못을 박았다.

"이걸 입는 것도 일이야. 작업복이라고 생각해."

아키는 마지못해 동의했다.

헌팅이 끝났다. 그때 아키에게 받은 인상은 평생 잊지 못할 것이다. 봐서는 안 될 상대의 일면을 적나라하게 보고 만 것 같은 기분이 들었다.

처음 도움을 받았을 때는 얼굴을 가리고 있었던 탓에 실제로 아키가 어떻게 싸웠는지 몰랐다.

우두머리 네 명과 맞서게 되었을 때 아키는 절대로 사정을 두지 않았다. 관자놀이만은 역시 피해가면서 공격했지만 아키의 공격에서는 그 어떤 망설임이나 관용을 전혀 느낄 수 없었다. 그렇다고 즐기는 것도 아니었다. 그것은 옆에서 보기에도 충분히 알 수 있었다. 단지 평소에는 몸속에 잠들어 있던 야성이 돌연 잠에서 깨 발산되는 것을 억제하지 못하고 있는 듯한 느낌이었다.

그 폭력적인 분위기에 소름까지 돋았다.

약동하는 온몸에서 울적한 분노가 전해져왔다.

이 녀석도 어딘가에 상처를 입었구나, 하고 생각했다.

파이트 파티는 첫 회라 50명 정도가 들어왔지만, 내용에서는 관객들로부터 크게 호평을 받았다. 첫 회가 끝났을 때 가오루는 파티 참가자의 메일 주소를 받았다. 그 메일 주소로 다음 개최 예정 메일을 보냈다.

참가자로부터 입소문이 나서 관객 수는 순조롭게 늘어났다. 3회째부터는 일정하게 흑자를 내게 되었다. 10월 이후부터는 1회 평균 20만 엔 이상의 흑자.

멤버와의 결속을 더욱 강화하기 위해 아키가 원정 결투를 생각해냈다. 메인 파이터는 나 외의 다른 사람이 하는 게 좋을 거야, 하고 아키가 말했다. 잘만 되면 멤버들의 수입도 월 30만 엔 정도는 될 거야, 하고. 가오루에게도 이의는 없었다.

100만 엔이 모인 시점에서 도키에 할머니의 통장에 돈을 넣었다. 언제 찾아올지 모를 큰일에 대비해 소중히 간직할 생각이었다.

부동산에 전화를 해서 집세를 자신의 통장에서 빠져나가게 바꾸었다. 전기세, 가스비, 수도세도 같은 통장에서 빠져나가도록 바꾸었다.

딱 한 번, 어머니에게서 전화가 왔다. 너, 대체 어쩔 생각이니?

가오루는 대답했다. 앞으로 내 생활비는 내가 알아서 할게.

자유다!

그렇게 우쭐했던 마음도 잠깐이었다. 그토록 갈망하던 자유를 얻었으면서도 며칠 되지 않아 흥분은 가라앉고 그저 외로움과 허

망함만을 느낄 뿐이었다.

그러나 외로움은 새로운 동거인 덕에 달랠 수가 있었다.

가오루가 보기에도 이 동거인은 상당히 이상한 사람이었다. 우선은 미치도록 몸을 단련하는 인간이라는 것을 알았다. 비가 오지 않는 한 매일 아침 꼬박꼬박 한 시간 동안 운동하러 나갔다. 아무리 늦게 자도 다음 날이면 어김없이 일어났다.

어느 날 가오루가 물었다. 왜 그렇게 몸을 단련하는 거야?

아키는 웃으며 대답했다. 네가 매일 아침 신문을 보는 것과 같아.

극히 드물게 아키가 어두운 표정으로 멍하니 창밖을 본 적이 있었다. 그때 가오루는 깜짝 놀랐다.

다른 사람은 짐작할 수 없는 불안과 분노를 안고 있다. 그런 몸 안의 독소로부터 한 순간이라도 벗어나기 위해 몸을 계속 움직인다.

비슷한 또래의 다른 아이들처럼 까불고 떠드는 일도 전혀 없었다. 아직 열일곱 살인데도 지독하게 성숙해 보였다. 고생고생해서 발족시킨 미야비는 물론, 미야비에서 생기는 수입에 관해서도 거의 무관심에 가까웠다.

처음에는 집세와 광열비를 내고 남은 돈은 모두 두 사람이 절반씩 나눴다. 매달 1인당 40만 엔 정도였다. 하지만 아키는 고무줄로 묶은 지폐다발을 받아도 옷장에 던져놓고는 그만이었다. 몇 달이 지나도 그 돈은 거의 줄지 않았다. 벌써 100만 엔 이상은 모였을 것이다.

그러던 어느 날이었다. 이상하게 동거인이 안절부절못하고 있었다. 그때까지도 아키가 이따금 집에 다녀오는 것은 눈치로 알고 있었다.
 실은 말이야, 하고 난처한 표정으로 가오루에게 털어놓았다.
 "엄마가 여길 한번 와보고 싶대. 아무리 말해도 듣질 않아."
 가오루는 고개를 갸웃했다.
 "부모님에겐 뭐라 말했는데?"
 아키는 머리를 긁었다.
 "이벤트 업체에서 알게 된 학생과 함께 산다, 지금은 그 녀석과 학생 파티를 주최하고 있다, 고."
 가오루는 그 역할을 연기하기로 했다.
 당일, 가오루는 가장 단정한 옷을 골라 그의 어머니가 오시기를 기다렸다.
 역에서 아들을 따라 온 중년의 여자는 생활에 약간 찌든 듯한 인상을 받긴 했지만 표정이 온화한 부인이었다. 여성치고는 꽤 몸집이 컸고, 얼굴 생김새도 아키와 꼭 닮았다. 그 모습에 하마터면 웃음이 터질 뻔했지만 가오루는 주어진 역할을 충실히 수행했다.
 한 시간 후 안심한 어머니는 다시 한 번 방 안을 둘러보고 마지막으로 가오루에게 정중하게 인사를 해주었다. 아키는 옷장 안에서 작은 종이봉투를 꺼내 그것을 손에 든 채 어머니와 함께 나갔다.
 혼자 남겨진 가오루는 문득 그 봉투의 내용물이 궁금했다. 그러고 보니 어제까지 옷장 안에 아무렇게나 던져져 있던 지폐다발이 보이지 않았다.
 처음 만난 날 밤에 아키에게 한 말이 떠올랐다.
 잘만 되면 큰돈을 벌 수 있어. 그렇게 말했을 때 아키의 눈썹이 살짝 움직인 것을 보았다. 하지만 실제로 돈을 받을 때의 대응은 너무 냉담했다. 그 낙차가 내내 신경에 거슬리기는 했다.

안 된다고 생각하면서도 정신을 차리고 보니 문을 열고 복도에 나와 있었다.

4층 난간에서 주차장을 내려다보았다. 아키와 그의 어머니가 마침 아파트 현관에서 나온 참이었다.

두 사람은 나란히 주차장을 가로질러 도로에 접한 출구에서 멈췄다. 어머니는 거기서 아키와 헤어질 생각인 것 같았다.

아키는 종이봉투를 내밀면서 어머니에게 뭐라 말했다.

무심코 봉투를 받아들고 내용물을 들여다본 어머니의 등이 순간 굳어버린 듯 보였다.

어두워지기 시작한 저녁 하늘에 멀리 찻길에서 경적소리가 한 번 희미하게 들려왔다.

방에 있을 때 그녀의 카디건에 군데군데 보풀이 일어나 있던 것이 떠올랐다. 가오루의 어머니라면 집 안에서도 절대 그런 옷은 입지 않았다.

이윽고 어머니가 고개를 들고 종이봉투를 아키에게 돌려주었다.

가오루는 황급히 방 안으로 뛰어 들어갔다. 더 이상 봐서는 안 될 것 같았다.

몇 분 후 아키가 돌아왔을 때 가오루는 컴퓨터를 보며 열심히 키보드를 두드리는 척했다. 하지만 신경은 온통 등에 집중되어 있었다.

등 뒤에서 무언가를 옷장 안에 던져 넣는 소리가 들렸다. 그러고 나서 아키의 가벼운 한숨소리가 이어졌다.

다음 날 아키에게 그 종이봉투를 받았다.

"귀찮으니까 이 돈도 네가 관리해줘."

가오루는 아무것도 모르는 척 고개를 끄덕였다.

그 후 미야비에서 번 돈은 모두 가오루의 통장에 넣게 되었다. 아키가 개인적으로 필요한 돈은 그때마다 가오루가 주었다.

가오루는 다시 도미가야로 가는 길을 돌아가기 시작했다.

뭐든지 말할 수 있다는 것은 아니다. 세상에 그런 사람은 없다는 것을 안다. 그래도 아키는 유일하게 믿을 수 있는 사람이었다.

설령 말로 하지는 않아도, 적어도 가오루는 그렇게 생각하고 있었다. 2년이 지난 지금은 형제나 부모에게도 느끼지 못했던 육친과 같은 감정을 갖게 되었다.

두 사람을 묶고 있는 것은 미야비라는 조직이다. 거기서 얻어지는 이익이 지금의 공동생활을 지탱하고 있다. 그 조직을 위협하는 자는 무슨 일이 있어도 배제해야 했다.

그렇게 생각하면서 우에하라에서 도미가야로 들어가는 대로의 교차점을 건넜다.

15

도겐자카에서 일방통행 길을 들어온 다크블루의 BMW는 잠거

빌딩 앞 갓길에 정차해 있는 메르세데스 바로 뒤에 바짝 붙어서 정차했다.

뒷좌석에서 중키의 몸매가 다부진 남자와 이어서 반대쪽에서 오른손에 붕대를 감은 가냘픈 남자가 내렸다.

규마는 담배를 입에 문 채 먼저 허름한 잡거빌딩을 올려다보고 나서 오후 햇살을 받아 검게 빛나고 있는 메르세데스 S600에 시선을 던졌다.

"갱기가 좋은갑다." 규마는 턱을 쓰다듬으면서 쓴웃음을 지었다.

"러브호텔, 안마방, 증기탕." 이구사도 아무 생각 없이 장단을 맞췄다. "술집에서 벌어들이는 것을 더하면 부족할 게 없죠."

규마는 더욱 불편한 표정을 지었다.

"이라믄 사쿠라바카이에서도 통제하기 어려븐 거 아이가. 그 구로키라는 작은 두목이 노른자를 쥐고 있구마."

"맞습니다."

"그케도 얼마 못 간다." 담배를 길에 내던지고 말했다. "일간 박살 내야지."

"네."

"세트했나?"

"물론입니다." 이구사는 바지 주머니를 두드려 보였다. "이미 진동 모드로 설정해놓았습니다."

프리페이드(선불) 형식의 휴대전화를 품속에 감추고 있었다. 연속 통화시간은 두 시간. 어젯밤에 갑자기 닥친 일이라 소형 도청기를 살 시간이 없어서 그 대용품으로 준비했다. 물론 사무실 조직원에게 가명으로 사오라고 한 것이다.

"뒤에 양면테이프는 붙여놓았나?"

다시 한 번 고개를 끄덕였다.

"바로 벗겨낼 수 있게 해놓았습니다."

규마는 만족한 표정이었다. 어젯밤에 그가 말했다. 어떤 움직임이 있다면 우리가 물러나고 난 직후일 테니까 그걸로 우선 맞춰놓자, 고.

"퍼뜩 가자."

어젯밤에 이미 인사는 해놓았다.

잡거빌딩 옆의 계단을 4층까지 올라가 '고에이 상사'라는 간판이 붙은 문을 노크했다. 문 옆에 보니 세콤 장치가 되어 있었다.

알로하셔츠를 입은 몸집이 작은 젊은이가 문을 열었다. 두 사람을 보고 들어오세요, 하고 정중히 머리를 숙였다.

작은 사무실을 가로질러 안쪽에 있는 사장실로 안내되었다.

안으로 들어가니 소파에서 거한이 느릿느릿 일어났다. 그 모습에서 독특한 악인의 풍모가 느껴진다. 말하지 않아도 그 사내가 구로키라는 것은 분명했다. 감색을 띤 자줏빛 더블 양복에 진회색 셔츠와 다갈색 넥타이를 맞춰 입고, 손목에는 순금 롤렉스, 발에는 크로크 가죽신발을 신고 있다.

한편 규마도 키만 상대가 되지 않았지 그에 못지않은 풍채였다. 검정색 바탕에 아주 가는 흑갈색 스트라이프가 들어간 더블 양복을 입고 겨자색 셔츠에 노란색과 검정색이 자잘하게 격자무늬를 이루고 있는 넥타이를 매고 손목에는 파택필립.

단, 이구사가 보기에 두 사람의 센스는 가까운 사람이라고 편들지 않아도 규마가 한 수 위였다.

하긴 규마는 간사이 야쿠자로는 드물게 옷차림에 상당히 신경 쓰는 사람이었다. 위엄을 전제로 한 스타일이면서도 늘 세련된 분위기를 풍기고 있다. 얼음송곳으로 손등을 찌르는 광적인 면모도 있지만, 그건 부하가 돌이킬 수 없는 실수를 저질렀을 때에 한정된다. 예를 들면 어제 바를 찾아갔을 때도 그랬듯이 평소 부하들을 대하는 태도에서는 의외로 세심한 배려를 느낄 때가 있다.

실은 이구사도 그런 규마가 싫지는 않았다.

두 사람은 명함을 교환하고 테이블을 사이에 두고 소파에 털썩 앉았다.

그러는 동안에도 이구사의 시선은 어지럽게 실내를 살피고 있었다. 순식간에 숨길 수 있는 곳이어야 한다. 안쪽에 있는 책상에서 너무 멀어서도 안 되고, 그렇다고 쉽게 눈에 띌 만한 곳도 안 된다.

규마가 천천히 입을 열었다.

"이렇게 불쑥 찾아온 건 부탁드릴 게 있어서요."

"그래요? 얼마든지요." 겉으로 보이는 모습과는 달리 의외로 정중한 말투였다. 상대가 마쓰타니구미의 조장 직속 대행이라는 것을 알고 건방진 말투는 삼가는 것 같았다. "대체 어떤 일입니까?"

"쪽팔리지만 우리 도박장에서 돈을 털린 이바굽니다. 현상금 건과 함께 이미 들어서 알고 있겠지만."

그렇게 서두를 꺼내고 규마는 바로 요점으로 들어가 이야기하기 시작했다. 우선은 카지노 바가 습격받고 나서 두 시간 후에 같은 롯폰기 대로의 바에서 이상한 사건이 일어났다는 것부터 이야기했다. 젊은 애들 두 명한테 공격당한 남자가 그때 가지고 있던 것을 털렸는데 피해 신고도 하지 않았다. 빼앗긴 것은 큼지막한 검은 가방이고, 그로부터 이틀 후 남자 2인조가 그 가방의 행방을 찾아 바를 찾아왔다.

"그런데 그 바를 찾아온 2인조의 인상이 우리 카지노 바를 습격한 놈들과 똑같다 아입니까."

그렇게 말하고 규마가 더 이어서 말하려고 했을 때 사장실 문이 열렸다. 좀 전에 문을 열어준 몸집이 작은 남자가 물수건과 아이스커피를 쟁반에 올려 가지고 들어왔다. 근처 다방에서 배달시킨 것이군, 하고 이구사는 생각했다.

접객업에 종사해온 이구사는 그 남자가 이런 일에 별로 익숙지 않다는 것을 쉽게 알 수 있었다. 우선 쟁반째 응접세트 옆에 있는 보조탁자에 놓고, 컵과 빨대, 물수건 한 세트를 서툰 손놀림으로 한 사람분씩 테이블 위에 놓는다.

곁눈질로 그 모습을 보면서 구로키가 입을 열었다.

"그러니까 이런 말이군요. 그 가방 안에 든 물건이 강도들 것이 틀림없다. 그리고 그건 당신네 카지노에서 털린 돈일 가능성이 있다."

"그렇지요." 규마는 고개를 끄덕였다. "그 때문에 지들이 시방 그 가방을 들고 토낀 놈들을 찾고 있는 겁니다."

남자가 이구사 앞에 아이스크림 한 세트를 놓고 보조탁자 쪽으로 몸을 돌린다.

"그게 우리랑 무슨 관계가 있습니까?"

"놈들 얘기를 들은 목격자의 말에 따르면 그놈들이 아무래도 이 근방에 자주 나타나는 놈들 같습디다. 여긴 구로키 두목, 당신 나와바리 아닙니까? 협조 좀 부탁드리겠소."

"아무리 그래도 그런 놈들이 어디 한둘입니까. 그 많은 놈들 중에서 어떻게 찾아낼 생각입니까?"

남자가 아이스커피를 들고 소파 바깥쪽으로 해서 규마에게 돌아 들어갔다.

"단서가 있습니다. 덩치 큰 금발과 스킨헤드 2인조. 가슴에는 하얀 초승달 모양의 펜던트를 걸고 있고."

그 순간 규마 쪽에 컵을 놓으려던 남자의 동작이 갑자기 멈췄다. 흘낏 규마의 얼굴을 살핀다.

그러나 그것도 잠시, 바로 아무 일도 없었다는 듯 규마 앞에 컵을 놓고 테이블에서 물러났다.

"그러니까 수고스럽겠지만, 나와바리 내 정보만이라도 찾아봐 주소."

이야기를 하고 있는 규마의 옆모습에서는 남자의 순간적인 동요를 알아챘는지 어땠는지 알 수 없었다. 구로키도 무표정한 얼굴로 규마의 이야기에 귀를 기울이고 있다. 남자는 빈 쟁반을 옆에 끼고 이구사의 등 뒤에 있는 문으로 갔다.

"물론 그만한 사례는 해야지요." 규마가 말했다. "용의자에 관한 정보를 가져오면 한 장, 우리가 심문해서 정보가 맞았을 때는 두 장을 더 얹어주겠습니다. 그럼, 어떻겠습니까."

쾅 하고 문 닫는 소리가 들리고 구로키가 처음으로 입가를 치켜 올렸다.

"털린 돈이 억에 가깝다고 들었는데." 하고 대범하게 입을 열었다. "그 한 장이라는 것이 1,000만 단위입니까?"

이구사는 순간 발끈했다. 이 구로키라는 사내가 그런 게 아닌 줄 뻔히 알면서도 자기들을 희롱하고 있다. 의뭉을 떨며 규마의 인품을 평가하려고 한다.

규마는 마른 웃음을 웃었다.

"그건 너무 큰돈이고." 그렇게 가볍게 받아넘기고 갑자기 눈을 부라렸다. "단순한 정보료 아니겠소. 한 장은 100만 엔이오."

"아, 실례." 구로키는 히쭉 웃더니 또다시 희롱한다. "이거 제가 착각을 했군요."

"착각, 이라." 규마도 송곳니를 드러내며 웃었다. "시방 본가를 상대로 싸움을 거는 거요?"

"아니요. 그럴 리가."

서로 미소를 머금은 채 양보할 줄 모르는 시선이 마주친다. 눌어붙은 폭력의 기운이 부풀기 시작한다.

그때 바지 주머니에 있는 휴대전화가 떨리기 시작했다. 운전사에게 사무실에 들어가고 나서 20분 후에 전화를 하라고 말해놓았다.

이구사는 태연한 표정으로 주머니에 왼손을 찔러 넣고 휴대전화를 더듬어 기억 속에 있는 통화 버튼을 눌렀다. 두 사람의 대화가 진행되고 있는 동안 이미 붙여놓을 장소는 점찍어놓았다.

헛기침을 했다. 상대방에게 보내는 신호. 규마가 약속대로 이쪽을 흘낏 보았다. 그와 동시에 구로키의 시선도 이구사의 얼굴로 옮겼다.

테이블 너머로 팽팽하던 긴장의 끈이 끊겼다. 이구사는 시계를 들여다보는 척하며 입을 열었다.

"사장님 이제……."

규마는 가볍게 한숨을 내쉬고 양 무릎을 팡 쳤다.

"마, 우쨌든 구로키 씨, 폐가 된다는 건 알지만, 이것도 인연이라면 인연 아니겠소. 모쪼록 잘 부탁드리겠습니다."

다시 격식을 차린 말투로 돌아가 일어서자마자 다짐을 둔다.

"은혜를 베풀어두는 것도 그리 나쁜 얘기는 아니지 않겠소?"

"물론이죠." 구로키도 일어서면서 장단을 맞춘다. "그것도 하나의 생각이긴 하죠."

세 사람은 일어나서 규마, 이구사, 구로키의 순서로 방을 나왔다. 큰 방을 가로질러 사무실 문 앞까지 왔을 때 규마가 불쑥 말했다.

"아차." 아주 자연스럽게 얼굴을 찡그리며 이구사를 돌아보았다. "가방을 놔두고 왔다. 니가 가서 가져온나."

"알겠습니다."

구로키가 입을 열기 전에 재빨리 대답하고 안쪽 방으로 발길을 돌렸다. 이구사의 등 뒤에서 규마가 구로키에게 말하기 시작했다.

"사무실 입지가 참 좋소."

구로키가 대답하는 소리를 들으면서 문을 열고 실내로 들어가자마자 문을 반쯤 닫는다. 순식간에 휴대전화를 설치해야 한다.

안쪽에 있는 사장용 책상으로 빠르게 다가가면서 주머니에서 휴대전화를 꺼내 통화 상태로 되어 있는 것을 확인하고 뒷면에 붙인 양면테이프의 종이를 벗긴다. 책상을 돌아 들어가 허리를 구부리고 재빨리 가죽 의자의 앉는 부위 아랫면을 살폈다. 예상대로 아랫면까지 매끄러운 가죽으로 싸여 있었다. 그 아랫면에 휴대전화를 단단히 붙이고 방 중앙의 응접세트로 되돌아갔다. 소파 옆에 놔둔 규마의 보조가방을 들고 방을 나왔다.

10초도 걸리지 않았을 것이다.

구로키가 등을 보인 채 규마와 무언가 이야기하고 있다.

"사장님."

두 사람이 있는 곳까지 가서 이구사는 가방을 내밀었다.

"그래, 수고했다."

태연하게 대답하면서 규마는 가방을 옆구리에 끼었다. 이어서 눈앞에 있는 구로키에게 가볍게 인사했다.

"이제 고마 실례하겠습니다."

사무실을 나와 철문을 닫았다.

순간 자기도 모르게 한숨이 새어나왔다.

됐나? 하고 입술만 움직여 규마가 묻는다. 이구사는 말없이 고개를 끄덕였다.

복도를 지나 층계참에 올 때까지 두 사람은 말이 없었다.

3층에서 2층으로 접어들었을 때 규마가 마침내 입을 열었다.

"어데 붙였노?"

"안쪽 책상의 가죽 의자 밑에요."

"잘했다." 규마는 이구사에게 만족스러운 시선을 던졌다. "먼가 안 나오겠나."

2층 층계참을 돌아 들어가 1층으로 이어지는 계단을 내려가기 시작했다.

"아까 그 젊은 놈 반응 보셨습니까?"

규마는 고개를 끄덕였다.

"먼가 아는 듯한 표정이데."

"관계가 있다면 좋을 텐데요."

"그라믄 다 잡은 거 아이가." 중얼거리고 별안간 이를 갈며 내뱉었다. "그 구로키란 새끼, 좆된 거지."

계단을 다 내려와 밖으로 나왔다.

이구사는 BMW에 재빨리 다가가 규마를 위해 뒷좌석 문을 열었다. 규마가 말없이 차에 오른다. 이어서 그도 반쯤 안으로 들어가 왼발을 노상에 둔 채 운전석을 본다.

운전사가 뒷좌석을 돌아보자마자 휴대전화를 내밀었다. 휴대전화 송화구가 두꺼운 포장 테이프로 막혀 있다.

사무실 내 어디에 설치해도 만에 하나 이쪽 소리가 들리지 않도록 조치한 것이다.

그걸 확인하고 이구사는 비로소 뒷좌석 문을 닫았다.

"중간부터 사장님과 상대방의 목소리가 들렸습니다." 운전사는 목소리를 죽이며 이야기했다. "아직은 조용합니다."

규마는 휴대전화를 귀에 대면서 손짓으로 차를 출발시키라고 했다.

손님을 보낸 구로키는 그대로 안쪽 방으로 돌아왔다.

응접세트 위에 있는 담배를 집어 불을 붙였다. 그리고 담배를 입에 문 채 안쪽 책상까지 돌아 들어가 창으로 밖을 내려다보았다.

규마를 위해 BMW의 뒷좌석 문이 막 열린 참이었다. 규마가 타고 이어서 그 일행도 차 안으로 모습을 감췄다.

구로키는 천천히 연기를 내뿜었다.

다크블루의 BMW는 갓길에서 내려와 도로에 나와 있는 행인들을 피하면서 앞으로 달려가 한 블록 앞에 있는 건물 그늘로 사라졌다.

"촌놈들."

엷은 미소를 지으면서 구로키가 중얼거렸다.

규마의 이야기를 반쯤 들었을 때 구로키는 이미 생각을 정하고 속으로 웃고 있었다.

원래 마카와구미는 에비스를 근거로 한 불량배들의 폭력집단이었다. 그 세력이 폭발적으로 성장한 것은 거품 경제가 전성기이던 1980년대. 에비스에서 시부야에 이르는 연선沿線을 따라 재개발 사업을 광범위하게 맡게 된 마카와구미는 재개발에 성공한 지역에 잇달아 조직의 입김이 들어간 점포를 열고 시부야 남부까지 세력을 확대했다. 그런데 그 중심부에서 북쪽 세력인 전간토청룡회의 나와바리와 충돌하여 오도 가도 못하게 되었다.

1990년대에 들어서자 주 수입원을 재개발에 이어 부실기업 정리(부도 어음의 회수 등)로 바꿨지만, 1990년대 후반이 되자 그것도 서서히 끝을 보이게 되었다. 도산하는 기업의 규모가 점점 작아져서 채권 회수에 드는 비용이 회수금을 웃돌기 시작한 것이다. 수입의 기초는 옛날처럼 나와바리 내에서의 잡다한 수입에 의존할 수밖에 없었다.

하지만 거품 경제기에 급격하게 커진 조직 운영에 필요한 자금은 그 이상이었다. 수입원의 범위를 확대하기 위해서는 동쪽의 미나토 구로 갈 수밖에 없었다. 그 선발대의 우두머리를 맡게 된 것이 구로키였다.

촉수를 뻗친 곳에서 마후사쿠라바카이의 뒷배로 간사이의 대세력인 마쓰타니구미가 붙었다. 마카와구미는 다시 꼼짝도 못하게 되었다. 그것이 5년 전 일이다.

다시 말해 구로키에게 규마의 존재는 눈엣가시 그 이상도 이하도 아니었다.

어젯밤 늦게 마카와구미의 본부를 통해 마쓰타니구미의 간토 지부에서 회합을 요청해왔다. 집행부의 지시는 우선 원만하게 해결하라는 것이었다. 전화로 지시를 받으면서 구로키는 내심 욕지거리를 퍼부었다. 사쿠라바카이가 마쓰타니구미를 등에 업은 이래 집행부 장로들은 뭣 때문인지 저자세로 일관해왔다. 분통이 터졌지만 아무 말 않고 전화를 끊었다.

거품이 한창일 때부터 구로키는 가끔 자조적인 기분에 빠질 때가 있었다.

시류에 뒤떨어진 경제치^痴 늙은이들, 그런 상층부를 지금도 먹여 살리고 있는 것은 실질적으로 구로키를 비롯한 중견급 실무부대다. 케케묵은 의협심에 연연해하는 과거의 유물에 싫은 내색 하나 없이 종처럼 부림을 당하고 있다.

머지않아 때를 봐서 도움이 되지 않는 놈들의 뒤통수를 치고 조직에서 깨끗이 몰아낼 생각이었다.

그러기 위해서라도 규마의 요청에 협력할 생각은 추호도 없었다.

만약 그들이 카지노 바에서 털린 돈을 이대로 회수하지 못한다면 마쓰타니구미의 체면은 완전히 구겨지게 된다. 지금은 마쓰타니구미의 동향을 쥐죽은 듯 살피고 있는 주변의 독립계 조직도 그때는 그들을 배척할 움직임을 보이기 시작할 것이다. 마쓰타니구미를 뒷배로 하는 마후사쿠라바카이도 기둥째 흔들리기 시작할 것이다.

만약 그렇게 된다면 다시 조금씩 미나토 구를 먹을 수 있는 틈도 생긴다. 온건노선을 걷고 있는 상층부를 깜짝 놀라게 할 수 있을지도 모른다.

구로키는 다시 혼자 벙글거렸다.

노크 소리가 났다. 대답하자 문이 열리고 류이치가 모습을 나타냈다. 류이치는 한 걸음 안으로 들어와 잠시 주저하는 듯하더니 이내 구로키가 있는 창가 쪽으로 다가왔다.

최근 들어 이 류이치를 보기만 해도 화날 때가 있다. 이 세계에 들어와 반년 가까이나 지났는데도 여전히 일반인 티를 벗지 못한 애송이였다.

"형님, 잠깐 괜찮으시겠어요?"

"뭔데?"

"……아까 얘기 중에 좀 마음에 걸리는 게 있어서요."

"뜸들이지 말고 빨리 말해."

류이치는 책상 너머에서 주저주저하더니 잠시 후 입을 열었다.

"아까 마쓰타니구미가 한 말 있잖습니까, 제가 어쩌면 그놈들을 알지도 모릅니다."

"그래?"

"요전에 파티를 한다는 애들 이야기를 했는데, 분명 그놈들인 것 같습니다."

"왜?"

"특징 때문입니다." 류이치가 대답했다. "그놈들도 이상한 하얀색 펜던트를 걸고 있었습니다. 모양도 초승달 모양 같았습니다. 파티 때 금발과 스킨헤드도 보았구요."

"확실해?"

"네."

"흠."

구로키는 의자에 앉아 팔짱을 끼었다. 단순히 금발과 스킨헤드라면 이 근방에만도 무수히 많다. 하지만 그놈들이 비슷한 펜던트를 걸고 있다면 이야기는 또 달랐다.

"목요일이라고 했나?" 구로키가 말했다. "그놈들을 확실히 만날 수 있다는 게?"

"네."

"좋아. 그럼 그때 나도 간다. 그 일을 얘기한 후에 넌지시 떠봐서 의심스럽다 싶으면 끝까지 추궁해서 진실을 털어놓게 해야지."

류이치는 책상 앞에 선 채 의아한 표정을 지었다.

"마쓰타니구미에겐 알리지 않습니까?"

얼빠진 질문. 뱃속이 급속도로 차가워지는 것을 느꼈다. 그래서 이 애송이에겐 아무리 세월이 흘러도 심부름이나 시키고 있는 것이다.

"알릴 필요가 뭐 있어, 응?"

분노를 삭인 구로키의 대꾸에 류이치는 당혹스런 표정을 떠올렸다.

"……그게 그런 약속 아니었나요?" 류이치는 같은 말을 반복했다. "본부에서도 그런 지시가 내려왔다고 들었고, 도리에 맞게 한다는 의미에서는."

아무 생각 없는 바보들이 꼭 그럴 듯한 이유를 내세우고 싶어한다. 화가 치밀었다.

구로키는 갑자기 자리에서 일어났다. 일어나자마자 멍청히 있는 류이치의 뒤통수를 움켜쥐고 머리를 책상에다 냅다 처박았다. 순간 책상 상판이 휘고 둔탁한 소리가 실내에 울려 퍼졌다. 두 번, 세 번 같은 동작을 반복했다.

"약속?" 코피로 범벅이 된 류이치의 얼굴을 들어올렸다. "고작 몇 백만 엔 벌자고 뭐가 아쉬워서 마쓰타니구미의 체면을 세워주는 일을 해야 하나?"

그렇게 악다구니를 퍼붓고 다시 한 번 얼굴을 있는 힘껏 내리찍었다. 류이치의 입가에서 분명치 않은 비명이 새어나왔다.

"놈들의 체면을 세워줬다간 우린 평생 시부야를 벗어나지 못할 거다. 그런데도 본부에 있는 영감탱이들의 지시에 따라야 한다는 거냐!" 이놈은 정도만을 걷는 꼴통이다. 수백만 엔의 돈과 마카와구미의 미래를 바꾸려는 것에 아무 의심도 갖지 않는다. 구제할 길이 없다. "전부터 몇 번이나 말했냐, 우리 같은 놈들은 월급쟁이가 아니야! 내 밥그릇을 내가 챙기지 못하면 굶어죽기 십상이야. 도리가 어떻다고 따지기 전에 그 텅 빈 대가리로 생각 좀 해봐!"

다시 뒤통수를 들어올려 피투성이가 된 류이치의 얼굴을 끌어당겼다.

"만약 그놈들이 범인이라면 그 돈은 우리가 갖는다. 본부는 물론 마쓰타니구미에도 주둥이 닥치고 있어. 당분간은 나와 너만 아는 비밀이다. 용도는 나중에 생각한다. 알겠나?"

"네." 류이치는 헐떡이면서 대답했다. "충분히."

구로키는 마침내 손을 놓았다.

"목요일이 아니라 그전에 보게 되면 이리 끌고 와."

다시 한 번 류이치는 고개를 끄덕였다.

BMW는 도겐자카 2가의 골목길을 나와 시부야 역 남쪽 출구의 로터리를 돌아 들어갔다.

창 너머로 약하게 들려오는 잡음을 빼면 차 안은 조용했다.

규마는 여전히 잠자코 휴대전화를 귀에 대고 있었다. 운전사와 이구사도 정신을 집중하고 내내 숨을 죽이고 있었다.

차는 다마가와 도로에서 야마테 선 아래를 지나 롯폰기 도로로 접어들었다.

그때 규마가 갑자기 얼굴을 돌려 이구사를 보았다. 여전히 말없이 왼손을 들어 엄지손가락과 다른 네 손가락으로 열었다 닫았다를 반복하며 빠끔빠끔해 보인다.

이구사는 그 동작으로 방에서 마침내 대화가 시작되었다는 것을 알았다.

잠시 후 규마의 얼굴에 미소가 번졌다. 엷은 미소가 밴 눈으로 의미심장하게 이구사를 본다.

무언가 유익한 정보를 들은 것 같았다.

그러나 곧 표정이 흐려지더니 이어서 미간에 주름이 잡히기 시작했다. 서서히 세로 주름 두 줄이 솟아나면서 시선은 노기를 띠기 시작했다.

결국 낮게 중얼거린다.

"이노마가."

그 순간 규마의 귓전에서 희미하게 잡음이 들렸다. 송화구 너머에서 누군가가 아우성치고 있다.

그 음량에 규마는 얼떨결에 휴대전화를 귓전에서 조금 떼고 머리를 갸웃했다.

"지독한 놈."

또 중얼거렸다.

"건방지게 큰소리치긴."

하지만 아우성 소리가 잦아들자 규마는 다시 수화구를 귓전에 대고, 곧이어 빙그레 웃었다.

도청에 일희일비하는, 성미 급한 남자였다.

미나토 구에 접어들었다. 니시마후 교차점을 지난 곳에서 간토

지부가 있는 건물이 보였다. 규마는 휴대전화를 귓전에서 떼고 이구사에게 돌려주었다.

"얘기 끝났다."

이구사도 혹시나 싶어 휴대전화를 귀에 대보았다. 확실히 전화기에서는 아무 말도 들리지 않았다.

"또 먼가 시작되면 내한테 넘기라."

이구사는 휴대전화를 든 채 고개를 끄덕였다.

간토 지부에서 시부야 역전까지의 실제 거리는 2킬로미터. 대낮에도 차로 10분이면 되고, 한밤중이라면 고에이 상사까지 3분도 걸리지 않을 거리였다.

사쿠라바카이의 건물 옆 골목으로 들어갔다. 운전사가 건물 뒤편에 있는 주차장으로 BMW를 천천히 몰고 갔다.

규마는 무언가 생각하는 듯하더니 이내 입을 열었다.

"차 나르던 젊은 놈 있었지? 그노마가 돈을 털어간 놈들과 아는 사이 같더라. 특징이 닮았다는 말을 한 것도 같고. 그걸 확인하기 위해 구로키가 목요일에 놈들을 만난다 카더라. 눈치로 봐선 원래 그날 만나려고 한 것도 같고. 그런데 구로키 그 시팔 놈이 돈을 가로채려고 한다. 가로채서 우릴 엿 먹이려고 말이다. 아무것도 모르는 척 의뭉을 떨면서 우리랑 사쿠라바카이를 뒤흔들 속셈인 기다."

오늘은 월요일이다. 목요일까지 아직 사흘이나 남았다.

"뭣 때문에 목요일까지 기다리는 거죠?"

"구로키가 젊은 놈한테 이런 말도 했다. 그전에 찾아내면 사무실로 끌고 오라고." 말하면서 규마는 결론을 지었다. "다시 말해 목요일 외에는 그놈들이 있는 곳을 알 방법이 없는 거 아니것나."

"그렇군요."

"그라믄 우린 이렇게 한다. 앞으로 고에이 상사를 주야 2교대로 하루 종일 감시하고, 수요일까지 그 차 나르던 놈이 놈들을 끌고 오면 현장을 덮친다. 그때까지 아무 일도 일어나지 않고 목요일이 되면 그날은 구로키와 젊은 놈을 미행한다."

운전사가 주차장에 차를 세웠다.

"니는 낯짝이 알려져서 밝은 대낮엔 눈에 띄니까 낮에는 다른 놈이 감시하게 해라. 아침부터 저녁, 그러니까 오후 여섯 시 무렵까지. 여섯 시부터 사무실을 닫을 때까지는 매일 밤 니가 감시하고. 알겠나?"

여전히 휴대전화를 귀에 댄 채 이구사는 고개를 끄덕여 보였다. 규마는 살짝 미소를 짓고 뒷좌석 문을 열었다.

1

그 일이 있은 지 거의 일주일이나 지났는데도 그는 가끔 무의식적으로 볼을 만진다. 버릇이 되어버렸다. 그날 밤의 통증이 실신한 굴욕과 함께 떠오르는 것이다.

상앗빛 초승달 펜던트였다. 조롱하듯 그를 보고 웃었다. 놈의 가슴에서 빛나고 있던 것을 기억한다.

대가리까지, 말 대가리인가.

그렇게 놀림을 당했을 때의 분노가 생각날 때마다 더 커진다.

그들은 마크시티와 다마가와 도로에 낀 도겐자카 1가의 골목에 있었다. 엑셀 도큐에서 내려다보이듯 밀집되어 있는 그 골목에 파란 갱들은 모여 있었다. 밤 9시가 막 지나 도겐자카를 내려온 노상에는 가볍게 한잔하고 돌아가는 샐러리맨과 직장여성 들이 오가고 있다. 그들의 얼굴에 떠오른 맥이 풀리고 안이한 표정. 아무것도 느끼지 못하는 날건달. 적어도 그의 눈에는 그렇게 보였다.

시팔, 시팔, 시팔, 니미 좆도. 말상의 젊은이는 입안에서 의미도 없이 욕을 퍼부었다. 눈에 보이는 것 모두를 실컷 욕하고 싶은 기분이었다. 암흑과 같은 내일에 한없이 초조해진다. 무턱대고 여자가 갖고 싶어진다. 폭력을 쓰고 싶어진다. 그렇게라도 하지 않으면 한 순간도 이 초조함에서 도망칠 수 없을 것 같았다.

길가에 나와 있던 동료 하나가 그에게 다가와 말을 걸었다.

"어떻게 된 거야, 마사." 말상의 젊은이를 부른다. "왜 그렇게 아직도 똥 씹은 얼굴이야?"

"열불 나 죽겠어."

"누구한테?"

"너희들 전부."

말을 건 젊은이는 알랑거리듯 웃었다.

"엉뚱한 데 화풀이하지 마."

길가에 나와 있던 동료는 질리지도 않는지 또 파킹미터 앞에 쭈그리고 앉는다. 그 등을 보며 그가 물었다.

"그 새끼 아직 못 찾았어?"

젊은이는 고개를 끄덕였다.

"여전히 오리무중이야."

마사는 혀를 찼다. 티셔츠에 가죽조끼를 걸치고 닳아 찢어진 청바지에 워킹부츠를 신은 덩치가 좋은 놈이었다. 하지만 옷차림은 바뀔 가능성이 있었다. 맞아서 나가떨어지기 전에 놈의 가슴에 걸려 있던 펜던트를 보았다. 전에 그 초승달 모양의 펜던트를 건 놈들을 동료 중 몇 명이 봤다고 했다. 분담해서 찾으면 시간문제일 거라 생각했다. 그런데 이번 주가 되어도 놈을 찾았다는 정보는 전혀 없었다. 마치 연기처럼 홀연히 이 거리에서 종적을 감춰버렸다.

"어쨌든 계속 찾아봐." 마사는 초조해하면서 말을 이었다. "무슨 일이 있어도 되돌려주고 말 거야."

그 말에 고개를 끄덕인 젊은이는 그의 곁을 떠나 동료들이 있는 곳으로 돌아갔다. 그런 그들을 보고 있을 때였다. 밤의 눅눅한 공기를 뚫고 복부까지 울리는 둔탁한 배기음이 어딘가에서 들려왔다. 밤눈에도 확실히 보일 정도로 큼직한 오토바이였다. 남자가 두 명 타고 있다. 정차 중인 차와 사람 사이를 피해가면서 천천히 이쪽으로 오고 있다. 가까이 다가오자 연료 탱크와 휠이 무수한 가로등 불빛을 받아 번쩍번쩍 빛나고 있는 것이 보였다.

이윽고 배기음이 주위의 콘크리트 외벽을 흔들 정도의 거리가 되자 오토바이가 멈췄다.

"……."

마사를 비롯한 파란 갱들은 묵묵히 서로의 얼굴을 보았다. 일부러 자신들이 있는 곳을 골라 오토바이를 세웠다. 그들의 의도가 무엇인지 파악하기 어려웠다.

처음 뒷좌석에 앉은 남자가 갑갑하다는 듯 헬멧을 벗으면서 오토바이에서 내렸다. 이어서 운전석에 있는 남자가 능숙한 손놀림으로 헬멧을 벗고, 역시 아스팔트 위에 내려섰다. 두 사람 모두 키가 크다. 마사와 비슷하게 180센티미터는 되는 것 같았다. 처음에 내린 남자는 떡 벌어진 가슴에 체격도 좋고, 그 옆에 선 남자는 약간 마른 체형이지만 오토바이에서 가벼운 몸놀림으로 내리는 것을 봤을 때 탄력이 좋다는 것을 느낄 수 있었다. 두 사람은 얼굴을 한번 마주보고 나서 그들을 향해 몸을 돌렸다. 마사를 비롯한 파란 갱들도 자세를 바로잡았다.

처음에 입을 연 것은 오토바이에서 먼저 내린 남자였다.

"물어보고 싶은 게 좀 있는데, 괜찮을까?"

의외로 우호적인 말투였다. 그러나 여전히 경계를 풀지 않고 동료 하나가 대답한다.

"……뭔데요?"

"사람을 찾고 있어." 체격이 좋은 남자가 말을 이었다. "너희들과 비슷한 또래야. 어쩌면 아는 사람일지도 몰라."

"당신한테 우리가 왜 말해줘야 하죠?" 귀찮다는 듯 다른 젊은 이가 말했다.

"그게 그렇지. 맘대로 판단하지 마쇼." 또 다른 사람이 맞장구를 친다.

도발적인 태도에 덩치 큰 남자가 짜증스런 표정을 지었다.

"뭐가 맘대로야?" 남자의 말투가 갑자기 바뀌었다. "그놈도 여기에 자주 나타난다. 너희들과 비슷한 놈이라고."

가시가 있는 말에 파란 갱들은 발끈했다.

"뭐 하는 수작이야, 이거!"

"지금 한판 붙자는 거야!"

서로 탐색하는 분위기는 단번에 날아가 버렸다. 소리를 질러가며 두 사람 쪽으로 압박해 들어간다. 하지만 남자는 여전히 태연하게 말을 잇는다.

"이름은 아키. 금발과 스킨헤드 부하가 있다. 다른 놈도 있을지 몰라. 너희들과 같은 거리의 불량배들이다. 초승달 모양의 펜던트를 걸고 있어."

마지막 말에 마사가 반응했다. 다시 고함을 질러대는 동료들을 손으로 제지하고 한 걸음 앞으로 나와 두 사람과 마주 섰다.

"당신들, 그놈과는 어떤 관계죠?"

덩치 큰 남자가 가볍게 웃었다.

"이봐, 이봐. 질문은 내가 하고 있어."

"상관없어. 우선 내 질문에 먼저 대답하쇼." 이놈은 그 자식을 알고 있다. 이가 갈리며 망설일 틈도 없이 몸이 먼저 움직였다. 뒷주머니에서 버터플라이 나이프를 꺼냈다.

"싸우지 않으려고 했건만."

그러나 덩치 큰 남자는 동요하는 기색도 없이 옆에 있는 남자를 돌아보았다. 마사는 칼끝을 또 다른 남자에게 돌렸다.

마른 남자는 자신에게 향한 칼끝을 무표정하게 보고 나서 주위 사람들을 둘러보며 한숨을 쉬었다.

"좋아, 3분이야."

그 순간이었다. 마사의 얼굴이 크게 흔들리고 눈에서 불꽃이 튀었다. 덩치 큰 남자가 옆을 돌아본 자세 그대로 느닷없이 그의 얼굴에 주먹을 날렸던 것이다. 정신을 차렸을 때는 오른손에 들고 있던 칼이 발에 차여 날아가 버린 뒤였다. 복부를 차이고, 다시 얼굴을 호되게 걷어차인 다음 다리후리기에 걸려 그 반동으로 아스팔트 위에 등부터 공중제비를 돌며 쓰러졌다. 덩치 큰 남자는 전광석화같이 재빠르게 땅에 떨어진 칼을 주워 그의 목에 들이댔다.

"멍청한 새끼들." 예상치 못한 전개에 어안이 벙벙해 있는 애들을 노려보며 남자는 마사의 목을 칼로 약간 찔렀다. "그만들 까불어라."

분위기는 순식간에 역전되었다.

"요, 용서해주세요." 마사는 완전히 기가 꺾여 있었다. "본심이 아니었어요……."

덩치 큰 남자는 코웃음을 쳤다.

"이런 위험한 걸 들이대놓고 본심이 아니었다고?" 남자가 말했다. "자, 말해. 그 아키란 놈에 대해 뭘 알고 있지?"

"아무것도."

그렇게 말한 순간 칼끝에 압력이 조금 더 가해지는 것을 느꼈다. 툭 하고 살갗이 터지는 것을 느낌으로 알았다. 마사는 울상이 되어 필사적으로 호소했다.

"정말이에요!"

비통한 울부짖음에 주위의 다른 애들도 퍼뜩 정신을 차리고 저마다 소리치기 시작했다.

"용서해주세요. 정말로 우린 몰라요."

"그냥 싸웠을 뿐이에요."

골목을 지나가던 사람들이 구경거리가 생긴 걸 알고 크게 원을 그리며 모이기 시작했다. 덩치 큰 남자는 구경꾼들을 흘깃 쳐다보았다가 다시 한 번 칼로 마사의 목을 찔렀다.

"언제, 어디서?"

"지난 주 화요일, 오르간 언덕, 도큐핸즈 뒤편이에요!" 겁에 질린 마사는 더 크게 소리를 질렀다. "그 새끼도 펜던트를 하고 있었어요."

"다른 특징은?"

"워킹 부츠에 닳아 찢어진 청바지. 검정색 가죽조끼를 입고 있었어요. 탄탄한 근육질의 덩치 큰 놈이었습니다. 나이는 스무 살 전후, 머리는 염색하지 않았어요." 입에서 거품을 튀기면서 빠르게 쏟아낸다. "그 외에는 정말로 모릅니다. 어디에 사는지, 어떤 놈들인지도. 우선 아키라는 이름도 방금 들어서 안 겁니다!"

"2분 30초." 손목시계를 본 채 마른 남자가 중얼거렸다. "슬슬 갈 때야."

덩치 큰 남자는 고개를 끄덕이고 칼을 가슴 주머니에 넣고 일어났다. 마른 남자는 아무 일도 없었다는 듯 헬멧을 쓰고 오토바이에 시동을 걸었다.

엉덩방아를 찧은 마사는 물론이고 주위에 몰려든 구경꾼들도 완전히 넋을 잃고 망연하게 그 모습을 보고 있었다.

두 사람은 날쌔게 움직였다. 덩치 큰 남자가 뒷좌석에 앉아 헬멧을 쓰자마자 오토바이는 출발했다. 순식간에 행인 사이를 빠져나가 역방향의 도겐자카 위로 올라가 언덕 너머로 사라졌다.

젊은이들은 어안이 벙벙하여 오토바이가 사라진 쪽을 보고 있었다. 잠시 후 구경꾼 중에서 누군가가 소리를 질렀다.

"경찰이다."

그 말에 젊은이 중 하나가 잽싸게 언덕 아래를 돌아보았다. 빠른 걸음으로 올라오는 제복 차림의 경찰을 확인하고 큰 소리로 외쳤다.

"튀어!"

행인 중 누군가가 신고한 모양이다. 마사는 양 어깨를 부축받아 일어나면서 생각해보니 시부야 경찰서까지는 역전을 사이에 두고 엎어지면 코 닿을 곳이었다. 패거리 애들과 황급히 뒷길로 도망치면서 왜 마른 남자가 시간에 그렇게 신경을 썼는지 마침내 납득이 갔다.

모모이와 가키자와가 탄 V-MAX는 도겐자카를 남하하여 109번 3차로를 왼쪽으로 돌아 분카무라 도로를 올라갔다. 도큐 백화점 본점을 곁눈질로 보면서 그 반대쪽 사이트 빌딩의 골목으로 들어갔다. 인파를 피하면서 천천히 나아가 BEAM 뒤쪽에 오토바이를 세운다.

"오르간 언덕까지 걸어서 1,2분이야." 헬멧을 사이드에 묶으면서 가키자와가 말했다. "혹시 모르니까 가보자."

가키자와의 생각은 모모이도 짐작하고 있었다. 수색 이틀째 만에 겨우 얻은 실낱같은 단서였다. 희망이 적다고는 해도 현장에 가서 좀 더 자세한 목격 정보를 모을 수밖에 없다.

"그전에 잠깐 한 모금 빨자."

모모이는 그렇게 말하고 대답도 기다리지 않고 담배를 꺼내 불을 붙였다. 연기를 쭉 들이마신다. 니코틴에 굶주린 그 모습에 가키자와는 빙그레 웃었다.

"긴장했었나 봐?"

"조금은." 멍하니 연기를 뿜어내면서 모모이는 대답했다. "폭력까지 쓰다니, 도대체 몇 년 만이야."

"그래도 늘 준비는 해왔잖아."

"훈련이야 꼬박꼬박 하고 있지. 지금도 일주일에 두 번은 도장에 다녀."

이 세계에 들어오고 나서 얼마 지나지 않았을 때 가키자와와 한 번 겨룬 적이 있었다. 원래 덩치가 큰 데다 힘이 좋은 모모이는 옛날부터 완력만은 자신 있었다. 어렸을 때의 싸움부터 혈기왕성할 때의 난투까지 한 번도 진 일이 없었다. 그런데 가볍게 몸이나 풀려고 덤볐다가 참패를 당하고 말았다. 얼굴에 가키자와의 일격을 맞고 보기 좋게 나가떨어졌다. 그대로 잠시 일어날 수 없었다. 허리가 끊어진다는 게 어떤 건지 모모이는 그때 처음 경험했다. 의식은 또렷했지만 일어서려고 해도 다리가 부들부들 떨리고 허리에 힘이 전혀 들어가지 않았다. 수준이 다른 실력이었다. 가키자와가 학교 다닐 때부터 복싱을 했다는 것을 알았다.

"그러니까 진 건 부끄러운 게 아니야." 그때 가키자와가 말했다. "단지 이 세계에 발을 담그고 있는 이상 어느 정도의 실력은 갖추는 게 좋아."

오리타도 30년 이상 합기도를 하고 있었다. 모모이는 고민 끝에 가라테를 선택했다. 20대 후반부터 수련하기 시작해 처음에는 좀 헤맸지만 원래 근력도 있고, 반사신경도 좋은 모모이는 빠르게 적응해서 1년 후에는 검은 띠와 겨룰 정도로 실력이 일취월장했다.

모모이가 담배를 다 피우자 가키자와가 재촉했다.

"이제 가자."

문득 의문이 생겨 모모이가 말했다.

"혹시 지금 같은 일이 생기면 또 내가 나서야 해?"

가키자와는 웃으며 고개를 끄덕였다.

"뼈는 내가 수습해줄게."

모모이는 입을 ㅅ자로 비쭉였다.

"악담을 해라."

오르간 언덕을 올라 도큐핸즈 뒤쪽으로 돌아갔다. 사람들이 오가는 와중에 반대쪽 파르코 백화점의 벽이 빛을 받아 또렷하게 드러나 있었다. 크게 페인트로 칠해진 인기 뮤지션의 옆얼굴이 빛 속에 몇 개 늘어서 있다. 가까이 가서 보니 고갱이 무색할 정도로 대담한 배색이었다. 모모이는 난감해하면서 눈을 찡그리고 혼잡한 주위를 둘러보았다.

"아무래도 놈들은 없는 것 같아."

가키자와도 말없이 고개를 끄덕였다. 혹시나 싶어 파르코 파트1과 파트3을 바깥쪽으로 한 바퀴 돌아보았다. 결과는 마찬가지였다. 다시 오르간 언덕으로 나왔을 때 가키자와가 언덕 아래쪽으로 턱짓을 했다.

"신호등까지 내려가서 거기서 NHK 센터 방향으로 걸어가 보자."

시부야 청소 사무실의 모퉁이를 오른쪽으로 돌아 우다카와초로 접어들었다. 도로를 사이에 두고 오른쪽 인도에 좁은 급경사 계단을 지붕으로 삼은 레코드숍에서 랩 음악이 시끄럽게 흘러나오고 있다. 푹푹 찌는 여름 열기 속에서 쩍쩍 달라붙는 듯한 음악이 모모이의 귀를 파고든다. 목에 흐른 땀을 닦았다.

이시바시 악기 빌딩을 지나가기 시작했을 때 시부야 비디오스튜디오 빌딩 사이의 어두운 골목에 대여섯 명의 젊은 애들이 앉아 있는 것을 보았다. 모모이와 가키자와는 서로 시선을 교환하고 골목으로 발을 들여놓았다.

양쪽이 담으로 둘러싸인 골목 안쪽으로 들어갔다. 정체되어 있는 공기에 시너 같은 휘발유 냄새가 떠다니고 있었다. 아스팔트 위에 스프레이 통이 몇 개 굴러다니고 있다. 인기척을 느낀 젊은 이들은 두 사람을 일제히 올려다보았다. 빌딩 벽면을 장식하고 있는 조잡한 일러스트. 어슴푸레한 골목에 경계심이 가득 한 그들의 표정이 드러난다.

두 사람은 그들 앞에 섰다.

"당신들 뭐야?" 황급히 스프레이 통을 정리하면서 그들 중 한 명이 덤벼든다. "뭐, 볼일 있어?"

갑작스런 시비조에 모모이는 한숨을 쉬었다. 이놈들과 말해봤자 누구 하나 제대로 대답할 놈이 없다. 꼴통들이다.

"너희들을 잡으러 온 거 아니다." 이번엔 처음부터 거칠게 말했다. 점잖은 척해봐야 시간 낭비일 것 같다는 생각이 들었다. "우린 형사도 뭐도 아니니까. 너희들이 어디에 낙서를 하든 알 바 아니야."

"그럼 뭐야?"

"사람을 찾고 있어. 너희들과 같은 또래다."

그들은 서로 얼굴을 마주 보았다. 잠시 침묵이 흐르는 분위기에 모모이는 이상한 느낌을 받았다.

빌딩 그늘에 몇 개의 하얀 눈이 깜빡이지도 않고 빛나고 있다. 처음 입을 열었던 놈이 혀를 삐죽 내밀어 입술을 핥았다.

"어떤 놈인데?"

여전히 쭈그려 앉은 채 뜻밖의 질문을 던진다.

"펜던트를 걸고 있어. 초승달 모양의 펜던트야." 경계를 늦추지 않으면서 모모이가 말했다. "리더는 아키라는 덩치가 큰 놈이야. 금발과 스킨헤드가 그 똘마니이고. 이 세 명을 찾고 있다."

어둠 속에서 바로 앞에 있는 애의 안색이 약간 풀어지는 것을 모모이는 놓치지 않았다.

"누군지 알아?"

"아니." 그 옆에 있는 애가 태연하게 반응했다. "몰라."

거짓말이다. 직감으로 알았다. 무심코 입을 열려는 모모이의 팔을 가키자와가 살며시 누른다. 그러고는 고개를 살짝 끄덕여 보였다.

"허탕이군." 가키자와가 중얼거렸다. "가자."

그 말만 하고 가키자와는 이상하게 행동했다. 그대로 아이들 쪽으로 다가가 순간적으로 자세를 취한 그들을 곁눈질하면서 그 옆을 지나 골목 안쪽으로 더 들어간다. 한 호흡 늦게 모모이도 어리둥절해하며 뒤를 쫓는다.

"이봐." 아이들로부터 수십 미터 떨어진 곳에서 가키자와를 불렀다. "왜 도로로 안 나간 거야?"

"미끼야." 그런 상황에서 가키자와는 늘 간단하게 대답한다. "남의 이목도 있고."

십자로까지 왔을 때 가키자와가 더 어두운 골목을 골라 오른쪽으로 꺾었다. 좁은 골목 양쪽에 잡거빌딩이 서 있고, 그 앞 막다른 곳까지 괴괴한 적막이 흐르고 있다. 오후 10시가 조금 지나 있었다. 불경기 탓에 인근 직장인들도 대부분 퇴근한 시간대였다.

가키자와는 느닷없이 후미진 빌딩으로 다가가 가로등 불빛의 그늘 속에 있는 빌딩 옆 비상계단에 천천히 앉는다. 모모이도 옆 벽에 나란히 서듯 몸을 기댔다.

20초쯤 기다렸을까, 방금 전에 지나온 십자로 쪽에서 가벼운 발소리가 들려왔다. 러버솔rubbersole(고무바닥의 가죽신-옮긴이) 특유의 희미한 신발소리가 몇 개 겹쳐서 다가온다.

복수의 그림자가 바로 앞 골목을 지나갔다. 두 사람은 조용히 일어나 다시 노상으로 나갔다.

등 뒤로 인기척을 느낀 아이들은 막다른 길이 된 콘크리트 벽에 자연스럽게 서로 바싹 붙어 서는 모양이 되었다.

"과연." 모모이는 자기도 모르게 웃었다. "힘 한 번 안 쓰고 독 안에 가뒀어."

좀 전과 달리 확실히 모모이 쪽이 유리했다. 그런 모모이에게 가키자와도 눈으로만 웃어 보인다. 순간 젊은이들 중 한 명이 분연히 외쳤다.

"왜들 이리 멍청히 있어, 이 새끼들아!" 그는 소리를 지르면서 카고 바지 주머니에서 군용 칼을 꺼냈다. "저긴 고작 두 명이야. 겁 낼 거 뭐 있어!"

그 말에 용기를 얻었는지 처음엔 갑작스런 상황에 동요하던 다른 젊은이들도 한 명 한 명 자세를 갖추기 시작했다. 처음 말을 꺼낸 젊은이와 마찬가지로 칼을 꺼낸 놈이 그중 절반.

그들의 결사적인 모습에 모모이는 쓴웃음을 지었다.

"용기가 가상하군." 태연하게 말하면서 문득 가슴 주머니에 있는 칼이 생각났다. 아무렇지도 않게 그걸 꺼내 가키자와에게 들어 보인다. "이거 쓸래?"

"아니." 가키자와는 아이들의 모습을 한 번 쭉 훑어보더니 고개를 흔들었다. "맨손으로도 충분해."

"그럼, 나도 버려야지."

내던진 칼이 마른 소리를 내며 길바닥에 떨어졌다. 그것이 마치 신호가 되기라도 한 듯 아이들이 일제히 공격해 들어왔다.

"오른쪽 세 명 맡아."

가키자와에게 재빨리 속삭이고 모모이는 왼쪽 세 명을 향해 갔다. 맨 앞에 선 놈이 칼끝을 겨눈 채 모모이에게 돌진해온다. 칼을 다루는 데 서툰 자에게서 흔히 볼 수 있는 동작, 이럴 때 칼을 내미는 것은 상대와 접촉하기 직전이 좋다. 팔을 뻗은 자세로 돌진하면 아무래도 동작이 굼뜨게 되고, 흉기의 궤적도 상대에게 읽히기 쉽다. 모모이는 상대가 자신의 사정권에 들어오기 직전에 내뻗은 오른쪽 팔꿈치를 노려 퍼 올리듯 킥을 날렸다. 딱딱한 가죽신발의 코가 관절에 명중하자 그는 비명을 지르며 칼을 떨어뜨렸다. 팔꿈치 바깥쪽은 인간의 약점 중 하나다. 그곳을 강하게 맞으면 전류가 흐른 듯 저리면서 한동안 팔을 쓸 수 없게 된다. 하물며 모모이는 혼신의 힘을 실어 킥을 날렸다. 보나마나였다. 오른손을 잡느라 무방비 상태가 된 놈의 얼굴이 눈앞으로 다가오자 모모이는 관자놀이에 사정없이 주먹을 꽂았다. 그가 소리도 내지 못하고 쓰러지는 것을 시야 한쪽으로 보면서 칼을 휘두르며 공격해 들어오는 다음 사람에 대응했다. 몸통이 그대로 노출된 것을 순간적으로 보고 한 발 뛰어 상대의 품에 파고 들어가 명치를 노려 주먹을 뻗었다. 주먹을 뻗는 것과 동시에 칼을 휘두른 상대의 팔을 잡고 가차 없이 손목과 팔꿈치를 비틀어 올렸다. 뚜둑 관절이 부러지는 소리가 나고 상대는 비명을 질렀다. 그 기세로 겁에 질려 꼼짝도 못하는 작은 몸집의 세 번째 상대에게 돌진해 들어가 한 치의 망설임도 없이 얼굴 정면에 주먹을 꽂았다. 코가 내려앉는 느낌이 팔에 전해지며 마지막 상대는 맥없이 엉덩방아를 찧고 양손으로 코를 눌렀다. 손가락 사이로 선혈이 흘러넘치고 애초에 그다지 전의를 느낄 수 없었던 작은 몸집의 그는 울음을 터뜨렸다.

자신이 담당한 것을 마무리한 모모이는 한숨 돌리고 가키자와 쪽을 보았다. 가키자와의 발밑에는 이미 세 젊은이가 정신을 잃고 쓰러져 있었다. 게다가 숨소리가 조금 거칠어진 모모이와 달리 가키자와의 양 어깨는 미동도 하지 않았다. 자신의 몫을 처리한 뒤 말없이 모모이를 보고 있었던 것이다.

이 녀석에겐 못 당하겠군. 뜬금없이 그런 생각이 들었다.

길바닥에 모모이가 두 번째로 쓰러뜨린 놈이 휘어져 꺾인 오른팔을 누르며 짐승과 같은 고함을 질러대면서 뒹굴고 있다. 모모이는 그놈에게 걸어가 거칠게 머리카락을 움켜쥐고 얼굴을 자기 쪽으로 돌렸다.

"놈들에 대해 아는 거냐?" 모모이는 얼굴을 들이댔다. "말해. 왜 우릴 쫓아왔지, 응?"

"용서해주세요. 현상금이 탐나서 그랬어요."

"현상금?" 머리카락을 쥔 손에 더욱 힘을 주어 놈을 흔들었다. "무슨 말이야?"

"거처를 알아냈을 때 받는 현상금이요." 그는 필사적으로 변명하기 시작했다. "당신들이 있는 곳을 알려주면 50만 엔을 준다고 했어요. 목격자에겐 겨우 5만 엔. 그래서 뒤를 밟은 거예요."

모모이는 가키자와를 올려다보았다. 도대체 무슨 말인지 전혀 알 수가 없었다. 그의 턱을 쥐고 다시 자기 쪽으로 돌렸다.

"어떻게 우리라는 걸 알았지?"

"정보가 돌았어요. '미야비'를 찾는 사람들이 있다. 인상은 모르지만 아키라는 이름과 초승달 모양의 펜던트, 그리고 금발과 스킨헤드에 대해 묻는 놈이 있으면 그놈들이 분명하다고."

"그 미야비라는 게 대체 뭐야?"

"그러니까 당신들이 찾고 있는 패거리 이름이죠."

"뭐?"

"아키라는 애가 미야비의 리더예요. 스킨헤드와 금발은 그 수하이고, 놈들은 모두 초승달 모양의 펜던트를 걸고 있어요."

"어디에 가면 놈들을 만날 수 있지?"

"몰라요."

모모이가 그의 꺾인 관절을 잡고 힘을 주자 그는 참지 못하고 비명을 질렀다.

"정말이에요! 살고 있는 곳도 활동 구역도 몰라요! 믿어주세요!"

"그럼 놈들을 찾을 만한 다른 단서는 없나?"

"미야비 애들은 한 달에 몇 번 파티를 열어요. 파이트 파티요."

그가 빠른 말로 쏟아낸다.

"마루야마마치와 도겐자카 2가의 경계에 있는 레드 크로스라는 바에요. 다음에 언제 할지는 모르지만 그때 가면 확실하게 놈들을 만날 수 있어요."

"파이트 파티란 게 뭐야?"

"격투기 시합이죠. 입장료를 내고 들어가요. 희망자가 무대에 서서 토너먼트 형식의 격투기 시합을 하죠. 우승자에겐 상금을 주고."

"그걸 그놈들이 개최한다는 거야?"

"네."

이야기를 들으면서 모모이는 기가 막혔다. 일개 스트리트 갱이 일종의 사업을 벌이고 있는 것이다. 이번에 자신들에게 뻗친 수사망을 봐도 야쿠자나 쓸 법한 방법이었다.

'미야비'에 관한 정보를 더 들을수록 기분이 우울해졌다. 2년 전, 아키와 가오루라는 두 사내애가 이 시부야에 홀연히 나타났다. 당시 이 거리에는 십대가 주축이 된 네 개의 폭력 서클이 전쟁을 되풀이하면서도 기본적으로는 균형을 이루고 있었다. 두 사람은 그 리더급을 차례대로 무릎 꿇리며 네 개의 스트리트 갱들을 산하로 접수했다. 그리고 그 그룹들을 통괄하는 상부조직으로서 아키와 가오루, 네 그룹의 리더만으로 새롭게 팀을 구성했다. 그것이 미야비였다.

"미야비 구성원은 몇 명이야?"

"핵심 멤버는 단 여섯 명이에요. 하지만 졸라 강해요." 그는 헐떡이면서 대답했다. "대충 그 밑의 준구성원을 포함하면 100명 가까이 될걸요. 싸움 하나만은 타고났어요. 무서워서 아무도 덤비지 못해요."

모모이는 마음속으로 우울함을 느끼면서 그의 팔을 잡고 있던 손을 놓았다. 아무래도 불량배들 패거리라고 가볍게 보았다간 된통 당할 가능성이 있었다.

가키자와가 팔짱을 낀 채 모모이에게 고개를 끄덕여 보인다. 정보를 얻은 이상 더 머물러 있을 필요가 없었다. 아직도 고통에 찬 신음소리를 내고 있는 그들을 뒤로 하고 빠른 걸음으로 골목을 빠져나왔다.

두 사람은 BEAM 뒤쪽에 오토바이를 세워둔 채 걸어서 마루야마마치로 갔다. 차보다 확실히 기동력은 좋았지만 이틀 연속 이 좁은 지역을 빙빙 돌았더니, 게다가 사람과 차를 피하기 위해 가속과 감속을 되풀이하다 보니 허리가 뻑적지근하니 아팠다.

가미야마초 동쪽 교차점을 건너 쇼토 1가로 접어들었다. 다음 목적지인 마루야마마치까지는 쇼토 1가를 가로질러 가는 게 빠르다. 길을 걷다 불쑥 모모이가 중얼거렸다.

"어떻게 생각해?"

"뭘?"

"그러니까 미야비라는 애들 말이야." 모모이가 말했다. "아까 그놈들 말로는 꼭 짐승 같더군."

가키자와는 걸음을 옮기면서 모모이를 흘낏 보았지만 아무 말도 하지 않았다.

"게다가 머리도 좋은 것 같아."

"그렇다고 우리 입장이 달라질 건 없어. 앞으로의 행동에도 바뀔 게 없고."

"그야 그렇지만."

"걱정돼?"

"당연하지, 동네 불량밴 줄 알았는데 애들이 100명이나 돼. 우린 고작 두 명이야."

가키자와는 어렴풋이 웃었다.

"100명 전체를 상대할 일은 없어. 그 아키와 가오루란 놈이 다른 패거리를 접수한 것처럼 대가리만 치면 나머지는 오합지졸이야. 미야비의 여섯 명, 특히 그 두 놈을 공격하면 수월하게 풀릴 거야."

모모이는 한숨을 쉬었다.

"그럼 다행이고."

스위스 대사관 공관을 지나 수백 미터를 더 남하하여 쇼토 우체국 앞 교차점으로 나왔다. 도로를 건너 마루야마마치와 도겐자카 2가의 경계인 골목으로 들어간다.

골목을 50미터쯤 걸어갔을 때 그 간판이 눈에 띄었다. 러브호텔이 죽 이어져 있는 도로 끝에 다른 건물과는 이질적인 분위기를 느끼게 하는 오피스 빌딩이 있었다. 그 1층 구석에 'Café Bar, Red Cross'라는 간판이 보였다.

지하로 이어지는 계단을 내려가 문 앞에 섰다.

"안 열었나……." 문에 달린 간판을 보고 모모이가 말했다. "금일 정기휴일, 이네."

그 글자 밑에 오후 7시부터 새벽 2시까지라고 쓰여 있다.

자물쇠는 흔히 볼 수 있는 것이고 보안 시스템도 설치되어 있지 않은 것 같다.

"자물쇠를 따는 건 문제 없을 것 같은데, 어쩔까?"

아니, 하고 가키자와는 고개를 흔들었다.

"그만둬. 안에 들어가 봤자 이야기할 상대도 없어."

"다시 올 거야?"

"내일 저녁 문 닫기 전에."

지상으로 올라온 두 사람은 다시 분카무라 도로로 돌아가기 시작했다. 네온이 번쩍이는 러브호텔 거리를 걸으면서 모모이는 문득 어떤 생각에 미쳤다.

"그놈들 우리한테 공격당한 거 보고하지 않았을까?"

"그건 아니야."

"왜? 5만 엔이라도 받으려고 하지 않겠어?"

"우린 내일 다시 이곳에 올 거야. 가게 점원에게 물을 거고, 미야비가 마침내 그 사실을 알게 되겠지. 그러면 미야비는 누가 정보를 흘렸는지 찾을 거고, 놈들이 그 몰골로 돈을 받았다면 제일 처음 혐의를 받는 건 놈들이야. 5만 엔을 받으려고 자기들을 위험에 빠뜨릴 바보는 없어."

"정말 그렇겠군."

호텔 거리를 나와 횡단보도를 건너 도큐 백화점 본점 앞으로 갔다.

모모이가 불쑥 혼잣말로 중얼거렸다.

"배고파."

"응?"

"저녁을 아직 못 먹었어." 마침 생각난 듯 다시 말을 잇는다. "그러고 보니 이 근처에 베트남 요리를 맛있게 하는 집이 있어."

"그래?"

"돈만 좀 더 주면 두 명한테도 방을 내줘. 그 방에서 내일 이후의 일을 미리 상의할 수 있지. 비교적 깔끔하고 음식 값도 저렴한 편이야."

가키자와가 걸음을 멈추고 모모이를 본다.

"잘 아네. 어떻게 그런 델 다 알아?"

"으응……." 모모이는 우물거렸다. "최근에 누가 데려왔어."

"누가?"

"두 달쯤 전에 알게 된 여자."

"느낌은 좋아?"

모모이는 고개를 끄덕였다.

"괜찮은 것 같아." 그리고 덧붙였다. "나도 남 말할 처지는 아니지만."

가키자와는 곁눈질로 웃었다.

"연애는 대충해." 하고 못을 박았다. "알고 있겠지만, 남에게 얘기할 만한 직업이 아니야."

모모이는 잠자코 고개를 끄덕였다.

2

10시 조금 전에 전화벨이 울렸다. 아키와 가오루는 방에 있었다. 본체 메모리엔 멤버들의 휴대전화 번호를 등록해놓았다. 본체 액정을 보니 유이치의 번호가 찍혀 있었다. 아키가 수화기를 들었다.

"아키야."

"나야, 나." 다급한 목소리였다. "방금 신경에 좀 거슬리는 정보가 들어왔어."

"뭔데?"

"우리가 찾고 있는 2인조를 본 놈이 있어."

"잠깐만."

아키는 재빨리 본체의 스피커폰 버튼을 누르고 수화기를 놓았다. 그리고 등 뒤에 있던 가오루를 돌아보며 손짓으로 불렀다.

가오루가 곁에 오고 나서 본체 마이크에 대고 다시 말했다.

"지금 핸즈프리로 바꿨어. 가오루도 듣고 있다." 아키가 말했다.

"그래, 어디서 봤다는 거야?"

"엑셀 도큐 뒤편, 도겐자카 1가야."

"확실해?"

"그전에 아키 너, 최근에 파란 두건을 머리에 두른 놈들과 싸운 적 있어?"

일주일 전, 그 말상이 뇌리를 스쳤다.

"있어."

"어디서?"

"도큐핸즈 뒤편에서."

스피커에서 유이치의 만족스런 한숨이 새어나왔다.

"그렇다면 역시 잘못 들은 게 아니네."

유이치의 이야기는 이랬다. 가오루의 메일을 받은 놈 중 하나가 1가의 언덕길을 지나가다 오반 빌딩 앞 인도에 모여 있는 사람들을 보았다. 가까이 가보니 구경꾼들 너머로 엉덩방아를 찧은 젊은이에게 칼을 들이대고 있는 남자의 넓은 등이 보였다. 남자 옆에는 마른 체격의 또 다른 남자가 한 명 마찬가지로 등을 보이고 서 있었다는 것이다. 엉덩방아를 찧은 젊은이의 뒤로는 똑같이 머리에 파란 두건을 두른 애들이 어쩔 줄 몰라 멈칫거리며 서 있었다. 덩치 큰 남자가 다시 칼을 들이대자 그가 큰 소리로 외쳤다.

지난 주 화요일 오르간 언덕, 거기까지는 아무 생각 없이 듣고 있었다. 그런데 다음 순간 펜던트라는 단어가 귀에 들어왔다. 그 새끼도 펜던트를 하고 있었어요, 하고. 덩치 큰 남자는 분명치 않은 목소리로 다시 무언가를 물었다. 얼굴이 긴 그놈은 다시 소리를 질렀다. 화제에 오른 것으로 보이는 인물의 인상을 말했다. 마지막으로 아키라는 말이 들렸다. 아키라는 이름도 방금 알게 된 것이라고, 그는 여전히 겁에 질려 울먹이며 호소했다. 아키, 아키. 그 상황을 보고 있던 젊은이는 혹시, 하고 생각했다.

그 직후, 그때까지 잠자코 상황을 지켜보던 마른 남자가 손목시계를 들여다보았다. 2분 30초, 슬슬 갈 때야, 하고 남자는 말했다. 두 남자는 옆에 세워두었던 중량급 오토바이에 올라 현장을 뒤로 했다. 어리둥절해 있는 구경꾼들을 흘낏 보고 순식간에 도겐자카 위로 사라졌다.

경찰이 바로 달려와서 군중도 파란 두건을 쓴 애들도 개미 새끼들이 흩어지듯 사방으로 흩어져서 도망갔다.

"전문가들이야." 가오루가 아키를 보고 중얼거렸다. "짭새의 도착시간까지 계산했어."

아키도 고개를 끄덕였다. 이야기의 내용으로 볼 때 찾고 있는 놈들이 틀림없는 것 같았다.

"현장을 본 녀석은 어쩌고 있어?"

"일단 우리 애들한테 잡아놓으라고 했어." 유이치는 빈틈이 없다. "네가 더 알고 싶은 게 있을지도 모르지 싶어서."

아키는 그의 조치에 만족했다. 자금 담당인 가오루가 입을 연다.

"유이치 너 지금 5만 엔 갖고 있어?"

"돈 주게?"

"사례금이야. 녀석한테 줘." 가오루가 지시를 내린다. "그리고 너 지금 어디야?"

"센터가이야."

"그럼 녀석을 데리고 바로 도큐핸즈로 가. 오르간 언덕 주변이야. 그 2인조 어쩌면 거기서 우릴 찾고 있을지도 몰라. 핸즈와 파르코 주변을 돌며 2인조가 있는지 없는지를 녀석에게 확인시켜봐. 만약 놈들을 보면 바로 뒤를 밟아."

"알았어."

"지금 같이 있는 애들도 동원하고. 나눠서 놈들로 보이는 2인조를 찾으면 목격한 놈을 불러서 대질시켜. 그게 더 효율적일 거야." 거기까지 말하고 가오루는 아키를 보았다. "괜찮겠지?"

"응." 아키는 고개를 끄덕였다. 동의를 구한 가오루는 다시 유이치를 향해 말했다. "우리도 바로 그쪽으로 갈게. 다른 멤버들에게도 연락해서 핸즈 반대쪽 쇼와 빌딩 뒷골목으로 집합하라고 해. 도착하면 전화할게. 너희들도 혹시 비슷한 놈을 보면 바로 연락해줘."

1분 후, 둘은 집에서 나와 지프에 앉아 있었다. 우다카와초로 가는 차 안에서 조수석에 앉은 가오루는 멤버들을 차례차례 호출했다. 나오와 사토루는 시부야에 있었다. 10분 이내에 각자 애들을 더 데리고 집합장소로 오라고 말했다. 다케시는 전화를 받지 않았다. 용건을 간단히 음성으로 남기고 집합장소를 말한 다음 전화를 끊었다.

10시 20분이 지나 오르간 언덕에 도착했다. 나오와 사토루는 각자 네다섯 명씩 데리고 쇼와 빌딩 옆의 쓰러져가는 콘크리트 담 앞에서 기다리고 있었다. 가오루가 모인 멤버들에게 도겐자카에서 있었던 일을 자세히 설명하고 있는 동안 아키는 유이치에게 전화를 걸었다. 유이치는 바로 전화를 받았다.

"어때?" 아키가 물었다.

"못 찾을 것 같아." 약간 피곤한 목소리로 유이치가 대답한다. "이 근방을 한 바퀴 돌아봤어. 지금 파르코3의 북쪽에 있는데, 용의자로 보이는 2인조는 없어."

"다른 애들도 같아?"

"몇 번인가 비슷한 남자 2인조를 대질시켜보았지만 모두 아니래. 여기엔 없는 것 같아."

"알았어……. 일단 이쪽으로 와."

몇 분 후, 유이치가 멤버 예닐곱 명을 데리고 쇼와 빌딩으로 왔다. 그중에 목격자도 있었다. 가오루가 바로 2인조의 인상에 대해 꼬치꼬치 물었다. 그러나 가오루의 질문에 목격자는 잘 모른다는 표정이다.

도겐자카에서 있었던 일로 목격자가 확실하게 기억하고 있는 것은 2인조의 복장뿐이었다. 덩치 큰 남자가 인디고진에 연녹색 남방셔츠. 그 옆에 서 있던 마른 남자가 검은색 가죽바지에 감색 단가리 셔츠를 입고 있었다고 한다. 두 사람 모두 파란 갱을 추궁할 때는 그에게 줄곧 등을 보이고 있었기 때문에 얼굴을 본 것은 2인조가 오토바이에 타는 잠깐 동안뿐이었다는 것이다. 그것도 어둠 속에서 옆얼굴만, 구경꾼들 어깨 너머로 잠깐 본 것에 지나지 않는다.

"그래서 난 복장을 단서로 그 두 사람을 찾았어." 목격자가 말했다. "파란 갱을 추궁한 시간도 3분이 되지 않았으니까."

"그래도 뭐 인상에 남을 만한 게 없었어?" 가오루가 계속해서 물고 늘어진다. "특징 같은 거 없었어?"

목격자는 고개를 갸웃했다.

"두 사람 다 비교적 짧은 직모였어. 마른 남자는 코가 높고 턱이 뾰족했던 것 같아. 덩치 큰 남자 쪽 코는 두툼했어. 입술도 아주 두꺼웠던 것 같아."

"눈은?" 아키가 물었다. "눈매는 어땠어?"

목격자는 괴롭다는 듯 머리를 감쌌다.

"어두웠어……. 옆얼굴만 보고 어떻게 알겠어?"

"오토바이 번호는 확인했어?"

"……아니." 하고 그것도 부정했다. "앞이 내 쪽으로 세워져 있었어. 탈 때까지 그놈들의 오토바이라고는 생각하지 않았어. 그리고 타고 간 것도 너무 순간적이어서 확인할 새도 없었고."

아키와 가오루는 동시에 한숨을 쉬었다.

아키는 기분을 새롭게 하고 총 열다섯 명쯤 모인 멤버들에게 말했다. 이곳에 오는 동안 지프 안에서 이렇게 될 것에 대비한 다음 대책은 가오루와 상의해두었다.

"2인조는 결국 찾지 못했다. 하지만 필시 놈들은 도겐자카에서처럼 누군가에게 탐문하고 다닐 거야. 이 근방을 배회하는 우리 같은 애들이겠지. 그래서 이번엔 그 탐문을 받은 사람을 찾는다."

아키는 손목시계를 보았다.

"앞으로 한 시간 후인 열한 시 반까지 흩어져서 찾아본다."

수색 범위를 우다카와초 전체로 확대하고 유이치와 나오와 사토루를 세 지역으로 나눠서 보냈다.

아키와 가오루는 언덕길에 세워놓은 지프로 돌아갔다. 자리에 앉아 휴대전화를 대시보드에 놔둔 채 연락이 오기를 기다리기로 했다.

아키는 시동키를 스타트 직전까지 돌리고 라디오를 켰다. 채널을 조금 돌리자 도쿄 내 FM 방송국에서 보사노바가 흘러나왔다. 〈이파네마의 소녀〉. 주파수를 그대로 두고 운전석에서 자세를 다시 잡는다. 헤드레스트에 머리를 기대고 음악에 귀를 기울이면서 인도를 오가는 사람들을 멍하니 쳐다본다.

잠시 후 가오루가 입을 열었다.

"찾을 것 같아?"

"모르지." 아키는 자신에게 들려주듯 대답했다. "하지만 할 수 있는 한 해봐야지."

11시를 5분 정도 지났다. 멤버들로부터는 여전히 아무 연락이 없었다. 검은 밴이 아키가 탄 지프를 지나 시끄러운 브레이크 소리를 내며 전방의 주차 공간에 미끄러져 들어갔다. 88 넘버가 달린 검은색 쉐비 밴. 다케시의 차였다. 미등이 잠깐 켜졌다가 빨간 등이 꺼지고 왼쪽 문에서 다케시가 내려 두 사람에게 뛰어온다. 어디서 생긴 건지 그의 볼에 큰 멍이 있다.

"미안, 전화를 못 받았어." 보자마자 그 말부터 했다. "잘못 본 게 아니었나 봐?"

아키는 가오루와 함께 고개를 끄덕이고 가오루가 도겐자카에서 있었던 일을 자세히 설명했다.

"그래서 그 행방을 쫓아 여기까지 온 거야. 2인조는 못 찾았지만, 그놈들이 탐문했을지도 모를 사람을 찾기 위해 애들에게 흩어져서 찾아보라고 했어."

그동안의 과정을 이해한 다케시는 주머니에서 휴대전화를 꺼내며 아키를 보았다.

"그런 것이라면 나도 애들을 불러 참가해야 되지 않겠어?"

아키는 고개를 흔들었다.

"열한 시 반에 끝내고 오라고 했어. 지금 연락하기엔 너무 늦었어."

"그래……."

"괜찮아. 다른 데도 사람은 필요해." 말하면서 아키는 다케시의 볼에 눈이 갔다. "어디서 그런 멍이 생긴 거야?"

"롯폰기."

"롯폰기?"

"응." 하고 다케시는 고개를 끄덕이고 대답했다. "그 카지노 바에서, 좀."

"거긴 뭐 하러 갔어?"

가오루의 놀란 목소리에 다케시는 부끄러운 듯 머리를 긁었다.

"……도둑놈들의 정보를 조금이라도 알아보려고."

다케시는 다케시 나름대로 사고를 일으킨 책임을 통감하고 있었다.

카지노 바의 종업원들이라면 현시점에서 도둑놈들에 관한 새로운 정보를 갖고 있을지도 모른다고 생각했다. 10시 정각에 카지노 바로 이어지는 계단을 내려갔다. 마쓰타니구미에서 내건 현상금 욕심에 두 사람의 인상을 물으러 온 사람 행세를 할 생각이었다고 한다.

하지만 너무 안이한 생각이었다는 것을 뼈저리게 느꼈다.

갑작스런 문전박대였다. 입구에 있던 울퉁불퉁한 덩치의 경비원은 다케시의 차림새를 쭉 훑어보더니 무턱대고 쫓아 보내려고 했다. 여긴 너희 같은 젖비린내 나는 것들이 올 만한 곳이 아냐, 썩 꺼져, 하고 말하더니 바닥에 침을 퉤 뱉었다.

평소 성격대로 욱 하고 성질이 난 다케시는 한 대 후려갈기려고 했다. 하지만 상대는 전문 폭력배다. 반대로 한 방에 나가떨어졌다.

"결국 이 꼴이 됐지 뭐."

무안한 표정으로 다케시는 자신의 볼을 가리켰다. 아키와 가오루는 웃었다.

"제대로 당했군." 가오루가 말했다.

"정말 그래." 다케시가 얼굴을 찡그렸다.

경비원은 바닥에 쓰러진 다케시의 배를 짓밟고 다시 욕을 퍼부었다. 뭐가 아쉬워서 너 같은 하룻강아지한테 부탁하겠냐, 하고 욕을 해대면서 수차례 걷어찼다고 한다.

"덕분에 아무것도 알아내지 못했어."

다케시가 혀를 차는 소리에 가오루는 쓴웃음을 지었.

대시보드의 휴대전화가 울었다. 아키가 재빨리 귀에 댔다.

나오에게서 온 전화였다. 수상한 놈을 하나 잡았는데 어떻게 할지 묻는 전화였다.

"수상한?" 아키가 되물었다. "어떻게 수상한데?"

"랫 페인트라는 그룹의 앤데, 내가 현상금 이야기를 흘린 놈 중 하나야. 입 주위에 피를 묻힌 채 가고 있었어. 말을 걸려고 했더니 당황해서 도망치는 거야. 쫓아가서 잡아 족쳤는데 이놈 하는 말이 아무래도 수상해."

"어떻게?"

"왜 도망갔냐고 물었더니 착각한 거라 하고, 얼굴은 어쩌다 그렇게 됐냐고 추궁하자 넘어져서 그랬다는 거야. 근데 아무리 봐도 두들겨 맞은 상처거든. 틀림없어."

"뭔가 감추고 있는 냄새가 나?"

"응, 그래." 나오가 대답한다. "냄새가 나."

아키는 조금 생각하더니 물었다.

"너 지금 어디야?"

"비디오스튜디오 옆이니까 걸어서 1,2분이야."

"데려와."

전화를 끊고 가오루와 다케시에게 간단히 전화 내용을 설명했다.

"랫 페인트라는 애들은 나도 알아." 가오루가 말했다. "이 근방에서 스프레이 페인트로 그림 그리는 놈들이야. 전에 파티 때 나오에게 소개받은 적 있어."

"하지만 얼굴을 알면서 왜 도망간 거지?" 다케시가 의심쩍은 표정으로 말했다.

"도망갈 이유가 있었겠지." 아키는 대답하면서 방금 전에 들었던 파란 갱 사건을 떠올렸다.

룸미러에 교차점 빌딩 그늘에서 모습을 드러낸 나오가 보였다. 선두의 드레드헤어가 몸집이 작은 젊은이의 목덜미를 잡은 채 끌고 온다.

"왔다."

아키의 말에 다케시는 뒤를 돌아보고, 가오루는 룸미러를 본다.

"오, 오." 다케시가 코웃음을 친다. "가련한 어린양의 등장이시군."

아키는 손목시계를 보았다. 11시 23분을 가리키고 있었다.

"가오루, 지금 얼마 갖고 있어?"

"20만 엔은 있어."

"곧 타임아웃이야. 우선 4만 엔만 줘. 수고비로 나오의 졸개들한테 주게. 여기서 나오 외에는 해산시킨다. 나와 다케시, 나오는 저놈을 골목으로 데리고 가 왜 수상한 짓을 했는지 캐물을 거야. 넌 여기 남아서 곧 이리로 올 애들한테 수고비 좀 줘."

미야비의 하부조직을 움직일 때 아키는 절대로 그냥 움직이지 않았다. 아무리 사소한 일이라도 반드시 그 나름의 대가를 지불한다. 그렇게 함으로써 상호간의 결속력을 강화해간다. 적당한 타협으로 상하 관계를 만들지 않고 일정한 선을 긋는 것이기도 하다.

"얼마나 줘?"

"사토루 애들한테는 4만 엔, 유이치 애들한테는 6만 엔, 애들도 많고 도겐자카에서부터 수고를 했으니까. 그리고 유이치가 목격자에게 대신 준 5만 엔. 그럼 20만 엔이 안 될 거야. 해산시키고 나서 유이치와 사토루를 데리고 골목으로 와."

"알았어."

말하면서 가오루는 아키에게 1만 엔 지폐를 넉 장 건넸다.

나오 일행이 지프 옆에 도착했다. 다케시가 나오를 대신해 문제의 녀석을 잡았다. 아키는 손이 자유로운 나오에게 4만 엔을 쥐어 줬다.

"얼마 안 되지만 애들 수고비야. 해산해도 돼. 넌 남고."

나오는 고개를 끄덕이고 돈을 받아 조금 떨어진 곳에 서 있는 애들에게 내밀었다.

"이걸로 먼저 가서 술이라도 마셔. 난 볼일이 좀 더 있으니까."

한 명이 앞으로 나와 돈을 받았다.

그들이 가볍게 손을 흔들고 사라지자 나오가 아키에게 말했다.

"아키 늘 고마워."

나오는 아키가 애들 앞에서 자신의 입장을 생각해서 돈을 주는 부분도 있다는 것을 이해하고 있었다. 그것에 고마움을 느낀 것이다.

나오는 미야비의 핵심 멤버 중에서 가장 말수가 적지만 그런 세세한 것까지 느낌으로 아는 사람이었다. 아키도 애매하게 고개를 끄덕여 보였다.

"얼른 이놈 입이나 열자고."

다케시가 몸집이 작은 놈의 목덜미를 움켜쥔 채 신이 나 떠들었다.

다케시에게 잡혀 있는 녀석은 불안한 듯 눈동자를 좌우로 움직이고 있다. 정말로 입가에 마른 핏자국이 남아 있었다. 그런데 그 핏자국은 입에서 시작된 것이 아니라 코에서 인중으로 흐른 자국이 분명했다. 즉, 코를 맞은 것이다.

쇼와 빌딩 그늘의 무너진 콘크리트 담 아래 어둠 속으로 녀석을 데리고 갔다. 다케시에게 양 어깨를 잡혀 콘크리트 벽에 떠밀린 녀석은 쫓기는 어린 동물 같은 눈빛으로 아키와 그 뒤의 나오를 보았다.

"나오, 나오." 녀석이 마침내 입을 열었다. 그리고 필사적으로 호소했다. "우린 친구잖아. 부탁이니까 나 좀 봐줘."

그런 모습을 보고 나오는 순간 그에게서 시선을 돌려 난처한 표정으로 아키를 보았다.

"좀 봐가면서 해줄 수 있어?"

"그럼 입을 빨리 열어야지." 아키는 되받아치고 녀석에게 다가갔다. "말해, 얼굴의 그 피는 어떻게 된 거야?"

"······."

그가 고개를 숙이자 아키는 더욱 확신했다. 다케시에게 고개를 끄덕여 보인다.

신호를 받고 주먹을 들어올린 다케시에게 다짐을 준다.

"얼굴은 피해. 아마 코가 내려앉았을 거야."

다케시는 일단 들어올린 주먹을 옆구리로 내리고 훅을 날리듯 복부를 찌른다. 한 방, 두 방. 고개를 숙인 녀석의 입에서 어렴풋한 신음소리가 새어나왔다. 다케시는 더욱 혼신의 힘을 다해 세 번째 주먹을 명치에 꽂아 넣었다.

"크흑!"

그는 참지 못하고 아스팔트에 양손을 짚고 납죽 엎드렸다. 그리고 뱃속에 든 것을 게워내기 시작했다. 눈가에 눈물이 맺힌 채 고통스러운 신음을 토해낸다. 아키는 잠시 그 모습을 내려다보다가 입을 열었다.

"말해. 아니면 계속 맞을래?"

"속수무책이었어……." 한바탕 쏟아내고 나더니 여전히 고통스러운 모습으로 아키를 올려다보았다. "늑골과 쇄골, 거기에 팔꿈치가 나간 놈도 있어. 잘못했다간 정말 죽을 뻔했어."

그 말에 아키와 나오, 다케시는 서로 얼굴을 마주 보았다.

"남자 2인조였어?" 아키가 확인했다. "그놈들한테 당한 거야?"

"이시바시 악기 뒤편에서." 그는 힘없이 고개를 끄덕였다. "너희들에 대해 묻기에 일단 보내고 바로 뒤를 밟으려고 했어. 더 안쪽 골목까지 놈들을 쫓아갔는데, 그게 함정이었지. 막다른 길에 도착해서 돌아보는데 놈들이 갑자기 나타났어."

"그래서?" 나오가 다음 말을 재촉했다. "그래서 어떻게 됐어?"

"갑작스런 상황에 우린 엉겁결에 칼을 뺐어. 그런데 놈들은 여유만만이더군. 칼을 빼든 우리를 보고 웃었어……. 덩치 큰 놈이 칼을 꺼내 일부러 보란 듯 던져버리고, 마른 놈도 맨손으로 충분하다고 지껄였어. 실제로 그 말대로 됐지만."

"……."

"전혀 상대가 안 됐어. 맨손인 두 명한테 칼을 들고 있는 우리가 순식간에 나가떨어졌으니까."

"그러고 나서?" 아키가 다시 다그쳤다. "설마 그걸로 끝은 아니 겠지?"

녀석은 다시 입을 다물고 땅바닥으로 시선을 되돌렸다. 망설이는 것이 느껴졌다.

"말해봐."

"……덩치 큰 남자가 슈운, 그러니까 팔꿈치가 꺾인 애한테 다가가 추궁했어. 슈운은 참지 못하고 알고 있는 걸 다 불었어. 너희들에 대해서. 너희들이 현상금을 걸었다는 것과 그걸 알고 있던 우리가 2인조를 공격한 것, 레드 크로스에 가면 파티를 하고 있는 너희들을 만날 수 있고, 파티에 대해서도. 전부 다 말했어."

마지막 말에 아키는 가벼운 현기증을 느꼈다. 설마 파티와 레드 크로스까지 불었으리라고는 생각지도 못했다.

"이 새끼들이 정말……."

나오는 얼굴을 부르르 떨며 중얼거렸다. 다케시가 두 주먹을 움켜쥔 채 한 걸음 그에게 다가간다. 분노로 관자놀이에 핏대가 솟아 있다.

"어쩔 수 없었어!" 녀석은 필사적으로 소리를 질렀다. "그러지 않았다면 정말로 맞아죽었을 거란 말이야."

"뭐가 어쩔 수 없었다는 거야, 이 개새끼야!" 화가 폭발한 다케시가 그의 옆구리를 사정없이 걷어찼다.

"그 새끼들만 도와주면 우린 어떻게 되도 상관없다는 거야? 에잇!"

또다시 분노를 못 이기고 혼신의 킥을 날린다. 세 번, 네 번 복부에서 둔탁한 소리가 나고 그때마다 그는 비명을 질렀다.

다케시는 이번 사건의 발단이 자신에게 있다는 것을 잘 알고 있다. 그렇지 않았다면 단신으로 롯폰기에 있는 바에 뛰어들었을 리가 없다. 어떻게든 2인조가 미야비에게 접근하지 못하도록 자기 나름대로 노력하고 있는 것이다. 그래서 더욱 화를 내는 것이라고 아키는 생각했다. 그러나 이제 와서 그래봤자 무슨 소용이 있단 말인가.

"적당히 해."

아키는 다케시의 어깨를 잡았다.

"왜?" 다케시는 뒤를 돌아보면서 되물었다. 그 눈동자에 떠오른 광기.

"이놈들마저 실수를 하지 않았다면 여기까지 밝혀낼 수도 없었을 거야. 네 행동이 당연하긴 하지만."

다시 발길질을 하려는 다케시의 어깨에 아키는 힘을 넣었다.

"아직 물어볼 게 남았어. 그렇게 패다간 말도 못하겠다."

다케시는 마지못해 공격을 멈추었다.

아키는 젊은이의 눈앞에 쭈그려 앉아 추궁했다.

"2인조의 인상을 자세히 말해봐."

"……."

"시간 없어. 만약 자세히 이야기하면 지금 당장이라도 풀어줄게."

"야, 야 아키." 다케시가 어처구니없다는 듯 말한다. "너무 봐주는 거 아냐?"

"보복보다는 앞날을 위한 정보가 먼저야." 아키는 옆에 선 다케시를 올려다보며 말했다. "게다가 이놈들 모두 이미 충분히 얻어터졌어. 그놈들한테 초죽음이 되었잖아. 우리까지 따라 할 건 없어."

이 말에는 다케시도 토를 달지 않았다.

나오는 잠자코 아키와 다케시가 하는 모습을 보고 있다.

아키는 다시 녀석에게 물었다.

"어떤 놈들이었어?"

"……마른 남자는 송곳 같았어."

"송곳?"

"뾰족하다는 느낌. 얼굴도 턱도 눈매도 전부 날카롭고 뾰족한 느낌이었어. 나이는 아마 30대 중반쯤."

"그걸로는 몰라." 아키는 초조했다. "좀 더 구체적으로, 몸매나 얼굴형, 눈코입의 특징을 알 수 있게 말해."

"얼굴은 갸름했어. 눈은 외까풀에 가늘고 길었어. 흰자위가 많았지. 코가 높았고, 입술은 얇았어." 그는 기억을 되살리면서 필사적으로 설명했다. "권투선수처럼 다부진 몸매였어. 어깨는 넓고 키도 180 정도는 되는 것 같았어."

"다른 한 명은?"

"마른 남자의 몸에 살을 한 바퀴 더 감은 것 같았어. 골격도 좋고 덩치가 큰 남자였어. 얼굴도 컸어. 부리부리한 눈에 눈썹이 굵고, 코도 정확히 얼굴 한가운데에 자리 잡은 듯한 느낌이었어. 나이는 다른 한 명과 비슷해 보였고."

"그 외에는?"

그는 고개를 흔들었다.

"이게 다야."

"놈들이 타고 온 건 뭐야?" 아키는 질문을 바꿨다. "혹시 큼직한 오토바이를 타고 오지 않았어?"

"……아니 적어도 골목에 나타났을 때는 걸어왔어. 오토바이는 보이지 않았어."

아키는 한숨을 쉬었다. 일어서면서 손목시계를 보았다.

11시 29분. 재빨리 나오에게 속삭였다.

"이제 곧 유이치와 사토루가 올 거야. 이놈 빨리 도망가게 해." 그를 향해 턱짓을 했다. "사정을 이야기하면 이놈한테 분풀이할 게 뻔해. 또 얻어터질 수밖에 없을 거야."

나오는 가만히 고개를 끄덕이고 녀석을 부축해 일으켰다.

"만약을 위해 이놈 동료들 핸드폰 번호도 받아놓고."

나오는 다시 한 번 고개를 끄덕이고 그를 재촉하여 골목 안쪽의 어둠 속으로 사라졌다. 그 뒷모습을 보면서 다케시가 중얼거렸다.

"너무 봐주는 거 아냐, 아키?"

"바보 같은 소리 마. 너랑 옥신각신할 시간 없어." 아키는 혀를 찼다. "그리고 이렇게 만든 원흉이 도대체 누구지?"

"미안." 다케시는 겸연쩍은 표정을 지었다. "말이 너무 많았어."

"알면 됐어."

오늘 밤이 월요일인 것은 불행 중 다행이었다. 아키가 그 말을 하자,

"레드 크로스가 정기 휴일이구나." 하고 다케시도 고개를 끄덕였다. "정말 잘됐어."

"하지만 가게를 닫았다고 해서 놈들이 그냥 있을 거라고는 단정

할 수 없어. 어떻게든 문을 열고 안으로 침입했을지도 몰라. 만약 그랬다면 아직 거기 있을 가능성이 있어."

"그럼 빨리 가봐야지?"

"만약을 위해서야."

콘크리트 담 너머에서 가오루가 유이치와 사토루를 데리고 왔다. 거의 동시에 골목 반대 방향에서 나오가 돌아왔다. 아키는 가오루 일행을 향해 랫 페인트 멤버에게서 들은 이야기를 전했다.

아니나 다를까 유이치와 사토루가 흥분하기 시작했다.

"개새끼, 까불고 있군." 하고 유이치가 이를 갈자,

"다케시, 너 생각 있는 거야? 어째서 그 새끼를 붙잡아놓지 않았어?" 하고 사토루도 발을 동동 굴렀다.

발끈한 다케시가 입을 열기 전에 아키가 재빨리 화제를 돌렸다.

"지금은 보복 같은 거 할 여유 없어. 레드 크로스로 가는 게 먼저야."

가오루는 아키의 조수석에, 나머지 네 사람은 다케시의 쉐비를 타고 마루야마마치로 갔다. 자정 무렵이라 길은 한산했다. 우다카와초의 뒷길을 우회하여 도큐 백화점 본점 앞으로 나왔다. 대로의 교차점을 건너 마루야마마치의 골목으로 들어갔다. 수십 미터를 더 나아가 조금만 더 가면 레드 크로스가 보이는 곳에서 아키는 지프를 멈췄다. 도로에 인적은 뜸했다.

"가오루." 아키가 말했다. "일단 가게에 전화해봐."

가오루가 전화를 거는 동안 뒤에 정차해 있는 쉐비로 다가가 운전석 창을 두드렸다.

"여기서부턴 걸어간다." 아키는 창문을 내린 차 안에 대고 말했다. "만약을 대비해 보건(석궁)을 준비해."

먼저 다케시와 사토루가, 이어서 유이치와 나오가 보건 두 정을 들고 내렸다.

"아무도 안 받아." 가오루가 휴대전화를 귀에 댄 채 아키를 돌아보았다. "적어도 종업원 애들이 없는 것만은 확실해."

아키는 고개를 끄덕였다. 여섯 명은 보건을 든 유이치와 나오를 선두에 세우고 레드 크로스로 다가갔다. 각자 사방을 둘러보면서 앞으로 나아가 낡은 빌딩 앞에 섰다. 거기서부터는 유이치를 선두에, 나오를 후미에 세우고 입구에서 지하로 이어지는 계단을 내려갔다.

레드 크로스의 문이 열린 흔적은 없었다. 자물쇠는 잠긴 채 그대로였다. 아키는 한숨을 내쉬고 다른 애들을 둘러보았다.

"혹시 철수한 거 아냐?"

"근처에서 감시하고 있을지도 몰라." 나오가 말했다. "그리고 안심하고 나왔을 때를 노릴 생각일지도."

"그건 아닐 거야." 가오루가 지적한다. "놈들은 우리가 랫 페인트한테 오늘 일을 들었다는 건 몰라. 하물며 여기에 왔다면 정기휴일이라는 걸 알았을 거야. 오늘만은 우리가 나타나지 않을 거라 생각할걸."

"가오루의 말대로야." 아키가 말했다. "우선 물러나자."

"다행이다." 유이치가 보건을 내리면서 이마의 땀을 닦는다. 그걸 보고 아키도 자신의 등이 땀으로 흠뻑 젖었다는 것을 새삼 깨달았다. 더위와 긴장 탓이다.

"적어도 오늘 밤은 괜찮아." 아키는 문에 걸린 간판을 향해 턱짓을 했다. "하지만 필시 내일 문 닫기 전에는 다시 한 번 이곳에 올 거야. 사장을 다그쳐 우리가 있는 곳을 알아내려고 하겠지."

아키의 말에 다른 다섯 명은 잠자코 있었다.

"그런데 말이야." 잠시 후 사토루가 입을 열었다. "네 말대로라면 여기 사장도 옛날에 그쪽 물 먹던 사람 아니야? 협조한다고 해서 그렇게 쉽사리 우리 얘길 하겠어?"

"사장한테 의리는 없어." 아키는 단언했다. "이유도 모르고 신체적 위해를 당하거나 가게가 쑥밭이 된다면 누구나 입을 열게 돼 있어. 게다가 류이치로부터 그 이야기를 끌어냈으니 옛날 빚은 갚은 셈이지. 무리라고 봐."

다섯 명은 다시 말이 없었다.

"그럼 이런 건 어때?" 대표로 유이치가 자신의 생각을 말했다. "사장에게 몽땅 털어놓고 협력을 구하는 거야. 한동안 가게 문을 닫는 거지. 그렇게 되면 놈들도 어떻게 못할 거 아냐."

그러나 이 제안에도 아키는 고개를 흔들었다.

"한동안이 언제까지야? 우리가 좋은 안을 생각해낼 때까지? 휴업에 대한 보상금 문제도 있어. 하루에 최소한 10만 엔은 줘야 해. 게다가 이 가게가 문을 열지 않으면 놈들은 언젠가 사장네 집을 알아낼 거야."

그 말에 가오루가 고개를 끄덕였다.

"상공회의소에서 회원명부를 손에 넣으면 집 주소를 알아내는 건 시간문제야."

"그리고 이 사건에 대해 외부 사람에게 알릴 생각은 없어." 하고 아키도 우울하게 고개를 끄덕여 보였다. "사장도 휘말리게 돼. 이건 우리 문제야."

문 위의 네온사인이 희미하게 귀를 때리는 전자음을 내고 있었다. 이번 침묵은 좀 더 길고 무거웠다.

여태 잠자코 있던 다케시가 앗 하고 소리를 쳤다.

"지금 생각난 건데." 다케시는 흥분한 말투로 떠들어댔다. "마쓰타니구미도 놈들을 찾고 있어. 그러니까 조직 애들한테 익명의 전화로 그 두 사람이 레드 크로스에 올 것이라고 제보하는 거야. 그럼 틀림없이 마쓰타니구미에서는 조직원들을 대거 동원해 함정을 파놓고 놈들이 오길 기다릴 거야. 아무 생각 없이 나타난 놈들은 마쓰타니구미에 잡힐 거고, 설령 잡히지 않아도 당분간 레드 크로스에는 오지 못하겠지. 그렇게 되면 한동안 안심해도 돼!"

확신에 찬 말투에 휩쓸려 아키도 순간 동조할 뻔했다. 하지만 바로 생각을 가다듬고 쓴웃음을 지으며 고개를 흔들었다.

"그 방법도 안 돼." 아키가 말했다. "그 두 사람을 잡으면 마쓰타니구미는 반드시 현금이 있는지 알아내려고 할 거야. 그러면 우리에 대해 말하게 되겠지. 결국 우리가 마쓰타니구미에게 쫓길 거고, 우리한테 돈을 회수하고 마쓰타니구미가 그대로 물러난다고 해도, 그 두 사람은 우리에게 앙심을 품을 거야. 마쓰타니구미가 그 둘을 죽여주지 않는 한 우린 표적이 될 게 뻔해."

"하지만." 다케시가 끈덕지게 물고 늘어진다. "그 두 사람이 잘 피해 다닌다면 어떨까?"

"상황은 더 나빠져." 아키는 대답했다. "2인조는 기회를 노려 사장의 집을 알아내서 우리에 대해 털어놓게 할 거야. 마쓰타니 구미도 레드 크로스에 주목하겠지. 사장이 무언가 알고 있을지도 모른다고 생각할 거야. 그러는 동안 밀고에 관한 소문은 더 퍼져서 고에이 상사가 알게 되겠지. 류이치가 사장에게 말한 걸 생각해내고 수상하게 여길지도 몰라. 그렇게 되면 사장은 우리한테 의뢰받은 것을 놈들한테 까발릴 수밖에 없어. 우린 이중으로 쫓기게 되는 거야."

"안 되겠군……." 다케시는 중얼거리며 가볍게 혀를 찼다. "제길, 좋은 안이라고 생각했는데."

결국 원점으로 돌아갔다.

아키는 한숨을 쉬면서 시계를 보았다.

새벽 12시 30분. 어느새 화요일이었다. 앞으로 열여덟 시간쯤 지나면 이 가게에 사장이 나타난다. 그리고 2인조도. 그때까지 효과적인 대응책을 생각해내야 한다. 그러나 지금으로선 아무것도 생각나지 않았다.

갈피를 못 잡고 있는 그들과는 상관없이 초침은 재깍재깍 시간을 쪼갠다.

긴 하루가 될 것 같았다.

3

 오전 10시. 아키는 J62형 지프를 타고 고가 아래 다마가와 도로를 시부야 역 방향으로 달리고 있었다. 앞유리를 보닛 위에 쓰러뜨리고 동그란 선글라스를 끼고 있다. 선글라스에 감춰진 양쪽 눈은 충혈되어 있었다.

 어젯밤은 완벽한 수면부족이었다.

 레드 크로스 앞에서 해산하고 가오루와 아파트로 돌아왔다. 나오에게 메모는 받아놓았다. 어젯밤 나오가 잡아온 놈을 추궁해 알아낸 놈의 동료들 휴대전화 번호였다. 번호가 세 개 적혀 있었다. 바로 전화를 걸어보았다. 그 2인조의 인상에 대해 좀 더 자세히 물어볼 생각이었다. 두 번째 전화번호에 상대가 나왔다. 오하시에 있는 도호 대학병원에 입원해 있었다. 면회시간은 9시부터라고 한다. 내일 아침 만날 약속을 하고 전화를 끊었다. 가오루와 얼굴을 맞대고 다시 한 번 앞으로의 대책을 궁리해보았다. 어떻게든 레드 크로스에서 2인조의 주의를 돌릴 방법을 찾아보았다. 하지만 새벽이 다 되도록 묘안이 떠오르지 않았다.

 결국 가오루가 말했다.

 "우선 도겐자카 1가로 가볼게. 현장 근처에 패스트푸드점 같은 게 있으면 그곳 종업원 중에서 현장을 본 놈이 있을지도 모르니까. 어쩌면 오토바이에 관한 정보를 얻을 수 있을지도 몰라." 그렇게 말하고 한숨을 쉬었다. "그것도 실낱같은 가능성이긴 하지만."

 아키도 고개를 끄덕였다.

그리고 오늘 아침 아키는 지프를 몰고 병원으로 가고, 가오루는 도겐자카 1가로 갔다.

그러나 아키는 결국 헛걸음을 하고 말았다. 어젯밤 추궁했던 놈으로부터 연락이 갔는지, 미야비의 보복을 두려워한 그들은 아침 일찍 몰래 병원을 빠져나갔다.

차가 막혔다. 아키는 초조했다. 그렇지 않아도 이 고가 아래 다마가와 도로를 지날 때마다 짜증이 난다. 지붕을 걷은 차로 달릴 만한 환경이 아니었다.

도로 양쪽으로 빌딩이 빽빽이 이어져 있고, 그 빌딩 사이로 보이는 자그마한 하늘마저 3호 시부야 선의 거대한 교각이 뒤덮고 있다. 가끔 빌딩 사이로 들어오는 햇빛이 고가를 지탱하는 굵은 교각을 비스듬하게 비추고 있을 뿐이다. 신호등이 파란색으로 바뀔 때마다 트럭과 오토바이로부터 터져 나오는 배기음이 갈 곳을 잃고 메아리치고, 검은 배기가스가 길바닥에 흩어진다. 적어도 수면부족으로 피곤한 사람이 마실 공기는 아니다.

마침내 도겐자카 위의 3차로로 접어들었다.

아키는 교차점에서 도겐자카 방면으로 차를 돌렸다. 그러자 YT 빌딩 앞에 서 있는 가오루가 보였다.

헐렁한 노란색 티셔츠에 낡은 인디고진을 입고 있다. 마찬가지로 퉁퉁 부어서 부스스한 눈이다.

"어떻게 됐어?"

가오루가 조수석에 앉자마자 아키가 물었다.

"소득이 없어." 가오루는 피곤한 모습으로 대시보드 위에 양발을 올렸다. "근처에 프론토(대형 커피숍 체인)가 한 채, 나머지는 전부 오피스 빌딩이야. 프론토 종업원들도 저녁 근무조와 바뀌어서 아무것도 모르더라. 도로 모퉁이에 작은 담뱃가게가 있어서 마지막 희망을 걸고 물어보았는데 꼬부랑 할머니는 뭘 물어도 응, 응 하고 건성으로 대답하더군."

담뱃가게 꼬부랑 할머니를 상대로 필사적으로 물고 늘어지는 가오루를 상상하며 아키는 웃었다.

"고생 많았어."

"넌?"

"나도 마찬가지야. 그놈들 아침에 다 도망갔어."

"왜?"

"글쎄, 또 얻어터질 줄 알았나 보지."

"아이고 맙소사……."

철제 대시보드는 가오루가 늘 올려놓고 있는 신발 뒤꿈치에 긁혀 여기저기 자국이 나 있다.

지프는 도겐자카 위에서 100미터 정도 나아가 멀리 역 앞 스크램블 교차점에서 정체되기 시작한 차량의 줄 끝에 붙었다.

아침부터 정신없이 뛰어다녔건만 두 사람 다 아무 보람이 없었다. 앞으로 여덟 시간이 지나면 2인조가 레드 크로스에 갈 것이다. 가오루가 기분을 전환하려고 중얼거렸다.

"어쨌든 빨리 집에 돌아가 다시 생각해보자."

그뿐 두 사람은 입을 꾹 다물고 아무 말이 없었다. 차량 행렬이 조금씩 언덕을 내려간다.

차도 옆 느티나무 그늘 아래에는 우락부락한 백인 남성이 간이 테이블을 펼쳐놓고 있었다. 노점상이다. 테이블 위에 깐 검은 천 위에는 싸구려 시계가 햇빛을 받아 반짝반짝 빛나고 있다. 젊은 이들이 그 시계를 흘낏거리면서도 담소를 멈추지 않고 지나간다.

길게 꼬리를 물고 있는 미등은 천천히 오른쪽으로 돌면서 세카이토 빌딩 맞은편으로 빨려 들어가고 있었다. 그때까지 우울한 표정으로 잠자코 있던 가오루가 전방에 시선을 고정시켰다.

"저기 봐."

아키를 흘낏 보고 턱짓을 한다.

30미터쯤 전방 갓길에 검정색 메르세데스 S600이 정차해 있었다. 두 사람이 보고 있는 동안 그 뒷좌석 문이 열렸다. 검정색 더블 양복을 입은, 한눈에 봐도 야쿠자란 걸 알 수 있는 두 사람이 내렸다.

"아직도 벤츠야?" 가오루는 같잖다는 표정으로 웃었다. "역시 야쿠자들은 센스가 영 꽝이야."

"왜?" 가오루의 조소에 동감하면서도 아키가 되묻는다. "저 차 잘 빠졌잖아."

"빠지기야 잘 빠졌지." 가오루는 웃으면서 말한다. "하지만 1,600만 엔이나 하는 차를 허영심만 갖고 타는 건 촌놈들이나 할 짓이야."

"이야, 어떻게 가격까지 알아?"

그러자 가오루는 내뱉듯이 말했다.

"우리 집 꼰대도 탔어."

아키는 웃었다. 가오루는 여전히 대시보드 위에 양발을 올려놓은 채 말을 잇는다.

"야쿠자면 야쿠자답게 캐딜락이나 링컨을 타면 귀엽기라도 하지."

그 소리를 들었을 리 없을 텐데 가오루가 말하는 촌놈 중 하나가 느닷없이 두 사람 쪽을 돌아보았다. 체격이 큰 남자였다. 키가 아키와 비슷하거나 더 커 보였다. 짧은 머리, 우락부락한 얼굴 안에 있는 삼백안이 두 사람을 응시한다.

"응?" 가오루가 그 얼굴을 보고 의아한 표정을 짓는다. "……저 새끼, 어디서 본 것 같은데."

"농담해?"

"아냐. 분명히 어딘가에서 본 기억이 있어."

이야기를 주고받는 동안에도 두 사람이 탄 지프는 천천히 메르세데스 쪽으로 다가갔다. 덩치 큰 삼백안이 아키와 가오루 쪽을 본 채 다른 사람에게 무언가 말했다. 그 남자가 재빠른 동작으로 다시 뒷문을 열고 차 안으로 얼굴을 들이민다.

"……우릴 알고 있는 것 같아."

가오루가 중얼거린다. 그때 운전석 문이 열리고 안에서 자주색 알로하셔츠를 입은 작은 남자가 내렸다. 당황한 표정으로 두 사람을 돌아본다. 류이치였다.

그 순간 아키는 거한의 정체를 알았다.

"저놈 혹시 마카와구미의 구로키 아냐?"

가오루가 잠자코 고개를 끄덕였다. 류이치가 두 사람을 향해 종종걸음으로 다가온다. 사방이 차로 둘러싸여 있는 상황에 가오루가 짜증난 듯 투덜거렸다.

"이렇게 꽉 막혀 있으니 따돌릴 수도 없겠어."

류이치는 어쩐 일인지 콧등에 큰 반창고를 붙이고 있다.

천천히 앞으로 가고 있는 지프와 앞 차 사이에 갑자기 류이치가 끼어들었다. 아키는 가볍게 혀를 차고 브레이크를 밟았다. 순간 뒤따라오던 차에서 경적소리가 시끄럽게 울었다.

"야, 이 새끼야 죽고 싶어."

뻥 뚫린 보닛 너머로 아키가 소리를 질렀다.

"차를 저 벤츠 뒤에 붙여." 아키의 말을 무시하고 류이치는 일방적으로 명령했다. "할 얘기가 있어."

"전에도 말했지만 우린 없어."

신호등이 파란색으로 바뀌었다. 류이치는 코웃음을 치고 보닛 위에 양손을 짚었다.

"내 말대로 하는 게 너희들 신상에 좋아."

천천히 앞 차가 움직여서 차간 거리가 10미터쯤 벌어졌다. 류이치는 보닛 위에 양손을 짚은 채 움직이려고 하지 않는다.

두 번째 경적이 뒤쪽에서 울린다.

"못 알아듣겠어, 이 새끼야!" 화가 난 가오루가 마침내 소리를 질렀다. "야쿠자와 이야기할 시간이 없단 말이야. 비켜!"

"그건 안 되지." 하고 갑자기 다른 방향에서 말소리가 들려왔다. 어느새 구로키가 바로 옆 인도에 서 있었다. 가까이에서 보니 그 거구가 한층 더 커 보인다. 살이 흘러내린 볼, 깜빡이지도 않고 두 사람을 쳐다보는 눈.

"이야기는 들었다."

결국 메르세데스 뒤에 차를 붙인 두 사람은 구로키와 류이치의 말에 따라 인도 옆 빌딩 2층에 있는 커피숍으로 들어갔다. 양복을 입은 다른 한 명은 따라오지 않고 메르세데스 안에 있었다.
네 사람은 큰길 쪽에 있는 구석 테이블에 앉았다.
웨이터가 주문을 받고 물러가자 아키가 입을 열었다.
"할 얘기 있으면 빨리 해." 아키의 눈에 테이블 아래에서 까불기 시작한 가오루의 한쪽 발이 보였다. "함께 긴 얘기를 나눌 만큼 오늘은 정말 시간이 없거든."
아키의 태도에 무언가 말하려던 류이치를 제지하고 구로키가 말했다.
"우릴 알고 있는 것 같은데?"
"당신이야말로 우릴 알고 있지 않나?"
구로키는 담배에 불을 붙이고 천천히 연기를 내뿜었다.
"동네 양아치 주제에 사업 비슷한 일을 벌이고 있다고?" 아키 옆에서 초조해하는 가오루를 보며 즐기듯 구로키는 천천히 말을 이었다. "벌이가 좋은가 봐? 그런 지붕 없는 지프도 몰고 다니고."
"……"
"그래, 혹시나 해서 이 녀석한테 물어보니." 하고 류이치를 턱으로 가리켰다. "아니나 다를까 네놈들이더군."
아키는 류이치를 노려보았다. 류이치는 그 시선을 피하며 생판 모르는 표정으로 바깥을 바라보고 있다. 구로키가 느긋하게 못을 박는다.

"레드 크로스는 우리 나와바리의 한가운데야. 네놈들 맘대로 일을 벌였다간 여러 가지로 지장이 있을걸."

그 말투에 기분이 확 나빠졌다.

"어떻게 지장이 있다는 거지? 우린 그저 단순히 파티를 주최했을 뿐이야. 그 근방 고교생이라면 누구나 하고 있어."

"그래?" 구로키는 짐짓 놀라는 척한다. "요즘 고등학생들은 싸움질로 여흥을 즐기나 보지?"

"여흥이니까." 아키는 지지 않았다. "옛날에 유행했던 댄스파티 같은 거야. 춤을 잘 춘 사람에겐 상금을 준다. 합의하에 결투를 벌이는 거고, 승자에게 돈을 거는 도박도 하지 않아."

"그러니까 만에 하나 짭새한테 알려봤자 전혀 꿀릴 게 없다 이건가?" 구로키는 즉각 말을 받아치고 엷은 미소를 지었다. "머리 참 좋아."

"그래." 상대의 페이스에 말리는 것에 초조해하면서도 아키는 대답했다. "그 정도면 점포가 영업정지에 걸릴 일도 없어. 파티를 열 때마다 가게엔 수익이 발생하고. 그 수익 중에서 일부는 보호비 명목으로 너희들 수중에 들어가겠지. 오히려 우리한테 감사해야지 그렇게 억지소리나 할 처지가 아닐 텐데."

"과연." 구로키는 깔보는 듯한 미소를 무너뜨리지 않은 채 놀리듯 말한다. "처음부터 답변할 말을 다 준비해놓았군. 그렇지?"

"이 거리엔 폼만 잡고 떡 버티고 앉아서 먹잇감을 주워 먹으려는 철면피가 있군 그래." 아키는 구로키의 얼굴을 본 채 거침없이 말했다. "그런 독수리한테 먹히지 않으려고 준비한 거야."

구로키는 킬킬 웃었다. 천박한 웃음소리는 인적이 드문 커피숍 안에 울려 퍼졌고, 테이블로 다가오던 웨이터가 흠칫 놀라 그들을 쳐다보았다.

테이블 위에 아이스커피가 놓이고 웨이터가 물러가자 구로키는 다시 입을 열었다.

"지난 주 그 파티에서 연장을 들고 설친 놈이 있었다지?"

아키는 다시 한 번 류이치를 노려보았다. 함부로 입방정을 떠는 이 촉새 같은 놈을 지금 당장이라도 죽일 수 있다면 죽여버리고 싶었다.

"그땐 네가." 구로키는 담배를 손에 든 채 아키를 가리켰다. "약삭빠르게 처리해서 무사히 넘어갔고. 아닌가?"

"……"

"골탕 좀 먹었겠어? 어떤 놈인지도 모르는 그런 손님을 상대로 말이야. 까딱 잘못했다간 죽을 수도 있었어."

처음부터 초조해하던 가오루가 마침내 입을 열었다.

"그래서 무슨 말을 하고 싶은데?"

"난 그냥 그런 위험으로부터 네놈들을 지켜주고 싶은 거지." 구로키는 태연하게 말하고 그제야 미소를 거두고 긴장된 얼굴로 몸을 쑥 내밀었다. "파티를 하는 날에만 류이치와 다른 놈 하나를 파티장에 보내줄게. 소위 보디가드지. 불미스러운 일은 모두 해결해줄 거야. 단 우리도 그에 대한 보상은 받아야겠지. 보호비로 한 달에 40만 엔만 내."

실질적인 수익의 약 40퍼센트를 가져가겠다는 말이었다.

아키는 상대를 노려보았다. 상대의 입장에서 보면 한 달에 몇 번, 그것도 밤에 몇 시간 레드 크로스에 오는 것만으로 연간 500만 엔 가까운 수입이 확보된다. 그러나 미야비의 입장에서 보면 현장에서의 불미스러운 일에 대해서는 지금까지 해왔던 것처럼 누구의 힘도 빌리지 않고 충분히 대응할 수 있다. 그러기 위해서 아키와 가오루는 거리의 주먹들을 모은 미야비라는 조직을 만든 것이다. 미야비로서는 전과 다름없이 품과 시간을 들이면서도 실수입만 줄어드는, 아무 소득 없는 제안이었다.

요컨대, 하고 아키는 생각했다. 자기들에게서 돈을 뜯어내기 위한 그럴싸한 구실에 지나지 않는다.

"거절한다면?"

아키의 말에 구로키는 비로소 본성을 드러냈다. 날카로운 시선을 아키에게 던지며 낮은 목소리로 말했다.

"파티도 네놈들도 깨부술 방법은 얼마든지 있어. 그걸 잊지 마."

그 협박에 발끈한 아키가 되받아치려는 순간이었다.

갑자기 옆에서 쾅! 하고 무언가를 내리치는 소리가 났다. 가오루가 테이블에 두 손을 짚은 채 구로키를 노려보고 있었다. 얼굴이 분노로 새빨개져 있다.

"헛소리 마, 이 꼰대야." 가오루가 으르렁거렸다. "잠자코 듣고 있었더니 누굴 호구로 아나. 이봐, 아키와 난 지금까지 누구의 도움도 받지 않고 잘해왔어. 앞으로도 마찬가지야. 뭐가 무서워서 당신들 신세를 지겠어, 응?"

구로키는 잠깐 동안 말이 없었다. 그러나 곧 볼이 실룩실룩 움직이기 시작했다.

"뭐라고?"

"그러니까 신세질 일도 없고, 이유도 없어. 자꾸 같은 말 하게 하지 마."

꾹 참고 있는 분노의 파동이 구로키의 거구에서 전해져왔다.

"이 새끼가 말이면 단 줄 아나." 구로키는 소리를 질렀다. "네놈들 같은 애송이들을 밟아 죽이는 것쯤 식은 죽 먹기야!"

"그래?" 장군 멍군이다. 가오루의 말투도 더욱 험악해졌다. "대단하셔. 그렇다면 어디 한번 해봐! 경고하겠는데, 그렇게 되면 우리들도 잠자코 손가락이나 빨며 보고 있진 않을 거야. 우리 애들을 총동원해주지. 당신들한테 그 애들 개인정보까지는 없어. 어디에 살까? 뭘 하는 놈일까? 이름은? 싸움을 걸어온다면 기꺼이 받아주지. 고작 열 명 정도인 고에이 상사 놈들이 100명이 넘는 익명의 인간을 상대로 어떤 지랄을 할지 한번 지켜보겠어!"

"허세 부리지 마, 이 건방진 새끼야!" 구로키도 바로 맞받아쳤다. "우리도 마카와구미가 봐주고 있다는 걸 잊지는 않았겠지! 네놈들 모두 지옥에 처넣어주겠어!"

가오루는 코웃음을 쳤다.

"그럼 그렇게 해보셔. 고작 어린애랑 싸우면서 본부에 지원군을 요청하시겠다? 마카와구미에서 참 좋아하겠군. 덕분에 우리랑 전쟁이 벌어지면 당연히 짭새가 출동하실 거고. 극악무도한 야쿠자 놈들과 약하디약한 미성년자의 싸움이라. 만약 세상에 알려지면

법은 과연 누구한테 유리하게 작용할까. 제발이지 그 텅 빈 대가리를 좀 굴려서 생각이란 걸 해봐."

순간 할 말을 잃은 구로키를 가오루는 더욱 몰아붙였다.

"그리고 당신, 뒷구멍으로 여자도 팔고 있지?" 하고 짐짓 경멸스럽다는 듯 웃었다. "외국인 매춘부의 브로커라. 술집에서 보호비 정도면 몰라도 인신매매를 한다는 걸 짭새가 알면 어떻게 될까? 유치장행은 면한다 해도 짭새가 눈을 번뜩이고 있는 이상 그쪽 일은 물 건너간 거 아냐? 아마도 우리한테 뜯어내려는 돈 이상의 수입이 날아갈걸."

거기까지 말하고 나서 가오루는 일침을 박았다.

"어때? 당신이 상납금을 바치고 있는 마카와구미가 그걸로 납득할까?"

그 직후였다. 류이치가 느닷없이 일어나더니 테이블 너머로 가오루를 잡으려고 했다. 아키가 순간적으로 움직여 류이치의 손목을 잡아 비틀어 꺾었다.

"으윽!"

류이치는 고통에 자기도 모르게 몸을 비틀었다. 손목을 잡아 누른 채 아키는 구로키를 내려다보았다.

"당신이 말하는 보디가드란 게 고작 이 정도야?" 그렇게 말하고 있는 힘껏 밀쳤다. 균형을 잃은 류이치는 앉았던 소파에 벌러덩 엉덩방아를 찧었다. "이런 놈으로 돈을 받으려 하다니 정말 뻔뻔하군."

한동안 두 사람 사이에 팽팽한 눈싸움이 이어졌다.

그러나 그 시선에서 먼저 힘을 뺀 것은 구로키 쪽이었다. 냉정함을 되찾고 무슨 생각을 했는지 느닷없이 입가에 미소를 지었다.

"그런 파티를 개최할 정도니 싸움에는 일가견이 있다는 건가." 구로키는 반격에 나섰다. "하지만 힘자랑도 정도껏 해. 귀찮은 일이 생기지 않는다고 단정할 수 없으니까 말이야."

"……무슨 말이지?"

아키의 질문에 구로키는 입술을 삐죽였다.

"지난주 금요일 밤, 롯폰기에 있는 카지노에서 돈이 털렸다."

"……."

"돈을 털어간 놈들 중 한 놈에게서 다시 돈을 빼앗아간 놈이 있다."

"무슨 말을 하고 있는 거야?"

"더 들어." 구로키는 빙긋이 웃으며 말을 이었다. "어느 바에서 그 강도 중 한 명과 젊은 놈 둘이 사소한 일로 주먹질을 하게 되었고, 결국 그 강도의 가방을 빼앗아 도망갔지. 카지노를 경영하는 마쓰타니구미에서 지금도 혈안이 되어 찾고 있지만, 그놈들은 아직 오리무중이야."

"그래서 어쨌다구?" 가오루도 참지 못하고 끼어들었다. "그게 우리랑 무슨 상관이야?"

구로키는 웃었다.

"그 젊은 놈들이 금발과 스킨헤드 2인조라더군. 두 놈 다 목에 펜던트를 걸고 있었고. 초승달 모양의 하얀 펜던트."

"그래서?"

가오루의 목소리가 그렇게 생각해서 그런지 격앙되어 있었다.
"시침 떼지 마." 구로키는 옆에 있는 류이치를 턱으로 가리켰다.
"이놈한테 들었다. 그 모양의 펜던트는 너희 팀 트레이드마크다. 또 네놈들 부하 중에 금발과 스킨헤드가 있고. 그렇지 않나?"
"비슷한 펜던트는 얼마든지 있어. 금발과 스킨헤드도 그래. 덮어씌우려고 하지 마."
"그래?"
잠깐이었지만 구로키가 무언가를 탐색하는 듯한 눈빛을 지었다. 아키는 그 모습에서 구로키가 아직 확신하지 못하고 있다는 걸 깨달았다.
자기도 모르게 입이 움직이고 있었다.
"금요일 밤이라고 했어?"
"그래."
"그날 밤엔 파이트 파티가 있었다. 파티를 마친 후 아침까지 모두 모여 술을 마셨어." 되는 대로 말했다. "우리 애들 중에 그런 짓을 벌일 놈은 없어."
"그걸 누가 증명하지?"
"우리들 모두."
구로키는 비웃었다.
"그럼 마쓰타니구미에게 네놈들 얘길 해도 되겠네?" 한 번 흔들어본다. "그렇게 되면 현장을 목격한 바텐더가 대질하러 올걸."
"맘대로 해." 아키는 강경하게 대응했다. 사실이야 어떻든 이 자리에서 약한 모습을 보여서는 안 된다. "헛걸음만 하고 말걸."

"돈을 절반으로 깎아주지." 아키의 말을 무시하고 또다시 떠본다. "그러면 마쓰타니구미에겐 함구하겠다."

"참 끈질기군." 하고 진절머리가 난다는 표정을 지어 보였다. "분명 모르는 일이라고 했을 텐데."

다시 입을 다문 채 구로키와 눈싸움을 벌이는 모양새가 되었다. 웬일인지 쏘아보는 듯한 그의 시선을 피하지 않고 받을 수 있었다.

그리고 얼마나 있었을까, 구로키가 결국 테이블 위에 놓인 계산서로 시선을 옮겼다. "수요일까지 시간을 주겠다." 계산서를 들고 일어서면서 말했다. "보호비 건에 대해 결론을 내서 사무실로 연락해라. 지금 한 이야기도 그때 다시 대답을 듣겠다. 두 가지 이야기 모두 흡족한 답변을 듣지 못한다면 목요일 파티 때 마쓰타니구미와 함께 찾아가겠다. 알겠어?"

4

"야, 아키."

도겐자카를 내려간 지프는 109 교차점을 빙그르르 우회하여 분카무라 도로를 올라가기 시작했다.

"야, 아키." 양발을 보닛 위에 뻗은 채 가오루는 멍하니 되풀이했다. "도대체 어떻게 할 거야?"

"뭘?" 크게 숨을 내쉬면서 아키는 물었다. "뭘 말하는 거야?"

"구로키와 도둑, 양쪽 다." 가오루는 대답했다. "둘 다 바짝 달아올랐어."

"음."

전방의 신호가 빨간색으로 바뀌었다. 아키는 기어를 풀고 브레이크를 밟았다. 가오루가 다시 입을 열었다.

"마쓰타니구미에 까발린다는 게 정말일까?"

"정말일까?" 아키는 되물었다. "말하는 폼으로 봐선 그럴지도 모르지."

가오루는 고개를 흔들었다.

"난, 단순한 협박이라고 생각해."

"무슨 근거로?"

"까발릴 마음이었다면 우릴 의심스럽게 생각했을 때 바로 연락했을 거야. 아마도 놈들은 마쓰타니구미로부터 돈을 가로채려는 속셈 같아."

신호가 파란색으로 바뀌었다. 기어를 넣고 차를 출발시켰다.

"그 새끼한텐 아직 우리가 범인이라는 확신이 없어." 가오루가 계속 말을 잇는다. "그래서 그걸 먼저 확인하고 나서 우릴 몰아붙이려는 거야."

"어떻게?"

"방법은 몰라. 모르지만 목요일 파티 때는 올 거야. 마쓰타니구미는 빼고 말이야. 예를 들어 다케시와 사토루를 납치해서 힘으로 자백을 받겠지. 혹은 납치까지는 아니라도 그 장면을 목격한 바텐더를 어떻게든 찾아내서 파티 때 다케시와 사토루를 대질시키거나. 방법은 여러 가지야." 그렇게 말하고 다시 한숨을 쉬었다.

"어느 쪽이든 파티에 올 생각인 것만은 분명해."

"그럼 목요일 파티는 취소해야겠군." 아키가 말했다. "놈들이 다케시와 사토루를 만나게 할 수는 없어."

"난 반대야." 가오루는 고개를 흔들었다. "그러면 구로키는 우리를 더 의심할 거야."

"놈들을 만나게 해도 된다는 거야?"

"그렇게 말하지는 않았어." 가오루는 조금 초조했다. "근본적인 해결책이 아니라는 말이야. 네가 어제 말했지? 파티를 영원히 열지 않을 수는 없다고."

"그럼 어떻게 해?"

"구로키의 의심을 깨끗이 날려버릴 수 있는 알리바이를 생각해내야 해."

"무리야." 아키는 고개를 흔들었다. "지금은 어떤 알리바이를 내놓아도 놈은 우릴 의심할 거야. 설령 그 알리바이가 통해도 보호비 문제는 남아 있어. 우리와의 인연이 여전히 이어지는 거지."

가오루가 뜬금없이 웃는다.

"구로키를 그냥 확 죽여버릴까?" 험악한 말을 웃으면서 한다. "그러면 놈들한테 괴롭힘 당할 일도 없어지고."

엉겁결에 아키도 웃었다.

"그렇게만 된다면 아무 걱정도 없지."

"아아." 가오루는 조수석에서 지겹다는 듯 크게 기지개를 켰다. "누가 그 새끼 좀 죽여주지 않나."

아키는 손목시계를 보았다. 11시 조금 전이었다. 구로키 건도 있지만, 지금은 그 2인조에 대한 대책을 세우는 게 먼저였다. 레드크로스에 끼치는 폐를 생각하면 좀 더 신속하게 대책을 세워야 한다.

제한 시간은 오늘 오후 6시.

이틀 후에 닥칠 재난과 지금 해결해야 되는 문제. 이중으로 겹친 고민거리에 아키는 몇 번이나 한숨을 쉬었다. 지금 미야비가 할 수 있는 것은 문제 해결에 접근해가는 것뿐이다.

차는 도큐 백화점 본점 앞의 3차로까지 올라가 쓰다 빌딩의 모퉁이를 돌았다. 사람들로 북적이는 골목을 동쪽으로 빠져 도큐핸즈 앞을 이노카시라 도로로 나갈 생각이었다. 오른쪽에 BEAM이 보인다. 어젯밤 가키자와가 오토바이를 세워둔 곳이었지만 아키와 가오루가 그걸 알 턱이 없다. 가오루가 불쑥 중얼거렸다.

"어쩌면 그 2인조도 어제 이 골목을 지났을지 몰라."

"무슨 소리야?"

"생각해봐. 파란 갱이 공격당한 곳은 도겐자카 1가야. 그놈들, 오토바이를 타고 있었어. 그렇다면 지금 네가 운전해온 것처럼 우다카와초로 가기 위해서는 이 골목을 지나는 것이 가장 빠른 길일걸? 이 길로 비디오스튜디오 뒤쪽까지 간 게 아닐까?"

"정말 그럴지도 모르겠네."

밝은 햇빛 아래 지프 양 옆으로 양복을 입은 샐러리맨과 유니클로 아래위를 입은 젊은이들이 이마의 땀을 닦으면서 오가고 있다.

밤이 되면 이 도로도 네온사인이 반짝이고, 젊은이들이 모여들고, 젊은 여자들이 유행을 찾아 몰려다니는 공간으로 분위기가 바뀐다. 그런 공간에 한눈에 봐도 이질적인 두 사람이 섞여 있다. 껑다리와 덩치 큰 남자가 탄 오토바이가 사람들을 피하면서 천천히 지나간다.

거기까지 생각하고 문득 아키는 쓴웃음을 지었다. 생판 모르는 그들을 마음대로 상상하고 있다. 그러나 이상하게도 그 이미지가 마음속에서 떠나지 않는다.

기묘한 감정이 솟구쳤다. 의외로 그것은 친근감에 가까운 것이었다.

"어차피 가는 방향인걸 뭐." 생각지도 않은 말이 튀어나왔다. "비디오스튜디오 뒤쪽으로 가보자."

"뭐 하러?" 가오루가 놀라서 아키의 얼굴을 본다. "오늘은 그럴 시간 없어. 레드 크로스 건은 어쩌고? 빨리 집에 가서 대책을 세워야지."

"내가 그 2인조였다면 다음에 어떤 행동을 할지, 좀 생각해보고 싶어. 현장을 보면 그때 그놈들이 생각한 걸 조금은 알 수 있을지도 몰라."

가오루는 시계를 보았다.

"앞으로 일곱 시간밖에 없어."

"시간은 얼마 안 걸려. 도겐자카 1가 바로 옆이야."

아키는 대답하고 이노카시라 도로를 나오자마자 핸들을 왼쪽으로 꺾었다.

도큐핸즈 앞의 교차점을 지난 지프는 서서히 속도를 떨어뜨리면서 도로를 북상하여 시부야 비디오스튜디오 옆 인도에 한쪽 바퀴를 올렸다.

"분명 저 옆 골목이겠지?"

아키는 그렇게 말하고 비디오스튜디오와 이시바시 악기 사이의 골목을 돌아보았다. 가오루가 고개를 끄덕이고 두 사람은 차에서 내렸다.

빌딩을 돌아 뒷길로 들어갔다. 골목 한쪽을 비디오스튜디오의 하얀 외벽이 온통 뒤덮고 있다. 그 한 면에 녹색과 빨간색으로 어지럽게 글자가 쓰여 있다. 영어를 도안한 것인데, 언뜻 보기에는 아랍어로 보이는 의미를 알 수 없는 문자의 나열이다.

반대쪽의 약간 낮은 콘크리트 담도 비슷한 상황이었다. 필시 청소국에서 작업한 것이리라. 화학약품으로 한 번 지운 표면에 다시 새로운 낙서가 쓰여 있다.

"어휴." 가오루가 중얼거렸다. "시부야 구도 큰일이군. 세금이 작살나겠어."

아키는 잠자코 골목 안쪽으로 걸어갔다. 비슷한 좁은 길과 교차하는 십자로에서 좌우를 보았다.

"이쪽일 거야."

뒤따라 온 가오루가 오른쪽을 보았다. 골목은 50미터 정도 들어간 곳에서 막다른 길이었다. 양쪽이 잡거빌딩으로 둘러싸인 골목에는 대낮인데도 인기척이 별로 없었다. 내리쬐는 직사광선을 받아 아스팔트 위에 열기가 가득 차 있을 뿐이다.

두 사람은 막다른 곳인 콘크리트 담을 향해 천천히 걸어갔다.

도중에 아키는 한쪽 도랑 옆에서 무언가 반짝이는 것을 보았다. 10센티미터 정도의 버터플라이 나이프가 펴진 채 떨어져 있었다. 접이식 칼이었다. 가까이 가서 그것을 주웠다.

칼끝을 손가락으로 만지면서 아키는 골목 반대쪽을 보았다. 정확히 바로 옆 건물의 안쪽으로 쑥 들어간 곳에 비상계단이 보였다. 일단 랫 페인트 일당을 앞서 가게 해놓고 뒤에서 쫓아가 공격하기 위해 몸을 숨기기에 안성맞춤인 장소로 보였다.

"어지간히 싸움에 자신이 있었나 보군." 가오루가 말했다. "일부러 칼을 버린 것 봐."

"그러게."

"차라리 오늘 레드 크로스 앞에서 돈을 돌려줄까?"

아키는 고개를 흔들었다.

"구로키 일당이 이 일에 관여한 이상 그 방법은 이제 소용없어. 한쪽을 만족시키려면 다른 한쪽을 죽여야 해. 구로키를 어떻게 처리할지 정할 때까지 그놈들한테 돈을 돌려줄 수는 없어."

두 사람은 어깨를 나란히 하고 어슬렁어슬렁 골목 안쪽으로 걸어갔다.

콘크리트 담에 도착하자 가오루는 위쪽을 올려다보았다.

"이 높이라면 뛰어넘기도 쉽지 않았을 거야." 그렇게 중얼거리면서 아키를 돌아보았다. "나 말이야, 옛날에 랫 페인트가 파티에 왔을 때 잠깐 이야기를 나눈 적이 있어."

"그래?"

"장소를 가리지 않고 낙서하는 것만 빼면 이 시부야에서는 흔히 볼 수 있는 애들이야. 가끔 싸우기도 하는 것 같은데, 다케시나 유이치가 데리고 있는 애들처럼 특별히 난폭한 애들도 아니야."

"그래?"

"그런 놈들이 뭣 때문에 칼 같은 걸 빼들었는지 좀 의문이 갔어. ……그런데 실제로 이렇게 와보니 마치 막다른 길에 몰린 쥐 같은 기분이야. 나도 모르게 칼을 뽑고 싶어지는 충동도 알 것만 같아."

아키는 웃었다.

"허를 찔려 막다른 길에 몰린 거야. 궁지에 몰리면 누구나 그렇게 돼."

그 순간이었다. 어떤 생각이 번개처럼 뇌리를 스쳤다.

그 충격에 잠깐이지만 현기증마저 느꼈다. 그 빛을 놓치지 않으려고 아키는 엉겁결에 칼을 들고 있던 손에 더욱 힘을 주었다.

어둠 속에서 반짝반짝 등불이 흔들리고 있다. 막다른 곳, 쫓겨온 장소, 구로키와 류이치, 그리고 그 2인조. 세 가지 요소에 찾아든 이미지가 녹아들어 서서히 윤곽을 갖춰간다. 밀실과, 그곳에 모일 수밖에 없는 필연성.

"야, 왜 그래?" 가오루가 의아한 듯 묻는다. "표정이 딱딱하게 굳었어."

"잠깐." 결정적인 실마리를 잡고 아키가 건성으로 대답한다. "지금, 좋은 생각이 났어."

결론을 향해 조급하게 다가가려는 마음을 억지로 진정시킨다.

좀 더 깔끔하게, 좀 더 자연스럽게. 자기들에게 유리하도록 어설프게 계획을 전개시켜서는 안 된다.

"도대체 무슨 일이야?"

"잠깐 기다리라니까."

말하면서 아키는 다시 한 번 생각에 집중했다. 발밑의 열기를 먹은 아스팔트 위를 개미 한 마리가 느릿느릿 기어간다.

빈틈은 없는 듯했다. 이번엔 최종적인 타협점을 향해 신중하게 필연적인 조건을 음미하는 것부터 시작했다. 머릿속에서 천천히 디테일을 쌓아 상대의 급소부터 공격해 들어갔다.

"음."

저도 모르게 중얼거렸다. 과정은 얼추 된 것 같았다. 나머지는 시간과 타이밍이다. 타이밍을 잡기 위한 인원 배치와 그에 필요한 시간, 그리고 다음 단계로 넘어가기 위한 작업의 교대. 아키는 발밑 아스팔트를 응시한 채 생각을 정리했다.

"음, 가능할 것 같아."

다시 한 번 중얼거렸다. 그리고 가오루를 돌아보았다.

"됐어. 놈들 일을 매듭지을 큰 그림이 완성되었어."

"놈들이라면 어느 쪽?"

"양쪽 다. 구로키와 그 2인조. 한꺼번에 처리하는 거야." 아키가 말했다. "잘만 되면 모두 해결돼."

"그거 잘됐네."

가오루는 아키의 얼굴을 한 번 흘낏 보더니 마치 남의 일처럼 말한다.

"그런데 너 전혀 기쁘지 않은 것 같다?"

골목 안쪽 막다른 곳에 앉아 콘크리트 담에 등을 기댄 채 두 사람은 이야기를 나누고 있었다. 이윽고 콘크리트 표면을 비추던 해가 기울며 그들의 발밑에 담 그림자를 조금씩 늘려가기 시작한다.

아키가 한바탕 이야기를 끝내자 가오루가 다시 한 번 찬찬히 아키의 얼굴을 들여다보았다. 그러고 나서 천천히 입을 열었다.

"대단해." 입술을 핥으며 말한다. "네 표정이 왜 어두웠는지 알 것 같아."

"그래?"

"잘못되면 많은 사람이 죽을 거야."

"알아."

가오루는 길게 한숨을 쉬었다.

"한쪽만, 예를 들어 구로키만 이기면 어떡할 거야?"

"상황이 어떻게 되든 싸우는 도중에 2인조가 자기들 일에 대해 자기들이 나서서 말할 일은 없을 거야. 즉, 우리들 일도 그렇고. 게다가 만약 죽는다면 말할 수도 없어. 오해를 풀지 못한 구로키 일당은 바로 상대에 대한 복수를 생각하겠지. 한동안 우리한테 신경 쓸 여유는 없을 거야. 그동안 우리는 다시 한 번 대책을 세울 수 있어."

"반대로 2인조가 남는다면?"

"우선 구로키에게 돈을 착취당할 가능성은 영원히 없어져. 우리 사업을 계속할 수 있는 거지. 그러니까 계획을 실행하는 동안

2인조의 본거지를 알게 되면 돈은 나중에 돌려줘도 돼. 그래도 우리가 잃는 건 아무것도 없어. 물론 잘만 되면 양쪽 다 저승사자가 데려갈 수도 있지."

"그야 그렇지만……." 가오루는 더 이상 할 말이 없었다. "골치 아프네."

그 말을 끝으로 입을 다물어버린다.

조용해진 골목에 맴맴 매미의 울음소리가 어디선가 들려왔다.

가오루는 생각에 잠긴 채 나이키 앞부분의 보풀을 만지작거리고 있다. 이마에 땀이 송골송골 맺혀 있다.

아키는 조용히 물었다.

"결행할까, 말까?"

"내가 배알도 없는 놈으로 보여?"

"나야말로 그래." 아키가 대답했다. "솔직히 말해서 도망가고 싶은 기분이야."

마침내 가오루가 얼굴을 들었다.

서로 얼굴을 마주보며 가만히 미소 짓는다.

담 끝에서 길어지기 시작한 그림자는 천천히 세력을 확장하더니 머지않아 두 사람의 얼굴을 덮었다.

"좋아."

결심한 듯 가오루가 말했다. 그러고 나서 일어나 아키의 얼굴을 보았다.

"결행하자."

아키도 일어나서 양손으로 엉덩이를 툭툭 털었다.

"괜찮겠지?" 가오루의 눈을 똑바로 쳐다보며 다시 한 번 확인한다. "일단 시작하고 나면 되돌릴 수 없어."

"어쩔 수 없지." 가오루는 흘낏 시계를 보고 대답했다. "지금 열한 시 반이야. 계획대로 갈지 어떨지 사전조사도 해야 해. 더 이상 고민하고 있을 시간이 없어."

차로 돌아온 두 사람은 서둘러 도겐자카 2가로 돌아가기 시작했다. 고에이 상사가 있는 곳은 알고 있었다. 일단 이노카시라 도로를 북상하여 우다카와초를 우회해서 쇼토 1가를 경유했다. 그대로 도큐 백화점 본점 옆의 우체국 앞 교차점까지 내려가 분카무라 도로를 건너 2가의 호텔가로 지프를 몰았다. 좁은 골목을 천천히 나아가며 우회전과 좌회전을 몇 번 거듭해서 목적지에 도착했다. 고에이 상사가 있는 골목에서 한 블록 더 들어간 뒷길에 지프를 세웠다. 차에서 내려 빌딩으로 둘러싸인 뒷길을 조금 걸어가 빌딩 그늘에서 도로를 내다보았다.

도로의 30미터 정도 앞 갓길에 검정색 메르세데스가 정차해 있었다. 부근에 조직원으로 보이는 사람은 없다. 아키는 도로로 한 걸음 나가 메르세데스 옆 빌딩을 올려다보았다.

어제 가오루에게 들은 대로 허름한 잡거빌딩 4층 유리창에 큼지막하게 고에이 상사라고 쓰여 있는 것이 보였다. 그 4층이 최상층이고 역시 가오루에게 들은 대로 한 층에 한 업체만 들어가 있는 듯했다. 시선을 돌리자 도로를 사이에 두고 반대쪽에도 비슷한 건물이 늘어서 있다. 그중 하나, 고에이 상사가 있는 건물과 거의 같은 높이의 4층 건물 옥상이 아키의 눈에 들어왔다. 옆에 서 있는 가오루에게 물었다.

"너, 저 빌딩 옥상까지 갈 수 있겠어?"

"어떻게 해보지 뭐."

그때부터 각자 움직였다. 아키는 빠른 걸음으로 고에이 상사로 갔고, 가오루는 도로를 건너 아키가 말한 빌딩으로 갔다.

메르세데스 옆에 가서 선 아키는 다시 한 번 고에이 상사가 있는 건물을 올려다보았다. 1층 옆의 좁은 입구와 반대쪽의 빌딩 벽면에 노출된 비상계단이 있었다. 아키는 그것을 확인한 후 빌딩 입구로 가서 문을 열고 계단을 올라가기 시작했다.

구로키와 류이치를 우연히 마주쳤을 때의 핑계거리도 생각해놓았다. 일이 계획대로 진행되려면 어차피 그 내용을 오늘 오후 늦게까지는 구로키에게 전달해야 한다.

먼저 4층 층계참까지 단번에 올라가 잠깐 복도를 내다보았다. 왼쪽 벽에 사무실 문이 하나, 오른쪽 벽에 화장실과 그 안쪽의 급탕실이 보였다. 더 안쪽의 막다른 곳엔 비상계단으로 나가는 문이 있다.

핑계거리를 생각해놓았다고는 해도 나중을 생각하면 들키지 않는 게 최선이었다. 재빨리 4층 층계참에서 몸을 돌려 계단을 내려가 3층 복도를 내다보았다. 예상했던 대로 4층과 같은 구조로 되어 있었다.

3층에 인적이 없는 걸 확인하고 이번엔 천천히 점검하기 시작했다.

안쪽까지 걸어가 우선 비상문의 시건장치를 확인했다. 안쪽에서 쉽게 자물쇠를 풀 수 있는 일반적인 타입이었다. 다음으로 옆에 있는 급탕실을 들여다보았다. 한쪽에 설거지대가 있는 좁은 공간은 간단하게 커튼레일로 나뉘어 있다. 뒤로 돌아오면서 마지막으로 사무실 쪽 문을 확인했다. 아무 변형도 없는, 원래 상태의 철문이었다. 곁에 '레온 화장품 판매'라는 간판이 걸려 있다. 문과 벽의 틈새를 주의 깊게 관찰했다. 문 아래위에 있는 경첩의 가동부가 복도 쪽으로 튀어나와 있다. 즉, 이 문은 바깥쪽으로 여는 문이라는 말이다.

계단으로 돌아오면서 복도의 폭을 눈대중으로 쟀다. 2미터쯤 되었다. 정확한 치수는 나중에 멤버 중 누군가에게 시켜 재면 된다. 1층까지 계단을 빠르게 뛰어 내려와서 밖으로 나와 가오루에게 지시한 건물 옥상을 올려다보았다. 때마침 가오루가 옥상에서 얼굴을 내밀었다. 지프가 있는 곳으로 돌아가는 아키를 확인하자 손을 흔들었다. 아키가 살짝 고개를 끄덕여 보이자 가오루의 머리가 바로 들어갔다.

뒷길로 들어가 지프 운전석에 앉아서 가오루를 기다렸다. 아키는 시계를 보았다. 12시 5분. 30초도 되지 않아 가오루가 모습을 보였다.

"미안, 많이 기다렸어?" 조수석에 앉자마자 가오루가 말했다. "옥상 입구까지 가는 데는 문제가 없었지만 자물쇠를 따는 데 시간이 걸렸어."

"그래, 어땠어?"

"그럭저럭." 가오루가 대답했다. "시선의 위치가 좀 높았지만 그래도 사무실 안이 반 정도는 보였어. 넌?"

"대체적으로 괜찮아." 아키도 대답했다. "문이 밖으로 열리게 돼 있어서 다행이야."

가오루는 웃었다.

"뭔가 될 것 같아?"

"응."

"애들한테는 네가 설명해."

"내가?" 아키는 놀랐다. "말주변은 네가 낫잖아."

가오루는 고개를 흔들었다.

"계획을 세운 사람이 설명하는 건 당연해." 그리고 놀리듯 말했다. "말주변이 없어도 잘해야 돼. 우리 목숨이 걸린 일이니까."

아키는 얼굴을 찡그리면서 지프에 시동을 걸었다.

5

다다미 열여섯 장 넓이의 거실에 사내 다섯이 둥글게 둘러앉아 있다. 다케시, 사토루, 유이치, 나오. 그 중심에 아키가 앉아 다른 멤버들을 향해 이야기하고 있다. 가오루는 혼자 구석 테이블에 앉아 1만 엔짜리 지폐와 B4 용지를 비교해보면서 귀를 기울이고 있었다. 테이블 위에는 B4 용지가 잔뜩 쌓여 있었다. 돌아오는 길에 문구점에 들러 산 것이다. 그리고 집에 오는 내내 조수석에 앉은 가오루는 전화 통화를 했다. 멤버들에게 일일이 전화해 1시 30분에 긴급 소집을 걸었다. 무슨 일이 있어도 반드시 한 시간 내에 오라고 엄명했다. 그리고 마지막에 빼놓지 않고 꼭 이렇게 덧붙였다.

"펜던트는 오늘 꼭 가져와."

센터가이를 돌아다니던 유이치와 나오는 1시 전에 왔다. 한편 다케시와 사토루도 검정색 쉐비를 타고 와서 오후 1시 20분이 지나자 모든 멤버가 모였다.

네 사람의 시선이 집중되는 동안 아키는 담담히 이야기를 이어갔다. 어제 저녁에 있었던 사건부터 오늘 오전의 일까지 간결하게 설명한 뒤 자신의 계획에 대해 설명했다. 전혀 예상치도 못했던 대책에 네 사람은 미동도 하지 않고 듣고 있다.

가오루는 1만 엔짜리 지폐와 B4 용지를 테이블 위에 내던지고 시계를 보았다. 2시 조금 전이었다. 둥글게 둘러앉은 멤버들 쪽으로 시선을 돌렸다. 제한 시간까지 앞으로 네 시간. 30분 가까이 이어지던 아키의 설명도 마무리되어가고 있었다.

"이상이 계획의 내용이야." 마무리를 지으면서 아키는 멤버들을 둘러보았다. "다른 의견 있는 사람?"

멤버들은 말없이 서로 얼굴을 쳐다보았다. 곁에서 보고 있던 가오루는 그들의 기분이 어떤지 잘 알고 있었다. 자기도 바로 조금 전까지 그런 기분이었다. 의견이고 뭐고 그저 어안이 벙벙하여 얼마 동안은 아무 말도 나오지 않을 것이다.

"다른 의견 없어?"

상관없이 아키가 다시 확인한다. 그러자 멤버 중 한 명의 목젖

이 위아래로 크게 움직였다. 아키는 그것을 놓치지 않았다.

"나오, 뭐 할 말 있어?"

"……그게, 그래서 정말로 잘될까?"

나오는 그렇게 말하고 동의를 구하듯 옆에 앉은 유이치를 보았다. 자연스럽게 아키와 다른 멤버의 시선도 그에게로 옮겼다. 유이치는 잠깐 생각하는 듯하더니 입을 열었다.

"솔직히 말하면 너무 위험한 것 같아." 그는 신중하게 단어를 골랐다. "만약 어딘가에서 실수하여 속임수가 들통 나기라도 하면 두 배로 보복당할 거야. 잘못하면 죽을 수도 있고."

아키는 일단 유이치에게 고개를 끄덕여 보이고 이어서 다케시와 사토루에게 시선을 돌렸다.

"난 시도해볼 가치는 있다고 생각해." 사토루가 반론했다. "확실히 위험한 건 알아. 그렇다고 손가락이나 빨고 있을 순 없어. 최악의 경우 돈도 빼앗기고 파티도 열지 못하게 될지 모르는데, 그중 어느 하나는 확실히 남겨둬야 하지 않을까? 다행히 계획대로 잘되면 양쪽 다 남길 수 있고."

"나도 사토루의 의견에 찬성이야." 조심성이 많은 다케시도 거든다. "2인조가 얽혀들게 된 원인을 제공한 것은 우리니까, 아주 훌륭한 방법이라고는 할 수 없지만 그냥 손 놓고 있다가는 선수를 빼앗기고 말 거야. 계획을 실행할 때는 내가 가장 위험한 걸 맡을게."

의견은 소극파와 적극파로 나뉘었다. 타고난 성격이 그렇다기보다는 입장이 그렇게 만든 것이라고 아키는 느꼈다.

사건의 단초를 제공하여 책임을 느끼고 있는 것이 다케시와 사토루였다. 자신의 뜻과는 상관없이 소동에 휘말리게 된 유이치나 나오와는 다른, 현실을 타개하려는 마음이 강하다.

아키는 가오루를 흘낏 보았다. 가오루는 살짝 고개를 끄덕여 보인다.

"위험한 건 나도 충분히 알아." 아키는 유이치와 나오를 보면서 말했다. "그러니까 싫으면 빠져도 돼."

그러자 유이치가 당황해서 나섰다.

"야야, 난 단지 냉정하게 상황을 분석했을 뿐이야. 빠진다고는 말하지 않았어." 하고 입을 삐쭉 내민다. "겁먹은 게 아니라구. 그렇지 나오?"

나오도 불평을 한다.

"맞아. 그러니까 우릴 따돌릴 생각은 마."

결국 아키가 파놓은 함정에 스스로 뛰어 들어왔다. 두 사람은 그것이 미리 타협점을 생각하고 아키가 던진 미끼라는 것을 눈치채지 못했다.

"그럼 다 동의하는 거지?"

아키가 확인한다.

"응."

"물론."

두 사람은 못마땅했지만 그렇게 대답할 수밖에 없었다.

웃음을 참고 있는 가오루를 눈짓으로 제지하고 아키는 시계를 보았다. 오후 2시였다.

"이제 시간이 별로 없다. 각자 역할을 정하자. 우선 나와 가오루는 보스턴백 안에 넣을 서류를 준비한다. 지금까지 파이트 파티에서 거둔 손익 결과인데, 한 번 열 때마다 만들어둔 것을 전부 모으고 거기에 가짜 고객명부를 추가하는 작업을 할 거야. 그것만으로도 B4 용지로 수백 장은 될걸. 부피와 무게 모두 보스턴백에 넣고 다니면 그럴싸하게 보일 거야. 구로키 일당에 대한 시간 벌이용으로도 적당하고. 서류 위에는 현찰 100만 엔을 올려놓는다. 구로키에게는 작업하면서 내가 전화할 거야."

모두가 동시에 고개를 끄덕인다.

"다음으로 다케시와 사토루는 마카와구미와 적대 관계에 있는 조직폭력단의 정보를 수집해와. 도겐자카 2가와 마루야마마치가 놈들 나와바리이니까 인접한 도겐자카 1가와 센터가이를 나와바리로 갖고 있는 조직폭력단을 알아보면 될 거야. 주변 술집을 탐문하면 이름 정도는 알아낼 수 있겠지. 단, 넌지시 물어봐야 해. 이름을 알아내는 대로 바로 연락하고, 이리로 와."

"알았어."

"유이치, 나오. 너희들은 우선 핸즈에서 자와 각목, 그리고 톱을 사서 고에이 상사가 있는 건물로 가. 각목은 되도록 굵고, 2미터 이상이 되는 걸로 사고. 4층과 3층 복도의 배치는 같은 규격이었어. 그러니까 폭은 3층 복도에서 재도 돼. 각목을 잘라 설치할 준비가 다 되면 그걸 4층 급탕실의 커튼레일 뒤에 숨겨놓고 이리로 와. 4층 놈들한테 들키지 않도록 한 명이 작업하는 동안 다른 한 명은 망을 보고. 그리고 유이치는 오토바이도 수배해놔."

두 사람은 고개를 끄덕였다. 그런데 다케시가 끼어들었다.

"야, 아키. 지금 얘길 들어보면 애들 쪽이 훨씬 더 위험하고 힘든 일인데, 나와 사토루가 할 일과 바꾸는 게 낫지 않아?"

아키는 고개를 저었다.

"만에 하나 구로키와 류이치가 너희들을 보게 되면 그냥 돌아오지 못해. 이게 웬 떡이야 하고 그 자리에서 붙잡아 금요일 일에 대해 캐물을 거야. 그렇게 되면 2인조를 미끼로 엮을 수 없어. 너희들 자체가 미끼가 될 테니까. 하지만 유이치와 나오라면 금요일 일에 직접적인 관계가 없어. 들키더라도 우리 말을 전하러 왔다고 하고 금요일 일에 대해서는 모른다고 발뺌하면 풀려날 가능성이 높아."

거기까지 단숨에 말하고 아키는 유이치와 나오를 보았다.

"미안하지만 본게임에서 나와 다케시, 사토루가 중요한 역할을 하기 위해서야. 이해할 수 있지?"

여기서 중요한 역할이란 위험한 역할과 같은 뜻이다. 유이치와 나오는 고개를 끄덕였다.

아키는 새삼 자세를 고쳤다.

"알고 있겠지만 레드 크로스는 오후 일곱 시에 문을 열어. 2인조는 필시 문을 열기 전 인적이 없는 시간대를 노리고 있을 거야. 아마도 한 시간 전까지는 스탠바이하고, 어딘가에서 사장이 문 여는 걸 확인한 후 가게 안으로 들어가겠지. 그러니까 우리는 늦어도 다섯 시 반까지는 레드 크로스 주변에 그물망을 쳐야 해. 각자 다섯 명씩, 애들을 소집해. 배치도와 본게임에 대한 협의는 다시 한 번 여기에 모였을 때 할 생각이야. 그럼 재집합 시간은 늦어도 다섯 시. 앞으로 세 시간이 중요해. 힘들겠지만 그때까지 지금 말한 일을 마무리지어줘. 이상."

각자 고개를 끄덕였다. 아키는 미리 준비해놓은 봉투를 다케시와 사토루, 나오와 유이치에게 건넸다.

"10만 엔씩 들었어. 다케시와 사토루는 그걸 탐문 뇌물로 쓰고, 유이치와 나오는 재료비야."

네 사람은 봉투를 받고 서둘러 방을 나갔다.

휑한 방 안, 아키는 가오루를 돌아보았다. 컴퓨터를 보면서 가오루가 말했다.

"지금까지 연 파티 횟수는 일흔두 번이야. 각각 손익 결과와 명세서가 두 장씩 있어. 그러니까 이것만 150장 가까이 돼. 이 서류에 회당 세 장인 고객 명부를 첨부하면, 물론 가짜지만 모두 360장이야. B4판이니까 크기로 보면 1만 엔짜리 지폐가 여덟 장 반이야. 계산하면 3,060만 엔의 현금에 해당하는 부피가 되지. 여기에 현찰 100만 엔을 위에 얹으면 대략 3,200만 엔. 적어도 겉으로 봐선 문제가 없어."

가오루가 1만 엔짜리 지폐와 B4 용지를 벌써 비교해보았던 것이다.

"수고했어."

"이왕 할 일인데 정확한 게 좋지." 가오루가 웃으며 말했다. "손익 결과는 이미 있으니까 넣기만 하면 돼. 지금부터 거기에 첨부할 가짜 고객명부를 만들어야지. 만에 하나의 가능성이라도 파티 참가자에게 피해가 가게 해선 안 되니까 진짜 명부에서 휴대전화

번호와 메일주소 한 줄만 랜덤으로 바꾸려고. 그걸 아홉 장 만들어서 3회 건너 돌려쓰는 거야."

"들키지 않을까?"

"놈들이 집중해서 보는 것은 손익표뿐이야. 명부까지 보면서 비교하지는 않을걸?" 그리고 또 씩 웃었다. "게다가 계획대로라면 손익표도 그리 오래 볼 시간이 없잖아?"

"그야 그렇지."

"이 프린터의 출력 속도는 흑백이 분당 스무 장이야. 단순계산으로 15분이면 300장이 나오지만 손익표와 명부에 맞춰 세팅을 바꿔야 하고, 그때마다 종이도 보충해야 하니까 시간은 좀 걸릴 거야. 그래도 50분이면 충분해."

아키는 시계를 보았다. 2시 20분.

"가짜 명부는 언제쯤 다 될까?"

"세 시." 잠깐 생각하더니 가오루가 대답했다. "출력하면 세 시 오십 분. 서류를 각각 72회분으로 나눠 호치키스로 찍는 것까지 약 한 시간. 다섯 시 전에는 확실히 끝날 거야."

"알았어."

아키는 테이블 위에서 종이를 한 장 집어 바닥에 놓고 사인펜으로 레드 크로스 앞의 간단한 약도를 그리기 시작했다.

6

 오후 3시에 전화기가 울렸을 때 모모이는 나갈 준비를 하는 중이었다. 이를 닦고, 세면실 거울을 보면서 수염을 깎던 모모이는 투덜거리면서 거실로 돌아왔다. 아직 면도를 하지 않은 오른쪽 얼굴엔 면도 거품이 그대로 남아 있다. 왼손으로 수화기를 들고 면도가 끝나 깔끔한 왼쪽 턱에 댄다.
 "여보세요."
 "나야." 가키자와의 목소리였다. "상의한 내용에 변경사항이 있어서 전화했어."
 "지금 면도하고 있는 중이야."
 "금방 끝나."
 모모이는 한숨을 쉬었다.
 "그래, 뭔데?"
 "나 오늘 전철로 갈 거야. 그러니까 하라주쿠 역 앞에서 태워줘."
 "그거야 별 문제 없지만, 그런데 왜?"
 "오늘 일정을 생각해보니까 차 한 대로 같이 움직이는 게 나을 것 같아서."
 모모이는 그 말의 의미를 잠깐 생각했다.
 "다시 말해 납치할 수도 있다는 거야?"
 "그래." 가키자와가 대답했다. "만약 가게 종업원한테 놈들이 있는 델 알게 되면 그길로 놈들의 아지트로 쳐들어갈 거야. 바로 돈을 찾지 못할 경우에는 놈들 중 하나를 차로 납치해서 나중에 거래 도구로 활용해야지. 놈들이 많을 경우도 생각할 수 있는데, 그땐 어제 저녁처럼 맨손으로는 힘들어. 협박용으로도 쓸 수 있게 총을 갖고 가자고."

"실탄을 넣어서?"

"만약을 대비해야지."

모모이는 다시 한숨을 쉬었다.

"별로 내키지 않아."

"그건 네 사정이고." 가키자와는 쌀쌀맞게 대답했다. "작년에 산 베레타가 두 정 모두 손도 안 댄 채 그대로 있을 거야. 그걸 쓰자고. 늘 하던 대로 임프레자 뒷문 안쪽에 숨겨놔."

"알았어." 모모이는 대답했다. "그래, 하라주쿠엔 몇 시쯤에나 올 거야?"

"다섯 시 사십 분. 그러면 여섯 시 전에는 그 가게에 도착할 거야. 가게를 열려고 막 준비할 때지."

"알았어."

모모이는 수화기를 놓고 세면실로 돌아왔다. 우울한 얼굴로 반 남은 수염을 마저 깎기 시작했다. 면도가 끝나자 세수를 했다. 수건으로 물기를 닦았다.

"……"

옆에 있는 욕실 문을 열었다. 욕조 모서리에 발을 올리고 그 위로 올라가 천장 귀퉁이에 있는 점검구멍으로 양손을 뻗어 뚜껑을 옆으로 밀어냈다. 한 손을 구멍 속에 넣어 베레타 두 정이 들어 있는 비닐 봉투를 꺼냈다. 비닐을 세면실 쓰레기통에 버리고 양손에 총을 들고 거실로 나왔다.

모모이는 천성이 깨끗한 걸 좋아한다. 방 하나에 거실과 식당 겸 주방이 딸린 40평방미터의 아파트. 거실과 침실 모두 늘 깨끗하게 정리되어 있다. 원래 욕심이 별로 없는 터라 가구류도 거의 없다. 거실에는 AV 세트와 중앙에 둥근 테이블, 옆에 가죽 소파. 침실에는 벽장에 들어 있는 이불과 베개 맡의 스탠드. 가구라 할 수 있는 것은 대충 그 정도다. 주인의 눈으로 봐도 깔끔한 실내다. 물건을 놔두고 잊어먹을 염려가 없다. 일과 관련된 건물 약도나 계획 단계에서 짠 타임스케줄이 펼쳐져 있으면 이 방 안에서는 눈에 확 띈다.

집에 찾아오는 사람도 거의 없다. 이 일을 시작한 뒤로는 학교 다닐 때나 튜닝공 시절일 때의 친구와도 차츰 멀어졌다. 만나면 꼭 일 얘기가 나온다. 그럴 때마다 속을 털어놓고 이야기할 수 없는 탓이었다. 가끔 만나던 여자조차 집에 부른 적이 한 번도 없다. 모두가 만약을 위한 대비였다.

모모이는 시내 은행에 일곱 개, 마을 은행에 다섯 개의 통장을 갖고 있다. 각각 약 1,000만 엔씩, 정기예금으로 저축해놓았다. 해마다 한두 번 수천만 엔 단위의 돈을 이 일로 벌어들인다. 차를 만지던 때와 달리 돈 걱정은 전혀 없었다.

그 돈은 모두 이 고독에 익숙해진 대가로 손에 넣은 것이다. 그렇게 생각하며 스스로를 납득시켰다.

지금까지 현관에 신발을 벗은 적이 있는 사람은 가키자와와 오리타뿐. 그것도 지난 5년 동안 고작 두 번밖에 없었다.

둥근 테이블 앞에 권총을 놓고 가만히 바라보았다. 블로백 시스템의 베레타 M8045 쿠거F. 이 권총의 정식 명칭이다. 전장은 182밀리미터. 미국 치안당국에서도 정식으로 채용한 베레타 92FS라는 권총이 있다. 이 M8045는 그 명작이라 불린 FS형을 계승한 콤팩트 모델로 살상력과 명중률 모두 FS와 호각을 이룬다.

만약을 대비해 총목에서 탄창을 빼내 실탄의 장전 상태를 확인했다. M8045의 탄창 용량은 45구경 실탄이 여덟 발이다. 다시 말해 두 정으로 열여섯 발을 쏠 수 있다. 평소에는 신경도 쓰지 않던 것을 오늘만은 모모이도 왠지 신경이 쓰였다. 두 정의 탄창을 확인하고 다시 노리쇠에 철컥 하고 세트했다.

이어서 옷장 안에서 A4 사이즈의 작은 007가방을 꺼내 권총을 그 안에 넣었다. 다시 테이블에서 일어나 커튼을 치러 창가로 갔다. 커튼 자락을 잡고 잠깐 발코니에서 보이는 눈 아래 풍경을 내려다보았다.

모모이는 종종 이 발코니에서 마을 풍경을 바라본다. 목욕을 마치고 맥주를 마실 때나 잠에서 깨 담배를 피울 때 등이다.

특히 석양이 비치는 발코니에서 지상을 바라보고 있으면 가끔 가슴이 메는 순간이 있다.

장바구니를 들고 아이의 손을 잡고 지나가는 아주머니나 길을 오가는 샐러리맨의 모습을 아무 생각 없이 바라보고 있노라면 자신이 우주의 끝에서 그들의 일상을 바라보고 있는 듯한 착각에 빠진다. 세상에 홀로 남겨진 듯한 쓸쓸함을 느낀다.

저쪽과 이쪽 세상. 그 경계선에서 아직 헤매고 있는 자신을 느겼다. 근본적인 해결책이 되지 않는다는 것을 누구보다 잘 알면서도 여자와 놀러 다녔다. 진심이 될 수 없는 차에 대한 애정이 새 차로 대신하듯이 결코 진심으로 사귀지 않는 유사 연애로 한때나마 그 쓸쓸함을 달래보려 했다. 미련이었다.

 동료로 가담한 해, 가키자와와 오아후 섬에 갔다. 호놀루루 시내에 호텔을 잡고 다음 날부터 교외 사격장에서 매일 연습했다. 접수처에서 가키자와가 무턱대고 안긴 것은 45구경의 콜트 거버먼트였다. 강력한 화력 탓인지 처음 얼마간은 총을 쏠 때마다 총신이 튀어 올라 과녁을 제대로 맞힐 수가 없었다.
"방아쇠를 당기는 순간만 힘을 넣어도 돼." 가키자와가 말했다. "그때까지는 어깨의 힘을 빼고 몸을 부드럽게 유지해. 반동에 대한 밸런스를 생각하고 여유를 갖고 서봐. 야구나 테니스에서 공을 받아칠 때와 같은 요령이야."
 가키자와의 말대로 하자 탄혼이 점점 과녁에 다가갔다.
"그래, 그런 요령이야."
 필사적으로 총을 쏘면서 모모이는 문득 생각했다. 이 남자에게도 야구를 하며 놀던 시절이 있었을까, 하고.
 실탄 200발을 쏘면 하루 연습이 끝났다. 시간으로는 한 시간 반 정도. 가키자와는 그 이상 시키려고 하지 않았다. 초보자가 너무 많이 쏘면 가벼운 건초염을 일으키기 때문이다. 오후에는 가키자와와 둘이서 머스탱 컨버터블을 빌려 섬 안을 드라이브하고 호텔 수영장에서 놀았다. 밤에는 바에서 술을 마셨다. 모모이는 스물아홉 살 때 처음 해외여행이라는 것을 해봤다. 그걸 여행이라고 부를 수 있다면 말이다.

사흘째 연습 끝 무렵에는 총을 다루는 데 완전히 익숙해져서 대부분의 총알이 과녁 중앙을 꿰뚫었다. 나흘째 되는 날 가키자와는 모모이에게 한 손 사격을 명했다. 총목을 양손으로 받치고 있던 때와는 달리 모모이가 쏜 총알은 다시 과녁을 벗어나기 시작했다. 가키자와가 말했다.

"총목과 손목에서 팔꿈치 라인을 아래위는 물론 좌우로도 일직선으로 유지해. 팔꿈치를 구부리고 쏠 때는 팔꿈치로, 구부리지 않고 쏠 때는 어깨로 반동을 흡수하고."

가키자와의 지시에 따랐다. 연습이 끝날 무렵에는 과녁 중앙을 맞히기 시작했다. 닷새째 되는 날에는 양손 사격과 한 손 사격을 열 발씩 교대로 반복했다. 어떻게 쏘든 탄흔은 과녁 중앙 근처에 집중되었다. 만족스러운 결과에 가키자와는 살짝 미소를 지었다.

그것으로 모모이의 해외연수는 끝났다.

그 후로 5년 동안 모모이와 가키자와와 오리타는 매년 사냥 금지가 풀리는 계절이 되면 이바라키나 도치기의 첩첩산중으로 꿩 사냥을 가는 것이 연례행사가 되었다. 물론 사냥총으로 들새를 사냥하는 것이지만, 그와 동시에 인적이 끊긴 숲속에서 은밀히 권총 연습도 쌓았다. 감을 잃지 않기 위해서였다.

모모이는 청바지를 입고 검정색 티셔츠 위에 마로 된 재킷을 걸쳤다.

다행히 모모이는 아직 사람을 죽인 적은 없다. 사람을 향해 권총을 쏜 적도 없었다. 과거를 돌아봐도, 만에 하나의 경우에도 전후 사정을 감안한 다음 계획을 꼼꼼히 점검해보고 나서 실행에 옮기기 때문에 실제로 총을 사용할 만한 상황이 없었던 것이다.

그래서 지난번 카지노 습격 때도 모모이는 비교적 마음 편하게 권총을 숨길 수 있었다. 어느새 총은 일종의 보험 같은 존재가 되어 있었다.

하지만, 하고 모모이는 생각한다. 이번에는 아무래도 불길한 예감이 들었다. 예측할 수 없는 현장에 총을 갖고 가는 것이 별로 내키지 않았다. 실제로 사용하게 되지는 않을까 하는 걱정이 고개를 쳐든다.

최악의 경우에는 살인을 저지를지도 모른다. 돌아올 수 없는 선을 넘어버리는 것이다. 건너편 세계로는 영원히 돌아올 수 없는 경계선을 말이다.

필시 그 후의 자신의 눈에 비치는 세계는 지금까지와는 완전히 다를 것이다.

예를 들어 지금의 가키자와에게 받는 인상처럼. 예를 들어 이전의 오리타에게서 보았던 시선처럼.

그렇게 될 것 같은 자신이 두려웠다.

모모이는 007가방을 들고 재킷에 지갑을 넣고 현관으로 갔다. 신발장 위의 열쇠를 들고 현관을 나올 때 손목시계를 보았다. 4시 조금 전. 야마노테 도로가 아무리 막힌다 해도 5시 30분에 하라주쿠라면 충분히 갈 수 있는 시간이었다.

이제 와서 발을 뺄 수도 없다.

7

오후 4시 15분. 레드 크로스 앞의 배치도는 이미 구석에 있는 책상 위에 놔두었다. 예정 시간에 프린트를 마친 가오루는 분류에 정신이 없었다. 마루 한가득 가짜 명부를 날짜순으로 늘어놓고 각각에 손익표를 겹쳐놓는다. 가오루가 작업할 수 있도록 아키는 침대 위에 앉아 있었다.

시트 위에 시부야 구의 정보지를 펴놓고 고에이 상사에서 직영하는 유흥업소 이름을 찾고 있다. 멤버들이 수집해온 정보에 의하면 핑크 월드라는, 주로 중남미에서 온 금발 여성들이 일하는 가게였다. 그러나 업종별로 찾는 방법을 몰라 시간이 걸리고 있었다. 욕실이 갖춰진 독실 항목을 펼쳐보았지만 기재되어 있지 않다. 다음으로 소프랜드(증기탕의 일종)를 폈다. 욕실이 갖춰진 독실 항목으로 가라고 되어 있다. 당연했다. 시간과의 싸움에 초조해하는 자신이 왠지 우습다.

문득 생각이 나서 독실 마사지 항목을 펼쳤다. 빙고. 주소를 확인하고 전화번호만 재빨리 적어두었다.

전화기가 울었다. 아키는 침대 옆에 있는 무선전화기를 들고 통화 버튼을 눌렀다.

"여보세요."

다케시였다. 도겐자카 1가와 센터가이가 나와바리인 각각의 조직폭력단을 알아냈다는 연락이었다.

"도겐자카 1가는 타카 엔터프라이즈라는 고에이 상사와 같은 마카와구미 산하의 조직이야. 그러니까 이놈들은 제외해야 될 것 같아. 센터가이 쪽은 소쿠리츠 흥산이라는 조직에서 나와바리 대부분을 차지하고 있대. 이쪽은 전간토청룡회 산하. 청룡회는 메이지 도로 주변을 중심으로 진구神宮 앞, 하라주쿠까지 세력을 펼치고 있어. 에비스에서 세력권을 넓히는 마카와구미와는 시부야의 요충지, 그러니까 분카무라 도로를 사이에 두고 대치하고 있는 것 같아. 쓸려면 이쪽 애들이 낫지."

"알았어." 아키가 대답했다. "애들은 모았어?"

"응, 레드 크로스 앞에 다섯 시까지 집합하라고 했어."

"사토루는?"

"시간에 맞춘대."

첫 번째 문제는 해결되었다. 아키는 돌아오는 시간을 묻고 전화를 끊었다.

"다케시는 어떻대?"

호치키스로 자료를 묶으면서 가오루가 묻는다.

"제대로 알아냈어." 아키가 대답한다. "바로 돌아온대."

다시 전화기가 울었다. 아키는 힐끗 시계를 보면서 침대 위에 던져놓았던 무선전화기를 귀에 댄다. 4시 20분. 이번엔 유이치의 전화였다.

"설치 다 됐어." 입을 열자마자 가장 먼저 유이치는 그렇게 말했다. "다행히 4층 놈들한테도 들키지 않고 끝났어. 지금 바로 그리로 갈게."

"치수를 잰 두 군데의 길이는?"

"복도의 폭은 195센티미터. 그리고 사무실 문 아래는, 아, 거길 뭐라고 하지?"

"문지방."

"그래, 문지방의 높이는 3밀리미터였어."

"각목의 길이와 굵기는?"

"길이는 195센티미터 플러스 5밀리미터로 절단했어. 틈이 생길 거를 대비해 5밀리미터 길게 했어. 힘만 좀 주면 딱 맞게 들어갈 거야. 단면의 크기는 한 변이 사방 7센티미터. 파는 것 중에서는 가장 굵은 놈이야."

아키는 각목을 머릿속으로 그려보았다. 충분할 것 같았지만 만약을 대비해 확인했다.

"톱으로 자를 때 휘거나 하지 않았어?"

"튼튼한 놈이야. 발로 밟고 톱질을 했는데도 끄떡없었어."

"각목은 어디에 감춰놓고 왔어?"

"네 말대로 급탕실에. 입구 옆의 커튼레일 뒤에 세워놓았어."

"잘했어."

아키는 유이치에게 돌아올 시간을 확인하고 전화를 끊었다.

"두 번째도 해결된 거야?"

마루에 있는 서류에서 얼굴을 들고 묻는 가오루에게 아키는 수화기를 든 채 끄덕여 보였다.

"이젠 마무리만 남았어."

"그렇지."

"그럼, 시작해볼까?"

"뭘, 새삼스럽게." 아키의 다짐에 가오루는 시원하게 웃었다. "이 방법밖에 없다고 한 건 너 아냐?"

아키도 애매하게 웃었다. 가볍게 심호흡을 하고 고에이 상사의 전화번호를 누르기 시작했다. 잠깐 동안 가오루도 하던 일을 멈추고 아키를 가만히 쳐다보고 있었다. 신호가 가는 소리가 들린다. 말없이 가오루를 돌아본 채 신호 소리를 듣고 있었다.

세 번째 신호음에 상대가 전화를 받았다.

"네, 고에이 상사입니다."

낯익은 목소리였다.

"류이치?" 아키가 말했다. "지난번엔 실례가 많았어. 아키야."

순간 상대가 할 말을 잃고 벙쪄 있는 모습이 눈앞에 보이는 듯했다.

"너, 이 새끼!" 그러나 류이치는 금방 거칠게 지껄여대기 시작한다. "지난번엔 날 아주 갖고 놀더군, 이 시팔 놈아!"

"징징거리지 마." 아키가 말했다. "귀 아파."

"귀 아파? 좆 까고 있네. 대가는 꼭 치르게 해줄 거다. 그냥 넘어갈 생각 마!"

아키는 웃었다.

"그건 내가 할 말이야." 태연하게 대꾸했다. "있는 말 없는 말 다 지어내서 구로키를 꼬드기기나 하고."

"뚫린 입이라고 함부로 떠들어라."

"보호비 건으로 전화했다." 류이치의 말을 무시하고 아키는 용건으로 들어갔다. "생각해봤는데, 너희들과 손잡으면 다른 놈들한테 허세를 부리는 데 그리 나쁠 것 같진 않더라고."

"……뭐?"

아니나 다를까 당황한 듯한 상대의 목소리가 들려왔다. 하지만 너무 성급하게 다가갔다간 오히려 의심을 살 우려도 있다.

"단, 월 40만 엔의 보호비는 아무리 생각해도 무리야. 금액을 좀 낮춰준다면 이쪽에서도 생각해볼 여지가 있어."

"……"

"금액 협상이야. 너랑은 이야기가 되지 않을 것 같으니 구로키를 바꿔."

"구로키 씨야." 류이치는 마지못해 성질을 누그러뜨린다. "말조심해."

다시 한 번 비웃었다.

"빨리 바꾸기나 해."

혀를 차는 소리가 들리고 난 후 전화기에서 보류음이 흐르기 시작했다. 낯익은 멜로디, 생각났다. 〈사랑은 옥빛〉이었다. 야쿠자답지 않은 보류음에 헛웃음이 났다.

"그 머저리 같은 놈, 아직도 약이 바짝 올라 있지?"

가오루의 말에 아키는 히쭉 웃으며 고개를 끄덕였다. 멜로디 너머에서 대화를 주고받고 있을 것이다. 잠시 기다렸더니 구로키가 나왔다.

"반응이 너무 빠른 거 아냐, 응?" 그렇게 말을 꺼낸 구로키의 웃음을 머금은 표정이 눈에 선했다. "기특한 마음가짐이야."

"당신 제안을 전폭적으로 수용하겠다곤 안 했어." 아키가 대답했다. "류이치에게 못 들었어?"

"간단히 들었지." 그렇게 말하고 구로키는 반 공갈조로 말한다. "근데 말이야, 우리도 사업이야. 너무 후려치면 나중에 너희들한테 좋지 않을 텐데."

아키는 속으로 웃었다. 뭔, 개소리야. 한번 물면 뼛골까지 쪽 빨아먹으려고 할 놈들이. 하지만 그런 내색은 전혀 하지 않고 이야기를 진전시켰다.

"그래서 교섭하자는 거야. 서로 타협할 수 있는 걸 이야기해보자고."

"물론 그래야지." 구로키는 여유 있는 태도를 무너뜨리지 않았다. "그럼, 너희들이 타협점이라고 하는 걸 어디 한 번 들어볼까?"

"전화로는 말하기 곤란해." 아키는 일단 피했다. "카지노 바 건에 대한 오해도 있고, 같이 다시 한 번 얼굴을 맞대고 얘기했으면 하는데."

순간 구로키는 잠깐 뜸을 들였다.

"……허세 부리지 마, 이 애송이야." 굵고 갈라진 목소리가 다시 본성을 드러낸다. "전에도 말했지만, 마음만 먹으면 네깟 놈들 숨통을 끊어놓는 것쯤 식은 죽 먹기야."

"그러니까 서로 만족할 때까지 얘기해보자는 거야." 이번에는 짐짓 애원하는 듯한 목소리로 말했다. "지금 여태까지 파이트 파티에서 거둔 수익을 결산하고 있어. 1회마다 손익 내역과 명부를 붙이고 있는 게 총 72회분. 전부 300장 이상의 자료야. 그걸 보면 매상이나 이익금 등 모든 부분을 알 수 있게 되어 있어. 그걸 한 번 보고 나서 타협점을 찾는 게 어때?"

"음……."

"거래를 하는 이상, 우린 모든 걸 다 공개할 생각이야. 그러면 당신도 다시 한 번 우리들과 손잡는 게 손해 볼 일은 아니라고 생각할 거고."

"억지 부리기는, 새끼." 그렇게 중얼거렸을 때는 구로키의 목소리가 평정을 되찾고 있었다. "그래, 그 자료는 언제 다 돼?"

지금부터가 가장 중요한 포인트다. 아키는 신중하게 말을 골랐다.

"오늘 저녁까지는 다 만들 거야. 다 만들면 바로 당신을 만나고 싶어."

"대충 몇 시쯤?"

"아마도 다섯 시에서 여섯 시 사이일 거야. 다 되면 다시 연락할게. 그런데 지금 내 차를 쓸 수 없어. 큰 짐도 있고. 레드 크로스 앞에서 날 태워주면 같이 가서 당신과 검토해보려고 하는데, 어때?"

"우리로선 이중으로 수고를 하는 셈이군." 데리러 가는 것이 그렇다는 말이다. "하지만 네 말대로 이건 거래니까 그 정도는 사정을 봐주지."

처음엔 어긋날 것 같았던 돈벌이 이야기가 다시 상대로부터 굴러들어온 것이다. 마다할 이유가 없다고는 생각하고 있었지만 그래도 아키는 내심 안도의 한숨을 내쉬었다.

"준비가 되는 대로 전화하겠다. 여섯 시쯤으로 생각하고 있어."

"시간은 비워놓지."

전화를 끊고 가오루를 보았다.

"얘기는 잘 됐어?"

가오루의 말에 아키는 고개를 끄덕이고 시계를 보았다. 4시 30분을 지나고 있다. 마루 위에 흩어져 있던 서류는 어느새 하나로 쌓여 있었다.

"이제, 준비는 다 됐군."

몇 분 후 다케시와 사토루가 돌아왔다. 조금 늦게 유이치와 나오도 현관에 모습을 나타냈다. 이번엔 가오루를 포함한 모든 멤버가 둥글게 모여 앉았다. 아키는 그 중앙에 레드 크로스 앞 배치도를 놓았다.

"잘 봐. 이게 레드 크로스이고, 그 앞의 T자로가 이거야. 이 T자로의 레드 크로스 쪽, 북쪽 절반을 다케시 멤버가 맡아줘. 남쪽의 왼쪽은 나오 담당, 그 반대쪽인 오른쪽은 사토루가 맡아. 근처 음식점, 특히 레드 크로스가 잘 보이는 곳에 들어가 손님들을 철저하게 마크해야 돼. 유이치, 네 애들은 거리 담당이야. 애들한테 삼차로를 왔다 갔다 하면서 통행인과 차들을 체크하라고 해. 그동안 유이치와 나오는 각자의 멤버들과, 다케시와 사토루는 나와 함께 있어. 가오루만 따로 움직인다. 우리보다 먼저 가서 2가 도로의 건너편에 있는 빌딩에서 조직사무실을 감시하고 있어."

아키를 제외한 모두가 고개를 끄덕인다.

"다시 한 번 말하지만 놈들은 틀림없이 나타난다. 정장 차림으로 돌아다니긴 힘들 테니 필시 두 사람 다 편안한 복장을 하고 있겠지. 두 사람은 분명 어딘가에서 레드 크로스를 감시하며 사장으로 보이는 인물이 문을 열 준비를 하러 오기를 기다릴 거야. 그런 이상한 행동을 하는 놈이 있으면 자연히 눈에 띄게 마련일 테니, 놈들이 가게가 보이는 곳에 있다면 그 가게 주변에 대기하고 있는 우리들 눈에도 분명 보이겠지. 그래서 흩어져서 찾기로 한 거야. 그들로 보이는 사람을 찾은 애가 있으면 우선 너희들이 연락을 받고 내 휴대전화로 연락해줘. 그리고 다른 리더급에게는 내가 연락한다. 예를 들어 나오의 멤버가 발견했다면 나오는 그 연락을 받아 나에게 전화해. 그러면 내가 일단 놈들에 관한 정보를 확인하고, 그게 틀림없다 싶으면 내가 가오루를 제외한 나머지 세 명에게 연락한다는 말이야. 너희들은 연락을 받으면 레드 크로스 앞으로 애들을 집합시켜. 나오와 유이치는 그 애들과, 나와 다케시와 사토루는 조금 늦게 합류한다."

긴 설명을 하고 아키는 마침내 한숨을 쉬었다.

"거기까지가 동일 행동이야. 그 후엔 그 2인조의 행동에 맞춰 각자 맡은 역할을 수행하면 돼."

사토루가 힐끗 아키를 올려다보았다.

"그 후엔 상황이 어떻게 전개될 것 같아?"

"놈들은 틀림없이 미끼를 물러 올 거야. 날 미행해서 조직사무실까지 따라오겠지. 그 후의 판단은 놈들 몫이지만, 곧장 습격해 오지 않을 것 같으면 난 그대로 구로키와의 이야기를 질질 끌며 결론을 다음 날로 넘길 거야. 만약 상황이 그렇게 흘러가면 놈들이 다시 나타날 때까지 우리는 주야 교대로 망을 본다. 계획은 여기까지야."

5분 후 미팅이 끝나고 여섯 명은 현지로 향했다.

8

오후 5시 30분이 조금 지났다. 아키 일행은 도겐자카와 인접한 맥도날드 2층에 있었다. 맥도날드 옆에 있는 언덕길로 들어가 호텔가 골목을 따라 100미터 정도 가면 레드 크로스가 있는 T자로에 도착한다. 걸어도 2분이면 충분한 곳에서 멤버들로부터 연락이 오기를 기다리고 있었다.

서류와 100만 엔을 넣은 보스턴백은 패스트푸드점에서 흔히 볼 수 있는 작은 테이블 아래에 놔두었다. 가운데에 작은 로고가 들어간 평범한 검정색 보스턴백이지만, 지난 주 다케시와 사토루가 갖고 왔을 때는 그 안에 3,200만 엔의 현금이 들어 있었다.

아키는 오늘 첫 식사인 더블버거의 마지막 조각을 콜라와 함께 입에 밀어 넣었다. 패스트푸드를 먹은 것은 거의 1년 만이었다. 가오루의 얼굴을 떠올렸다. 햄버거는 물론 패스트푸드를 혐오하는 가오루는 외식을 해도 모두가 시간이 걸리는 음식만 고른다. 필시 오늘 밤 늦게, 이 건이 마무리될 때까지 밥을 먹을 기회는 없을 것이다. 그렇게 생각하니 웃음이 나왔다.

문득 정신을 차리고 보니 눈앞의 두 사람, 다케시와 사토루는 햄버거에 거의 손을 대지 않았다.

"먹어둬." 아키가 말했다. "시간을 끌게 되면 배고파."

사토루가 아키를 올려다보며 평소답지 않게 나약한 미소를 지었다.

"좀 긴장했나 봐. 별로 식욕이 없어."

그건 다케시도 마찬가지인지 테이블 위에서 식어가는 포테이토를 멍하니 바라보고 있다.

"아까 유이치도 말했었나? 만약 최악의 패턴이 되면 우린 죽을 수밖에 없다고. 그렇게 생각하니 왠지 심란해."

그렇게 말하고 다시 사토루는 입을 다물어버린다. 다케시도 내내 말이 없다. 실행을 눈앞에 두고 확실히 소극적이 되었다.

"생각해봐도 어쩔 수 없는 건 생각하지 마." 아키가 말했다. "한숨이 나오고, 움직임만 둔해질 뿐이야."

"그야 그렇지만……."

여전히 초조해하는 두 사람의 모습에 아키는 느닷없이 웃음을 터뜨렸다.

"자식들, 새삼스레 뭘 그래. 어차피 인간은 다 죽어."

그 말에 두 사람은 어처구니가 없었다.

"쓸데없는 소리 마. 지금 당장 죽는 건 아니잖아."

사토루는 무슨 소리를 하느냐는 표정으로 아키를 보았다.

"평생 뼈 빠지게 일해 가며 오래 산다 해도 어차피 50년이나 60년 후에는 늙고 병들어서 죽게 돼 있어. 확실히 정해진 것은 그것뿐이야."

무미건조한 실내에 여고생들의 교성이 울려 퍼진다. 종이와 플라스틱 집합체에 둘러싸인 음식물을 재잘재잘 뭐라 떠들어대면서도 끊임없이 입으로 가져가고 있다.

"이 세상에 태어났다는 것에 의미 따위는 없어. 자기를 자기라고 의식하는 마음이 착각하게 만들 뿐이야. 죽으면 그런 자의식도 사라져. 결국엔 지금 우리 눈을 통해 보이는 이 세상도 재가 되어 흙으로 돌아가지."

그렇게 말하고 또다시 가만히 웃었다.

"착지점은 누구나 같아. 단지 빠르냐 늦느냐의 문제일 뿐이야. 자신을 필요 이상으로 특별하다고 생각하지 않으면 조금은 편하게 살 수 있어."

다케시가 얼굴을 들었다. 마치 이상한 물건을 보는 듯한 눈빛이다.

"……아키 너, 역시 나 같은 놈하고는 보는 세계가 전혀 다르구나."

"바보 같은 소리 마. 사실을 말했을 뿐이야. 그 사실에 대처하는 방법을 말한 거야. 그뿐이야."

"아니." 다케시는 금발을 북북 긁었다. "사실일진 몰라. 하지만 난 태어나서 그런 생각을 단 한 번도 해본 적이 없어. 아무래도 머리가 나쁜가 봐. 그러니까 눈에 보이는 것밖에 느끼지 못하지. 그러니까 싸움이나 차, 여자한테만 관심이 있겠지."

아키는 그저 어깨를 으쓱할 뿐이었다.

5시 40분에 하라주쿠 역에서 만난 가키자와와 모모이는 진구

다리를 요요기 방면으로 건너자마자 교차점을 좌회전하여 요요기 실내경기장을 오른쪽으로 보면서 우다카와초 방면으로 남하했다. 러시아워로 혼잡한 시부야 역 주변의 스크램블 교차점을 우회하기 위해서다. 어느 길로 가도 거리는 비슷했다.

진난 삼차로를 왼쪽으로 꺾어 구청 방면으로 나아간다.

시부야 구청 교차점에서 차는 속도를 줄였다. 신호등은 빨간색. 그때까지 아무 말이 없던 가키자와가 말했다.

"탄창 확인했지?"

"응."

다시 대화는 끊겼다.

이노카시라 도로를 200미터 정도 북서쪽으로 나아가 NHK 방송센터 서문 앞의 신호등을 왼쪽 골목으로 돌아들어간 차는 뉴워싱턴 호텔의 모퉁이를 우회전해서 가미야마초 교차점으로 나왔다. 그대로 도로를 남하하여 가미야마초 동쪽 교차점을 간제 노가쿠토 觀世能樂堂 방면으로 우회전한다. 일방통행길의 연속이라 NHK 방송센터 아래에서 가미야마초 동쪽 교차점까지 한 바퀴 돌아들어온 것이다.

"정말로 일방통행길이 많은 거리야."

간제노가쿠토로 이어지는 긴 언덕길을 올라가면서 모모이는 다시 입을 열었다. 하지만 가키자와는 잠자코 있었다.

노가쿠토를 정점으로 길은 내리막이 된다. 어젯밤에도 지난 길이다. 쇼토의 고급 주택가를 내려가 대로와 만나는 곳이 우체국 앞 교차점이었다.

신호 대기에 걸렸을 때 모모이는 대시보드의 시계를 보았다. 5시 50분. 시선을 들자 차들이 오가는 대로 건너편에 도겐자카 2가와 마루야마마치의 경계인 골목길이 보인다. 레드 크로스는 그 골목 안쪽에 있다.

"어떡할래?" 모모이가 물었다. "가게 앞까지 이제 200미터도 안 남았는데 이대로 가도 되겠어?"

권총을 넣어둔 가방을 미리 꺼내놓지 않아도 되느냐는 말이었다.

가키자와는 살짝 고개를 끄덕였다.

"아직 일러."

신호등이 파란색으로 바뀌어 교차점을 건넜다. 양쪽으로 러브호텔 간판이 늘어선 좁은 길로 천천히 임프레자를 타고 들어간다. 군데군데 물을 뿌린 도로에 손을 잡은 젊은 커플의 모습이 드문드문 보인다.

모모이는 가끔 생각한다. 손을 잡고 러브호텔 거리를 배회하는 커플이 어쩔 수 없이 꼴불견으로 보이는 것은 뭣 때문일까, 하고. 특별히 그들이 나쁜 짓을 하는 것도 아니다. 그런데도 그 모습을 보는 것만으로도 괜히 화가 날 때가 있다.

첫 번째 십자로를 지난 곳부터 통행량이 더욱 늘어났다. 게임센터와 대각선 맞은편의 편의점에 삼삼오오 모여 있는 젊은이들이 무관심하게 거리를 보고 있다. 속도를 더 줄여 50미터 정도 나아간 곳에서 갓길에 차를 세웠다. 눈앞에 이 일대의 다른 건물들과는 어울리지 않는 오피스 빌딩이 한 채 서 있고, 그 1층 옆에 어젯밤의 가게 간판이 보인다. 조수석에 앉은 가키자와는 안전벨트를 풀었다.

"금방 갔다 올게." 그렇게 말하고 문을 열었다. "어떤지 보고 오려구."

가키자와는 차에서 내려 가게로 걸어가기 시작했다. 모모이는 담배에 불을 붙이고 연기를 내뿜으면서 그 모습을 보고 있었다.

🔥

6시 5분 전에 이구사는 그 골목에 도착했다.

고에이 상사가 있는 건물과 도로를 사이에 둔 대각선 맞은편의 비슷한 잡거빌딩 1층에 커피숍이 있다.

이구사는 가게 문을 열고 안으로 들어갔다. 창가 안쪽에 앉아 도로를 응시하고 있는 남자에게 다가갔다.

테이블 위에는 구겨진 마일드세븐 빈 갑이 몇 개 나뒹굴고 있다. 담배꽁초가 수북이 쌓인 재떨이와 다 마시고 빈 아이스커피 잔이 두 개, 깨작거리다 만 스파게티 접시가 놓여 있다.

아직 20대 초반인 젊은이는 이구사가 온 걸 알고 지겹다는 듯 웃는다. 아침부터 죽치고 앉아 망을 본 탓인지 신경이 상당히 예민해져 있는 것 같다.

"낮엔 좀 어땠어?" 이구사는 남자 맞은편에 앉으면서 물었다. "특별한 움직임은 없었어?"

"별로." 피곤한 모습으로 남자는 짧게 대답했다. "아홉 시 반에 구로키와 그 애송이가 메르세데스로 나갔다가 열한 시 안 돼서 돌아왔어요. 데리고 온 사람도, 부피가 큰 짐도 없었어요. 그러곤 아무도 외출하지 않았고요."

과연 그의 말대로 고에이 상사의 빌딩 앞에는 검정색 S600이 정차되어 있었다.

"출입자는?"

남자는 품속에서 수첩을 꺼냈다. 페이지를 넘겨 적어놓은 걸 확인한다.

"거시기…… 조직원으로 보이는 놈들과 그 아래층 회사원으로 보이는 사람 외에는 뭐 별로. 오전에 몸집이 큰 젊은 애가 한 명, 저 건물로 들어가더니 금방 나왔어요. 검은 머리카락에 티셔츠 위에 가죽조끼를 입은 놈이었습니다. 그놈도 펜던트 같은 건 걸고 있지 않았어요. 낮에 메밀국수 배달원이 한 명. 세 시 넘어서 남자 애 둘이 나타났습니다. 긴 각목을 하나 들고 건물에 들어갔다가 금방 나왔어요. 그놈들도 펜던트는 하고 있지 않았고, 금발도 스킨헤드도 아니었으니까 상관없는 애들이겠죠?"

"그렇겠지." 이구사는 고개를 끄덕였다. "수고 많았다. 정말 고마워."

6시 정각에 남자는 커피숍을 나갔다.

어제 구로키의 사무실에 설치한 휴대전화기는 사무실을 나오고 나서 꼭 두 시간 후에 불통이 되었다. 배터리가 나간 것이다. 만약을 대비해 아키하바라에 가서 도청기를 사왔다. 자기가 밤에 몰래 들어가 도청기를 추가할까도 생각했지만 규마가 반대했다.

"거기 세콤은 쪼매만 이상이 생겨도 바로 경보가 울린다." 규마가 말했다. "시방 미나미 본부에서 경보 해제 전문가를 불렀다.

그노마가 내일이면 도착해서 수요일 밤에 설치할 거니까 목요일엔 아무 걱정 없다. 일일이 감시하지 않아도 되고, 용도 폐기된 휴대전화도 수거할 기다. 그때까지 참아라."

이구사는 아이스티를 주문하고 소파에 깊숙이 앉아 주머니에서 필립 모리스 세 갑과 진통제 두 알을 꺼냈다.

어젯밤부터 이어지는 장기전을 위한 준비였다.

🔥

테이블 위의 휴대전화가 울기 시작한 것은 오후 6시를 2분 정도 지났을 때였다. 재빨리 통화 버튼을 누르고 전화기를 귀에 대는 아키의 동작을 다케시와 사토루의 시선이 쫓는다.

"유이치야." 조금 긴장된 목소리가 들린다. "온 에어 이스트 옆에 차가 섰어. 남자 두 명이 타고 있고. 아무래도 놈들 같아."

"이유는?"

"차가 서자마자 조수석에 있던 남자가 차에서 내려 이쪽으로 왔어. 키가 크고 날씬한 30대 중반의 남자야. 인상도 어제 들은 것과 아주 흡사하고. 그놈이 레드 크로스로 가는 계단을 내려가는가 싶더니 바로 지상으로 나와서 차로 돌아갔어. 운전석에 있는 남자는 계속 차 안에 앉아 있어서 뭐라 말할 수 없지만, 그 키 큰 남자는 사장이 왔는지 확인하러 갔던 게 틀림없어."

"좋았어."

"그리고 그 차도 좀 이상해."

"어떻게?"

"스바루의 하얀색 임프레자인데, 얼핏 보기에는 지극히 평범한 세단이야. 앞쪽도 깨끗하고, 엠블럼도 리어윙도 없앴어. 차에 관심이 없는 사람은 모를지도 모르지만 저건 틀림없이 STi 버전이야."

"어떻게 알았어?"

휴대전화기 너머에서 희미하게 웃는 소리가 들렸다.

"소리야, 소리. 공회전 상태로 차가 서 있는데, 배기음이 천둥소리같이 우르릉거려. 엔진을 짱짱하게 튜닝했을 때 나는 독특한 소음이야. 게다가 휠에는 40의 편평 타이어를 장착했어. 그런 차를 일부러 일반 사양의 외관으로 되돌려놓을 놈이 얼마나 되겠어?"

그렇게 할 필요가 있다는 말이다.

"눈에 띄지 않게 하려고 위장한 건가?"

"아마도."

"알았어. 우선 그 차 번호를 적어놔. 그리고 네 애들한테 레드 크로스 앞으로 모이라고 해. 오토바이는 바로 나갈 수 있게 해두었지?"

"물론."

"3분 안에 그리로 간다."

전화를 끊은 아키는 다케시와 사토루에게 타깃이 나타난 것을 말하고 각자 수하들을 재집합시키라고 지시했다. 황급히 휴대전화 버튼을 누르기 시작하는 두 사람을 곁눈질로 보며 나오의 등록번호를 눌렀다.

두 번째 신호음에 나오가 받았다.

"나오?" 아키가 말했다. "타깃이 나타났다. 온 에어 이스트 옆의 임프레자 안에 있는 2인조야. 애들 다시 집합시켜. 애들 다 집합하면 바로 가오루가 있는 곳으로 가."

"알았어."

전화를 끊고 다시 버튼을 누르기 시작한다. 이번에는 세 번째 신호음에 받았다.

"네, 고에이 상사입니다."

또다시 류이치의 목소리였다. 이런 상황에서도 아키는 웃음이 나왔다.

"어이, 전화당번?" 저도 모르게 놀려댔다. "할 일 참 없나 봐."

류이치는 잠깐 말이 없다가 목소리로 알았는지 바로 "시끄러!" 하고 소리를 질렀다. "자료는 다 준비됐어?"

"너한테 할 얘기가 아니야, 구로키 바꿔."

수화기를 거칠게 내려놓는 소리가 아키의 고막을 찔렀다. 귀에 익은 보류음이 들리는가 싶더니 금방 멈췄다.

"구로키다. 준비는 다 됐나?"

"다 됐어. 당장 레드 크로스로 와."

"기다려라. 지금 바로 나간다."

전화가 끊겼다.

다케시와 사토루를 본다. 두 사람은 이미 멤버들에게 연락을 다 하고 아키가 움직이길 이제나저제나 기다리고 있었다.

"가자."

아키는 휴대전화기를 바지 뒷주머니에 넣고 테이블 아래에 놔둔 보스턴백을 들었다.

이어서 가죽조끼 주머니에서 꺼낸 펜던트를 목에 걸었다.
"너희들도 목에 걸어." 아키가 말했다. "자, 파티 시작이다!"

9

대시보드 위에 있는 디지털시계가 6시 5분을 나타냈다. 변화는 이미 조금씩 일어나고 있었다. 그때까지 헤드레스트에 머리를 기댄 채 멍하니 거리를 보고 있던 모모이가 먼저 이변을 알아챘다.
"어이, 가키자와." 조수석을 향해 말했다. "뭔가 이상해."
"뭐가?"
"가게 앞에 말이야. 문 열 때까지 한 시간도 안 남았는데, 웬 놈들이 어슬렁거리고 있어."

그 말에 지금까지 룸미러를 통해 뒤쪽을 살피던 가키자와는 시선을 앞으로 돌렸다. 확실히 모모이의 말대로 레드 크로스 앞에는 어느새 열 명이 넘는 아이들이 어슬렁거리고 있었다. 몇 분 전에 가키자와가 보았을 때는 통행인만 몇 명 오가고 있을 뿐 수상해 보이는 사람은 아무도 없었다.

두 사람이 보고 있는 동안에도 세 명, 또 네 명 하는 식으로 점점 늘어나더니 6시 7분이 지났을 때는 어림잡아 스무 명은 되어 보이는 아이들이 모여들었다. 그 애들은 모두 공통된 분위기를 풍기고 있었다. 미채색의 작업복 바지에, 빨간 머리, 코 피어스. 패션 센스도 평범함과는 상당한 거리가 있었다. 탱크톱 위로 드러나 보이는 어깨에 만卍 자 문신을 새긴 놈이 있는가 하면, 녹색 선글라스를 비스듬하게 내린 채 의미도 없이 통행인을 보고 있는 놈도 있다. 여봐란 듯이 손목에 감은 델타 다트, 주먹에 끼운 금속 너클. 짝다리를 짚고 선 채 잭나이프와 대거 나이프의 날 끝을 희롱거리고 있는 아이들. 모두가 평범하다고는 할 수 없는 모습이었다.

"스트리트 갱인가?"

"그럴 거야." 가키자와가 무뚝뚝하게 대답했다. "허접 쓰레기 같은 놈들."

석양이 건물 그늘 속으로 들어가고 어슴푸레한 어둠이 거리를 덮기 시작했다. 골목에 늘어서 있는 패스트푸드점과 미용실 등이 하나하나 불을 밝힌다. 아이들은 레드 크로스 앞에 진을 친 채 도무지 움직일 기미를 보이지 않는다. 그런 그들을 우회하듯 사람들이 지나간다.

"왜 저렇게 모여 있는 거야?"

모모이가 그렇게 중얼거렸을 때였다.

임프레자의 좌전방, 어슴푸레한 골목에서 느릿느릿 사람 그림자가 나왔다. 세 명 모두 키가 크고 체격이 좋다. 가죽조끼를 입고 맨 앞에서 걸어오는 놈과 그 양쪽에서 반걸음 정도 뒤처져 따라오는 금발과 스킨헤드 2인조에 시선이 고정되었다. 그리고 세 명의 가슴에서 흔들리고 있는 초승달 모양의 펜던트.

"야, 가키자와."

거기까지 말하고 모모이의 시선은 더욱 고정되었다. 앞으로 나아가는 선두에 선 놈의 등에 낯익은 검정색 보스턴백이 매달려 있다. 어깨에 걸린, 보강재가 들어가지 않은 나일론 재질의, 겉보기에도 묵직한 가방. 그 표면에 기억에 남아 있는 로고가 박혀 있다.

엉겁결에 엉덩이를 들고 도어 록을 푼 모모이의 팔을 가키자와가 재빨리 막았다.

"기다려."

모모이는 눈을 부라리며 가키자와의 손을 뿌리치려고 했다.

"무슨 소리야!" 그는 소리를 버럭 질렀다. "빨리 잡지 않았다간 도망가 버릴 텐데!"

"진정해." 가키자와도 평소와는 다르게 목소리가 거칠었다. "저 세 놈, 틀림없이 저기서 어슬렁거리는 다른 놈들과 한 패야. 여기서 우리가 튀어나가 놈들을 잡으면 저놈들한테 공격당할 게 뻔해."

모모이가 다시 앞쪽으로 시선을 돌리자 가키자와의 말대로 레드 크로스 앞에 있는 무리로부터 세 사람에게 다가가는 머리가 긴 남자가 보였다.

가키자와는 빠르게 말을 이었다.

"물론 싸움이 벌어져도 우리가 질 거라곤 생각하지 않아. 쪽수가 많긴 해도 기껏해야 양아치들이야. 하지만 소동이 벌어지고 저 가방을 든 놈이 튀면 도로 아미타불이라고."

순간 모모이의 뇌리에 뒷문에 감춰놓은 권총이 떠올랐다.

"그럼 총으로 놈들을 모두 움직이지 못하게 위협하고 가방을 빼앗아오자."

가키자와는 조용히 웃었다.

"이런 대로변에서? 그랬다간 바로 주변 상가에서 경찰에 신고가 들어갈걸. 차량 번호도 알려질 거고. 우리만 귀찮아질 뿐이야."

"……."

"게다가 말이야, 설령 무사히 가방을 빼앗아온다고 해도, 저 가방 안에 아직 현금이 들어 있다는 보장도 없어."

"하지만 부피로 보나 저 자식이 어깨에 메고 있는 걸 봤을 때의 느낌으로 보나 다른 게 들어가 있다면 어떤 게 있겠어?"

"몰라." 가키자와도 내뱉듯이 말한다. "그러니까 적어도 내용물에 확신이 설 때까지는 움직여선 안 돼."

모모이는 분한 듯 한숨을 내쉬었다.

"그럼 어떡해?"

"확신이 설 때까지 기다려." 가키자와가 말했다. "그게 여의치 않으면 놈이 혼자 돌아갈 때까지 기다려야지."

온 에어 이스트의 모퉁이에서 나와 레드 크로스 앞 5미터 지점까지 오는 동안 아키의 모든 신경은 등 뒤의 임프레자에 쏠려 있었다. 설령 눈에는 보이지 않아도 차 문을 여닫는 소리나 자기 쪽으로 오는 발걸음 소리는 들리게 마련이었다. 하지만 유이치가 애들 무리에서 나와 자기 쪽으로 올 때까지 그런 기미는 느낄 수 없었다. 상대가 보스턴백을 보지 못했을 것이라고는 도저히 생각할 수 없다. 일부러 눈에 띄라고 다케시와 사토루를 양 옆에 거느리고 보스턴백까지 보란 듯이 어깨에 메고 왔다.

"어때?"

눈앞에서 걸음을 멈춘 유이치에게 뒤를 돌아보지 않은 채 아키가 물었다.

"걸려든 것 같아." 유이치도 뒤쪽에는 시선을 주지 않은 채 대답했다. 유이치의 이런 센스가 아키는 마음에 들었다. "순간적으로 운전석에 앉은 남자가 튀어나오려는 것을 조수석에 앉은 남자가 황급히 말리는 것 같았어."

"전에 가게에 탐문하러 온 것도 조수석에 앉은 놈이었지?"

유이치는 고개를 끄덕였다.

"맞아, 마른 남자 쪽이야."

아키도 고개를 끄덕여 보이고 그들의 행동이 의미하는 것을 상대의 입장이 되어 생각해보았다.

여기서 자기들 세 명을 제압하려면 당연히 싸움이 벌어져야 한다. 싸움에 휩쓸렸다간 자칫 가방을 든 아키를 놓칠 우려가 있다. 다행히 가방을 빼앗았다고 해도 냉정하게 생각해보면 아직도 현금이 가방에 들어 있다고는 보장할 수 없다. 총이 있다고 해도 사람들 눈이 많은 이런 대로변에서는 함부로 꺼낼 수가 없다. 그것까지 계산해서 일단 지켜보기로 결정했을 거라고 생각했다. 그렇게 생각하니 황급히 차에서 튀어나오려고 했던 운전석의 남자에 비해 그걸 막은 조수석의 남자가 훨씬 냉철하게 느껴졌다.

그러나 결과적으로는 그렇게 나오리라는 것도 계산에 있었다. 거기까지 염두에 두고 아키는 계획을 세웠다. 그 때문에 일부러 스무 명이나 되는 아이들을 모은 것이다. 그러나 그들은 여기에 모인 진짜 이유를 모른다. 당연히 다케시와 사토루가 3,200만 엔이나 되는 돈을 얼결에 빼앗아온 것도 모른다. 영문도 모르고 각자 리더의 말에 따라 여기에 모였을 뿐이다.

휴대전화가 울었다. 가오루에게서 온 전화였다. 조직사무실에서 지금 구로키를 태운 메르세데스가 출발했다는 보고였다.

"알았어."

"그쪽 상황은 어때?"

"타깃은 차야." 아키가 대답했다. "온 에어 이스트 옆의 흰색 임프레자 안이야."

"잘해."

"물론이지."

전화를 끊은 아키는 다음 단계로 행동을 옮겼다. 레드 크로스 앞에 모여 있는 아이들을 향해 말한다.

"자, 주목해봐." 그 소리에 뿔뿔이 흩어져 얘기를 나누고 있던 아이들의 시선이 일제히 아키에게 쏠렸다. "오늘 여기에 모이라고 한 것은 다름이 아니라 곧 마카와구미의 간부와 좀 복잡하게 얽힌 이야기를 할 거다. 이 거리에서 그쪽과 우리들의 입장을 확실하게 하기 위한 이야기야."

에비스에서 이곳 시부야에 이르는 연선을 지배하는 마카와구미를 모르는 사람은 없다. 갑작스런 얘기에 술렁거리는 아이들을 향해 아키는 목소리를 더욱 크게 해서 말했다. 지금이 연기의 하이라이트였다.

"마카와구미에 고에이 상사의 구로키라는 놈이 있다. 그놈과 여기서 만나기로 되어 있다. 너희들을 모이라고 한 것은 그 구로키에게 미리 겁을 주기 위해서다. 그래서 각자 리더에게 팀원들 중에서도 특별히 용맹한 애들로 뽑아오라고 한 것이다. 적어도 겉보기엔 말이다."

마지막 말은 가오루가 자주 쓰는 말투를 빌린 것이다. 과연 실소와 필요 이상으로 큰 웃음소리가 무리 중간 중간에서 터져 나왔다.

소란이 잦아들기를 기다렸다가 아키는 말을 이었다.

"단, 너희들에게 뭘 하라는 건 아니다. 그 구로키라는 놈이 왔을 때 무언의 압력을 가하기만 하면 된다. 협조 부탁한다."

거기까지 말하고 아키는 쭈그려 앉아 보스턴백에서 미리 준비해온 100만 엔 지폐다발을 꺼냈다. 등 뒤로 임프레자의 시선을 의식한 채 그 지폐다발에서 눈대중으로 5분의 1을 빼내 다케시와 사토루와 유이치에게 삼등분해서 건넸다.

"한 장씩 받아. 여기까지 온 발품이랄까, 수고비야."

아이들은 다시 환호성을 지르며 세 사람을 향해 앞 다투어 손을 뻗기 시작했다.

레드 크로스로 걸어간 세 사람 중에서 가운데에 있는 놈이 애들을 향해 한 걸음 나아가자마자 모모이는 사이드윈도우를 조금 내렸다. 가죽조끼를 입은 놈이 보스턴백을 땅바닥에 내려놓고 애들을 향해 무언가 말했다. 순간 그때까지 희희낙락 놀던 아이들이 긴장의 빛을 띠는 것이 느껴졌다.

"……저기서 뭐라고 떠들고 있는 놈이 필시 아키란 놈이겠지?"

모모이의 말에 가키자와가 고개를 끄덕였다.

"확실히 대가리인 것 같긴 해."

리더로 보이는 놈이 뭐라고 두세 마디 더 하자 모여 있는 애들이 갑자기 술렁이는 것이 보였다. 그들은 서로 얼굴을 마주 보고 저마다 무언가 이야기하고 있다. 조금이라도 들어볼까 싶어 모모이는 사이드윈도우를 더욱 내렸다. 마침 술렁이는 아이들을 향해 예의 그놈이 더욱 소리를 높였다. 처음의 무슨무슨 조직이라는 단어만 들렸다. 무슨무슨 조직의 구로키? 모모이는 귀를 더욱 쫑긋 세웠다. 다시 한 번 구로키라는 단어가 들렸다. 모모이가 그 단어에 정신을 빼앗기고 있는 동안 놈의 말이 끝나고 아이들이 와 하고 환호성을 지르듯 웃는 소리가 들렸다.

"무슨 말인지 들었어?"

모모이는 조수석의 가키자와에게 물었다.

"아니." 가키자와는 고개를 흔들었다. "너는?"

"무슨무슨 조직."

"조직?"

모모이는 고개를 끄덕였다.

"그리고 무슨무슨 조직의 구로키."

가키자와마저 실소를 터뜨렸다.

"그거 갖곤 알 수 없어."

다시 잠잠해진 아이들을 향해 리더로 보이는 놈이 무언가 말하고 있다. 그러나 좀 전과 같은 볼륨이 아니라 이번에는 뭘 말하는지 전혀 들을 수가 없었다. 모모이는 단념하고 사이드윈도우를 올렸다.

이윽고 이야기를 끝낸 놈은 발밑에 내려놓은 가방 위에 쭈그려 앉았다. 지퍼를 조금 열고 놈이 가방 안에서 꺼낸 것에 모모이의 시선이 다시 고정되었다. 놈은 가방에서 꺼낸 지폐다발에서 되는 대로 지폐를 빼내더니, 그것을 직속 수하로 보이는 금발과 스킨헤드와 긴 머리 세 명에게 나눠주었다. 그리고 다시 놈이 뭐라고 말하자 아이들은 앞 다투어 세 사람을 향해 몰려갔다.

"저 새끼가!" 모모이가 불쑥 욕설을 내뱉고 핸들을 주먹으로 쳤다. "저대로 놔둘 거야!"

"흥분하지 마. 그냥 지켜보자고."

그렇게 타이르는 가키자와에게 모모이는 대들었다.

"무슨 소리야, 저건 오리타 영감의 돈이라고! 우리가 위험을 무릅쓰고 손에 넣은 돈이야! 그걸 저렇게 멋대로 뿌리는데 그냥 보고만 있자고, 응?"

"그렇다고 지금 우리가 할 수 있는 게 뭐지?"

맞는 말이었다. 모모이는 분하다는 듯 주먹으로 자기 허벅지를 때렸다. 그리고 다시 가키자와를 올려다보았다.

"하지만 이걸로 저 안에 돈이 들어 있다는 것은 확실해지지 않았어?"

"그럴지도." 가키자와도 그것은 인정했다. "일부일지도 모르지만."

그 말이 끝난 직후였다.

갓길에 세운 임프레자 뒤쪽에서 경적이 시끄럽게 울었다. 경적을 따로 손봤는지 주위를 압도하는 듯한 천박한 소리였다.

두 사람이 뒤를 돌아보자 도로 한가운데를 걷고 있던 젊은 커플이 황급히 길가로 몸을 피한다. 그 뒤에서 검정색 메르세데스가 천천히 나타나 이쪽을 향해 다가온다.

창문을 짙게 선팅한 S600은 임프레자 옆을 유유히 지나 레드크로스 앞에서 빨간 미등을 켰다.

메르세데스가 서서히 속도를 줄이며 가게 앞으로 미끄러져왔을 때 옆에 있던 유이치가 아키의 귀에 대고 속삭였다.

"드디어 시작이야."

"응." 메르세데스의 보이지 않는 차 안에 눈을 고정시킨 채 아키는 짧게 대답했다. "이걸로 등장인물이 다 모였군."

뒷좌석 문이 열리고 안에서 검정색 양복을 입은 거한이 천천히 몸을 일으켰다. 구로키다. 그는 노상에 내려서서 아키의 등 뒤에 모여 말없이 적개심을 드러내고 있는 아이들에게 흘낏 눈길을 주었다.

"무슨 속셈이야, 엉?" 아키를 향해 자세를 고치며 그렇게 내뱉는다. "양아치 새끼들을 모아놓고 뭐 하자는 수작이야?"

190센티미터는 되어 보이는 덩치다. 상대의 메마른 두 눈이 자신의 눈보다 약간 높은 곳에 있다는 것을 아키는 새삼 느꼈다.

"우리 쪽 일부라도 당신한테 보여주고 싶었지." 아키는 대답했다. "얘기를 나눌 때 조금은 이 애들이 신경 쓰이지 않겠어?"

구로키는 코웃음을 쳤다.

"자료는?"

아키는 잠자코 가방을 집어 들고 양손으로 크게 가방을 열어 보였다. 구로키는 그 안에 꽉 찬 자료를 들여다보고 빙긋이 웃었다.

"훌륭하군." 구로키가 말했다. "차에 타."

애들이 보는 앞에서 처음에 가방을 안은 아키가, 이어서 구로키가 뒷좌석에 탔다. 문이 닫히고 천천히 은색 바퀴가 굴러가기 시작한다.

유이치는 메르세데스가 골목을 지나 도겐자카 언덕 바로 앞에서 잠깐 정지할 때까지 지켜보았다. 그리고 아무렇지도 않은 듯 뒤쪽으로 시선을 돌리자 온 에어 이스트의 갓길에 정차되어 있던 임프레자가 움직이기 시작했다. 천천히 이쪽으로 다가온다. 유이치는 다케시와 사토루를 돌아보고, 마찬가지로 임프레자를 곁눈질로 보고 있던 두 사람에게 고개를 끄덕여 보였다. 두 사람이 고개를 끄덕여 대답하는 것을 확인하고 가게 옆에 세워놓은 오토바이로 뛰어갔다. 다케시는 굳이 애들 앞에 선 채 임프레자가 자기들 쪽으로 다가오는 것을 보지 않는 체하며 보고 있었다. 2인조가 구로키 일행의 뒤를 쫓지 않고, 먼저 너와 사토루를 추궁하러 올 수도 있다, 고 아키가 말했기 때문이다.

"그때 그놈들한테 어떻게 말해야 하는지는 알고 있지?"

다케시는 아키에게 들은 말을 속으로 얼른 되뇌어보았다.

그러나 임프레자는 눈앞을 지나 도겐자카 방면으로 골목을 빠져나갔다. 메르세데스와 마찬가지로 대로의 교차점을 좌회전한다. 그와 동시에 가게 옆에서 유이치가 탄 오토바이가 튀어나와 임프레자의 뒤를 쫓았다.

작전은 플랜 A로 진행되기 시작했다.

다케시는 휴대전화를 꺼내 아키의 등록번호를 누르면서 사토루를 보았다. 사토루는 고개를 끄덕이고 나서 등 뒤에 있는 아이들을 돌아보고 한 손을 올리면서 큰 소리로 말했다.

"해산! 오늘 수고 많았다!"

S600의 넓은 뒷좌석에 아키는 구로키와 거리를 두고 앉아 있었다. 짙은 녹색으로 선팅한 차창 밖으로 도겐자카의 가로수가 거무스름하게 보였다. 운전석의 류이치는 아키가 탔을 때 룸미러 너머로 한 번 슬쩍 보았을 뿐 말없이 운전만 하고 있었다. 구로키도 말이 없었다. 팔걸이에 한쪽 팔을 기댄 채 전방을 가만히 응시하고 있다.

앉은 자세를 좀 바꿔보려고 아키가 몸을 뒤척일 때였다. 주머니에 있는 휴대전화가 울었다. 구로키가 힐끗 아키를 본다. 휴대전화를 꺼내 통화 버튼을 누른다.

"여보세요."

"다케시야." 미리 맞춰놓은 대로 다케시는 작은 목소리로 말했다. "플랜 A야. 유이치가 뒤를 밟고 있어. 우리도 지금 출발해."

"알았어." 아키가 대답했다. "사장한테 계산서 끊어놓으라고 해."

물론 마지막 말은 구로키를 속이기 위한 연막이다. 아키는 임프레자가 다케시와 사토루를 추궁하지 않고 곧장 메르세데스의 뒤를 밟고 있다는 것을 알았다. 휴대전화를 진동모드로 바꾸고 다시 주머니에 넣었다.

구로키와 그 젊은 놈이 메르세데스를 타고 어딘가로 간 것을 확인한 것은 여섯 시가 지났을 때였다. 이구사는 만약을 위해 수첩에 그 사실을 기입해두었다. 나중에 규마에게 보고하기 위해서다.

거리에 차츰 어둠이 깔리고 있었다. 음식점과 주점의 간판에 불이 들어오고 거리에 통행인이 붐비기 시작한다. 직장인들의 퇴근 시간대.

기본적으로는 사무실 앞의 움직임을 살피면서도 그 번잡한 모습을 가끔 멍하니 바라보았다.

이구사에겐 소위 출퇴근 직장인이라는 경험이 없었다. 대학을 나오고 나서 곧장 워킹홀리데이로 오스트레일리아로 갔다. 골드코스트에서 일본인을 상대하는 계약직 호텔맨이 되었다. 1년 후에 비즈니스 비자를 취득하고, 2년, 3년으로 연장하면서 일을 하는 동안 호텔 지배인에게 마카오에서 일해보지 않겠느냐는 제안을 받았다. 평소 손님 접대를 잘했던 것이 눈에 들었던 것이다.

마카오에 있는 같은 체인의 호텔에서 카지노 플로어계로 일해보지 않겠느냐는 제안이었다. 물론 정사원 채용이라는 덤도 따라왔다. 하루하루의 삶을 즐기면서도 미래에 대한 막연한 불안을 안고 있던 이구사는 앞뒤 잴 것 없이 제안을 받아들였다. 그리고 그로부터 3년 후에 더욱 파격적인 조건으로 규마에게 스카우트되었다. 일본에 돌아갈 수도 있고, 게다가 연봉이 2,400만 엔. 설령 비합법적인 일이라고 해도 연봉을 2,400만 엔이나 준다는 말에 이구사는 눈이 확 뒤집혔다.

그게 설마 자신에게 이런 결과를 가져올 줄이야…….

한숨을 쉬었을 때 역 방면으로 향하는 사람들 무리를 헤치며 반대 방향에서 잰걸음으로 다가오는 남자의 모습이 눈에 띄었다.

드레드헤어의 그 남자는 이구사가 보고 있는 동안에도 도로 건너편 인도를 빠른 걸음으로 빠져나가면서 앞에 있는 고에이 상사의 사무실로 다가간다. 긴장된 모습이 역력한 그 발의 움직임을 이구사는 무의식중에 눈으로 좇았다.

그러나 그는 그대로 사무실 앞을 지나 잠시 후 자기 쪽으로 길을 건너기 시작했다. 그리고 이구사가 있는 창가에서는 사각지대인 곳으로 모습을 감추었다.

그에 대한 호기심은 어느새 사라졌다. 이구사는 다시 잡거빌딩으로 시선을 돌렸다.

가오루가 빌딩 옥상에 도착하고 나서 그럭저럭 한 시간 이상이 지났다. 마크시티 서쪽의 커튼월을 비추고 있던 석양이 빌딩숲 너머로 완전히 사라지고, 주위는 급속하게 어둠이 깔리기 시작했다. 그와 함께 빌딩 옥상에 걸린 간판이나 네온에 원색의 조명이 하나둘 켜진다. 역전에서 희미하게 들려오는 경적소리와 버스의 발진음, 횡단보도의 멜로디. 지상에는 몇몇 가게에서 흘러나오는 음악소리가 넘실거리고 있다. 인공적인 하계下界의 빛과 소리의 홍수.

가오루가 앉아 있는 옥상 난간에서 도로를 사이에 두고 허름한 잡거빌딩이 보인다. 그 빌딩의 맨 꼭대기 층인 4층이 고에이 상사의 사무실이었다. 창문으로 형광등 불빛과 함께 전화당번이 한 명 있는 것이 보인다.

여섯 시가 조금 지나 빌딩에서 구로키와 류이치가 나왔다. 그들은 빌딩 앞에 세워둔 메르세데스를 타고 바로 분카무라 도로로 나갔다.

가오루는 아키가 행동을 개시한 것이라 생각하고 바로 전화를 했다. 그 후로 이따금 사무실 쪽을 보는 동안 10분 가까이 흘렀다. 배에서 꼬르륵 소리가 났다. 여기에 도착하고 나서 세 번째였다. 생각해보니 아침부터 아무것도 먹지 않았다. 문득 아키가 다케시 일행과 도겐자카의 맥도날드에서 대기했던 것이 생각났다.

패스트푸드는 지금도 가장 혐오하는 먹을거리이지만 자기도 모르게 입 밖으로 중얼거렸다.

"그거라도 먹을걸 그랬나?"

한숨을 내쉬는 순간 휴대전화가 울었다. 사토루의 전화였다.

"플랜 A로 진행되고 있어." 사토루는 다짜고짜 말했다. "벤츠 뒤를 그 2인조가 따라갔어. 네리마 넘버의 흰색 임프레자야. 그리고 그 뒤를 유이치가 밟고 있어."

"그럼 너희들은?"

"차로 그쪽으로 가고 있어. 우린 늘 타던 쉐비야."

"알았어." 그리고 문득 생각나서 만약을 위해 덧붙였다. "펜던트는 이제 용도 폐기야. 목에서 벗어."

"응."

등 뒤에서 문을 닫는 소리가 났다. 휴대전화를 끊고 돌아보니 나오가 옥상 콘크리트 바닥 위를 총총걸음으로 다가오고 있었다.

"일찍 왔네." 눈앞에 선 나오에게 말했다. "플랜 A. 세 대가 줄

지어 오고 있어."

"알았어." 조금 숨을 헐떡이면서 나오가 대답한다. 옥상까지 계단을 단숨에 뛰어올라왔기 때문이다. "한 번에 뛰어올라왔더니 역시 힘들어."

"운동부족이야."

"모두가 아키 같을 순 없잖아."

가오루는 웃으면서 옥상 난간 그늘에 쭈그려 앉았다. 나오도 그대로 따라 한다. 도겐자카 방면에서 골목으로 들어오는 차를 모두 살핀다. 마루야마마치의 레드 크로스 앞 소로小路는 분카무라 도로에서 도겐자카 방면으로 이어지는 일방통행길이다. 따라서 구로키가 사무실로 돌아올 때는 반드시 도겐자카 방면에서 모습을 나타낼 것이다.

과연 앉은 지 몇 분 되지 않아 메르세데스가 모습을 나타냈다.

속도를 줄인 메르세데스는 가오루와 나오가 내려다보고 있는 도로를 천천히 지나 사무실 앞에서 정차했다.

가오루는 다시 도겐자카 방면을 돌아보았다. 하얀 국산 세단이 완만한 커브길 너머에서 모습을 나타냈다.

"저거야." 나오가 가오루에게 속삭였다. "저 임프레자야."

가오루는 말없이 고개를 끄덕였다. 임프레자는 고에이 상사가 들어 있는 빌딩에서 50미터쯤 떨어진 갓길에 바싹 붙어서 정차하면서 스몰라이트를 껐다.

잡거빌딩 앞에서는 메르세데스 안에서 류이치, 이어서 구로키와 아키가 막 내리는 참이었다. 류이치를 선두로 세 사람은 빌딩의 좁은 입구로 빨려 들어갔다.

임프레자 안에서는 사람이 나올 기미가 없다.

그 임프레자 뒤쪽으로 도로에 늘어선 빌딩을 두 채 사이에 둔 인도에 오토바이가 미끄러져 들어왔다. 라이더는 엔진을 끄고 오토바이에서 내려 한 호흡 있다 천천히 갓돌에 앉는다. 헬멧을 쓴 채 실드를 올리고 가슴주머니에서 담배를 꺼낸다.

가오루는 미소를 지었다. 아무리 봐도 누군가를 기다리느라 따분해하는 라이더의 인상이었다.

담배 끝에 반딧불 같은 불이 붙었을 때 오토바이에서 약간 뒤쪽에 검정색 쉐비 밴이 정차했다. 유이치는 모르는 척 담배를 피우고 있을 뿐이다. 밴도 정차한 채 문이 열릴 기미가 없다.

가오루는 또다시 싱긋 웃고 나서 고에이 상사의 창문으로 시선을 돌렸다.

사무실 앞을 감시하고 있던 이구사의 눈에 도겐자카 방면에서 헤드라이트를 켜고 다가오고 있는 메르세데스가 들어왔다.

이구사는 창가 쪽으로 의자를 더욱 끌어당기고 메르세데스가 사무실 앞에서 속도를 줄이는 것을 주의 깊게 보았다.

먼저 운전석 문이 열리고 규마가 말한 똘마니가 모습을 나타냈다. 이어서 뒷좌석 문이 열렸다. 그런데 이구사의 예상을 배신하고 거의 동시에 양쪽 문이 열렸다. 나갈 때는 뒷좌석에 구로키 외엔 아무도 타지 않았다. 긴장이 등줄기를 훑었다.

처음에 구로키가 사무실 쪽 문에서 내렸다.

이어서 도로 쪽으로 열린 문에서 덩치가 큰 젊은 남자 한 명이 내렸다. 묵직해 보이는 검정색 보스턴백을 한 손에 들고 있다.

남자는 하얀 티셔츠 위에 검은 가죽조끼를 걸치고 있었다. 티셔츠에 검정색 가죽조끼? 불현듯 주간 당번이 한 말이 떠올랐다.

그리고 남자의 가슴팍이 보였다. 순간 이구사는 눈을 부릅떴다. 어둑어둑한 도로를 사이에 두고 초승달 모양의 펜던트가 하얗게 도드라져 보였다.

이구사는 남자가 들고 있는 가방의 의미를 비로소 이해했다. 바텐더가 말한 검정색 나일론 보스턴백.

황급히 휴대전화를 꺼내 교대자의 번호를 눌렀다. 그러는 동안에도 구로키와 남자는 똘마니를 선두로 빌딩 안으로 들어간다.

전화는 바로 연결되었다.

"이구사다." 상대의 대답을 듣는 둥 마는 둥 빠르게 말했다. "오전에 사무실에 들어간 젊은 놈이 있었다고 했지? 검은 머리에 검정색 가죽조끼와 티셔츠를 입고."

"예." 하고 당혹해하면서도 상대는 대답했다.

"그놈, 조끼 안에 입은 티셔츠는 하얀색이고, 네이비 카고 바지, 워킹부츠 같은 걸 신고 있지 않았어?"

"……음, 분명 그랬던 것 같아요." 여전히 이상하다는 듯 교대자는 대답했다. "무슨 일 있어요?"

이구사는 대답할 생각도 않고 전화를 끊었다. 서둘러 규마의 전화번호를 누르기 시작했다. 통화 상태가 될 때까지 이구사의 머리는 정신없이 돌아갔다.

아직 확신할 수는 없다. 확신할 순 없지만 용의자임에는 틀림없다. 저놈이 필시 금발과 스킨헤드가 소속되어 있는 그룹의 리더일 것이다. 그리고 그 리더가 대표로 오전에 구로키에게 불려가 협박을 당했다. 협박에 굴복해 그들은 구로키 일당의 안내로 돈을 사무실까지 가져왔다. 대강의 줄거리가 그럴 것이라고 생각했다.

전화가 연결되었다.

메르세데스의 뒤를 쫓아 도겐자카에서 골목으로 들어온 모모이는 한 블록 떨어진 빌딩 앞에서 빨간 미등이 점등하는 것을 보았다. 천천히 속도를 줄이면서 그 빌딩의 한 블록 앞에서 차를 갓길에 바짝 댔다.

S600의 운전석에서 몸집이 작은 젊은이가 내렸다. 아무리 봐도 조폭 똘마니 풍의, 취향도 독특해서 보라색 알로하셔츠를 입고 있었다. 이어서 뒷좌석 문이 좌우로 열리고 검정색 양복을 입은 거한과 보스턴백을 든 몸집이 큰 젊은이가 차에서 내렸다. 몸집이 작은 젊은이를 선두로 세 사람은 허름한 빌딩의 계단 입구로 사라졌다. 메르세데스는 인도에 반쯤 올라간 채 혼자 남겨졌다.

모모이는 사이드브레이크를 당기고 목을 구부려 앞 유리 너머로 빌딩을 올려다보았다. 4층짜리의 허름한 잡거빌딩이었다. 1층은 셔터가 내려가 있고, 2층과 3층 창에는 화장품 방문판매 회사의 간판이 보인다. 4층은 유리창 전체에 회사 이름이 페인트로 조잡하게 칠해져 있다.

문득 깨닫고 옆을 보니 가키자와도 마찬가지로 빌딩을 올려다보고 있었다.

"어떻게 생각해?"

"아마도 4층 같아." 가키자와는 대답하고 앞쪽으로 턱짓을 했다. "저 벤츠, 아무리 봐도 화장품 방판용으로는 안 보여."

처음에 그 천박한 벤츠를 봤을 때부터 모모이는 어떤 예감이 왔다.

'고에이 상사'라는 정체불명의 사명에 뒷좌석에서 내린 검정색 양복의 거한과 알로하셔츠의 젊은 운전사. 게다가 스트리트 갱의 리더급. 이런 것들로 미루어 연상할 수 있는 사업은 하나밖에 없었다.

"야쿠자?"

"아마도."

그 후로 두 사람은 말이 없었다. 모모이는 머릿속에서 지금까지 자기들의 행동과 그에 대한 '미야비'의 움직임을 열심히 비교해보았다.

마침내 생각이 정리되자 가키자와 쪽을 보았다.

"아까 양복 입은 남자가 보스턴백 안을 들여다보고 빙긋이 웃었지?"

"응."

"야쿠자 놈이 웃을 때는 돈이나 값나가는 물건을 봤을 때밖에 없어. 그렇다면 지금까지의 경위에 비춰봤을 때 내용물은 현금이 분명해. 그것도 그 부피를 봐서는 상당한 액수야. 여기까지는 이해하지?"

"응."

"그런데 그렇게 생각하면 이해할 수 없는 게 뭣 때문에 아킨가 하는 놈이 일부러 야쿠자한테 그 많은 현금을 보여주었냐는 거야."

그렇게 말하고 가키자와의 얼굴을 똑바로 보았다. 잠시 후에 가키자와가 입을 열었다.

"그러니까 그 젊은 놈들은 원래 야쿠자와 연계되어 있었다. 사업상의 결탁이다. 현상금 이야기를 퍼트릴 정도다. 결국 우리한테 공격받을까 봐 놈들은 야쿠자에게 자신들의 보호를 요청했다. 야쿠자는 당연히 자기들 몫을 요구했고, 그것이 저 가방 안에 들어 있다. 대충 그런 줄거리야?"

"그렇게밖에 생각할 수 없어."

"확실히 그것밖에 없긴 해." 말하면서도 가키자와는 고개를 갸웃했다. "그런데…… 어째 석연치 않아."

"뭐가?"

"그걸 모르겠어. 모르지만 어딘가 묘한 기분이 들어."

모모이는 가키자와의 얼굴을 보았다.

"……어쩔래?" 가키자와에게 판단을 미뤘다. "일단은 상황을 지켜볼까?"

"아니." 이번에는 바로 고개를 흔들었다.

"그건 안 돼. 머뭇거리는 사이에 아키란 놈이 현금을 건네고 빌딩에서 나올 거야. 그럼 우린 아키를 쫓거나, 여기 있다가 현금을 되찾아오는 것 중 한 가지를 선택할 수밖에 없어. 어느 쪽을 택하든 문제가 있고. 아키를 쫓으면 그 사이에 야쿠자가 현금을 갖고 나갈지도 몰라. 그렇다고 여기에 남으면 아키의 행방을 놓치게 돼. 잔금이 있다면 그걸 잃는 거지."

"그럼 나눠서 하는 건 어때?"

"미행이야 그렇다 해도 단신으로 저 사무실에 들어가는 것은 너무 위험해. 우리 둘이 놈들을 동시에 제압하는 게 가방도 손에 넣고, 아키에게도 잔금이 있는지를 털어놓게 할 수 있어. 가장 효율적이고 확실한 방법이야."

다시 불쾌한 예감이 뇌리를 스친다.

"하지만 지금 바로 사무실에 뛰어 들어갔다간 일이 꽤 커질 텐데."

"다행히 우리한텐 총이 있어."

"상대는 야쿠자야. 놈들도 갖고 있을 거라고."

"그러니까 놈들이 총을 꺼내기 전에 우리가 총을 들이대야지."

"하지만 지금 사무실 안에 그 세 놈 말고도 몇 명이 더 있는지 모르잖아. 뛰어들자마자 주변 상황을 파악하기란 꽤 어려워."

"그래서 사전조사를 하려고."

"어떻게?"

모모이의 질문에 가키자와는 대답 대신 문으로 손을 뻗었다.

"몇 분만 기다려줘." 하고 차에서 내리면서 말했다. "금방 끝나."

이구사가 침을 튀겨가며 열심히 설명해도 규마는 왠지 좀 회의적인 생각이 들었다.

"시방 그리 가겠다."

말하면서 이미 움직이기 시작했는지 규마의 목소리가 가끔 멀어진다.

"그런데 말이다. 펜던트도 멀리서 한 번 봤을 뿐이고, 듣고 보니 그 검정색 가방도 흔히 볼 수 있는 거 아이가? 가방을 들고 온 놈이 금발과 스킨헤드라면 몰라도, 그거 갖고는 잘못 본 것일 수도 있다."

"네, 그거야 그렇지만……."

"일단 총을 갖고 가야겠다. 만약 잘못 본 거라면 마카와구미와는 전쟁이 벌어질 게 뻔하다. 좀 더 확실한 물증은 못 봤나?"

"그게 아마 틀림없을 텐데……."

그렇게 말하면서 다시 사무실 쪽을 봤을 때였다. 인파에 섞여 사무실 건너편에서 걸어오는 장신의 남자에게 이구사의 시선이 고정되었다. 그뿐 이구사는 말이 없었다.

"봐라, 먼 일 있나?"

의아해하는 규마의 목소리가 귀를 때린다. 그래도 이구사는 정신을 빼앗긴 채 사무실 쪽으로 다가가는 인물을 보고 있을 뿐이다. 호리호리한 체격에 갸름한 얼굴. 긴 팔다리가 걸음에 맞춰 앞뒤로 흔들린다. 그리고 그 얼굴이 가로등 불빛을 받아 드러났다. 외까풀의 가늘고 긴 눈. 틀림없다. 그때 그놈이다!

"야, 이구사!"

규마가 다시 소리를 지른다. 퍼뜩 정신이 든 이구사는 황급히 휴대전화를 입가에 붙였다.

"틀림없습니다!" 이구사는 흥분한 말투로 거침없이 지껄였다. "놈이 나타났어요! 사무실로 가고 있습니다. 이런 제기랄!"

"놈이라니 누구 말이고?"

"그러니까 카지노를 습격한 놈 말입니다! 키다리 쪽이요!"
"머, 머라꼬!"
규마의 목소리가 귓전을 때렸을 때 이구사는 장신의 남자가 빌딩 입구로 들어가는 것을 부득부득 이를 갈며 보고 있었다.

구로키와 류이치를 따라 계단을 올라간 아키는 4층 조직사무실로 들어갔다.
창가 책상에 있던 깍두기 머리의 중년 남자가 벌떡 일어났다.
"형님 수고하셨습니다."
"그래." 구로키는 건성으로 고개를 끄덕이고 사무실 안을 둘러보았다. "다른 애들은 가게에 나갔냐?"
"세금을 걷으러 갔습니다."
구로키는 말없이 턱짓으로 아키에게 사무실 안쪽에 있는 소파를 가리켰다. 아키는 구로키 뒤를 따라 사무실 안을 가로질렀다. 가로지르면서 사무실 안을 둘러보며 벽 귀퉁이에 금고가 있는 것을 확인했다.
양쪽에 낮은 테이블이 있는 소파에 구로키가 털썩 앉았다. 아키도 테이블 옆에 보스턴백을 내려놓으면서 바로 앞에 있는 소파에 앉는다. 우연히 소파 구석에 떨어져 있는 꼬불꼬불한 금발이 한 가닥 눈에 띄었다. 새삼 구로키에 대한 불쾌감이 고개를 들었다.
카고 바지의 앞주머니에 넣은 휴대전화가 허벅지에 느껴진다. 진동모드. 진동이 한 번 울리면 놈들이 온다는 신호였다.
"자료부터 꺼내." 구로키가 즉각 말했다. "보호비 협상은 그다음에 하고."

"먼저 확인해둘 게 전화로도 얘기했듯이 40만 엔은 터무니없는 금액이야." 가방 지퍼를 열면서 아키가 말했다. "이걸 보면 알 거야."

"군소리 말고 어서 꺼내."

아키는 맨 위에 있는 자료만 꺼내 테이블 위에 놓았다.

"다섯 장씩 묶었어. 첫 번째 장이 입장료, 음식 값에서 받은 리베이트 매상과 상금, 기타 잡비와 멤버들에게 준 수고비의 지출 내역이야. 두 번째 장이 첫 번째 장의 대차대조표이고, 세 번째 장부터는 그 주의 파티에 참가한 고객 명부야. 가방 안에 있는 다른 자료도 2년간 매주 같은 식으로 정리된 거고."

구로키는 테이블 위에 놓인 자료를 손가락 끝으로 끌어당겼다. 첫 번째 명세표를 손에 들고 뚫어져라 본다. 이어서 두 번째 장으로 넘겨 10초 정도 보고 나서 아키를 올려다보며 히쭉 웃었다.

"정말 골치 아픈 놈들이군." 품에서 담배를 꺼내 입에 문 채 말을 잇는다. "대가리에 피도 안 마른 놈들이 내 나와바리에서 멋대로 활개를 치더니, 결국 이런 것까지 만들어서 들이미나?"

"덕분에 당신도 도움이 됐을 텐데?"

구로키는 듀폰 라이터를 꺼내 담배에 불을 붙였다.

"말하는 법을 모르는 것 같군." 연기를 뿜어내면서 아키를 응시했다. "이야기를 쉽게 진행하고 싶은데."

아키가 말을 꺼내려는 순간 카고 바지 속에서 휴대전화가 흔들렸다.

한 번. 아키는 표정을 무너뜨리지 않고 마음속 잔물결을 잠재

왔다. 그러나 두 번째 진동이 오고 정지한 후 세 번째로 이어졌다. 예상치 못한 사태가 일어났다는 것이었다. 아키는 일어서면서 구로키를 보았다.

"미안하지만 전화가 와서."

그렇게 말하고 소파에서 멀어지면서 휴대전화를 꺼냈다.

"여보세요."

"가오루야." 빠르고 낮은 목소리다. "2인조 중에 한 명이 빌딩으로 갔어. 지금 막 계단을 올라가는 중이야."

온다면 당연히 2인조로 올 것이라고 생각했다. 머릿속이 정신없이 움직인다. 등 뒤에 있는 구로키의 귀를 의식하면서 아키는 말을 골랐다.

"어느 쪽이야?"

"키다리."

"모습은?"

그 한마디로 가오루는 아키가 듣고자 하는 것을 알아챘다.

"무기는 없어 보였어. 반팔 셔츠에 슬림 진. 적어도 총을 숨길 여지는 없어."

그 말이 의미하는 것을 잠깐 생각하고 대답했다.

"알았어. 우선은 지켜봐."

"……혹시 정찰일까?"

"아마도."

이 정도로 대답하면 의심을 살 염려는 없다고 생각했다. 가오루의 대답도 기다리지 않고 전화를 끊었다. 구로키 쪽으로 돌아섰을 때였다.

사무실 문을 두 번 노크하는 소리가 실내에 울렸다. 아키는 자기도 모르게 움찔하고 동작을 멈췄다.

"네, 들어오세요!"

책상에 앉은 채 류이치가 큰 소리로 말하자 문이 천천히 열리고 날씬한 남자가 모습을 나타냈다.

짧은 머리에 날카로운 눈빛, 반소매 아래로 드러난 두 팔은 채찍처럼 근육이 팽팽하다. 냉정한 태도를 보인 조수석의 남자라고 직감했다. 전체적으로 칼붙이 같은 예리함을 느끼게 한다.

같은 인상을 받았는지 류이치도 수상쩍게 보고 있다.

"무슨, 일입니까?"

류이치에게 시선을 고정시킨 남자는 입을 열었다.

"저, 아래층에 있는 사람입니다." 잘 둘러댄다. 낮고 은은한 목소리였다. "기자재 놓을 곳을 찾느라 고민 중인데, 괜찮으시면 1층과 2층 층계참 구석에 잠깐 보관했으면 합니다. 실례가 안 된다면 그래도 되겠습니까?"

거기까지 단숨에 말하고 류이치를 쳐다본 채 입을 다문다. 류이치는 남자의 겉모습과 말투의 차이에 당황한 듯 중년의 깍두기 머리와 눈빛을 나누고 구로키를 보았다.

구로키도 잠깐 남자를 보았지만, 이내 귀찮다는 듯 말했다.

"잠깐이면 얼마나?"

"사무실 안에 넣을 공간을 만들 때까지니까 30분 정도면 끝납니다."

"알았으니, 얼른 나가요."

"감사합니다, 실례 많았습니다."

고개를 숙인 남자의 얼굴이 다시 올라왔을 때 순간적으로 소파 옆에 있는 보스턴백에서 시선이 멈춘 것을 아키는 놓치지 않았다. 틀림없다. 사전조사다.

남자는 다시 한 번 문 앞에서 고개를 숙이고 문을 닫고 나갔다.

아키 외의 세 사람은 각자 자신의 관심사로 돌아갔다. 구로키는 다시 자료를 보고, 류이치는 피우다 만 담배에 손을 뻗고, 깍두기 머리 남자는 《주간실화》 페이지를 펼쳤다.

같은 야쿠자를 제외하면 야쿠자를 습격할 미친놈은 이 세상에 절대 없을 것이라고 생각한다. 그들의 입장에서 보면 당연한 생각이었다.

그런데 이 틈에 아키에겐 할 일이 있었다. 가방 안에서 나머지 자료를 살짝 빼내 자신이 앉아 있는 소파의 등받이 안쪽에 놓았다. 이 위치라면 입구에서는 등받이에 가려 자료가 보이지 않을 것이다. 거기에서 다시 몇 회분의 자료를 집어 테이블에 놓았다.

"매상은 언제나 비슷비슷해. 나머진 대강 훑어보기만 해도 충분할 거야."

구로키가 갑자기 얼굴을 들고 의심이 가득한 표정을 지었다.

"너무 협조적인걸."

움직이지 않는 시선을 간신히 받아내며 아키가 말했다.

"그만큼 싸게 퉁치려는 생각이니까."

"역시."

구로키는 새 자료로 시선을 돌리고 집중하기 시작했다.

금고. 그것을 봤을 때부터 떠오른 아이디어가 있었다. 약간의 장난질. 아키는 태연하게 빈 가방을 들고 일어섰다. 다시 한 번 다른 두 사람을 확인한다. 깍두기는 여전히 주간지에 고개를 처박고 있고, 류이치는 책상 위의 전표와 눈싸움을 벌이고 있다.

어슬렁어슬렁 금고로 다가가 잽싸게 금고 손잡이에 가방 손잡이를 걸었다.

"뭔 짓거리야!"

깜짝 놀라 돌아보니 어느새 구로키가 얼굴을 들고 아키와 빈 가방이 걸린 금고를 번갈아가며 보고 있다.

방심할 수 없는 사내였다. 다른 두 사람도 놀란 듯 아키를 돌아본다.

"허튼 짓 하지 마."

그 경고에 아키는 갑자기 생각난 것을 물어보았다.

"왜, 총이라도 숨겨놨어?"

한 호흡 늦게 구로키가 되물었다.

"그게 너랑 무슨 상관인데?"

아키는 어깨를 으쓱하고 가방을 걸어둔 채 소파로 돌아왔다. 할 수 있는 만큼 했다. 나머지는 상대가 움직이기만을 기다릴 뿐이었다.

이구사와 규마의 휴대전화는 구로키 일행이 돌아온 시점부터 쉴 새 없이 연결되었다.

남자가 사무실 안으로 사라진 직후 규마는 사무실을 출발했다고 말했다. 지금 BMW에 총기와 남자들을 가득 싣고 막 미나미 아오야마에 들어섰다고 한다.

"어쨌든 가급적 빨리 오십시오."

이구사가 호소했다. 니시마후의 사무실에서 이곳까지는 대부분 직선거리로 2킬로미터 정도다. 하지만 교통이 막히는 시간대라 빨리 와봤자 15분은 걸릴 것이다. 그동안 모든 상황이 종료될지도 모른다. 남자가 나타난 후로 이구사는 그 가방 안에 들어 있는 것이 현금이라고 확신했다. 처음에 그 남자는 어딘가에서 구로키와 젊은 애들의 거래에 대해 냄새를 맡고 사무실에 뛰어든 것이라고 상상했다.

그러나 곰곰이 생각해보니 남자가 단신, 그것도 맨손으로 사무실에 뛰어든 것을 보면 용기를 내서 현금을 빼앗으러 갔다고는 생각할 수 없었다. 나타난 타이밍도 지금 다시 생각해보면 너무 절묘하다. 이 말을 규마에게 했더니 "어쩌면." 하고 그는 추론을 펴기 시작했다.

"애송이들이 이미 도둑놈들한테 급소를 잡혔고, 그 말을 낮에 젊은 놈들을 만났을 때 구로키가 들었을지도 모른다. 한데 그 문디 같은 자식이 우리한테 돈을 돌려주는 것보다 그 도둑놈과 애송이들 사이의 중개역을 맡기로 한 기다. 당연히 중개료도 받기로 했겠지. 그카면 우리들 뒤통수를 칠 수도 있을 거고. 마, 이런 줄거리 아니었나."

다소 억지스러운 부분도 있지만 일단 말은 된다. 그렇다면 사무실 안에서는 얘기를 좀 더 길게 끌어줄 것이다. 그만큼 규마 일행이 시부야에 도착해서 사무실에 쳐들어갈 때까지의 시간은 벌게 된다. 그렇게 생각하고 다시 시선을 사무실 앞으로 돌렸을 때였다.

눈앞에 펼쳐진 예상외의 전개에 이구사의 입이 반쯤 벌어졌다.

하필이면 들어간 지 몇 분 지나지도 않았는데 그 장신의 남자가 나오는 게 아닌가. 그것도 빈손으로!

어처구니가 없어 멍쩌 있는 동안에도 남자는 잠깐 사무실을 올려다 본 후 좀 전에 왔던 방향으로 돌아간다.

뭐가 어떻게 되어가고 있는지 영문도 모른 채 이구사는 자기도 모르게 일어섰다. 정신을 차렸을 때는 휴대전화를 한 손에 들고 출구를 향해 뛰어가고 있었다.

"손님 잠깐만요!"

황급히 부르는 점원의 목소리가 등 뒤에서 울리고, 휴대전화의 수화구에서는 이구사의 이름을 부르는 규마의 분노에 찬 목소리가 들렸다. 모두 다 무시하고 밖으로 뛰어나왔다.

조직사무실 빌딩의 한 블록 정도 앞에서 남자가 흰색 세단에 타고 있었다. 하지만 어두워진 주변과 끊임없이 오가는 행인들에 가려 차량 번호는 확인할 수 없었다.

게다가 종종걸음으로 다가가 확인하려는 순간 등 뒤에서 누군가에게 어깨를 잡혔다. 돌아보니 점원이 그의 어깨를 잡은 채 무서운 눈을 하고 서 있었다.

"손님, 이러시면 곤란하죠." 젊은 점원은 얼굴을 찡그렸다. "계산은 하고 가셔야죠."

"이거 놔!"

그렇게 소리치면서도 왼손은 휴대전화에 빼앗기고 오른손은 부상을 입은 탓에 어깨를 잡은 점원의 손을 우격다짐으로 뿌리칠 수가 없다.

"돈은 바로 갖다 줄게. 제발 놔줘!"

사람들 사이로 보였다 안 보였다 하는 세단의 헤드라이트에 불이 켜졌다.

"부탁이야."

"안 됩니다."

마침내 움직이기 시작한 흰색 세단이 왼쪽 골목으로 깜박이를 넣었다. 이구사는 자기도 모르게 울상이 되었다.

"아, 아…… 간다."

그렇게 안타까운 목소리로 중얼거렸을 때 차는 이미 골목으로 들어가 사라지고 난 뒤였다. 왼손에 있는 휴대전화에서는 규마의 성난 목소리가 울리고 있었다.

서둘러 임프레자로 돌아온 가키자와는 조수석에 앉자마자 모모이에게 말했다.

"사무실 안에 그 젊은 놈을 포함해서 남자가 네 명. 사무실 중앙에 책상들이 있어. 그곳에 아까 그 운전사와 또 다른 남자가 한 명. 입구에서 볼 때 왼쪽 창가 소파에 뒷좌석에 있던 남자와 젊은 놈 둘이야. 안쪽에도 사무실이 있는 것 같은데 나와서 4층 창을 올려다보니 동쪽 3분의 1에는 불이 켜져 있지 않았어. 아무도 없는 게 틀림없어."

"가방은?"

"소파 옆에 놓여 있었어. 아직 불룩한 걸로 봐서 내용물은 꺼내지 않았고. 그런데 금고가 보이더군. 그 속에 보관한다면 시간이 걸린다는 말이겠지. 서둘러 넘기는 일은 없을 거야."

가키자와의 말에 모모이는 앞쪽 노상을 좌우로 살폈다.

"그럼 이제 만일에 대비해 퇴로를 확보하는 일만 남았나?"

"되도록 사람들 눈에 띄지 않는 골목 안쪽의, 바로 큰길로 나갈 수 있는 곳을 찾아야 해."

가키자와도 고개를 끄덕이며 "가방에서 총을 꺼내기에도 좋지." 하고 말했다.

10미터쯤 전방의 왼쪽에 뒷골목으로 이어지는 것으로 보이는 입구가 보였다.

모모이는 시동을 걸고 천천히 임프레자를 움직이기 시작했다. 눈여겨본 골목으로 차를 진입시켰다.

좁은 뒷골목을 20미터쯤 가자 십자로가 나왔다. 모모이는 좌우를 살피고 나서 오른쪽 골목으로 핸들을 꺾었다.

골목 양쪽은 모두 빌딩 뒤쪽 같았다. 골목 옆 곳곳에 건물을 도려낸 듯 콘크리트가 패여 있는 것을 볼 수 있다. 낮에는 트럭이 여기서 짐을 반입하는 모양이다.

어둑어둑한 골목 끝에 차가 빈번하게 오가는 대로가 보였다.

"분카무라 도로다." 모모이는 전방을 본 채 말했다. "저기 첫 번째에서 왼쪽으로 꺾으면 역에서 내려가는 길이야. 올라가는 쪽으로는 사람들이 많지 않을 거야. 도망가기에도 좋지."

"갓길에 적당히 대." 가키자와는 고개를 끄덕였다. "총을 빼고 나서 바로 행동에 들어간다."

옥상에 있는 두 사람은 임프레자가 도로 반대쪽 골목으로 들어가는 것을 보고 바로 유이치의 오토바이로 시선을 돌렸다.
헤드라이트를 끈 채 유이치가 오토바이를 출발시켜 임프레자의 뒤를 쫓는다. 그리고 오토바이의 미등도 골목을 둘러싼 빌딩 그늘로 숨어 보이지 않게 되었다.
"들키지 않아야 할 텐데."
불쑥 나오가 중얼거렸다.
"들켜도 지나가는 것처럼 하라고 알아듣게 말했어."
가오루는 그렇게 말하고 역 쪽으로 시선을 옮겼다.
말로는 하지 않았지만 앞에서 좀 신경에 거슬리는 것이 있었다. 키다리 남자가 차로 돌아갈 때 이쪽 역전에 가까운 인도에서 갑자기 사람 하나가 튀어나오는 것을 보았다. 오른손에 하얀 붕대 같은 것을 감은 마른 남자였다. 남자는 종종걸음으로 도로를 건너 일단 멈춰서더니 조직사무실 앞에 정차되어 있는 임프레자 쪽을 응시했다. 아니 적어도 가오루의 눈에는 임프레자에 타는 남자를 응시한 것처럼 보였다. 붕대 남자가 다시 걸어가려고 했을 때 음식점 종업원으로 보이는 젊은이가 뒤에서 남자의 어깨를 잡았다. 도로의 소음에 묻혀 목소리까지는 들리지 않았지만 두 사람은 옥신각신하는 것 같았다. 뭐라 말다툼을 하는 와중에도 남자는 이따금 임프레자 쪽을 돌아보았다. 가오루의 마음속에서 왠지 모르게 불길한 예감이 고개를 들었다.

이윽고 임프레자가 움직이기 시작하더니 바로 앞 골목으로 들어가자 남자는 말다툼을 중단하고 한동안 그쪽을 뚫어져라 보았다. 유이치의 오토바이가 움직이기 시작했을 때는 이미 종업원에게 어깨를 잡힌 채 온 길로 되돌아가는 중이었다.

그 사실이 무엇을 의미하는지 가오루는 도무지 감을 잡을 수가 없었다.

다시 고에이 상사의 창문으로 시선을 돌렸다. 무엇 때문인지 일단 안쪽으로 사라졌던 아키가 창가의 구로키 앞에 앉는 중이었다. 한 순간 이 상황에 대해서도 연락하려고 생각했지만 생각만으로 그쳤다. 아키에게는 이미 한 번 연락했다. 너무 자주 전화를 하면 구로키가 의심할지도 모른다. 아직 단순한 예감에 지나지 않는다. 가오루는 지금 본 일이 자신의 기우에 불과하길 바랐다.

차에서 내린 모모이는 뒷문을 열고 내장재를 벗겨 가방을 꺼냈다. 문을 닫고 다시 운전석에 앉는다.

007가방을 열고 베레타 M8045 두 정을 꺼냈다. 한 정을 가키자와에게 건네면서 문득 생각나서 물었다.

"놈들이 총을 갖고 있다면 뭘 거 같아?"

"십중팔구 중국제 토카레프겠지. 그것도 T-33 모델 계열."

"왜 그렇게 생각해?"

"시장에 유통되고 있는 수가 달라. 지금 야쿠자는 대부분 그걸 써."

모모이가 다뤄본 경험이 있는 것은 이 베레타와 콜트, 데린저

등 구미계 총뿐이었다.

"그렇게 좋은 거야?"

"아니." 가키자와는 권총을 면바지와 셔츠 사이에 집어넣고 밖에서 보이지 않게 재킷으로 가렸다. "그냥 푸젠 성 인근에서 대량으로 싸게 들여온 거야. 우리가 갖고 있는 베레타에 비해 총신이 길어. 가지고 다니기에도 좋지 않고 총을 꺼내 표적을 조준하는 데도 시간이 걸리지. 정지되어 있는 것을 조준해서 쏘는 거면 몰라도 오늘 밤 같은 상황에는 맞지 않는 총이야. 그런 점에서는 안심해도 돼."

준비를 끝낸 가키자와는 새삼 모모이를 보았다.

"불안해?"

모모이는 잠깐 망설이는 듯하더니 "약간." 하고 솔직하게 대답했다. "처음으로 사람을 죽일지도 모른다는 생각이 들어서."

모모이는 가만히 웃었다.

"그럴 줄 알았어."

"……넌?" 모모이는 지금까지 한 번도 물어본 적이 없는 질문을 했다. "넌 어때?"

가키자와는 잠깐 모모이를 보았다.

"죽이지 않으면 내가 죽어."

그렇게 말하고 문을 열었다.

가오루는 몇 분 전부터 계속 휴대전화에 귀를 기울이고 있었다. 임프레자를 감시하고 있는 유이치로부터 어떤 변화가 있을 때마다 침묵을 깨고 보고가 들어왔다. 가오루는 짤막짤막 끊겨서 들어오는 보고를 그때마다 나오에게 전하고 나오는 쉐비 밴 안에 있는 사토루에게 마찬가지로 뻔질나게 휴대전화로 전달했다.

덩치 큰 남자가 뒷좌석 문 안에서 금속제 가방을 꺼내 다시 운전석에 앉은 것까지는 보고가 들어왔다. 필시 총을 꺼냈을 것이라는 게 유이치의 의견이었다.

그걸 나오에게 전하고, 나오가 같은 내용을 사토루에게 전한다. 또 1분쯤 침묵이 흐른 뒤 유이치의 목소리가 들렸다.

"지금 두 사람이 차에서 나왔어."

"총은?" 가오루가 물었다. "총은 갖고 있지 않아?"

"어둡고 멀어서 거기까지는 보이지 않지만 분명히 갖고 있을 거야."

"무슨 근거로?"

"두 사람 다 재킷을 입고 있어. 움직이는 데는 아까 마른 남자처럼 반팔 차림이 유리해. 필시 무언가를 숨기고 있는 게 분명해. 그쪽으로 가고 있어."

유이치는 다케시나 사토루에 비하면 약간 선이 가늘다. 하지만 싸움을 할 때는 그걸 보완하는 민첩함이 있다. 머리 회전도 빠르다. 그 점에 감사하면서 가오루는 말했다.

"알았어. 이제 들키지 않도록 조심하면서 이쪽으로 돌아와."

전화를 끊고 나오에게 내용을 전하면서 아키의 휴대전화로 신호를 보냈다.

나오가 사토루에게 연락한다. 도로의 쉐비 밴 문이 열리고, 챙이 넓은 모자를 쓴 다케시가 운전석에서 나와 10미터쯤 뒤에 있는 공중전화박스로 달려간다.

핑크 월드에 밀고하는 전화였다. 사태가 커져 경찰 수사가 시작되면 전화국을 통해 발신 기록을 조사할 가능성이 있었다. 그걸 방지하기 위해 공중전화로 달려간 것이다. 물론 밀고 내용은 속임수이다. 청룡회의 히트맨이 고에이 상사의 사무실을 습격할 것이라는 가공의 정보이다. 그 말만 하고 바로 전화를 끊으라고 말해 놓았다. 믿든 안 믿든 상대의 자유지만, 어쨌든 핑크 월드에서 조직사무실로 보고는 들어갈 것이다.

문제는 그 전화를 하는 타이밍이었다. 가오루는 4층 창문으로 시선을 돌리고 구로키와 마주 앉아 있는 아키가 일어서기를 초조하게 기다리고 있었다.

카고 바지 속에서 휴대전화가 한 번 진동했다.

창밖, 도로 건너편 빌딩 옥상은 실내등의 반사로 잘 보이지 않는다. 심장이 빠르게 고동치기 시작한다.

눈앞에 있는 구로키는 주별로 정리한 자료를 차례차례 보고 있었다. 아키는 구로키가 본 자료를 집어 하나로 모아 테이블 아래 선반에 놓았다.

"꼼꼼하군."

구로키가 힐끗 보더니 말한다. 실은 그 자료가 가방 안에 들어 있었다는 것을 2인조가 모르게 하기 위한 작업이었다. 아키가 말했다.

"아직 더 봐야 되나?"

"왜, 시간 없어?"

"잠깐 담배 사러 갔다 와도 될까?"

심장 박동이 더욱 거세졌다.

구로키는 시선을 아래로 되돌리면서 가볍게 턱을 치켜들었다. 가라는 뜻이다. 아키는 내심 안도하고 그래도 눈치를 채지 못하게 일부러 천천히 일어섰다.

금고 옆을 지나 문으로 갔다.

"잠깐."

등 뒤에서 들려온 구로키의 목소리에 움찔하며 걸음을 멈췄다. 쿵쾅쿵쾅, 심장이 고동치는 소리가 꼭 들릴 것만 같았다.

천천히 뒤를 돌아본 아키의 눈에 소파에 앉아 있는 구로키가 보였다. 자신을 본 채 손가락이 테이블 위의 빈 담뱃갑을 가리킨다.

"내 것도 사와."

아키는 다리에서 힘이 빠지는 걸 느끼면서 간신히 대답했다.

"알았어."

손잡이에 손을 뻗어 문을 열고 복도로 나왔다.

문을 닫고 한숨을 쉬었을 때 다시 바지 속에서 휴대전화가 진동하기 시작했다. 휴대전화를 꺼내면서 빠른 걸음으로 복도 안쪽으로 가서 불이 꺼진 급탕실로 들어갔다. 입구 바로 옆에 세워둔 각목이 복도 형광등 불빛에 반사되어 희미하게 보였다.

커튼레일을 닫고 그제야 휴대전화의 통화 버튼을 눌렀다.

"뭐 하느라 이제 받아!"

귀에 대자마자 가오루의 숨죽인 목소리가 울린다.

"미안." 아키도 작게 대답한다. "놈들은 지금 어딨어?"

"금방 도로로 나올 거야."

"핑크 월드에는 연락했어?"

확인하느라 그랬는지 잠깐 사이를 두었다가 가오루가 대답했다.

"지금 다케시가 전화를 끊었어." 그렇게 말하고 나서 다시 조금 멀어진 가오루의 목소리가 울린다.

"보인다! 골목에서 나온다!"

"총은?"

"갖고 있는 것 같아. 지금 앞 도로로 나왔어. 빌딩을 향해 이쪽으로 꺾었어. 입구까지 앞으로 30미터 정도야……."

다시 침묵. 아키는 다음 보고를 기다리는 자신의 손이 땀으로 흠뻑 젖어 있는 것을 느꼈다.

종업원에게 잡혀 어쩔 수 없이 가게로 돌아온 이구사는 서둘러 계산을 마치고 다시 밖으로 나왔다. 휴대전화를 귀에 대고 도중에 전화를 하지 못한 사정을 설명했다.

"다 지껄였나!" 규마의 목소리는 분노로 떨리고 있었다. "그 점원한테 붙잡혀서 차량 번호도 확인하지 못했다고?"

"네, 죄송합니다."

"이런 빙신 새끼!" 분노에 찬 목소리는 이구사의 고막을 찢을 듯이 울렸다. "문디 빙신 새끼야! 대체 눈깔은 머 하러 달고 다니노! 쎄 빼물고 칵 뒈져뿌라, 이 씨불놈아!"

"죄송합니다! 정말 죄송합니다!"

규마의 악다구니는 좀처럼 그칠 줄을 모른다. 이구사는 보이지도 않는 상대를 향해 꾸벅꾸벅 머리를 조아리면서도 시선은 사무실 쪽을 향하고 있었다.

그때 사무실 건너편에서 다가오는 두 그림자를 확인하고 잠깐 어리둥절했지만 바로 전화기에 대고 바보같이 지껄였다.

"대행님, 기뻐해주십시오."

"머라 씨부려쌌노!"

"놈들이 다시 돌아왔습니다!"

"머라꼬?"

어둠 속에서 10초쯤 침묵이 흐른 뒤 다시 가오루의 목소리가 들렸다.

"……앞으로 10미터 정도. 아, 가죽 장갑을 꺼냈어."

커튼레일의 복도를 사이에 둔 벽 너머에서 전화기가 울리는 소리가 희미하게 아키의 귀에 들렸다. 소리는 세 번 울리고 나서 멎었다.

깍두기나 류이치 중 하나가 전화를 받은 모양이다.

"지금 입구로 들어갔어."

아키는 어둠 속에서 숨죽인 채 귀를 기울이고 있었다. 전화기 너머의 가오루도 말이 없었다.

복도 끝 계단 쪽에서 희미하게 구두소리가 들려온다. 서두르지 않고 천천히 발소리가 커진다. 갑자기 사무실 벽을 통해 류이치의 고함소리가 들려왔다. 이어서 의자 같은 게 쓰러지는 소리가 연속해서 울린다. 핑크 월드에서 온 전화라고 확신했다.
 아키는 어렴풋이 보이는 입구 옆에 있는 각목으로 오른손을 뻗어 어둠 속에서 그것을 꽉 쥐었다.

 책상 위의 전화가 울기 시작했을 때 류이치는 수건과 도시락 업자에게서 올라온 전표를 정리하느라 정신이 없었다. 고개를 들고 구로키 쪽을 보았다. 구로키는 돌아보지도 않고 자료를 넘기고 있었다. 이어서 눈앞에 있는 깍두기 형님을 보았다. 형님은 주간지 너머로 류이치를 보며 턱짓을 했다.
 아키에게 너는 전화당번이냐고 놀림을 받은 것이 문득 뇌리를 스쳤다. 확실히 그 말대로다. 내심 짜증을 내면서 수화기로 손을 뻗었다.
 "네, 고에이 상사입니다."
 "류이치냐? 에이지다." 핑크 월드에 출장 중인 작은 형님이었다. 꽤 다급한 목소리였다. "긴급이다. 확실한 건 아니지만 지금 청룡회의 히트맨이 그쪽으로 가고 있는 것 같다."
 류이치는 기겁했다.
 "네?" 깜짝 놀라 자기도 모르게 벌떡 일어서는 바람에 의자가 큰 소리를 내며 쓰러졌다. "뭐라고요?"
 구로키와 깍두기가 의아한 표정으로 류이치 쪽을 보았다. 좀 전에 찾아왔던 수상쩍은 사내의 잔상이 그 순간 확실히 생각났다. 확신했다.
 류이치는 큰 소리로 외쳤다.

"청룡회의 기습입니다!" 생각나는 대로 말을 이었다. "아까 그 남자! 사전조사!"

그 말에 구로키와 깍두기가 벌떡 일어섰다. 구로키는 소파에서 한달음에 달려 금고로 갔고, 깍두기는 창가 쪽 의자를 연신 넘어뜨리면서 벽에 있는 서류장으로 뛰어갔다. 류이치는 그저 멍하니 그 모습을 보고 있었다. 구로키가 금고 다이얼을 맞추고 있다. 깍두기는 서류장 문을 열고 서류를 바닥에 던지기 시작했다.

그때였다.

문이 벌컥 열리면서 총을 든 두 남자가 들어왔다. 처음에 들어온 마른 남자의 총구가 한 순간 무방비 상태인 류이치를 겨누었다가 서류장 옆에서 총목 부분까지 빼낸 깍두기 쪽으로 옮겨가 멈추었다. 그 등 뒤에 선 몸집이 큰 남자의 총은 금고 앞에 쭈그리고 앉은 구로키를 겨누고 있다.

순식간에 류이치를 비롯한 세 남자는 그 자리에 얼어붙은 듯 움직일 수 없게 되었다.

몸집이 큰 남자가 총구를 겨눈 채 가죽장갑을 낀 손으로 천천히 문을 닫는다. 철컥 하고 메마른 소리가 조용해진 사무실 안에 사형선고처럼 울렸다.

마른 남자가 총신을 살짝 올리고 깍두기에게 말했다.

"거기서 천천히 손 빼. 손에 잡은 것도 같이."

시키는 대로 류이치의 형님이 조용히 서류장에서 팔을 뺐다. 그 끝에 쥐고 있는 토카레프의 총신이 형광등 불빛을 받아 반짝인다.

몸집이 큰 남자의 입가에 순간 엷은 미소가 번졌다가 뭣 때문인지 의아한 표정을 짓는 것을 류이치는 보았다.

마른 남자는 무표정하게 말을 이었다.

"그걸 책상에 놓아."

깍두기는 토카레프를 책상 가장자리에 놓았다.

"손을 머리 위에서 깍지 끼고 창가로 가."

그런 두 사람의 모습을 구로키는 쭈그려 앉은 채 보고 있었다. 이어서 이를 갈며 소리를 질렀다.

"이 새끼들 이러고도 무사할 줄 알아!"

몸집이 큰 남자는 묵묵히 반응을 보이지 않는다. 다시 마른 남자가 입을 열었다.

"그 애송이는 어디 있어?"

구로키가 즉각 되는 대로 지껄였다.

"돌아갔다."

금고 안에는 토카레프가 두 정 감춰져 있었다. 눈대중으로는 한 번만 더 맞추면 되었다. 그 애송이가 돌아오는 순간을 노리면 어떻게 될지도 모른다. 내심 그리 되기를 바랐다.

그런데 뭣 때문인지 총을 든 두 남자는 서로 흘끗 눈을 맞추었다.

금고 문 손잡이에 걸린 보스턴백에 마른 남자의 눈이 멈추었다. 몸집이 큰 남자도 같은 것을 보고 다시 서로 시선을 맞추었다.

류이치는 그 동작을 잠자코 지켜보고 있었다. 묘한 분위기였다. 히트맨이라는 놈들이 총을 들고만 있을 뿐 그들을 쏘아 죽일 기미가 전혀 없었다. 들어왔을 때와는 달리 습격해온 것이라는 느낌도 없다. 기이한 광경이었다.
이윽고 마른 남자가 명했다.
"금고 열어."

어둠 속에 웅크리고 앉은 아키의 귀에 커튼레일 너머에서 복도를 걸어가는 2인조의 발소리가 들리고, 이어서 다급하게 문을 여는 마찰음과 문을 열었을 때의 커튼을 흔드는 공기의 미묘한 진동이 전해져왔다.

동시에 아키는 행동을 개시했다. 커튼을 열고 각목을 한 손에 들고 문까지 살금살금 다가갔다.

각목의 한쪽 끝을 바닥과 접한 문지방에 대고 다른 한쪽을 반대쪽 벽면과 직각이 되게 조용히, 그러나 재빨리 대고 내리눌렀다.

콘크리트 벽면을 따라 내리누른 각목은 바닥까지 불과 몇 센티미터 떨어진 곳에서 멎었다. 유이치가 말한 5밀리미터의 여분이었다. 팔에 힘을 잔뜩 넣어 바닥에 밀착되도록 눌렀다. 즉석 버팀목의 완성이다.

시험 삼아 각목 중앙부를 잡고 좌우로 힘을 주어보았지만 끄떡도 하지 않았다.

아키는 일어서서 다음 행동으로 옮겼다.

안쪽에 있는 비상계단용 문까지 가서 자물쇠를 풀고 외부로 드러나 있는 층계참으로 갔다. 난간을 잡고 아래를 내려다본다.

머리에 검은 두건을 두른 사토루가 옆 건물과의 사이에 서서 이쪽을 올려다보고 있었다. 아키를 보고 손을 들어 보인다. 시선을 곧장 옆으로 돌려 도로 건너편 빌딩의 옥상을 보고, 주머니에서 휴대전화를 꺼내 입가에 댄다.

"나야."

4층의 '고에이 상사'라 칠해져 있는 글자 사이로 보이는 창가에 양손을 뒤통수에서 낀 남자의 등이 보인다. 구로키는 사무실 안쪽에 있는지 이곳에서는 보이지 않는다. 책상 너머에 서 있는 류이치의 허리 부근이 보인다.

휴대전화를 얼굴에 댄 채 그 모습을 지켜보고 있던 가오루는 아키의 목소리에 달려들었다.

"어때, 잘됐어?"

"버팀목은 딱 맞아." 낮은 목소리가 돌아온다. "사무실 상황은 어때?"

"교착 상태야." 가오루가 대답했다. "창가의 남자가 총을 놓고 양손을 올리고 있어. 구로키는 안쪽에 있는지 보이지 않고, 류이치는 서 있는 것 같아. 내 쪽에서는 보이지 않지만 아마도 입구 근처에서 2인조가 총을 겨누고 있는 것 같아. 맞붙어 싸우기에는 2인조가 너무 빨리 들어왔어. 안타까운 일이지."

잠깐 침묵이 흐른 뒤 한숨과 함께 아키가 말했다.

"……좋아, 그럼 결정타를 날린다. 나오에게 그걸 건네고 바로 액션을 취해줘."

"알았어."

가오루는 옥상 난간에 휴대전화를 놓고 주머니에서 길이 5센티미터, 굵기 3센티미터 정도의 타원형 쇳덩이를 꺼냈다. 문진이었다. 문구점에서 복사 용지와 함께 산 것이었다. 묵직한 그 쇳덩이를 나오에게 건넨다. 나오는 쇳덩이를 손바닥에 놓고 두세 번 무게를 확인한 뒤 가오루를 보았다.

"부탁해." 가오루가 말했다. "사무실로 단발 승부야."

"걱정 마. 스트라이크 존은 졸라 넓으니까."

나오는 가볍게 웃고 나서 옥상 가장자리로 다가가 투척 자세를 취했다. 중학교 때까지 야구부 투수. 고등학교에 들어가자마자 부상을 당해 야구 특기생인 나오는 아무것도 할 수 없었다. 탈퇴, 그리고 중퇴. 그 후로는 뻔한 코스를 밟았다.

가오루는 숨을 죽이고 나오가 오른팔을 천천히 휘두르는 것을 보고 있었다.

변화는 갑자기 찾아왔다. 그때까지 금고 앞에 있는 남자만 보고 있던 모모이는 순간 무슨 일이 벌어졌는지 몰랐다.

"엎드려!"

갑자기 가키자와의 고함 소리가 들리는가 싶더니 유리병이 박살나는 듯한 큰 소리가 실내에 울렸다. 어디선가 날아온 쇳덩이가 책상 위에서 바운드하여 눈앞을 지나 문을 맞고 튕겨 나온다. 모모이는 재빨리 엎드렸다. 바닥에 유리가 떨어져 깨지는 소리에 철문의 표면이 공명共鳴하고, 무시무시한 잔향이 울려 퍼진다. 쭈그려 앉은 모모이의 눈에 금고 다이얼을 돌리는 남자의 모습이 비친다. 위험신호. 등 뒤에서 굉음이 들려 돌아보니 토카레프를 쥔 깍두기가 책상 위로 쓰러지는 것이 보였다. 가키자와가 쏜 것이다. 토카레프는 남자의 손에서 떨어져 책상 위를 미끄러진다. 몸을 날려 그것을 잡으려는 알로하셔츠의 젊은이와 금고 손잡이를 잡은 남자의 모습. 그 둘이 동시에 튀어 들어와 모모이의 시계視界를 가른다. 총구가 어디로 향할지 갈피를 잡지 못한다.

"금고!"

가키자와가 모모이에게 소리치면서 총을 잡은 젊은이를 향해 발포한다. 두 번째 굉음과 함께 젊은이의 목덜미에 작은 구멍이 뚫렸다. 다음 순간 모모이는 정면으로 자세를 잡았다. 금고 안에서 팔을 뺀 남자의 손에 같은 토카레프가 들려 있었다. 그 후의 일들은 모모이에게 마치 슬로모션처럼 느껴졌다. 토카레프를 꺼낸 거한의 팔이 천천히 자기 쪽으로 향하고, 그 총구가 자신의 얼굴을 겨눈다.

정신을 차렸을 때는 연신 방아쇠를 당기고 있었다. 한 발, 두 발, 세 발. 연속해서 손목에 충격이 가해지고 상대의 볼에, 이마에 검은 구멍이 뚫리고 마지막 총알은 턱에 박혔다. 얼굴에 세 발을 맞은 상대는 총을 든 채 뒤로 벌렁 나자빠졌다.

마지막 한 명이 쓰러진 것을 확인한 가키자와는 지체 없이 행동을 개시했다. 한 손에 총을 들고 허리를 숙인 채 창가로 간다. 바닥에 타원형 쇳덩이가 떨어져 있었다. 유리창을 박살내고 책상 위에서 바운드하여 문을 맞고 떨어진 것의 정체가 이것이었다. 그것을 보는 순간 저격당할 가능성은 없다고 확신했다. 저격할 생각이었다면 처음부터 총알이 날아왔을 것이다. 바로 몸을 일으키고 깨진 유리창 너머로 베레타를 겨눈다. 도로 반대쪽에 비슷한 빌딩이 보인다. 한 순간이었지만 어떤 놈이 옥상에서 잽싸게 몸을 숨기는 것을 보았다. 총을 내린 가키자와의 눈에 그 아래 4층 창문이 보였다. 가키자와와 같은 눈높이에 있는 유리창이 몇 군데 열려 있고, 많은 사람들이 이쪽을 보고 수선을 떨고 있다.

유리창이 깨지는 소리와 박살난 창문을 통해 외부로 새어나간 총성을 들었으리라. 그러고 보니 그 아래 3층에서도 몸을 내밀고 있는 사람이 있다. 노상에도 무수한 통행인이 가던 길을 멈추고 서 있다. 가키자와가 있는 창을 올려다보고 손가락질을 하면서 저마다 뭐라 떠들고 있다. 구경거리가 되어버렸다.

스멀스멀, 파멸에 대한 예감이 가슴속에서 고개를 든다.

가키자와는 무의식중에 혀를 차고 재빨리 뒤를 돌아보았다. 모모이는 총에 시선을 떨어뜨린 채 망연히 문 옆에 서 있다.

"모모이!" 가키자와가 낮게 질타했다. "이웃 건물에서 우릴 보고 있어. 경찰을 부르기 전에 빨리! 금고!"

그 목소리에 모모이는 정신을 차렸다. 깨진 창문 구멍으로 바깥 풍경이 보였다. 가키자와의 말대로 창문 밖으로 몸을 내밀고 있는 구경꾼들의 얼굴이 보였다 안 보였다 한다.

생각에 잠겨 있을 상황이 아니었다. 반사적으로 금고까지 뛰어갔다. 앞에 쓰러져 있는 남자를 발로 차 밀어버리고 문이 열려 있는 금고 안을 들여다보았다.

그 순간 모모이는 자신의 눈을 의심했다.

3단으로 나뉜 금고 내부에는 1단에 전표다발, 2단에 다른 한

정의 토카레프, 3단에 100만 엔 지폐다발이 하나 있을 뿐이었다. 손잡이에 걸려 있는 보스턴백을 낚아채 안을 들여다보았다. 당연히 텅 비어 있었다.

가방이 불룩할 정도로 들어 있던 내용물이 연기처럼 사라져버렸다.

"없어!" 모모이는 울상이 되어 가키자와를 올려다보았다. "돈이 없어!"

창문이 깨지는 소리가 들렸을 때 아키는 비상문을 열어둔 채 외부와의 문지방 역할을 하는 층계참에 서 있었다. 유리창이 요란하게 깨지는 소리에 이어 복도의 사무실 문이 징소리처럼 크게 울었다. 이어서 한 발, 두 발 총을 쏘는 소리가 들리고, 잠깐 틈을 두었다가 연속해서 세 발의 총성이 들렸다. 그러곤 잠잠했다.

아키는 휴대전화를 다시 귀에 대고 낮은 목소리로 말했다.

"어때?"

"뭐라고 말해야 하나." 가오루의 약간은 상기된 목소리가 들린다. "유리가 깨진 순간, 순식간에 총격전이 시작되었어. 사람들의 그림자가 어지럽게 움직이고, 잘은 모르겠…… 앗, 위험해!"

마지막으로 그렇게 외친 가오루의 목소리가 뚝 끊겼다. 아키는 저도 모르게 휴대전화를 잡은 손에 힘을 주었다.

"앗." 다시 가오루의 목소리가 들린다. "위험해, 위험해. 아키, 마른 남자는 살아 있어. 창가까지 와서 이쪽으로 총을 겨누었어."

"그렇다면 구로키 일당 세 명은 다 죽은 거야?"

"……아마도."

전화로 류이치를 조롱하던 일이 생각났다. 불과 두 시간 전 일인데도 아주 먼 옛날 일처럼 느껴진다.

선택은 류이치가 한 것이다. 하지만 야쿠자로서 제대로 행세 한 번 해보지도 못하고 너무 어린 나이에 세상을 떠난 것에 대해서는 마음이 조금 아팠다.

그런데 총을 맞고 쓰러진 게 야쿠자들뿐이라면 각목은 아직 철거할 수 없다. 계획된 다음 단계가 남아 있었다. 감상은 금물이다. 마음을 가다듬고 아키는 다시 입을 열었다.

"문제는 그 2인조가 모두 살아 있느냐, 아니면 한 명이라도 죽었느냐야."

그 직후 벽을 통해 짧은 고함 소리가 두 번 들렸다. 뒤를 잇는 총성은 없다. 한 명이 다른 한 명에게 소리친 것이다. 그중 하나는 당연히 마른 남자이다.

"지금 확인됐다. 두 사람 다 살아 있어."

아키가 말했다.

시계를 보았다. 다케시가 핑크 월드에 전화한 뒤로 그럭저럭 3분 가까이 흘렀다. 도겐자카에서 들어오는 입구로 유이치가 망을 보기 위해 이동했을 것이다.

"놈들은 아직 안 왔어?"

"유이치에게서 연락 온 건 없어." 가오루의 목소리가 그렇게 생각해서 그런지 초조하게 들린다. "그런 소동이 벌어졌으니, 지금쯤 누군가가 신고했을 거야. 너무 늦으면 짭새들이 먼저 들이닥칠

지도 몰라. 그게 아니라도 수상한 남자가 사무실 앞을 서성이고 있고."

"수상한 남자?" 처음 듣는 정보였다. "그게 무슨 말이야?"

가오루의 설명에 따르면 오른손에 붕대를 감은 수상한 남자가 2인조를 계속 감시하고 있었다고 한다.

"그런데 지금은 점원으로 보이는 어떤 남자에게 끌려가서 역 방면으로 사라졌으니까 과민 반응이었는지도 몰라."

"그럼 다행이지만."

지금으로선 그렇게 되기만을 바랄 수밖에 없었다. 말하면서 아키는 한숨을 쉬었다.

가키자와는 황당한 표정으로 모모이를 돌아보았다.

"뭐라고?"

"그러니까 없다고!" 모모이가 반복한다. "권총과 전표, 그리고 100만 엔밖에 들어 있지 않아!"

가키자와는 재빨리 사무실 안을 돌아보았다. 책상 위에도 현금으로 보이는 것은 없다. 서류장 위에도 없다. 책상으로 달려가 서랍이라는 서랍은 죄다 열어보았다. 마지막 여섯 번째 서랍까지 열어 샅샅이 뒤져보았지만, 없다. 어디에도 없다.

망연자실한 표정으로 몸을 일으킨 가키자와의 눈에, 창가에 있는 한 쌍의 소파와 낮은 테이블이 들어왔다.

소파 안쪽에 놓여 있는 다량의 서류 같은 것에 시선이 멈추었다. 그가 사전조사차 왔을 때 아키라는 애송이가 그 소파 옆에 서 있었다.

테이블 위에도 서류가 몇 장 흩어져 있었다. 두목으로 보이는 양복 입은 남자는 데리고 온 애송이를 내버려둔 채 열심히 그 서류를 보고 있었다.

어떻게 된 거지? 가키자와는 필사적으로 생각했다.

속았다.

가방에 들어 있던 것은 이 서류다. 미야비와 죽은 야쿠자 사이의 이권과 관련된 어떤 서류다.

그렇게 생각하고 모모이 쪽을 돌아보았다. 모모이에게 자신이 생각한 것에 대해 막 말하려는 순간 모모이 옆에 떨어져 있는 보스턴백이 눈에 띄었다. 다시 머릿속이 어지럽게 돌아가기 시작한다.

오리타의 보스턴백. 그것을 보란 듯이 어깨에 메고 있었다. 그 새끼가.

그리고 애들 앞에서 일부러 가방을 열고 100만 엔 지폐다발을 꺼냈다.

습격당할 것을 바로 직전에 안 듯한 야쿠자들의 움직임.

갑자기 유리창을 박살내고 날아온 쇳덩이.

잽싸게 몸을 숨긴 옥상의 그림자.

거기까지 생각났을 때 순식간에 모든 요소가 하나로 얽혀서 마치 타다 남은 폭죽의 불꽃처럼 뚝 떨어졌다. 불씨를 붙인 것은 그 애송이다.

가키자와는 문으로 걸어갔다. 문손잡이를 잡고 힘껏 밀었다.

움직이지 않는다.

이번에는 당겨보았다. 역시 움직이지 않는다.

다시 손잡이를 딸깍딸깍 비틀어보고 혼신의 힘을 다해 밀어보지만 철문은 꿈쩍도 하지 않는다.

"당했어!" 모모이를 돌아보고 처음으로 절망적인 말을 토해냈다. "함정이야!"

모모이는 영문을 모르겠다는 듯 가키자와를 보았다. 가키자와는 혀를 차고 벽으로 달려가 쇳덩이를 주워 모모이에게 던졌다. 모모이는 능숙한 손놀림으로 그것을 받는다.

"문진이야." 손바닥에 놓인 쇳덩이를 보고 있는 모모이에게 가키자와가 말했다. "도로 건너편 옥상에서 그걸 던진 놈이 있었어. 내가 총을 겨눈 순간 고개를 숙였어."

"뭐?"

모모이의 무슨 말이냐는 시선에는 대답하지 않고, 가키자와는 성큼성큼 소파로 다가가 서류를 집어 들고 모모이 옆으로 왔다. 바닥에 떨어져 있는 빈 보스턴백에 들고 온 서류를 집어넣고 한 손에 든다.

"이게 우리가 본 현금의 실체야."

"뭐야?"

"저 100만 엔은 미끼야. 우린 바보같이 그것에 속아 넘어갔어. 그 양아치 새끼들은 처음부터 우리가 미행하고 있다는 걸 알고 있었어. 그걸 알고 나서 우릴 여기로 유인한 거지. 이 새끼들하고." 그렇게 말하고 얼굴에 총알 세례를 받아 피투성이가 되어 죽어 있는 남자를 찼다. "서로 싸우게 만들려는 거였어. 그리고 우리가 쳐들어오기 직전에 사무실에 연락한 거야. 그래서 황급히 총을 꺼내려는 찰나에 우리가 들어온 거지."

"하지만 어떻게?" 모모이가 물었다. "어떻게 우리가 레드 크로스에 있는 것을 알아냈지?"

"그건 몰라. 어쨌든 여기서 머뭇거리다간 짭새들이 올 거야. 우린 독 안에 든 쥐야."

가키자와의 얼굴도 초조함으로 굳어졌다.

모모이는 움직이기 시작했다. 문손잡이로 달려가 그것을 이리저리 돌리면서 문 틈새로 자물쇠의 개폐 상태를 확인한다.

"문이 잠겨 있는 것은 아니야!" 가키자와를 향해 소리친다. "분명 밖에서 버팀목 같은 걸로 막아놓았어!"

"그렇다면 어떻게 열어?"

절망적인 표정으로 가키자와가 묻는다.

"아무리 밀어도 꿈쩍도 하지 않는데."

"열릴 때까지 몸으로 부딪쳐봐야지."

"쓸데없는 짓이야."

딱 잘라 말하는 가키자와를 보며 모모이는 차가운 미소를 지었다.

"그럼 어떡해! 짭새가 오면 어차피 우린 철창행이야. 총격전이 벌어졌고, 놈들의 증언도 있을 거고, 결국 우린 죽는다구. 그러느니 몸이 부서질 때까지 부딪쳐보기라도 해야지. 밑져봐야 본전이잖아."

터무니없는 논리였다. 하지만 가키자와도 무의식중에 히쭉 웃는다. 이대로 있어봤자 결국 자기들을 기다리고 있는 것은 파멸밖에 없다.

그렇다면 모모이의 말대로 밑져봐야 본전이다.

"내가 손잡이를 연 상태로 해놓을게." 가키자와는 재빨리 문으로 달려가 손잡이를 잡았다. "네 말대로 죽기 살기로 부딪쳐봐."

"그래, 좋아." 모모이는 한숨을 쉬었다. 어젯밤에 가키자와가 말한 농담이 문득 생각났다. "뼈는 내가 수습해줄게."

가키자와는 웃었다. 모모이도 웃었다. 중년의 지긋한 두 어른이 소리 높여 웃는다.

맑아진 정신. 죽기 전의 광기.

그것으로 충분히 보상받았다는 기분이 들었다.

한 바탕 실컷 웃고 난 뒤 모모이가 말했다.

"그럼 간다."

가키자와도 가볍게 턱을 끄덕였다.

"어서 와."

모모이는 사무실 가운데에 있는 책상 사이를 힘껏 밀어서 벌렸다. 전화선이 투둑투둑 끊어지고, 도움닫기를 할 공간이 마련되었다. 문까지 약 5미터. 모모이의 키는 180센티미터. 몸무게가 85킬로그램. 그 덩치가 문으로 돌진하여 있는 힘껏 어깻죽지부터 격돌했다. 문을 울리는 소리가 실내에 메아리친다.

다시 출발했던 곳으로 돌아가 이번에는 반대쪽 어깻죽지부터 모든 체중을 실어 격돌한다. 두 번째 시도로 문 가운데 부분에 제법 큰 균열이 생겼다. 생각했던 것보다 문이 그렇게 두껍지는 않은 것 같다.

세 번째. 모모이는 다시 반대쪽 어깻죽지부터 전력으로 부딪쳤다. 충돌음에 섞여 삐걱 하고 문 전체가 뒤틀리는 소리가 들린다. 그 순간 문 윗부분이 약간 흔들린 듯한 느낌이 왔다.

네 번째 격돌. 충돌음에 섞여 뒤틀리는 소리.

문 윗부분이 충격에 흔들린다. 이번에는 확실히 볼 수 있었다.

어째서 윗부분만 흔들리지? 문득 의심이 드는 순간 가키자와 뇌리를 스치는 것이 있었다.

버팀목이 어디에 있지? 공중에 떠 있을 리는 없다. 당연히 복도 쪽 문지방 부근에 세팅되어 있을 것이다. 그것도 경첩과는 반대쪽인 개구부 부근일 것이다. 지렛대의 원리를 생각하면 당연히 그 위치다. 그리고 문의 철판은 예상외로 얇다.

거기까지 추리했을 때 다섯 번째 격돌 자세를 취한 모모이를 황급히 손으로 제지했다.

"잠깐."

"왜?" 거친 숨을 몰아쉬면서 모모이가 묻는다. "내가 걱정돼서 그러는 거면 괜찮아."

"잠깐만 기다려." 가키자와는 같은 말을 반복했다. "네가 즉석 버팀목을 만든다면 뭘로 만들래?"

"그게 무슨 소리야?"

"일단 대답부터 해. 뭘로 만들래?"

"당연히 나무겠지." 초조한 기색을 여실히 드러내면서 모모이가 대답한다. "쇠는 딱 맞는 길이로 바로 가공할 수 없어."

"그 외에는 없겠지?"

"그게 왜?" 목소리가 거칠어진다.

"시간 없어! 선문답하고 있을 때가 아니야!"

그러는 모모이를 보며 가키자와가 미소를 지었다.

"좀 기다려봐."

가키자와는 책상 위와 바닥에 떨어져 있는 토카레프 두 정을 주워들었다. 그리고 금고까지 걸어가서 안에 손을 넣어 나머지 한 정을 들고 모모이가 있는 곳으로 돌아온다. M8045와 같은 45구경. 화력만 놓고 보면 M8045에 필적할 만하다.

"놈들 총부터 써볼까." 가키자와는 다시 히죽 웃었다. "탄창에 장전되어 있는 총알을 전부 합하면 아마 3,40발은 될걸."

전화기 너머에서 한동안 침묵에 잠겨 있던 가오루의 목소리가 들렸다.

"네가 말한 대로야. 덩치 큰 남자도 살아 있어. ……그런데 그놈의 움직임이 좀 이상해. 가운데에 있는 책상 한가운데에 공간을 만들고 있어. 책상과 책상 사이를 밀어서 벌리고 있어. 어? 돌진했다!"

그 직후였다. 복도에 쿵! 하고 큰 소리가 울렸다.

아키는 휴대전화를 귀에 댄 채 사무실 문 앞까지 뛰어갔다. 반대쪽 벽에 서서 눈앞에 있는 문을 본다. 이상은 없다. 그렇게 생각한 순간이었다.

다시 쿵! 큰 소리가 문 전체에 울리고, 문을 지탱하고 있는 각목이 순간 꿈틀 하고 움직였다. 마침내 소리의 정체를 안 아키는 상식을 벗어난 행동에 진저리를 쳤다. 문을 향해 다짜고짜 달려들고 있는 것이다.

세 번째 충격. 철판이 우는 굉음에 섞여 삐걱 하고 어딘가가 균열되는 듯한 소리가 나는 것을 아키는 놓치지 않았다. 동시에 발밑에서 7센티미터 굵기의 각목이 다시 꿈틀 움직였다. 엄청난 힘이었다. 철문을 힘으로 부수려는 그들에게 두려움마저 느껴졌다.

네 번째 충격에 균열음이 더욱 커지고, 각목이 이번에는 아예 휘어진다. 그걸 확인한 찰나, 상식을 벗어난 이런 놈들을 상대하고 있는 자신에게 진절머리가 났다.

그러나 그 후 사무실 내부에서 무언가 주고받는 이야기가 들리는가 싶더니 갑자기 조용해졌다.

몸 부딪치기를 중단한 것이다.

무심코 한숨을 내쉰 아키의 휴대전화로 갑자기 가오루의 목소리가 튀어나왔다.

"지금 나오에게 유이치로부터 전화가 왔어. 놈들로 보이는 차가 도겐자카에서 꺾어 들어왔대. 험상궂은 놈들을 잔뜩 실은 BMW야."

아키는 문에서 조금 떨어져 쭈그리고 앉아서 작게 말했다.

"옥상에서 보여?"

"잠깐만." 잠시 침묵이 흐른 뒤 가오루가 다시 말했다. "찾았어. BMW가 확실히 오고 있어."

그때 열린 비상문 너머에서 빵, 빠앙 하고 경적소리가 났다.

"들었어?" 가오루가 말했다. "행인들을 헤치면서 오고 있어. 놈들이 틀림없어. 철수해."

아키는 각목을 힐끗 보았다. 몸 부딪치기를 포기한 것인지, 실내는 여전히 조용했다. 놈들이 빌딩 앞에 차를 대고 이곳으로 올라올 때까지 아마 1분은 족히 걸릴 것이다.

물러날 때였다. 아키는 휴대전화를 든 채 천천히 각목으로 손을 뻗었다.

문 앞에 쭈그리고 앉은 가키자와는 문 아래로 토카레프를 겨누고 지근거리에서 과감히 발포했다. 한 발, 두 발, 세 발, 네 발. 문지방 바로 위 철판에 가로로 똑바로 거의 3센티미터 간격으로 구멍이 뚫렸다.

"총알은 복도까지 나갔을 거야."

가키자와가 말했다.

"구멍을 들여다봐."

시키는 대로 구멍에 눈을 대고 들여다본다. 첫 번째 탄흔, 구멍으로 보이는 콘크리트 바닥이 총알로 파여 있다. 두 번째 탄흔, 역시 바닥 표면이 파손되었다. 그리고 세 번째 탄흔을 들여다보았다.

"어?"

모모이는 엉겁결에 소리를 냈다. 그 구멍 너머에 목재 표면이 파손되어 있는 것이 약간 보였다. 각목, 그것이 지금까지 그들을 똥줄 타게 괴롭히던 버팀목의 정체였다.

"여기야!" 가키자와를 돌아보고 환희에 찬 소리를 질렀다. "이 구멍으로 각목 표면이 보여. 여길 조준해!"

옥상에 있는 가오루는 도겐자카에서 온 BMW가 사무실 앞에 세워져 있는 메르세데스 S600을 들이받듯 뒤에 바짝 붙어 급정거하는 것을 보았다.

앞뒷문 네 개가 일제히 열리고 남자들이 우르르 몰려나왔다. 지금쯤 4층에서는 아키가 각목을 몰래 철거했을 것이다. 남자들이 4층으로 올라가는 시간이 걸리면 각목을 철거한 것을 실내의 2인조에게 들킬 우려가 있다.

빨리 가! 가오루는 마음속으로 남자들을 재촉했다.

그런데 이때 예상치 못한 일이 일어났다.

가오루가 있는 빌딩의 사각지대에서 BMW를 향해 종종걸음으로 다가가는 사람이 보였다. 점원에게 끌려가 어디론가 사라졌던 오른손에 붕대를 감은 남자였다. 남자는 뒷좌석에서 내린 양복 차림의 남자에게 달려가 빠르게 뭔가 지껄이는 모습이었다. 지휘관으로 보이는 양복 차림의 남자는 붕대 남자의 말에 몇 번인가 고개를 끄덕여 보였다.

가오루는 이 뜻밖의 전개에 어안이 벙벙했다.

저 붕대는 도대체 누구야? 고에이 상사의 조직원인가? 아니야, 조직원이라면 처음에 총성이 들렸을 때 바로 뛰어 들어갔을 거야. 그렇다면 저 차를 타고 온 놈들이 마카와구미 놈들이 아니란 말인가? 하지만 그럴 리가 없어. 다케시가 틀림없이 핑크 월드에 전화를 했어. 그러니까 저놈들은 마카와구미 놈들이라고밖에 생각할 수 없어.

가오루의 표정은 혼란스러웠다.

그때 옆에 있던 나오가 가오루의 옆구리를 찔렀다.

정신을 차리고 돌아보니 나오는 누군가의 목소리가 흘러나오는 휴대전화를 한 손에 들고 당혹스러운 표정을 짓고 있었다.

"다케시가 지금 영문 모를 소리를 하고 있어." 나오가 말했다. "저 차를 타고 온 놈들이 마카와구미 놈들이 아니라는 것 같았어 ······."

가오루는 말할 시간조차 아깝다는 듯 황급히 나오의 손에서 휴대전화를 빼앗았다. 빼앗으면서 힐끗 건너편 빌딩의 비상계단을 보았다. 아키는 아직 비상계단으로 나오지 않았다. 왜 이렇게 꾸물거리고 있는 거야! 초조함을 느끼면서 전화기를 입가에 댔다.

"가오루다." 다케시를 불렀다. "어떻게 된 일이야?"

"아니야!" 다케시는 다짜고짜 소리를 질렀다. "저놈들 마카와구미 놈들이 아니야!"

"뭐?"

"봤단 말이야! 카지노 입구에서 날 걷어찼던 놈이 섞여 있어!"

그때 건너편 빌딩에서 또다시 총성이 울렸다. 비상구 쪽으로 시선을 돌렸다. 아키는 아직 나오지 않았다! 나오의 휴대전화를 내팽개치고 자신의 전화를 귀에 댔다. 두 번째 총성.

"야, 아키!"

세 번째, 네 번째. 계속해서 이어지는 총성이 휴대전화를 통해 지근거리에서 들려온다. 아키의 반응은 없다.

좆됐다.

"야! 아키, 아키!"

총성이 울리기 시작했을 때 규마는 마음을 정했다는 듯 품에서 자그마한 권총을 꺼내 이구사의 왼손에 얼른 쥐어주었다.

"이게 뭡니까?"

길이는 15센티미터 정도에 불과하지만 묵직한 감촉이다. 태어나서 처음으로 총이라는 것을 만져본 이구사의 목소리는 떨렸다.

"발터 PPK/S. 왼손만으로도 쏠 수 있을 기다." 말하면서 반대쪽 허리 부근을 열어 보인다. "난 이거다."

허리띠에 끼운 검고 긴 총신이 가로등 불빛을 받아 희미하게 빛났다. 손잡이에 보이는 원 안의 별. 초보자인 이구사도 그것이 악명 높은 토카레프라는 것은 알았다. 다시 빌딩 4층에서 연속으로 총성이 울렸다. 주위에 있던 남자들이 분주하게 움직이기 시작한다.

"가자."

규마가 재촉한다.

"잠깐만 기다려주십시오!" 이구사는 생각지도 못한 전개에 당혹스러웠다. 총격전이 벌어지고 있는 아수라장에 태연하게 뛰어들 만한 배짱은 없다. "저는 아무래도 총이……."

그렇게 말하는 이구사의 멱살을 규마의 손이 느닷없이 잡아당겼다.

"단디 듣거라, 이 며루치 대가리야." 규마는 위협적인 눈빛으로 이구사를 쏘아보았다. "넌 이미 신뢰가 바닥이다. 널 위해서도 가는 게 안 좋겠나."

"……."

"카지노에서 돈을 털리고, 망을 볼 때는 차 번호도 보지 못하고, 조직의 웃음거리만 되는 놈. 여서 머뭇거리다간 팽생 우리 앞에서 고개를 들지 못할 기다. 그래도 좋나?"

그 말에 거짓은 없다. 역시 이 남자를 싫어할 수가 없다.

"갈까?"

"네."

정신을 차렸을 때는 자기도 모르게 대답하고 있었다. 이구사는 발터를 꼭 쥐고 남자들 뒤를 따라 뛰어가기 시작한 규마를 따랐다.

모모이가 문 표면에서 얼굴을 떼자 가키자와가 재빨리 눈을 가져가 복도에 있는 대상물을 보았다. 그리고 바로 눈을 떼고 그 탄흔과 같은 각도의 연장선상에서 세 번째 구멍을 조준하여 토카레프를 연사한다. 한 발, 두 발, 세 발, 네 발, 다섯 발……, 굉음이 연속해서 울리고 구멍이 점점 커진다.

첫 번째 총의 총알이 떨어지자 가키자와는 바로 두 번째 총을 잡고 다시 연속해서 그 구멍에 총알을 박아 넣는다. 실내에 굉음이 끊임없이 울리고 화약과 철이 타는 냄새가 코를 찌른다. 가키자와와 문 사이에서 화약 연기가 피어올라 눈에 스며든다.

두 번째 권총의 총알이 다 떨어졌을 때 구멍은 직경 5센티미터 정도로 커져 있었다. 굳이 얼굴을 가까이 가져가지 않아도 그 구멍 끝에 부서진 각목의 단면이 보였다.

가키자와는 문손잡이를 돌리면서 문을 걷어찼다. 문은 복도 쪽으로 활짝 열리고 바닥에 부서진 나뭇조각과 정확히 둘로 갈라진 각목이 뒹굴고 있었다. 두 사람은 얼굴을 마주 보고 말없이 웃었다.

"나가자!"

앞장서서 복도로 상반신을 내민 모모이는 눈앞의 광경에 기겁했다.

복도 끝, 계단 입구 근처에서 무수한 남자들이 총을 겨누고 있었다. 그뿐인가, 그 한가운데에는 엉거주춤한 자세로 총을 겨누고 있는 낯익은 얼굴이 있었다. 카지노를 사전조사할 때 몇 번인가 본 그 얼굴이 공포에 질려 떨고 있다. 재빨리 머리를 집어넣었다. 그 직후 무수한 총성이 울리고 열려 있는 문은 순식간에 벌집이 되었다.

"시팔." 실내로 몸을 피하면서 모모이는 낮게 욕을 했다. "어쩌다 이렇게 된 거야!"

"짭새야?"

"아니야. 카지노 놈들, 마쓰타니구미야."

놈들은 쪽수를 믿고 바로 밀고 들어오겠지? 그렇게 직감한 순간 가키자와는 잽싸게 보스턴백을 책상 너머로 던졌다. 가방이 책상과 창가 사이로 쏙 들어간다. 그것을 확인하면서 바닥에 놔둔 권총 두 정을, 오른손에는 사용하지 않은 토카레프를, 왼손에는 베레타를 집어 들었다.

"이리 와." 엉거주춤한 자세로 모모이에게 말했다. "책상 뒤야."

고무줄에 튕기듯 모모이가 오른쪽에서, 가키자와가 왼쪽에서 책상 뒤로 간다. 그런 그들의 등 뒤로 복도를 달리기 시작한 무수한 발소리가 울렸다. 두 사람이 책상 뒤로 숨은 것과 거의 동시에 첫 남자가 입구에 모습을 나타냈다. 가키자와는 즉각 발포했다.

남자는 총을 겨눈 채 복도 벽으로 날아갔다. 두 번째의 머리와 총을 든 손이 입구 끝에 보인다. 가키자와와 동시에 모모이도 발포했다. 이마와 볼에 구멍이 뚫리고 남자는 입구에 쓰러졌다.

"저 새끼들 뭐 하는 거야?" 모모이가 소리를 질렀다.

"알게 뭐야." 가키자와가 대답한다.

쓰러진 남자 뒤로 세 명이 동시에 나타났다. 어쩔 수 없이 가키자와와 모모이는 몸을 숙였다. 무수한 총성이 울리고 등 뒤의 유리창이 박살나 두 사람의 등에 떨어진다. 에나멜에 구멍이 뚫리고 동시에 비명이 터졌다. 옆에서 모모이가 총을 쏘았다. 다시 비명 소리가 들리고, 다른 남자의 정강이가 펄쩍 뛰는 것이 보였다. 당황한 여섯 개의 다리는 다시 벽으로 숨었다. 그대로 5초 정도가 흘렀다. 아무 준비 없이 무작정 뛰어든 놈들은 두 사람이 정확히 어디에 있는지 모른다. 조준 사격을 당할 것이 불 보듯 뻔하다는 것을 이제야 깨달은 것이리라.

"모모이." 정면을 응시한 채 낮게 불렀다. "아까 봤을 때 놈들이 몇 명쯤 되는 것 같았어?"

"대충 대여섯 명?"

두 사람이 죽고 세 명에서 네 명 사이. 그중 두 명은 다리에 총을 맞았지만, 여전히 놈들이 유리한 입장에 있는 것만은 틀림없다. 앞뒤로 진퇴가 가능한 입구를 확보하고, 필요하면 원군을 부를 수도 있다.

한편 이쪽은 아무리 기다려도 두 사람뿐, 독 안에 든 쥐였다. 등 뒤는 4층 창, 앞쪽 입구는 그들에게 점령당해 꼼짝달싹할 수가 없다. 총을 잡은 손바닥이 땀으로 흥건하다. 가키자와의 뇌리에서 소모전이 될 것 같은 예감이 소용돌이쳤다.

옥상의 가오루가 걱정하던 대로 아키는 각목을 철거하는 데 예상외의 시간을 보내고 있었다.

생각해보면 복도 폭보다 5밀리미터 길게 한 것을 억지로 끼워 넣은 것이다. 그렇게 해서 넣은 덕에 2인조의 몸 부딪치기에도 버틸 수 있었지만, 막상 빼내려고 하자 이번에는 그것이 발목을 잡았다. 각목 전체에 손가락을 감아 잡아당길 수 있으면 간단히 해결됐을 텐데, 밑 부분이 바닥에 찰싹 달라붙어 있어서 손가락을 넣을 수가 없었다. 그렇다면 양손의 손가락으로 각목을 집어올리는 식으로 들어올릴 수밖에 없다. 하지만 아키의 악력으로도 그만한 힘은 도저히 낼 수 없었다. 몇 번 시도해보고 무리라는 것을 깨달은 아키는 당혹스러웠다.

순간 옆에서 있는 힘껏 차면 될 것 같은 생각이 들기도 했지만, 그랬다간 엄청난 소리에 실내의 2인조에게 들킬 우려가 있었다.

어수선한 계획 단계에서 부족했던 생각, 아키는 자신의 어리석음을 저주했다.

이러는 동안에도 시시각각 시간은 흘러간다. 원군이 올라오는 데 예상외로 시간이 걸리고는 있었지만, 언제 어느 때 복도 끝 계단에서 발소리가 들린다고 해도 이상할 게 없는 상황이었다. 초조했다. 겨드랑이가 끈적끈적하게 땀으로 젖었다.

문득 생각났다. 발로 차는 것이 안 된다면 옆에서 양손으로 있는 힘껏 밀어보는 것은 어떨까? 이 방법이면 그렇게 큰 소리를 내지 않고도 빼낼 수 있을지 모른다! 다른 때 같으면 금방 생각났을 방법이었다. 그런데 막상 중요한 때가 되면 그 별것도 아닌 방법이 좀처럼 생각나지 않는다.

쓴웃음을 지으면서 각목으로 다시 손을 뻗으려는 순간이었다.

갑자기 지근거리에서 총성이 울렸다. 눈앞의 바닥이 총알을 맞고 연기를 피워 올리고 있다. 깜짝 놀라 문을 보았다. 그 순간 다시 연속해서 총을 쏘는 소리와 함께 뻥, 뻥, 뻥 문에 구멍이 뚫렸다. 두 번째 총알이 바닥을 파내고, 세 번째 총알이 각목 표면을 조금 부서뜨린다. 그 직후 두 팔에 찢어지는 듯한 통증을 느꼈다. 네 번째 총성. 팔을 보니 옷 밖으로 드러난 피부가 조금 찢어지고 그곳에서 선혈이 흘러나오고 있었다. 파편에 긁힌 것이다. 통증을 참으면서 각목에 손을 뻗으려고 한 순간 문에 뚫린 네 개의 구멍으로 남자의 목소리가 또렷하게 들렸다.

"여기야! 이 구멍으로 각목 표면이 보여. 여길 조준해!"

재빨리 손을 빼는 것과 동시에 복도에 연속해서 무시무시한 굉음이 울리고 각목 중앙부가 부서져간다. 문에 구멍이 크게 뚫리고 실내의 불빛이 새어나온다.

그들의 의도를 알아챈 아키는 반사적으로 일어서서 비상구로 뛰기 시작했다.

잠깐 총성이 멎은 복도에 계단을 뛰어 올라오는 무수한 발소리가 들린다.

비상계단의 층계참으로 뛰어나가는 것과 동시에 문을 닫았다. 그 직후 다시 외부까지 총성이 울렸다. 아키는 연속해서 이어지는 총성을, 계단을 뛰어 내려가면서 들었다. 이번에는 더욱 무시무시한 총성이 열 번 이상 계속되었다.

1층과 2층 층계참에는 사토루가 몸을 숨기고 있었다. 빡빡 깎은 머리에 검은 두건을 두르고 있다. 사토루가 숨죽인 목소리로 물었다.

"각목은?"

"철거하지 못했어." 마지막 계단을 내려가면서 사토루를 보고 말을 이었다. "놈들이 문 너머에서 각목을 조준해 총알을 퍼부었어."

사토루가 아키의 두 팔을 보고 놀라서 말했다.

"총 맞은 거야? 피 나!"

"그냥 스친 거야." 아키는 얼굴을 찡그리고 오른팔을 보았다. 찢어진 부분에서 흘러나온 피가 팔꿈치를 지나 손가락 끝에서 뚝뚝 떨어지고 있었다.

"두건 좀 빌려줘."

사토루가 얼른 머리의 두건을 풀어 아키에게 주었다. 그것으로 상처를 감은 직후였다. 다시 빌딩 어딘가에서 일제히 사격하는 듯한 무수한 총성이 몇 초 동안 이어졌다. 아키는 두 팔을 두건으로 감고 사토루와 함께 한달음에 앞 도로로 나왔다.

도로는 이미 구경꾼으로 인산인해를 이루고 있었다. 한 블록 앞까지 행인과 식당에서 뛰어나온 점원…… 아키가 빌딩의 상황을 살피고 있는 동안에도 구경꾼들은 삽시간에 늘어났다.

다시 한 발, 이어서 두 발과 단발의 총성이 들린 뒤 다시 무수한 총성이 일제히 밤하늘에 울려 퍼졌다. 순식간에 4층 유리창이 대부분 박살났고, 그 파편이 지상으로 비 오듯 쏟아져 내린다. 그것을 피하려고 이리저리 도망치는 인파가 크게 일렁인다. 다리가 걸려 넘어지는 하이힐 여성, 누구든 상관 않고 다른 사람의 등을 들이받는 샐러리맨 풍의 중년 남자. 연속적으로 이어지는 총성에 여자들의 비명과 남자들의 성난 목소리, 아이들의 울음소리가 교차한다. 밀리고 밀려서 다시 만들어진 사람들 울타리에서 다양한 말들이 튀어나온다.

"야쿠자 간의 알력 다툼이야."

"마치 전쟁터 같군."

"건물 안에 시체가 산을 이루고 있는 거 아냐?"

아키는 자신이 계획한 일이지만 그곳에서 펼쳐지고 있는 지옥도와 같은 모습을 상상하며 등줄기가 오싹해지는 것을 느꼈다.

"마카와구미의 원군은 몇 명이었어?"

사토루는 놀란 표정으로 아키를 돌아보았다.

"가오루에게서 못 들었어?" 사토루가 말했다. "아니야. 저놈들은 마쓰타니구미 놈들이야!"

아키는 기겁했다.

"뭐!"

"다케시가 확인했어. 놈들 중에 카지노에서 다케시를 발로 찬 놈이 섞여 있었대."

"뭣 때문에 그놈들이 저기서 저 지랄이야!"

자기도 모르게 소리를 지르고 사토루의 팔을 난폭하게 잡았다. 이에 질세라 사토루도 소리를 질렀다.

"그걸 나한테 물으면 내가 어떻게 알아!"

휴대전화, 주머니에 있는 휴대전화. 가오루에게 연결되어 있는, 문 너머로 발포되어 정신이 없어서 까맣게 잊고 있었던 휴대전화가 생각났다. 그러고 보니 아직도 주머니 속에서 희미하게 사람 목소리가 흘러나오고 있었다. 휴대전화를 황급히 꺼내려는 순간 등 뒤에서 엄청나게 큰 경적소리가 연속해서 울렸다.

"비켜, 비켜, 저리 비켜!"

돌아보니 도로에 있는 군중을 받을 듯한 기세로 차 두 대가 이쪽으로 오고 있었다. 앞에서 오는 세드릭에서 얼굴을 내민 남자가 귀신같은 형상을 하고 팔을 휘두르고 있다. 패닉에 빠진 군중이 해일처럼 아키와 사토루의 뒤로 몰리며 도망칠 곳을 찾아 앞 다투어 전방 공간을 메워버린다. 두 사람은 어떻게 해볼 도리도 없이 인파에 밀려 구겨졌다.

구경꾼들이 뿔뿔이 흩어진 공간에 세드릭과 마크Ⅱ가 요란한 마찰음을 내면서 정차했다. 두 대의 문이 열리고 열 명 가까운 사내가 차에서 내렸다. 주위를 아랑곳 않고 권총을 손에 든 자, 일본도를 빼든 자들이 앞 다투어 빌딩 입구로 달려간다. 마카와구미의 원군이었다.

망연자실한 표정으로 잠시 멈춰 서 있는 이구사 앞에 지옥도가 펼쳐져 있었다.

화약 냄새. 벌집이 된 문. 문 앞에 머리에서 피를 흘린 채 포개져 쓰러져 있는 두 구의 시체. 복도 바닥에는 다리를 맞은 조직원이 총을 쥔 채 신음하고 있었다.

바로 옆에 규마가 있다. 토카레프를 쥐고 벽에 등을 기댄 채 사무실 안의 동정을 살피고 있다.

이쪽에서 다음에 어떻게 나올지 보고 있는지 실내는 정적에 싸여 있다.

"안 되겠다." 규마가 부드득 이를 갈았다. "시간이 너무 지체됐다."

"어, 어쩌시려고요?"

떨리는 목소리로 말하자 규마는 이구사를 힐끗 보았다.

"달리 방법이 있겠나."

그렇게 내뱉고 돌연 쓴웃음을 지었다. 어둠 속에서 하얀 이가 보였다.

"우물쭈물하다간 짭새들이 온다 아이가. 다른 놈들은 필요 없다. 내랑 니 둘이서 머라도 해야 안 되겠나."

"그런……"

이구사는 울고 싶은 심정으로 중얼거렸다. 아직 첫 한 발밖에 쏴보지 못했다. 처음 먹었던 결의는 어디로 가버렸는지 그 후 벌어진 참극에 완전히 기가 죽어 있었다.

갑자기 아래층에서 무수한 발소리가 들렸다. 옷끼리 부딪는 소리와 남자들의 숨소리가 희미하게 들려온다. 경찰은 아니다. 경찰이라면 우선 투항을 권고해올 것이다.

규마와 이구사는 서로 마주보았다.

그 직후 규마는 번개 같은 속도로 움직이기 시작했다. 여전히 신음하며 뒹굴고 있는 조직원 두 명의 목덜미를 잡고 계단 층계참까지 끌고 와서 자기도 옆에 엎드려 토카레프를 겨누었다. 그 의도를 알고 다가가려고 했을 때 규마는 잠깐 이구사를 보고 사무실 문 쪽으로 시선을 옮겼다.
"뒤를 엄호해라!"
그 순간 4층과 3층의 층계참에 선발대가 나타났다. 규마의 토카레프가 불을 뿜었다. 선두의 총을 든 남자가 날아간다. 뒤 따라오던 자들에게 잠깐의 틈도 주지 않고 연달아 방아쇠를 당기면서 좌우 양쪽에 대고 소리를 지른다.
"문디 같은 놈들 니들도 쏴라!"
거의 반사적으로 양 옆에 있던 두 사람도 총을 연사하기 시작했다. 아래층에서도 난간 너머로 무수한 총알이 날아온다. 이구사는 곁눈질로 사무실 쪽을 흘끔흘끔 보면서도 이내 그 총격전에 시선을 빼앗긴다.
계단을 올라온 놈들은 예상외로 많았다. 계단에는 이미 시체 세 구가 쌓여 있다. 그러나 계단 난간 너머로 언뜻언뜻 보이는 모습만도 아직 다섯 명은 된다. 층계참과 복도 경계에 있는 이구사 주변에도 파편이 비 오듯 쏟아져 엉겁결에 뒤로 물러난다. 위층이라는 유리한 위치를 차지하고 있는 덕에 지금은 거의 대등하게 싸우고는 있지만 이구사가 보기에도 화력의 차이는 너무 컸다.
과연 아래층에서 총알 세례가 잠깐 멈추었다 싶더니 바로 난간 너머로 무수한 사내들과 권총을 든 손이 나타나 일제히 사격을 개시했다. 아무 생각 없이 고개를 내밀고 있던 조직원의 머리가 순간 덜컥 꺾이더니 몸이 바닥으로 쫙 뻗었다.
비명과 함께 남은 조직원도 바닥 위를 뒹굴기 시작했다. 쇄골을 누른 손가락 사이에서 선혈이 뿜어져 나온다. 순간 정적이 찾아든 공간에 헛되이 빈 격발 소리가 울렸다. 규마가 쏘고 있는 토카레프의 총알이 다 떨어진 것이다. 그 직후였다. 총알이 떨어진 것을 안 아래층 남자들이 고함을 지르며 일제히 층계참에 모습을 나타냈다. 옆에 뻗어 있는 사체에서 권총을 빼내려던 규마의 이마에 큰 구멍이 뚫리는 것이 보였다.

정신을 차렸을 때는 복도 안쪽의 비상계단을 향해 뛰고 있었다. 반쯤 열린 문 앞을 지나가려고 살짝 속도를 줄인 순간 등 뒤에서 네다섯 발의 총성이 울리고 가슴과 복부에 타는 듯한 통증이 달렸다. 아직 힘이 남아 있던 사지가 비틀거리면서 비상계단 문에 부딪혔다. 형님! 누군가가 소리치는 소리가 아주 멀리 들린다.

춥다, 추워.

"으, 으으……."

떨리는 손으로 겨우 손잡이를 돌렸다.

서 있을 힘조차 없다. 힘없이 기댄 몸의 무게로 문이 열린다. 비스듬히 쓰러지는 시야로 빌딩군의 무수한 네온과 그 끝의 마크시티 불빛이 한가득 들어온다. 무엇 때문인지 그 빛이 짙은 파란색으로 느껴진다. 어디선가 본 적이 있는 풍경.

생각났다.

2월의 골드코스트, 같은 여름의 끝. 관광 가이드에 특산품 가게 점원, 워킹홀리데이 동료와 삼등분해서 살던 해안도로의 콘도미니엄. 눈 아래 펼쳐지는 푸른빛 가로등과 다채로운 네온사인. 열린 창으로 카지노로 몰려가는 관광객들의 웃음소리에 섞여 바

닻바람이 파도소리를 실어온다. 선셋 파티는 이름뿐 늘 동틀 무렵까지 시끌벅적하다. 순간의 밤과 찰나의 아침노을. 엷은 미소를 지은 순간 기억이 끊겼다.

 영원한 어둠이 찾아왔다.

 조용해진 복도에서 소곤소곤 말소리가 들리는가 싶더니 갑자기 분주하게 움직이는 기미가 느껴졌다. 책상 아래에 숨어 있는 가키자와와 모모이는 무의식중에 서로 얼굴을 마주보았다.

 뒤를 엄호해라, 라는 고함소리가 들렸다. 연속해서 세 발의 총성이 울렸다. 다시 고함소리가 들린 직후 엄청난 총성이 건물 전체에 울려 퍼졌다. 가키자와는 재빨리 책상 아래에서 몸을 일으키고 벽 쪽으로 가서 도로를 내려다보았다.

 사람들이 까맣게 모여 있었다. 메르세데스 뒤에 좀 전에 봤을 때는 없었던 BMW가 정차되어 있다. 그리고 거기에서 조금 떨어진 곳에 세드릭과 마크Ⅱ가 문이 열린 채 방치되어 있다. 그것을 보고 모든 것을 이해했다. 다시 책상 옆에 쭈그리고 앉아 모모이에게 말한다.

 "몇 발 남았어?"

 잠시 침묵이 흐른 뒤 모모이가 입을 열었다.

 "몰라……."

 가키자와는 자기도 모르게 얼굴을 찡그렸다. 복도에서 비명소리가 들렸다. 사태가 절박해지고 있다. 원군, 그것도 차 두 대에 나눠 타고 올 정도로 많은 수였다. 만족스럽게 움직일 수 있는 사람이 몇 명 안 되는 마쓰타니구미는 바로 밀고 들어올 것이다. 그렇게 되면 이번에는 자신들이 표적이 된다.

그 순간 문 앞으로 누군가가 지나가고 그 뒤를 두 발의 총성이 쫓는다.

"형님!"

소리를 지르면서 뛰어 들어온 남자의 머리를 쏘았다. 이것으로 토카레프의 총알은 네 발째 쏘았다. 이어서 나타난 사내 하나는 모모이가 처리한다. 다시 한 명이 문 옆에서 얼굴을 내밀었다. 순식간에 방아쇠를 당겨 얼굴을 맞혔다. 다섯 발째.

다시 입구 주변이 조용해졌다. 상대는 들어오는 족족 총에 맞는 것을 경계하고 있다.

왼손의 베레타에는 여섯 발이 남아 있다. 하지만 필시 모모이의 베레타에는 두세 발밖에 남지 않았을 것이다. 총격전이 길어지면 이쪽에서 먼저 총알이 떨어질 것은 분명하다.

어쩌지? 이대로 있다가는 자멸이다. 필사적으로 짱구를 굴렸다. 어떻게 할까. 트램펄린? 스프링? 차의 서스펜션과 루프의 쿠션?

"모모이." 문득 떠올랐을 때는 이미 입이 멋대로 움직이고 있었다. "먼저 창밖으로 뛰어내려. 나도 따라갈게."

"뭐?" 모모이는 기가 막혔다. "무슨 말이야? 여긴 4층이야! 뼈가 박살날 거라고. 잘못하다간 죽어."

"여기에 그냥 있어도 죽는 건 마찬가지야!" 가키자와는 숨죽인 목소리로 대답했다. "건물 앞에 놈들의 벤츠가 있어. 지붕 덕에 뛰어내리면 어떻게 살 수 있을지도 몰라. 엄호할게. 가방을 갖고 엉덩이부터 착지해."

"하지만."

대답하려던 모모이가 갑자기 귀를 쫑긋 세웠다.

멀리서 희미하게 사이렌 소리가 들려왔다. 가키자와도 그 소리를 들었다.

가키자와는 창문을 힐끗 쳐다보고 다시 모모이를 보았다. 이제는 총격전에 이긴다고 해도 영원히 감옥행이다.

"알았어." 가방을 들고 모모이가 말했다. "엄호해줘."

두 사람은 동시에 고개를 끄덕이고 동시에 일어섰다. 재빨리 양손으로 총을 겨눈 가키자와의 전방에는 다행히 아무도 없었다. 조심성 없이 모습을 드러내는 것을 아직 주저하고 있는 것이다. 그러나 콘크리트 벽 너머에서는 남자들이 숨을 죽이고 있는 기색이 역력히 느껴졌다.

모모이는 뾰족뾰족 깨진 유리가 박혀 있는 창문을 열었다. 그리고 한쪽 발을 올리고 창틀을 쥔 양손으로 몸을 끌어올렸다. 구경꾼들이 몰려 있는 도로를 내려다보고 잠시 머뭇거리는 모습이다.

그러나 사이렌 소리는 거침없이 다가온다.

그런 모모이와 입구 상황을, 총을 겨눈 채 가키자와는 초조해하면서 번갈아가며 보고 있었다. 다가오는 사이렌, 언제 뛰어 들어올지 모르는 사내들, 멈칫멈칫 발을 떼지 못하는 모모이의 등.

결국 소리를 질렀다.

"뭐 하고 있어! 빨리 뛰어!"

그 고함소리가 양쪽의 도화선이 되었다. 등 뒤에서 공기를 뒤흔드는 기척에 이어 벽 너머에서 세 명이 일제히 모습을 나타냈다. 세 개의 총구가 가키자와를 겨누는 순간 책상 밑으로 몸을 숙이면서 베레타와 토카레프를 쏘았다. 두 정을 한꺼번에 정확히 조준하기는 불가능하다. 세 명이 모여 있는 곳을 향해 양손으로 정신없이 쏘았다. 화약 연기 너머로 세 사람이 쓰러지는 것을 확인하는 것과 동시에 가키자와는 몸을 돌렸다. 창가로 뛰어가서 아래를 내려다보았다. 아득한 하계에 지붕이 크게 부서진 메르세데스와 그 뒤에 있는 BMW, 주위에 떼 지어 모인 사람들 울타리 속을 총을 휘두르면서 뛰어가는 모모이.

그 모든 것들을 순식간에 포착한 가키자와는 공중으로 몸을 날렸다.

아키도 그 소리를 들었다. 도겐자카 방면에서 사이렌이 울리고 있었다.

"경찰이다!"

누군가가 큰 소리로 외쳤다. 술렁이는 군중과는 다른 방향에서 또 다른 남자의 목소리가 울렸다.

"야, 저기 봐!"

그가 가리키는 손가락 끝에 4층 창문으로 몸을 내민 남자의 모습이 보였다.

어깨에 낯익은 검정색 보스턴백을 멘 몸집이 큰 남자는 양발을 창틀에 올린 채 웅크리고 있다. 양손이 옆 창틀을 잡고 있었다.

그의 의도를 알아챈 아키는 순간 소름이 돋았다.

"설마." 옆에 있는 사토루는 기가 막혔다. 그리고 자기도 모르게 소리를 질렀다. "아무리 그래도 저건 미친 짓이야!"

순간 남자가 사뿐히 몸을 날렸다. 온몸이 밤하늘에 둥실 뜬다.

"꺄악!"

지상에서 솟구쳐 오른 여자의 절규와 동시에 다시 빌딩 4층에서 총성이 연속해서 울려 퍼졌다. 남자는 약간 비스듬하게 메르세데스의 지붕으로 엉덩이부터 격돌했다. 순간 S600의 지붕이 크게 부서지고 사이드윈도우가 박살나고 서스펜션이 깊숙이 내려앉았다. 반동으로 남자의 몸이 튕겨 올랐다. 잠깐 비틀거렸지만 남자는 멀쩡하게 일어나서 트렁크를 박차고 길 위에 착지하더니 그대로 인도의 사람들 울타리를 파고들었다.

두려움에 벌벌 떨고 있는 사람들이 차례차례 진로를 열어준다. 너무 뜻밖의 행동에 아키와 사토루는 어안이 벙벙해서 그저 그의 뒷모습을 보고 있을 수밖에 없었다.

"또 뛴다!"

누군가가 소리를 지르고 아키는 반사적으로 빌딩 4층으로 시선을 되돌렸다. 다시 다른 남자가 뛰어내리는 순간이었다. 마른 몸의 남자가 양손에 총을 든 채 4층에서 떨어졌다. 크게 부서진 메르세데스 옆에 BMW가 세워져 있었다. 그 지붕에 역시 엉덩이부터 격돌했다. 마찬가지로 지붕이 부서지고 사이드윈도우가 박살난다. 깊숙이 내려앉은 서스펜션의 반동을 이용하여 남자는 BMW 바로 옆으로 뛰어 땅에 내려섰다. 그러나 앞의 남자처럼 바로 도망가지는 않고 느닷없이 총구를 빌딩 4층으로 향했다. 그곳에서 남자 몇 명이 몸을 내밀자 오른손의 총구가 연속해서 불을 뿜었다. 한 발, 두 발. 창문에 몸을 내밀고 있던 오른쪽 끝의 남자는 창틀로 푹 고꾸라졌고, 옆에 있던 남자는 벌렁 뒤로 넘어갔다. 다른 한 명은 황급히 실내로 몸을 피했다. 그제야 비로소 남자는 뛰기 시작했다.

사람들 울타리를 향해 뛰면서 오른손에 쥐고 있던 권총을 내던지고 왼손에 있던 다른 권총을 오른손에 바꿔 쥐었다. 남자가 뛰어가는 곳의 군중은 일시적으로 패닉에 빠졌다. 비명을 지르면서 앞 다투어 길을 열었다.

도망치려고 우왕좌왕하는 군중의 파도에 휩쓸려 아키와 사토루는 이번에도 어떻게 해볼 방법이 없었다. 남자는 구경꾼들 너머로 빠져나가자마자 골목으로 들어가 모습을 감췄다.

정신을 차리고 보니 경찰차의 사이렌 소리가 지근거리에서 들리고 있었다. 뒤를 돌아보니 아직도 우왕좌왕하고 있는 사람들 너머로 빨간 경광등이 천천히 돌아가고 있다. 치직 하는 소음이 들리고 지붕의 확성기에서 경찰의 목소리가 들린다.

"차도입니다. 물러나주세요."

아직 흥분을 가라앉히지 못한 사람들은 좀처럼 말을 들으려고 하지 않는다. 결국 스피커에서 거친 목소리가 흘러나왔다.

"물러나주세요. 물러나세요!"

아키의 뒤쪽에서 희미하게 혀를 차는 소리가 들렸다.

"이제야 어슬렁어슬렁 나타나서 뭐 하겠다는 거야."

기술자로 보이는 50대 남자가 넌더리가 난다는 표정을 짓고 있었다.

"정말이지 요즘 경찰은 어떻게 된 건지, 참 나."

경광등에 비친 잡거빌딩 입구에 남자가 두 명 나타났다. 권총을 들고 나온 남자들은 망연자실한 표정으로 군중 앞으로 나왔지만 사람들 너머로 빨간 경광등이 번쩍이고 있는 것을 보더니 순식간에 반대쪽으로 뛰기 시작했다. 빌딩 입구에서 그들에 이어 더 이상 나오는 사람은 없었다.

"그렇다면 온전한 건 저놈들 둘뿐이라는 건가……." 옆에 있던 사토루가 아키를 보았다. "BMW에 세드릭에 마크Ⅱ……. 차를 타고 온 놈들만 해도 열다섯 명은 되었는데."

아키는 고개를 끄덕이고 구로키 일당을 떠올렸다.

"거기에 플러스 셋, 도합 열여덟 명이야."

그 많은 적들 대부분을 섬멸하고, 그 2인조는 총총히 모습을 감추었다. 그러나 무사히 도망친 그들에게 왠지 안심이 되었다.

불현듯 생각나서 주머니에 있던 휴대전화를 꺼내 귀에 댔다.

여전히 가오루의 고함소리가 울리고 있었다.

"왜 이렇게 늦게 받아!"

자기도 모르게 얼굴을 찡그리고 휴대전화를 귀에서 뗐다. 전화기에서 아직도 뭐라뭐라 쨱쨱거리는 소리가 난다. 흘러나오는 그 목소리가 주위의 잡음에 묻혀 사라진다.

사토루가 쓴웃음을 지었다.

마침내 조용해진 휴대전화를 다시 귀에 대고 아키가 말했다.

"미안. 이제 모두 철수해."

10

 텔레비전 뉴스 프로그램은 NHK와 민방 각사 모두 오후 9시 무렵부터 시부야의 총격전 사건을 대서특필했다.
 도미가야의 아파트에 다시 모인 여섯 명은 가오루가 주문한 초밥을 먹으면서 틈틈이 맥주로 목을 축여가며 밤늦게까지 뉴스를 보았다.
 사건이 보도될 때마다 유리가 깨진 잡거빌딩의 4층과 지붕이 폭삭 내려앉은 메르세데스와 BMW, 그리고 그것들을 둘러싼 접근금지의 노란색 테이핑, 경찰차와 구급차의 빨간 경광등이 클로즈업되었다.
 구체적인 피해 상황이 보도된 것은 오후 11시가 지나서였다. 얼굴 사진이 방송하기에 적합하지 않았는지 블루스크린 위에 사망자의 이름과 나이만 나왔다.
 우선 마카와구미 계열의 고에이 상사, 구로키 마사노리(39), 미쓰다 야스유키(32), 야마시타 히로유키(28)……, 열 명에 이르는 리스트 말미에 류이치의 이름도 있었다.
 오구라 류이치(19). 아키는 그때 비로소 류이치의 정확한 이름과 나이를 알았다. 동갑이었다. 다시 마음이 짠해졌다.
 이어서 마쓰타니구미의 조직원으로 여섯 명의 이름과 나이가 나온다. 규마 다케시(40), 하라다 히로시(34), 이구사 야스아키(31)……. 즉 그곳에 있던 한 명과 나중에 뛰어온 다섯 명은 전멸이었다.

양쪽 조직원을 합해 총 열여섯 명의 사망자. 그 외에도 현장에서 도주한 신원불명의 용의자가 네 명.

30분 후에 경찰의 정식 언론 발표가 있었다. 현장에서 금품이 털린 흔적은 없고, 적대관계에 있는 마카와구미와 마쓰타니구미, 두 조직폭력단 간의 항쟁이라는 것이 경찰의 견해였다.

마쓰타니구미 쪽은 BMW의 차량 번호를 조회해서 그 소재지로 알아냈을 것이라고 아키는 생각했다.

방송국은 어디나 비슷한 내용만 보도할 뿐 구체적인 사실은 아무것도 파악하지 못한 채 억측만이 난무했다.

리포터가 심각한 말투로 참상을 지껄여대면 캐스터가 안이한 감상을 늘어놓고, 해설자가 사실과 전혀 다른 사건 배경을 그럴싸하게 분석해 보인다. 겨우 NHK만이 객관적 사실을 보도하는 수준에서 마무리 지었다.

"하여간에 언론사 놈들은 이래서 싫다니까." 아주 기분 좋은 얼굴로 가오루는 까불며 떠들어댔다. "배후조종자인 우리가 보면 웃음밖에 안 나오는 의견들의 향연이군."

아키도 웃었다.

"기분이 좋아 보인다."

"당연하지." 가오루가 득의양양하게 말을 잇는다. "덕분에 고에이 상사는 파멸 상태, 마쓰타니구미도 전멸이야. 다시는 우리한테 주둥일 놀릴 수 없어. 다 죽었으니까. 그 2인조가 도망치긴 했지만 목격자가 한둘이 아니야. 몽타주가 나돌면 놈들 맘대로 길거리를 다닐 수도 없을걸. 유일한 우리 증거물인 가방도 놈들이 가져갔어. 이런 상황에서 어떻게 안 좋아할 수 있겠어? 자 모두 웃자고!"

가오루의 말에 다른 네 명은 술기운도 있고 해서 와 하고 환호성을 질렀다.

다음날 아침, 잠에서 깬 아키는 평소와 다름없이 고개를 돌려 시계를 보았다. 오전 8시 40분. 두 팔에 두껍게 감긴 붕대 속에서 아직 상처가 욱신욱신 쑤셨다. 심장 고동에 맞춰 밀려오는 아픔에 잠이 깼다. 침대에서 벌떡 일어나 주위를 둘러보았다. 반대쪽 침대 위에서 가오루가 입을 반쯤 벌린 채 잠에 곯아떨어져 있다. 바닥에서는 어젯밤 취해 쓰러진 네 명이 각양각색의 자세로 뻗어 있다. 조심스럽게 그 사이를 지나 현관까지 가서 우편함에서 닛케이와 아사히 신문을 꺼냈다. 그대로 복도에 쭈그리고 앉아 부지런히 신문을 넘겼다. 두 신문 모두 사회면에 대문짝만 하게 그 기사가 실려 있었다. 먼저 아사히의 기사를, 이어서 닛케이의 기사를 읽고 경찰의 언론 발표에 변경된 사항이 없는지 확인했다.

그대로 발소리를 죽이고 거실로 돌아왔다. 네 명의 사이를 지나 침대에 왔을 때 유이치가 천천히 몸을 일으키며 아키를 보았다.

아키는 말없이 유이치를 손짓으로 불렀다. 의아한 표정으로 유이치는 아키 옆에 앉는다.

"미안해, 깨워서." 그렇게 작은 목소리로 서두를 꺼내고 물었다. "너, 어제 차량 번호 메모해둔 거 갖고 있어?"

"으, 으응."

유이치는 고개를 끄덕이고 청바지 뒷주머니에서 꾸깃꾸깃해진 냅킨을 한 장 꺼냈다. 스타벅스 냅킨 위에 휘갈겨 쓴 글씨가 보였다. '네리마55, 네, 61-78'.

아키는 만족스런 얼굴로 냅킨을 보고 유이치 쪽으로 고개를 돌렸다.

"잠깐 시나가와에 있는 육운국陸運局에 좀 다녀와."

아키가 말했다.

"차량 소유주와 주소를 알아다 줘."

유이치는 조금 의외라는 표정을 지었다.

"나 같은 사람한테 제대로 가르쳐줄까?"

"가르쳐줄 거야." 아키는 단언했다. "접수처에 가면 신청서가 있어. 등록번호를 쓰고 신청 이유로 이 번호를 단 차에 뺑소니를 당했다고 쓰면 돼. 신분증은 제시할 필요 없어. 사무원에게 건네면 그다음엔 컴퓨터가 자동으로 처리해줄 거야. 앞에 대기자만 없으면 5분이면 받을 수 있어."

"정말?"

"거짓말 아니야."

"무섭군." 유이치는 목소리를 높였다. "그럼, 스토커 같은 놈들도 쫓아다니는 여자의 차량 번호를 한 방에 알아낼 수 있겠네!"

"공무원들이 하는 일이 다 그렇지 뭐." 아키는 웃었다. "나도 옛날에 피해를 당한 적이 있어. 집에서 나온 순간 쇠파이프를 든 놈들한테 온몸을 두들겨 맞았지. 놈들이 어떻게 우리 집 주소를 알아냈는지 날 기다리고 있었어. 반격해서 한 놈을 잡아 캐물었더니 이 방법을 알려주더군."

"……골 때리네."

"호적이나 주민등록도 비슷해." 아키는 고개를 끄덕였다. "보안이라곤 신경도 안 쓰는 게 이 나라의 관공서야. 너도 조심해."

유이치는 아래를 본 채 굳은 표정으로 고개를 끄덕였다.

"알았으면 빨리 갔다 와."

그렇게 말하고 아키는 유이치의 등을 두드렸다.

눈을 떴을 때 차광 커튼 틈새로 한 줄기 빛이 새어 들어오고 있었다. 카펫을 거쳐 테이블 위를 가로질러 소파에 누워 있는 자신의 배까지 닿아 있다. 그것을 보고 가키자와는 아침이 밝았음을 알았다.

몸을 일으키려고 팔꿈치를 짚었을 때 엉덩이가 심하게 아파 그는 자기도 모르게 얼굴을 찡그렸다. 엉덩이에 부하가 걸리지 않도록 조심하며 일어섰다.

BMW의 지붕에 떨어지자마자 일어났을 때부터 골절만은 면했다는 것을 알았다. 하지만 금이 가는 정도라면 어젯밤처럼 극도의 흥분상태에 있던 몸이 감지하지 못할 수도 있었다.

한 걸음, 두 걸음 신중하게 걸어본다.

고관절을 움직였을 때도 생각했던 것만큼 아프지는 않다. 금이

간 것 같지는 않았다. 좀 심하게 타박상을 입었을 뿐이다. 뒤로 돌아 옆방을 보았다.

이불도 펴지 않은 채 모모이가 엎드려서 자고 있었다. 목은 옆으로 꺾여 있고, 반쯤 벌어진 입에서는 침이 흘러나와 있다.

가키자와는 저도 모르게 웃음이 났다. 이 녀석도 엉덩이가 아파 바로 누워서는 잘 수 없었나 보다. 혼자 히쭉 웃었다.

목이 말랐다. 좌우를 둘러보며 냉장고를 찾았다. 방의 구조가 잘 생각나지 않았다. 모모이의 방에 온 것은 거의 2년 만이었다.

어젯밤, BMW에서 일어서자마자 잡거빌딩의 4층에 총을 쏴댔던 가키자와는 총알이 떨어진 토카레프를 버리고 인파를 헤치고 골목으로 뛰어 들어갔다. 전력으로 골목을 빠져나가 첫 십자로를 우회전하여 숨겨둔 임프레자로 뛰어갔다. 모모이는 이미 차에 타서 시동을 걸고 있었다. 가키자와가 차에 타자마자 모모이는 임프레자를 급발진시켰다. 순간 차 내에 타이어의 스키드 소리가 울리고, 모모이는 가키자와를 돌아보았다.

"일단 우리 집으로 가자." 모모이가 말하면서 분카무라 도로를 좌회전했다. "네 아파트보다 가까워."

20분 후, 모모이의 아파트로 차를 타고 온 두 사람은 오후 7시 30분에는 방 안에 들어왔다. 문을 잠그고, 총 가방과 검은 보스턴백을 테이블 위에 내던지고 그대로 어두운 방 안에 쓰러졌다. 온몸이 노곤하고, 엉덩이가 아파서 더 이상 아무것도 할 수 없었다.

한동안 그 상태로 누워 있었다.

어둠 속에서 시곗바늘 소리만이 규칙적으로 울리고 있었다.

"……어이, 가키자와."

옆방에서 뒹굴고 있는 모모이의 목소리가 들렸다.

"응?"

"인간이란 게 참 어이없게 죽어."

"동물이니까." 가키자와가 대답했다. "총 맞으면 죽어. 꿩하고 같아."

"그런가."

"그렇지."

잠시 침묵이 흐른 뒤 모모이의 낮은 한숨소리가 들렸다.

"이제 나도 정말로 이쪽 인간이 돼버렸어."

"후회하는 거야?"

"아니." 한 호흡 늦게 모모이는 대답했다. "언젠간 이렇게 될 줄 알고 있었어. 각오는 돼 있었지."

"그래?"

"곪은 게 터졌을 뿐이야. 확실히 네 말대로 죽이지 않았다면 내가 죽었어."

문득 베트남 요리에 넘어간 모모이의 모습이 떠올랐다.

"연애질도 참을 수 있겠어?"

자조 섞인 웃음소리가 들렸다.

"글쎄."

긴장이 풀렸다. 정신을 차리고 보니 아침이었다.

가키자와는 냉장고까지 천천히 걸어가 문을 열었다.

미네랄워터를 꺼내 냉장고 위에 있는 컵을 집어 따랐다. 물을 두 잔째 마셨을 때 현관의 신문 투입함이 눈에 띄었다.

컵을 놓고 투입함에서 신문을 꺼냈다.〈요미우리 신문〉. 신문을 한 손에 들고 거실로 돌아와 카펫 위에 선 채 훌훌 지면을 넘겼다.

있었다. 사회면에 대문짝만 한 기사가 나와 있었다.

"일어났어?"

돌아보니 모모이가 엎드려 누운 채 이쪽을 보고 있었다.

"응." 가키자와는 다시 기사로 눈을 돌렸다. "나왔어. '한밤중의 총격전. 사망자 열여섯 명'. 이게 헤드라인이야. 서브는 '반파된 사무실. 격화된 조직폭력단 간의 항쟁?' 이런 방향으로 기사가 났군. ……흠."

"그런데 마쓰타니구미 놈들이 거긴 왜 나타난 거야?"

그렇게 말하고 양팔을 짚고 일어나려던 모모이는 순간 비명을 질렀다.

"왜 그래?" 다시 다다미 위로 뻗어버린 모모이에게 묻는다. "엉덩이?"

"아니야!" 모모이는 고통으로 소리를 질렀다. "어깨야. 어제 문에 너무 세게 부딪쳤나 봐! 양쪽 어깨야!"

가키자와는 웃었다.

"그냥 그 정도로 잘 마무리되었다고 생각해. 운이 나빴다면 우린 벌써 죽었어. 감사할 일이야."

투덜투덜 뭐라고 중얼거리면서도 모모이는 천천히 일어났다.

가키자와 옆으로 와서 신문을 들여다본다.

"워워, 전쟁터가 따로 없네." 그러더니 문득 생각이 났는지 혀를 찼다. "이놈들하고 우리가 모두 그 애송이 새끼들한테 감쪽같이 속은 건가?"

"마쓰타니구미까지는 어떤지 모르지."

"어째서?" 모모이가 물었다. "그 새끼들이 끌어들인 거 아니야?"

"그건 아니라고 봐."

"왜?"

"그건 놈들한테도 너무 위험하니까." 가키자와가 말했다. "카지노 바에서 우릴 목격한 놈도 있었어. 얼굴이 알려져 있는 마쓰타니구미한테 잡히기라고 하면 자기들한테 돈을 털렸다는 걸 자백할지도 몰라. 그 정도는 생각했을 거야. 우선 털린 돈의 출처를 놈들이 어떻게 알았냐는 거야."

"그럼 마쓰타니구미는 뭣 때문에 거기에 온 거야?"

"몰라." 가키자와는 작게 숨을 쉬었다. "기사에 따르면 그곳에 온 마쓰타니구미는 전멸한 것 같은데, 그렇다면 진상은 영원히 밝혀지지 않아."

"아이고." 모모이는 크게 한숨을 쉬었다. "돈도 손에 넣지 못하고, 이유도 모르고, 완전 헛수고네."

"그렇다고 완전히 허탕 친 건 아니야."

가키자와는 그렇게 말하고 테이블 위의 보스턴백을 턱으로 가리켰다.

"놈들이 사무실에 가져간 자료야. 분명 현금 다발로 속이려고 가방에 넣은 것일 텐데 그중에 명부 같은 게 보였어. 놈들을 찾을 단서가 있을지도 몰라."

모모이는 조금 놀란 표정을 지었다.

"또 쫓으려고?"

"당연하지. 아직 돈을 찾은 건 아니야."

"하지만 어제 그 많은 구경꾼들한테 우리 얼굴이 알려졌잖아. 우린 당분간 시부야에도, 그 가게에도 가기 힘들어." 그렇게 말하고 얼굴을 찡그렸다. "게다가 지금 네가 말한 대로 위험하게 죽을 뻔했고."

"그건 우리 사정이고." 가키자와는 쌀쌀맞았다. "오리타 영감에게 한 약속과는 무관해. 일단 약속한 거는 지킬 생각이야. 다시 할 수 있는 것부터 해봐야지."

그렇게 잘라 말했다.

"그러던가."

모모이는 가키자와의 이런 점이 마음에 들었다.

둘이서 가방에 든 것들을 몽땅 꺼냈다. 서류를 하나하나 집어 드는 동안 가키자와는 그 명부가 같은 것의 재탕이라는 것을 금방 깨달았다. 시험 삼아 방구석에 있는 무선전화기를 들고 명부 맨 위에 있는 휴대전화 번호를 눌렀다. 두 번째 신호가 갔을 때 전화를 받았다.

"여보세요?"

젊은 남자의 목소리였다.

"여보세요, 다나카 씨 되십니까?"

"아니요."

상대는 바로 전화를 끊었다.

가키자와는 두 번째 번호로 전화를 걸었다. 이번에는 "현재 사용되지 않는……."이라는 멘트가 흘러나왔다. 세 번째도 마찬가지였다.

"역시." 가키자와는 한숨을 쉬면서 모모이를 보았다. "명부도 가짜야."

"철저한 놈들이군."

모모이가 쓴웃음을 지으며 자료 한 장을 손가락 끝으로 튕겼다.

"그런데 처음에 나온 이 손익표 같은 건 뭐지?"

모모이의 말에 가키자와도 다시 첫 페이지로 시선을 돌렸다.

입장료, 아르바이트비, 음식값의 리베이트비, 상금, 통신비……. 문득 우다카와초의 골목에서 추궁했던 애들의 말이 떠올랐다.

"이건 놈들이 주최하는 파이트 파티의 장부야……."

생각이 나면서 어젯밤부터 머릿속에서 어렴풋하게 느껴지던 다양한 의문이 풀리기 시작했다.

"현상금 중에는 목격 정보에 대한 보수도 있었어."

가키자와는 모모이를 보았다.

"도겐자카에서 습격한 장면을 만약 누군가가 보고 있었다면 어떨까? 구경꾼 중에 있던 목격자의 정보로 우리가 우다카와초로 간 것을 놈들이 바로 냄새 맡았어. 도큐 핸즈 주위에서도 우리가 탐문하고 다녔다는 걸 알아냈을 거야. 놈들은 바로 우리 뒤를 밟았고, 우리가 누구에게 무엇을 알아냈는지 찾았어. 그리고 우리가 때려눕힌 애들을 잡아 뭘 말했는지 캐물었고. 그렇게 생각하면 모든 것이 납득이 가."

"과연."

"그제 그 가게는 쉬는 날이었어. 그러니까 놈들은 어제 가게가 문을 열 때쯤 우리가 갈 것으로 예상하고 그물을 친 거야. 이 자료를 미끼로 고에이 상사의 야쿠자 놈들과 협상했고. 보호비 같은 걸 내겠다고 했을 거야. 만날 장소와 시각은 놈들이 정했어. 돈벌이 얘기야. 야쿠자는 얼씨구나 하고 찾아왔지. 사전에 가게 주변에 멤버들을 배치하고 우리가 나타나기를 기다렸어. 멤버 중 하나가 차 안에 있는 우리를 발견하고 그 아키라는 놈한테 연락했어. 아키는 야쿠자에게 바로 데리러 오라고 연락했고, 흩어져 있던 멤버들을 가게 앞으로 집합시켰어. 이것 보란 듯이 가방을 메고 나타나도 우리한테 바로 공격당하지 않도록 하기 위해서지."

"……."

"야쿠자를 기다리고 있는 동안 우리가 손가락이나 빨며 지켜보고 있는 앞에서 친절하게도 가방에서 지폐다발을 꺼내 동료들에게 뿌리기 시작했어. 야쿠자가 오고 나서는 일부러 가방을 열어 보여 야쿠자가 웃는 것을 우리가 보게 한 거야. 그것으로 미끼는 다 던진 셈이지. 우리는 멍청하게 그 수에 넘어가서 메르세데스를 쫓아갔어. 사무실 반대쪽 빌딩 옥상에는 다른 멤버를 잠복시켜놓았어. 우리 차 뒤에도 미행을 붙였을지 몰라. 우선 내가 사전조사차 갔을 때 그놈들이 아키란 놈한테 휴대전화로 연락했어. 아키는 나 혼자, 게다가 비무장으로 오는 걸 알고 사무실에서 도망치는 걸 참았어. 내가 사무실에 들어갔을 때 그 새끼가 휴대전화를 한 손에 들고 서 있더군. 난 사무실에서 나왔다가 다시 너와 총을 들고 사무실로 갔지. 아키는 바로 사무실에서 나와 4층 어딘가에 숨어서 숨을 죽이고 있었을 거야. 우리가 건물로 들어가는 것을 본 멤버는 야쿠자 사무실이나 그 출장소에 습격이 있을 거라고 통보했어. 그래서 우리가 들어갔을 때 놈들이 총을 꺼내기 직전이었던 거야. 우리가 들어가는 타이밍이 좀 더 늦었다면 바로 총격전이 벌어졌겠지만 그렇게 되지 않고 교착 상태가 되어버렸어."

"……"

"문에 각목을 박아 넣은 아키는 외부에서의 연락으로 그 사실을 알고 계기를 만들라고 지시했어. 그게 그 쇳덩이야. 역시나 총격전이 벌어졌지. 야쿠자들이 살아남으면 아키는 각목을 제거하고, 천연덕스러운 얼굴로 다시 사무실로 돌아갔을 거야. 그리 되면 야쿠자에겐 더 이상 보호비 단계의 소동이 아니야. 출장소에서 원군도 들이닥쳐서 바로 보복할 준비가 시작될 거고, 그럼 전쟁이지. 우리에게 돈을 되빼앗길 염려는 없어지고, 말이 나온 보호비 건도 당분간 보류될 거고. 만약 고에이 상사가 쓰러지기라도 하면 그건 놈들이 원하던 바지. 영원히 인연을 맺을 일이 없어지는 거야. 물론 우리가 살아남은 경우에도 그렇고."

"과연……"

"그리고 결과적으로 우리가 살아남았어. 또 다른 적은 궤멸됐고. 아키는 각목을 철거하지 않고 우리를 가둬두고 있었어. 출장소에서 원군이 오기를 기다린 거야. 속으로는 우리가 문을 여는 것을 포기할 거라고 생각했겠지. 그리고 원군이 4층까지 올라오기 직전에 다시 각목을 철거하고 몸을 숨길 생각이었고. 우리로서는 죽은 놈들의 원군이 나타나리라고는 꿈에도 생각하지 못했어. 느닷없이 문이 열리고 깜짝 놀란 우리들에게 총알이 비 오듯 쏟아졌어."

"흠."

"그런데 거기서부터 이야기가 좀 꼬이기 시작했어. 우리는 포기하지 않고 결국 문을 열어버렸지. 놈들한테 다행인 것은 그 직전에 마쓰타니구미가 쳐들어온 거야. 우릴 방해할 인간이 나타나지 않았다면 우리는 그대로 도망쳤을 테니까. 허둥대고 있는 사이에 놈들이 유인한 원군이 도착하고, 삼자가 개입한 총격전이 되었어. 그래도 최종적으로는 우리가 죽을 걸로 예상했을 거야. 야쿠자는 어느 쪽이 살아남든 우리와는 애초에 무기나 인원수에 있어서 상당한 차이가 있어. 서로 죽고 죽여서 인원수가 줄어도 살아남은 놈들이 다시 원군을 부를 수도 있고. 원군이 올 때까지 우리를 그 사무실 안에 가둬두기만 하는 것이라면 간단하지. 설마 그 4층에서 뛰어내릴 거라고는 꿈에도 생각하지 못했을 테니까."

모모이가 그 뒤를 받았다.

"그런데 우리는 위험을 무릅쓰고 무사히 도망치는 데 성공했지. 그런 의미에서는 놈들의 기대를 멋지게 배신한 셈이 되나?"

가키자와는 고개를 끄덕였다.

"하지만 말이야, 너도 말했다시피 우리는 당분간 그 근처에 가기 힘들어. 경찰과 야쿠자 양쪽에서 우릴 찾기 시작할 거야. 마쓰타니구미가 전멸한 이상 우리의 정체까지 알려지지는 않겠지만, 우리 얼굴을 똑똑히 본 구경꾼들이 너무 많아. 몽타주 같은 게 나돌지도 모르지. 세상의 관심이 식을 때까지 1년이 걸릴지 2년이 걸릴지는 모르지만, 그 사이에 놈들이 해산할 가능성도 있어. 뿔뿔이 흩어진 놈들을 일일이 찾아다니며 깨부수는 것은 너무 어려워. 그렇게 생각하면 놈들은 애초의 목적을 달성한 셈이 되지……. 어쨌든 우리가 속았다는 것에는 변함이 없어."

"그렇게, 되는군…… 역시."

침울한 목소리로 모모이가 동의하자 가키자와는 히쭉 웃었다.

"단, 이건 지금 막 생각난 건데, 기회가 한 번 있을지도 몰라."

"응?"

"이 함정을 만든 놈의 성격 말이야."

"성격?"

가키자와는 고개를 끄덕였다.

"놈은 아주 주도면밀하게, 게다가 상황이 어떻게 흘러가든 상관없게끔 늘 앞을 내다보고 계획을 세웠어. 우릴 시부야에서 쫓아낸 것까지는 좋았지만, 지금도 대가리가 복잡할 거야. 놈은 우리가 죽지 않은 걸 알고 있어. 세상의 관심이 식으면 우리에게 다시 쫓기게 될 거라는 것도 분명 알고 있을 거야. 팀명에다 자기 닉네임까지 알려져버렸어. 그런 상황에서 지금까지 해왔던 대로 파이트 파티를 열 정도로 경솔하지는 않을 거야. 하지만 지금 상황에서 우리에 관한 정보는 전무한 거나 다름없어. 효과적인 대책을 강구하지 못하고 불안을 느끼고 있겠지. 만약 네가 놈이라면 어떻게 할 것 같아?"

모모이는 잠깐 생각하더니 말했다.

"우선 우리 행방을 찾으려고 하겠지. 그러기 위해서도 어떻게든 우리 신상 정보를 모으려고 할 거고."

"맞아." 가키자와가 말했다. "그리고 필시 놈은 그 정보를 하나는 쥐고 있을 거야."

"……무슨 말이야?"

"너 그 가게 앞에서 우리 차를 감시하던 놈들이 그냥 멀거니 보고만 있었다고 생각해?"

순간 모모이는 의아한 표정을 지었지만,

"번호판?"

가키자와는 고개를 끄덕였다.

"이런 계획까지 세운 놈이라구. 당연히 그걸 메모해놓으라고 지시를 내렸겠지."

"그렇겠네."

"그리고 놈은 반드시 우릴 찾아올 거야. 놈이 직접 오지 않더라도 우리 주소를 찾아서 누군가가 오겠지. 그때 우리가 그놈을 공격하는 거야. 죽이지는 않고 돈과 교환하는 데 쓰자고."

"매복해서 기다리자는 거야?"

"응." 가키자와가 말했다. "일부러 시부야까지 찾아가지 않아도 힘들이지 않고 상대가 굴러들어오는 거지. 놈들이 우리에게 한 것처럼 이번엔 반대로 놈들을 그곳에서 꼼짝도 못하게 해주자고."

두 사람은 얼굴을 마주보고 싱긋이 웃었다.

그러나 그 후에 가키자와가 흘린 말을 모모이는 놓치지 않았다.

"하긴 그렇게까지 할 필요가 없을지도 모르지."

그렇게 중얼거린 의미를 알 수 없었다.

아무리 이유를 물어도 가키자와는 그저 웃을 뿐이었다.

"그걸 말하면 넌 기대를 가져서 안 돼."

그뿐 입을 다물어버린다.

"난 납득할 수 없어."

아키와 가오루는 굳은 얼굴로 마주보고 앉아 있었다. 다른 네 명은 잠자코 그 모습을 보고 있다.

"그게 그렇잖아. 기껏 고생해서 지킨 돈을 두 눈 멀쩡히 뜨고 놈들한테 돌려주자는 거야?"

"공짜로 돌려준다고는 하지 않았어."

아키는 흥분한 기색을 보이는 가오루를 제지하고 말했다.

"놈들을 불시에 기습해서 앞으로 절대 우리를 쫓지 않는다는 확약을 받을 거야. 돈만 손에 넣으면 놈들도 기본적으로는 만족하겠지. 응어리야 좀 남겠지만. 그리만 된다면 지금까지 해왔던 대로 앞으로도 마음 놓고 파이트 파티와 원정을 이어갈 수 있어."

"그렇다고 당분간 이 시부야에 나타나지 못할 놈들을 우리가 일부러 찾아갈 것까지야 없잖아."

"그럼 어쩔래? 이대로 언젠가 놈들이 오길 기다리고 있을 거야? 잊지 마. 그 많은 야쿠자를 상대하고도 살아남은 놈들이야.

그놈들이 먼저 찾아온다면 이번에는 정말 그냥 끝나지 않을 거야. 그런 놈들을 상대로 5분이나 버틸 자신 있어?"

가오루는 말이 막혔다. 아키는 다시 말을 이었다.

"놈들은 결과적으로 구로키 일당을 처리해주었어. 고에이 상사를 궤멸 상태로 만들어버렸다구. 그거면 됐어. 애초에 우리가 갖고 있던 것 중 잃을 것은 아무것도 없어."

그렇게 말하고 다른 네 사람을 돌아보고 다짐을 두었다.

"그 두 사람이 살아남았어. 그때는 돈을 돌려준다는 것이 애초의 계획 아니었나?"

그 의견에 이의를 다는 사람은 없었다.

유이치가 알아온 주소는 네리마 구 고야마의 도시마엔 놀이공원 근처에 있는 주택가였다. 오후 3시. 내비게이션을 장착한 쉐비 밴을 선두로 아키와 가오루가 탄 지프가 목적지에 도착했다. 쉐비 밴은 그 건물 앞을 지나 사각지대인 블록 담 옆에 바짝 대고 비상등을 켰다. 지프는 그 뒤에 정차했다.

아키는 의자 뒤에 놔둔 가죽 가방을 들고 지프에서 내렸다. 가오루도 뒤를 이었다. 가방 안에는 현금이 들어 있었다.

쉐비 밴의 문이 열리고, 다케시와 사토루가 모습을 나타냈다. 각자 손에 보건을 들고 있다. 만일의 사태에 대비하기 위해서였다. 시위를 한계까지 당겨놓고 속사 능력을 최대한 늘려놓았다. 지근거리라면 총에 버금가는 살상 능력을 발휘할 것이다.

유이치와 나오는 도미가야의 아파트에서 대기 중이었다.

"자, 가자."

아키가 말하자 세 사람은 말없이 따랐다. 시도市道를 30미터쯤 되돌아가 문제의 집합 주택을 올려다보았다. 오래되지도 않고, 그렇다고 새것도 아닌 경량 철골의 3층 건물이었다. 좀 전에 그 앞을 지났을 때 의외라는 생각이 들었다. 임프레자를 탄 사람의 인상과 건물의 외관이 어딘가 어울리지 않는다는 느낌이었다.

집합 주택 앞에 전용 주차장이 있었다. 흰색 임프레자는 어디에도 없었다.

"없는 것 같은데."

후미의 가오루가 중얼거렸다.

"그럼 먼저 들어가 봐야지." 아키가 대답했다. "넌 유일하게 얼굴이 알려지지 않았으니 놈들이 돌아왔을 때를 대비해 여기에서 망을 봐줘."

"알았어."

3층까지 계단을 올라가 바깥 복도 맨 안쪽 집 앞에 섰다. 301호. 그게 주소란에 인쇄되어 있던 맨 마지막 글씨였다. 아키는 인터폰을 눌렀다. 다케시와 사토루가 현관문의 어안렌즈에서 보이지 않는 곳으로 가 보건을 겨누었다. 표적은 문 개구부로 정확히 압축되었다.

다시 인터폰을 눌렀지만 안에서는 아무 반응이 없었다. 어안렌즈로 바깥을 내다보는 기색도 없다. 아키는 허리를 숙여 문손잡이 옆의 틈새로 눈을 가져갔다.

평범한 가로형 실린더 형식. 자물쇠는 걸려 있지 않았다.

무인의, 자물쇠가 걸려 있지 않은 방. 위험신호가 마음속에서 점멸했다.

그러나 여기까지 온 이상 그냥 물러날 순 없었다.

결심을 하고 손잡이를 돌리자 문은 쉽게 열렸다.

실내의 어두운 복도가 보였다. 안쪽 방의 커튼이 닫혀 있고, 역시 누군가가 있는 것 같지는 않았다.

아키는 여전히 경계를 늦추지 않았다. 다케시와 사토루를 앞뒤에 세우고 신발을 신은 채 실내로 들어갔다. 다케시는 앞쪽 거실로 보건을 겨눈 채, 사토루는 뒤로 돌아서서 한가운데에 있는 아키를 엄호하는 자세로 욕실과 화장실 문을 열면서 뒷걸음질 쳤다.

거실에도 아무도 없었다. 다른 방은 없다. 벽장도 없다. 전형적인 원룸 구조. 무의식중에 안도의 한숨을 내쉰 아키는 벽에 있는 스위치를 눌렀다.

천장의 형광등이 켜지고 실내가 환해졌다. 싱글 침대가 창가에 바짝 붙어 놓여 있다. 그 옆 보조테이블 위에 전화기가 한 대. 그게 다였다. 방에서는 생활의 냄새라는 것이 전혀 나지 않았다. 텔레비전도 오디오도 책장도 없다.

그 전체적인 모습이 파악된 순간 아키의 마음속에서 직감적으로 번뜩이는 것이 있었다.

함정이다!

갑자기 방 안의 전화기가 요란하게 울기 시작했다. 다른 두 사람이 얼굴을 마주보는 것을 본체만체하고 아키는 전화기로 뛰어갔다.

"여보세요."

상대는 약간 사이를 두었다가 대답했다.

"네가 아키냐?"

쩌렁쩌렁 울리는 낮게 깔린 목소리였다. 어딘가 낯이 익었다.

"어제 화장품 가게였나?"

엉겹결에 그렇게 되물었다. 자기가 생각해도 엉뚱한 말이었지만 달리 적당한 말이 생각나지 않았다.

상대가 희미하게 웃는 소리가 수화기에서 들려왔다.

"밖으로 나와 도로를 봐."

수화기를 내던지고 현관으로 달려가 문을 열었다. 주차장 너머에 장신의 남자가 있었다. 귓전에 휴대전화를 대고 이쪽을 보고 있다. 그 옆 가오루의 등 뒤에 몸집이 큰 남자가 서 있었다. 두 남자 사이에 끼어 가오루는 꼼짝도 않는다. 필시 등 뒤의 남자가 총을 겨누고 있을 것이다.

남자는 휴대전화를 귓전에 댄 채 아키를 향해 턱을 들어 보였다. 의도를 파악한 아키는 방 안으로 뛰어 들어가 다시 수화기를 들었다.

"그래서?"

"지금 그쪽으로 간다." 남자가 말했다. "그전에 아까 들고 있던 흉측한 물건은 내려놓지?"

전화를 끊었다. 아키는 수화기를 놓고 영문을 모른 채 서 있는 두 사람에게 빠르게 상황을 설명했다.

"그러니까 보건을 바닥에 내려놔."

돌연 다케시가 난색을 표한다.

"비무장으로 있을 순 없잖아!"

"놈들은 처음부터 우리를 지켜보고 있었어. 죽일 생각이었다면 벌써 당했다."

사토루가 입술을 핥았다.

"돈을 가로채고 나서 죽이려고 들면 어쩔 건데?"

"그렇게 되지 않도록 내가 잘해야지." 아키는 빠르게 지껄였다. "괜찮으니까, 내려놔!"

두 사람은 마침내 보건을 버렸다.

뒤돌아본 아키의 시선 끝에 복도 너머 열린 문으로 사람 그림자가 비쳤다. 몸집이 작은 가오루를 앞세우고 두 남자의 그림자가 나타난다. 신발을 신은 채 현관을 지나 복도로 다가온다. 아키는 무의식중에 호흡을 가다듬고 태연함을 가장했다.

천천히 복도를 지나온 세 사람은 방 안쪽에 있던 아키 일행과 마주 섰다.

장신의 남자와 시선이 마주쳤다. 아키가 먼저 입을 열었다.

"보다시피 무기는 저기 있다."

아키의 시선 끝에 보건이 두 정 내팽개쳐져 있다. 장신의 남자는 그것을 보고 다시 아키에게 시선을 보냈다. 몸집이 큰 남자는 같은 시선으로 돌아보고 가오루의 등을 가볍게 밀었다. 가오루는 앞으로 푹 고꾸라질 뻔하면서 아키에게 뛰어갔다.

"미안. 방심했어."

조그만 목소리로 중얼거린 가오루의 얼굴은 풀이 팍 죽어 있었다. 아키는 고개를 살짝 끄덕여 보이고 다시 남자들을 보았다. 가오루를 민 몸집이 큰 남자의 품에서 총이 번뜩이고 있다. 어젯밤 군중 사이에서 본 총과 같은 것으로 보였다.

장신의 남자가 아키의 발밑에 있는 가방을 보았다. 그리고 히쭉 웃었다.

"그게 그런 거였나?"

그 한마디로 아키는 남자가 생각하고 있는 것을 알았다. 같은 말을 따라 되풀이했다.

"그런 거였어."

몸집이 큰 남자가 의아해하는 표정을 보이고 상대를 흘끗 보았다. 그러나 총구는 움직이지 않았다.

"일단 내용물을 꺼내봐." 장신의 남자가 말했다. "가짜는 신물이 나거든."

아키는 가방 지퍼를 열고 카펫 위에 내용물을 쏟았다. 투두둑 소리를 내며 대량의 지폐다발이 쏟아져 나왔다. 아키는 총을 갖고 있는 남자가 순간 흠칫 놀라는 모습을 놓치지 않았다.

장신의 남자가 지폐다발에서 눈을 들었다.

"이게 전부인가?"

"전부야."

"조건은 뭐지?"

"앞으로 절대 우리에게 손대지 말라는 것, 그것뿐이다."

"그런가."

남자는 고개를 끄덕였다. 아키는 되물었다.

"어때?"

"그전에 묻고 싶은 게 있다." 남자가 말했다. "너희들 그 건물 야쿠자들한테 어떤 약점이라도 잡혔던 거냐?"

순간 망설였지만 아키는 솔직히 대답했다.

"그렇다."

남자는 다시 입을 열었다.

"일이 제대로만 풀렸다면 그 야쿠자 놈들은 물론 우리까지 모조리 저승길로 갔을 거야. 야쿠자로부터 협박받을 일도 없어지고, 돈도 고스란히 너희들 차지가 되겠지. 그런 시나리오였다. 아닌가?"

"……맞다."

"설령 어느 한쪽이 살아남는다 해도 돈이나 이권은 남는다." 남자가 다시 덧붙였다. "너희들은 거기까지 계산한 다음 사태가 어떻게 되어가는지 지켜보기만 하면 되었다."

"그래서?"

"그렇게 계산된 판 위에서 우리는 놀아났고, 죽을 뻔했다. 너무 뻔뻔하다고 생각지 않나?"

"그럼 어쩔래?" 아키는 빈정거렸다. "일부러 돈을 갖고 온 우릴 분풀이한답시고 죽이기라도 할 거야? 만약에 그럴 생각이라면 우리에게도 생각이 있어."

남자는 콧방귀를 뀌었다.

"일정한 시간 안에 어딘가로 연락하지 않으면 누군가가 이 주소를 경찰에 밀고한다. 그런 계획이겠지?"

"처음엔 그렇게 생각했다. 하지만 그렇게 하지 않으려고."

"이유는?"

"그렇게 해도 소용이 없기 때문이야. 경찰이 여기 온다 해도 얻을 게 아무것도 없어."

남자는 입가에 미소를 머금었다.

"눈치가 빠르군."

"이 아파트는 그 차량을 등록하기 위한 위장건물이야. 실제로는 아무도 살지 않아. 단 가짜 주인인 야마모토 사부로는 실재한다. 니시신주쿠나 어딘가의 노숙자겠지. 그 호적을 브로커가 사들였고, 그걸 다시 당신들이 샀어. 먼저 본인 행세를 하며 주민표를 받았고, 인감을 만들어 은행에 집세 지불 계좌를 만들었지. 그러고 난 다음 면허를 갱신하고, 같은 명의로 차를 샀어. 작업 현장에서 차량 번호가 노출됐을 때를 대비하기 위해서였겠지."

"그걸 알면서도 왜 일부러 여기까지 찾아온 거지?"

그걸 안 건 방금 전이었지만 아키는 시치미를 뗐다.

"그래서 말했잖아. 달리 생각이 있다고."

허풍이었다. 그러나 상대가 그걸 확인할 방법은 없다. 아니나 다를까 상대가 걸려들었다.

"그게 뭔데?"

"그걸 알려줄 이유야 없지."

아키는 상대를 보고 말했다.

"우리를 잊어준다면 나도 그 방법은 잊어버릴 거야."

"허풍이야."

"그럼 한번 시험해볼까?"

"……아니."

가키자와는 웃으며 고개를 저었다.

지금 그들을 자극해봤자 얻을 것은 아무것도 없었다. 솔직히 그들이 돈을 꺼내놓았을 때부터 결론은 정해져 있었다.

쓸데없는 살생은 자기도 바라는 바가 아니었고, 또 하나 이 일에 경찰을 개입시킬 생각도 없었다. 일부러 이야기를 길게 끈 것은 그 후 어떤 생각이 어렴풋이 가키자와의 뇌리에서 고개를 들었기 때문이다.

계획을 세우고 실행하면서 보인 빈틈없는 모습. 그것이 반쯤 틀어졌다고 판단되자마자 바로 돈을 돌려주러 오는 과감성. 자기들을 죽이려고까지 한 이 애송이가 가키자와는 마음에 들기 시작했다.

가키자와는 허리를 굽혀 보건을 집어 올려서 둘 다 화살을 제거하고 방구석으로 내던졌다.

"돈을 가방에 도로 넣어."

가키자와가 말했다.

"이것으로 거래를 마무리 짓자."

몇 분 후, 모두가 아파트를 나왔다. 아키 일행이 먼저 계단을 내려가 오후의 열기로 가득 찬 주차장을 가로질렀다. 2인조는 조금 떨어져서 그 뒤를 따라 걸어온다. 아키는 중간부터 그 둘이 무언가 소곤소곤 이야기를 하고 있다는 걸 알았다.

도로로 나왔다. 아키는 뒤를 돌아보았다.

2인조는 도로의 한 걸음 앞에 서 있었다. 아직도 무언가 이야기하고 있다. 가방을 발밑에 놔둔 채 이쪽을 돌아보려는 기색도 없다.

상관 않고 아키 일행은 차로 돌아가기 시작했다. 돈을 건네고 신변의 안전도 보장받은 이상 오래 있어봐야 아무 소용이 없다. 그런데 차까지 몇 걸음 안 남은 곳에 왔을 때였다.

"어이, 잠깐만 기다려."

그 말에 아키 일행 네 명은 뒤를 돌아보았다. 아키는 2인조의 시선이 자신에게 쏠려 있는 것을 알았다. 말없이 자신에게 엄지손가락을 세워 보였다.

"그래, 너 말이야." 장신의 남자가 고개를 끄덕였다. "잠깐 이리 와봐."

가오루와 다른 애들이 다시 경계의 빛을 띠는 것을 곁눈질로 제지하고 아키는 남자를 향해 말했다.

"무슨 일이야?"

"별 거 아니다. 금방 끝나. 괜찮으니까, 이쪽으로 와."

이제 와서 두 남자에게 납치당할 일은 없을 거라고 생각했다. 애들에게 한숨을 쉬어 보이고 그들을 향해 갔다.

"왔다." 두 남자의 눈앞에서 걸음을 멈추고 아키는 무뚝뚝하게 말했다. "무슨 일인데?"

좀 있다가 장신의 남자가 입을 열었다.

"너 지금 몇 살이냐?"

뜻밖의 질문에 아키는 당황했다.

"……열아홉인데, 그건 왜?"

남자는 아키를 지그시 보았다. 그리고 느닷없이 말하기 시작했다.

"너 언제까지 지금 하는 일을 할 수 있다고 생각하지?"

아키는 어깨를 으쓱했다.

"글쎄…… 언제까지일지."

"아마도 잘해야 앞으로 몇 년이다." 그렇게 결론지었다. "팀은 해산하고 결국 너는 혼자 남게 되겠지."

"그래서?"

"머지않아 끼니나 때우려고 변변찮은 일거리를 찾아다닐 게 뻔하고."

마치 속을 다 꿰뚫어보는 듯한 그의 시선을 견디지 못하고 아키는 퉁명스럽게 말했다.

"무슨 말을 하고 싶은 거야?"

"넌 머리가 좋아. 싸움도 잘하는 것 같고. 그래서 지금은 애들 앞에서 나름 행세를 하고 있지만 세상은 그런 너를 인정해주지 않아." 남자가 말했다. "결국 넌 세상의 인정을 받을 때까지 고개를 숙인 채 눈치만 보며 살게 될 거야. 시스템에 적응하는 데만 능숙한 게으른 놈팡이들처럼 말이야. 어쩌면 평생 보답받지 못할 수도 있어. 보답받는다 해도 그런 놈팡이들과 한패가 되는 게 고작이야."

여전히 자신의 마음속에 가부좌를 틀고 있는 회색빛 미래. 굳이 말하지 않아도 어렴풋이 알고 있는 것이었다.

"그게 당신들과 무슨 상관이야?"

초조한 마음에 엉겁결에 그렇게 말했다. 남자가 바로 그 말을 받았다.

"작업 동료 하나가 줄었다. 네 패거리한테 다구리 당한 그 영감이야."

남자가 말했다.

"그 구멍을 메울 인간을 지금 찾고 있다. 머리가 좋고 팔팔한 놈으로 말이다."

뜻밖의 전개였다. 어리둥절해하고 있는 아키에게 남자가 빠르게 말을 이었다.

"우리가 노리는 것은 야쿠자나 정치가의 검은돈뿐이다. 양심에 거리끼지도 않고, 경찰에게 쫓길 일도 없다." 그리고 말을 멈추고 빙긋이 웃었다. "하긴 이번엔 너희들 덕분에 그것도 제대로 되지 않았지만."

"……."

"1년이다. 그동안 네 처신을 어떻게 할지 생각해봐라. 만약 결심이 선다면 1년 후 오늘 이 시각에 여기로 와라. 우리가 기다리고 있겠다."

거기까지 말하고 남자는 발밑의 가방을 집어 올렸다.

"이야기는 끝났다. 이제 돌아가도 돼."

2인조는 발길을 돌렸다. 그대로 10미터쯤 앞에 있는 세단까지 걸어갔다. 짙은 초록색의 유노스 500이었다.

내내 말이 없던 몸집이 큰 남자가 도중에 딱 한 번 아키를 돌아보았다. 그리고 어깨 너머로 악의 없는 미소를 지어 보였다.

남자들은 차에 올라 바로 엔진에 시동을 걸었다. 전방에 주택가의 완만한 내리막길이 펼쳐져 있었다.

차는 인적이 없는 언덕을 미끄러지듯이 내려갔다.
그 앞의 평탄해진 십자로에서 단 한 번 브레이크 등을 점등시키고, 차는 그대로 우회전하여 초록색 몸체를 감추었다.
아키는 멍하니 서서 그 광경을 보고 있었다.

에
필
로
그

 아키와 가오루가 탄 지프는 간나나 도로를 똑바로 남하하고 있었다. 오후 4시가 지났다. 쉐비 밴과는 아파트 앞에서 헤어졌다. 다케시와 사토루는 바로 자기들 집으로 간다고 했다.
 메구로 방면으로 가는 차량 행렬이 시계의 한계까지 이어지고 있다. 디젤의 배기가스와 아스팔트에서 트럭 사이를 누비며 뭉게뭉게 피어오르는 열기. 기울어지기 시작한 오후의 늦은 태양이 차 안에 노출된 그들을 비스듬하게 내리쬐고 있었다.
 스기나미 구, 묘호지^{妙法寺} 부근이었다. 50미터 간격으로 늘어선 신호등이 차례차례 파란색으로 바뀌고 다시 차가 천천히 나아가기 시작한다.
 마침내 차가 호난 도로로 접어들었을 때 갑자기 햇빛이 사라졌다. 가오루는 얼굴을 들었다. 하늘이 갑자기 어두워졌다.

그전부터 아키가 핸들을 잡은 채 멍하니 무언가에 정신을 빼앗기고 있다는 것은 알고 있었다.

"놈들이 너한테 무슨 말을 한 거야?"

"아니." 아키는 말을 얼버무렸다. "그냥 진로 지도 같은 거였어."

대기가 급속도로 습기를 띠기 시작했다.

잠시 후 가오루가 다시 입을 열었다.

"같이 일하재?"

아키는 놀라서 조수석을 보았다. 가오루는 입가에 미소를 띠었다.

"그 정도는 알아."

빌딩 너머 하늘 한가득 적란운이 피어오르고 그 아래로 보기에도 음울한 그늘이 드리워져 있다.

최근 저녁이 되면 갑자기 날씨가 요동치기 시작한다. 그것도 매번 오늘처럼 이글이글 타오르던 여름 태양이 저무는 무렵이다.

왜 그럴까? 아키는 멍하니 생각했다.

"뭐라고 대답했어?"

가오루가 아키의 생각을 방해하며 끼어들었다.

"지금 바로는 아니야. 1년 후에 답을 달래."

고슈 가도를 건너 게이오 선을 지났을 때부터 보닛 위로 투둑투둑 빗방울이 떨어지기 시작했다.

그 남자가 말한 대로다. 모든 일엔 반드시 끝이 찾아온다. 가오루도 다케시도 유이치도 결국 나이를 먹는다. 평생 지금과 같은 관계로 지낼 수는 없다. 성장에 맞춰 입는 옷이 바뀌듯이 만남이

뜸해지고 틈이 생기고 언젠가는 정말로 자기 몸에 맞지 않게 된다.

그러나 이 세계에서 자신이 다음에 입을 옷은 아직 찾지 못했다.

뚝, 큰 물방울이 대시보드에 떨어졌다.

오하라 2가의 교차점을 좌회전하여 이노카시라 도로를 시부야 방면으로 달렸다. 그러나 얼마 가지도 않아 다시 정체의 꼬리를 물었다. 그대로 찔끔찔끔 앞으로 나아가 전방에 신호등이 보일 때였다.

인내심을 잃은 비구름이 마침내 큰 물방울을 거푸 쏟아내기 시작했다.

하늘이 갈라지고 이어서 물방울이 소리를 내며 유리에 부딪혀 부서진다. 결국 그 소리는 거센 연속음으로 바뀌고, 지붕 없는 지프에 탄 아키와 가오루는 순식간에 흠뻑 젖었다.

"어떡하지?"

가오루가 소리를 높였다.

"몰라." 아키가 대답했다. "같이 생각해봐야지."

"뭘?"

보닛 위로 김이 피어오른다. 아키는 그것을 바라본 채 웃었다.

"아까 말했던 거." 중얼거리듯 말했다. "지금은 잘 모르겠어."

가오루도 물에 젖은 생쥐 꼴로 눈을 가늘게 뜨고 보닛 위로 피어오르는 김을 보고 있었다.

"끝낼 생각이야?"

아키도 눈을 가늘게 뜨면서 가오루를 보았다. 가오루도 아키 쪽으로 고개를 돌렸다. 얼굴에 퍼붓는 빗방울이 가오루의 머리카락을 이마에 찰싹 붙여놓았다. 흘러내리는 물방울이 턱에서 뚝뚝 떨어지고 있다.

"넌 어떻게 하고 싶어?"

얼굴을 때리는 빗방울이 아플 정도였다.

폭포처럼 쏟아지는 비를 휘감듯 돌풍이 불고, 우레가 굉음을 울리고, 아스팔트 위로 물안개가 피어오르기 시작한다. 주위의 가로수와 차들도 비안개에 싸여 급속도로 본래의 음영을 잃어갔다.

가오루는 작게 한숨을 쉬었다.

"후임은 유이치가 적당할 거야." 가오루가 말했다. "통장에 너와 내가 지금까지 번 돈이 들어 있어. 1,600만 엔 정도는 될 거야. 절반은 네 몫이야."

아키는 잠자코 고개를 끄덕였다. 가오루가 말을 이었다.

"조금만 가면 부모님 집이야."

아키는 처음 듣는 말이었다.

"두 번째 신호가 보이면 내려줘. 그 돈을 다 찾으려면 도장이 필요할 거야."

양동이로 쏟아 붓는 것 같은 비가 아직도 두 사람을 때리고 있었다.

하지만 이 여름비는 곧 멈출 것이다.

열의 집적.

갈 곳을 잃은 욕망과 초조가 도시에서 열을 가지고 잇따라 하늘로 올라간다.

그 상공에 가득 찬 열기를 단번에 씻어내고 사라져가는 히트 아일랜드였다.

히트 아일랜드
한국어판 ⓒ 도서출판 잇북 2010

지은이 가키네 료스케 | 옮긴이 김대환 | 펴낸이 김동길
책임편집 김랑 | 책임디자인 이승욱
펴낸곳 도서출판 잇북
주소 413-832 경기도 파주시 교하읍 신촌리 43-1
전화 031)948-4284 | 팩스 031)947-4285 | 이메일 itbook1@gmail.com

등록 2008. 2. 26 제406-2008-000012호
초판 1쇄 발행 2010년 6월 11일 | ISBN 978-89-964334-1-5 03830

* 값은 뒤표지에 있습니다. 잘못 만든 책은 교환해드립니다.